U0096400

中國新聞史研究輯刊

七 編

主編 方 漢 奇

副主編 王潤澤、程曼麗

第 1 冊

中國少數民族文字報刊史綱（修訂本）

白 潤 生 編

花木蘭文化事業有限公司

國家圖書館出版品預行編目資料

中國少數民族文字報刊史綱（修訂本）／白潤生 編 -- 初版
-- 新北市：花木蘭文化事業有限公司，2023〔民112〕
序 2+ 目 4+268 面；19×26 公分
（中國新聞史研究輯刊 七編；第 1 冊）
ISBN 978-626-344-342-6（精裝）
1.CST：新聞史 2.CST：少數民族 3.CST：中國
890.9208   112010165

ISBN-978-626-344-342-6

9 786263 443426

中國新聞史研究輯刊
七 編 第 一 冊   ISBN：978-626-344-342-6

中國少數民族文字報刊史綱（修訂本）

編　　　者	白潤生
主　　　編	方漢奇
副 主 編	王潤澤、程曼麗
總 編 輯	杜潔祥
副總編輯	楊嘉樂
編輯主任	許郁翎
編　　　輯	張雅淋、潘玟靜　美術編輯　陳逸婷
出　　　版	花木蘭文化事業有限公司
發 行 人	高小娟
聯絡地址	235 新北市中和區中安街七二號十三樓
	電話：02-2923-1455／傳真：02-2923-1452
網　　　址	http://www.huamulan.tw 信箱 service@huamulans.com
印　　　刷	普羅文化出版廣告事業
初　　　版	2023 年 9 月
定　　　價	七編 6 冊（精裝）新台幣 15,000 元

中國少數民族文字報刊史綱（修訂本）

白潤生　編著

編著者簡介

白潤生（1939～）又名白凱文。中央民族大學教授。中國新聞史學會特邀理事，少數民族新聞傳播史研究委員會名譽會長。獨著或以第一作者出版的著作 15 部，五次獲省部級優秀成果獎。有的論文被譯為英文，成為首次向國外介紹我國少數民族文字報刊史概況的學者。主持完成國家「十五」社科基金項目《少數民族語文的新聞事業研究》和北京市高等教育精品教材立項項目《中國少數民族新聞傳播史》。曾獲中國新聞史學會新聞傳播學會獎第六屆終身成就獎。其生平收入《中國新聞年鑒》（1997 年版）等多部辭書。

提　　要

　　《中國少數民族文字報刊史綱》（下稱《史綱》），1994 年由中央民族大學出版社出版，方漢奇作序，時任全國人大常務委員會副委員長的布赫同志題字，共三編 8 章 46 節。25 萬字。比較全面系統地介紹了我國近代以來一、二百種少數民族報刊，對其中的重要報刊詳細介紹了其辦報宗旨、讀者對象、宣傳特點、報紙風格等，並對它們的影響進行了評價。此外，還評述了相關少數民族報人的新聞觀點，力求對其辦報經驗、報刊特色及新聞採訪、編輯出版的特點和規律給予必要的探討。1996 年獲北京市第四屆哲學社會科學優秀成果二等獎。1998 年獲教育部第二屆普通高等學校人文社會科學研究成果二等獎。《史綱》出版以後，新華社、人民日報、人民日報海外版、新聞出版報等媒體第一時間予以報導、編發書評。此次修訂，總體保持原貌，時間跨度仍是從 1898 年至 1990 年 10 月。修訂後，全書共三編 8 章 47 節，約 30 多萬字。

序

方漢奇

　　中國是一個由 56 個民族共同組成的多民族國家。在這個多民族的大家庭裏，55 個總人口約 9100 萬的少數民族，和總人數在 10 億以上的漢族兄弟們一道，共同從事經濟建設，共同發展絢麗多彩的文化，共同為祖國的繁榮和富強作出貢獻，他們緊密地聯結成一個整體，互為其中的一部分，誰也不能夠把他們分開。

　　中國的新聞事業也是這樣，它是由 56 個民族的新聞事業共同組成的。55 個少數民族的新聞事業，和整個中國的新聞事業，有著不可分割的關係。

　　在中國新聞史上，少數民族和他們的漢族兄第一樣，曾經為中國新聞事業的發展，作出過重要的貢獻，有過十分光輝的業績。早在公元 10 世紀前後，藏族聚居的地區就很可能已經產生了類似內地的邸報之類的手抄新聞媒介。20 世紀的最初 10 年，在一些少數民族地區，就已經出現了用蒙、藏、朝、維等少數民族文字出版的近代化報刊。這一起始的時間，甚至超過了個別經濟、文化不發達的漢族地區，和最發達的漢族地區近代化漢文報刊的創刊時間相比，也只不過晚了二三十年。1905 年以來，大量少數民族文字的報刊相繼問世。到 20 世紀 80 年代末，全國已有 17 種少數民族文字的 84 家報紙和用 11 種民族文字出版的 153 家期刊，出版地點分布於內蒙、新疆、西藏、青海、雲南等 12 個省（區），總發行數報紙達 14835 多萬份，期刊 1280 多萬冊。這些報刊宣傳黨的路線方針政策，促進少數民族地區的社會、經濟改革，提高少數民族的科學、文化水平，推動少數民族地區的四化建設，增進全國各族的大團結，在少數民族地區政治、經濟、文化生活中，有著重大的影響，為少數民族

地區的兩個文明建設，作出了重要的貢獻。

　　但是，長期以來，對上述少數民族報刊的歷史和現狀的研究，是很不夠的。20 世紀 70 年代以前，幾乎很少有人涉獵。20 世紀 80 年代以後，開始有人在這方面進行探討，出了一些成果，但多數只偏於一兩個地區、一個或若干個民族，還缺少一部包舉宇內，遠被八荒，能夠從宏觀上對整個中國的少數民族文字報刊進行綜合概括，又有一定深度的鴻篇鉅構。

　　呈現在讀者面前的這部《中國少數民族文字報刊史綱》，在一定程度上填補了這個空白。這部書以馬克思主義的歷史唯物主義和辯證唯物主義思想為指導，對我國少數民族報刊的歷史和現狀，作了全面的考察，既弄清了一些史實和它們發展的脈絡，為讀者勾勒出一部絢麗多彩的少數民族報刊的歷史畫卷，也對各時期有代表性的少數民族報刊，少數民族新聞工作者，他們的活動和他們的新聞思想，進行了深入的研究和分析，總結了他們的工作經驗，為當前少數民族地區的新聞改革，特別是如何在少數民族地區辦好帶有民族和地區特色，為讀者所喜聞樂見的少數民族文字報刊，提供了歷史的借鑒。顧名思義，本書所著重研究的，是少數民族地區的報刊，但並不以報刊為限，廣播、電視、新聞教育及新聞研究等和新聞事業有關的各個方面，也都囊括在內。這方面的研究是以往出版的中國新聞史方面專著和教材的薄弱環節。本書的出版，彌補了這方面的不足，對中國新聞史學科的發展和一部完整的全面的中國新聞通史的編寫工作，將起到一定的推動作用。對新聞學、社會學、民族學和廣大文史學科的研究工作者，也將有所稗益。

　　我和本書的作者相稔近十年，對他的博聞多識和認真勤奮的治學精神，深感欽佩。近幾年來，他勤於著述，有不少成果問世，這部書則是他的又一部力作。為了寫好這本書，他付出了大量的勞動，既充分借鑒和利用了前人和儕輩的研究成果，又在很多方面作了深入的開掘，有所發明，有所創造，有所前進。他的這一勞績，對於廣大讀者說來，是值得肯定和感謝的。

方漢奇　1991 年 11 月 2 日

於北京林園

目

次

緒　論

　　中國少數民族文字報刊史是中國新聞史的一個重要組成部分，也是中國民族新聞學一個不可缺少的分支。她是兼有歷史學、民族學、新聞學、文化學特質的邊緣科學。目前尚無這方面研究的權威性的專著。本書《中國少數民族文字報刊史綱》，以中國少數民族文字報刊為重點研究對象，探討少數民族文字報刊的歷史沿革、興起、繁榮的演變規律，及其民族特色、地方特色和少數民族新聞工作者的歷史貢獻。

　　我國是一個統一的多民族的國家，除漢族外，還有55個少數民族。少數民族與漢族一道共同創造了悠久燦爛的歷史文化，對中華民族的歷史發展都做出了不可磨滅的貢獻。不論研究中國哪一方面的專業史，都不應忽視少數民族的存在和發展。中國少數民族的新聞傳播事業是整個中華民族新聞事業的一個有機組成部分。研究中國新聞事業的產生、發展及其內在規律，是一項浩大而又艱巨的工程。即使是研究以漢族為主體的新聞傳播事業，也要兼顧少數民族新聞事業的歷史與現狀。目前，全國共有少數民族9100萬人，到1987年已創建民族自治區、州、縣共計148個；創辦報紙200家，其中少數民族文字報紙84家，共用17種文字出版，總印數達14835多萬份。此外，還用11種民族文字出版153種雜誌。發行量1280多萬冊；「少數民族使用和發展本民族語言文字的自由得到了尊重和保障」〔註1〕蒙、藏、朝、哈、錫伯等文字的報刊都有比較悠久的歷史。我國最早的少數民族文字報紙大約興起於1905年。

〔註1〕引文系國家民委副主任伍精華在1991年12月3日全國民族語文工作會議上的講話，有關統計數字大多是從這次會議上獲悉的。

少數民族報人的辦報活動則始於 1902 年。而報紙產生之前，少數民族的新聞與新聞傳播，可追溯到氏族社會。可見歷史之悠久、內容之豐富。

從歷史新聞學的角度來看，如果以戈公振的《中國報學史》為起點，已有 60 多年的歷史了。但是真正的繁榮發展是在 20 世紀 70 年代末葉（指中國大陸）。方漢奇教授的《中國近代報刊史》出版於 1983 年，是一部被歷史新聞學界公認的權威性著作。之後，又有幾部著作發表，但對少數民族新聞傳播媒介均無涉及。1991 年 3 月馬樹勳編著的《中國少數民族文字報紙概略》出版，這本書詳盡介紹了我國當代 13 個省區 70 餘家民族文字報紙。馬樹勳同志在民族新聞學的研究方面走在了前面。系統、集中、全面的研究和總結我國少數民族文字報刊的辦報經驗、報刊特色以及新聞採訪、編輯出版，探索其新聞傳播規律，對於發展歷史新聞學不僅具有重大意義，而且對於加強民族團結、落實民族政策，促進改革、開放也有十分重要的現實意義。而這一課題的研究，已歷史地落在了全體少數民族新聞工作者的肩上。

歷史與現實，為民族新聞工作積累了豐富經驗。但是，我們必須看到，民族新聞學的研究還不能適應實際的需要。一般來說，還是停留在經驗介紹，資料積累，就事論事的水平上，缺乏對其理論化、系統化的把握。時代呼喚民族新聞學的研究必須跟上現代新聞事業的發展。當前，中國民族新聞學的研究較之其他學科之所以落後了，是因為在漫長的社會發展過程中，在我國不僅有階級壓迫，還有民族壓迫，因而至今使得我國廣大民族地區的經濟、文化、還處於落後狀態。由於民族地區大都位於我國的邊遠省（區），交通不便，信息不靈通，資料的搜集、整理工作還面臨著許多困難，因此，少數民族新聞學的研究成果見諸文字的並不多。這種狀況是與我國的國際地位和世界發展潮流不相適應的。

1989 年，中央民族學院始招「民族報刊研究」方向的碩士研究生，開設了「中國少數民族報刊研究」課程。旨在比較全面系統地對近代到當代一、二百種我國少數民族報刊，對其中比較重要的主要報刊的辦報宗旨、讀者對象、宣傳特點、報紙風格和它們的影響以及民族報人的新聞觀點，給予符合實際的評價，力求對民族文字報刊的辦報經驗、報刊特色以及新聞採訪、編輯出版，及其新聞傳播的特點與規律給予必要的探討。

學習和研究中國少數民族文字報刊史，應當注意兩個問題。首先，這門專業史學是民族學與新聞學交叉的科學，既要從新聞學的角度研究少數民族新聞

傳播活動的歷史，包括全部的新聞現象，新聞媒介的產生、發展的歷史、新聞、評論、副刊、廣告以及印刷發行等業務的演進，也包括新聞機構的組織、從業人員、經營管理，以及新聞教育、新聞研究等等的產生和發展。同時，還應該考慮到一個民族的政治、經濟、哲學、宗教、歷史、風俗習慣、倫理道德、飲食服飾及表現共同文化的心理素質對民族新聞事業的特殊作用與影響。忽視了這些因素就不可能科學地、客觀地概括中國少數民族新聞事業發展的全過程。其次，研究中國少數民族文字報刊的發展，還應該充分注意到內地發達省（區）對少數民族新聞事業的影響，兩者是既有聯繫又有區別的。由 56 個民族組成的多元一體的中華民族，千百年來漢族與少數民族形成了大雜居、小聚居、互相滲透、互相融合的局面，少數民族與漢族的政治、經濟、文化的發展，是相互影響、相互促進的。漢藏兩種文版的《西藏白話報》就是在康梁實行新政之後蓬勃興起的白話報運動影響下創辦的，其「愛國尚武開通民智」的辦報宗旨與當時維新派創辦的報刊以宣傳「新政」、宣傳「科學」的目的毫無二致。少數民族地區的報刊，包括民族文字報刊，有相當多的漢族報人參與了創辦和主辦，也為少數民族新聞事業的發展做出過貢獻。如新疆地區的少數民族文字報紙《伊犁白話報》就是湖北江夏（武昌）人馮特民創辦的。新中國成立後，還有許多漢族同胞長期在邊疆民族地區從事新聞工作，他們的歷史功績也是不應磨滅的。少數民族新聞事業是我國社會主義新聞事業的一部分，它既有民族特色，也體現了社會主義方向，它的宣傳路線，報導方針，從某種意義上說，是沒有區別的。研究中國少數民族文字的報刊發展，必須正視這一現實。因而中國少數民族文字報刊史，應當是既要評介少數民族文字報刊，也要評介民族地區漢文報刊；既要評介少數民族報人，也要評介長期從事民族新聞事業的漢族同胞。研究少數民族新聞事業的發展，應當從歷史與現實、從新聞媒介各自功能與特點，從縱與橫的相互比較中加以評述，以得出比較客觀公正的結論。

　　如何界定民族新聞工作者呢？首先，凡是從事新聞工作的少數民族同胞，都是少數民族新聞工作者。既包括在民族地區報社、電臺、電視臺、通訊社從事新聞採編、新聞學研究和管理工作的少數民族，也包括內地新聞單位的少數民族同胞，更包括主要以民族語文傳播事實的新聞單位工作的少數民族同胞。其次，在以民族語文傳播事實的新聞單位從事採編、校勘、科研、教學和管理工作並作出一定成績的漢族同胞，特別是那些「民文」、漢語皆通的漢族同胞也應當歸入少數民族新聞工作者。本書在評介少數民族新聞工作者時就是依

據這一原則界定的。關於少數民族新聞工作者的新聞活動和新聞思想，除在某些章節的末尾，作為這一時期民族新聞事業的特徵加以評介外，一般都隨著各個時期的新聞媒介的創建而分別敘述的。

如何劃分中國少數民族文字報刊史的歷史分期呢？從目前出版的不同版本的歷史新聞學著作來看，其歷史分期大致有三種：（1）以報刊歷史的宏觀進展為標準；（2）以中國通史的分期為標準；（3）以著名的新聞工作者的活動和新聞史上的里程碑事件為分期標準。以上三種不無道理，但是不能機械照搬。關於中國少數民族文字報刊史的歷史分期，應以聯繫和發展的觀點進行分析研究。任何事物都不可能孤立地存在和發展，世界是一個相互聯繫、相互影響的統一整體。探討中國少數民族新聞事業發展的內在規律，要考慮到社會諸種因素的作用，如科學技術的發展狀況、文化教育的水準、交通運輸的發達程度以及民族心理、民族文化的影響與滲透等，由於新聞事業反映對象的豐富性，它和各個時期的政治史、經濟史、文化史都有著緊密的聯繫。因此，研究中國少數民族文字報刊史，同研究其他新聞事業史一樣，都離不開各個時期政治鬥爭史、政黨發展史和生產鬥爭史、經濟發展史。依據這個原則，參照歷史新聞學著作的三種分期，中國少數民族文字報刊史原則上以中國通史為準標，劃分為幾個時期。首先以中華人民共和國成立為界限，之前為古近代和現代部分，之後為當代部分。古近代部分，始於 1898 年戊戌變法，止於 1919 年「五·四」運動前；現代部分從五四運動開始到中華人民共和國成立。具體劃為：中國少數民族報人和民族文字報紙的興起（1898～1919 年）、「五·四」時期到第一次國內革命戰爭時期的少數民族文字報業（1919～1927 年）、第二次國內革命戰爭時期的少數民族報業（1927～1937 年）、抗日戰爭時期和解放戰爭時期的少數民族文字報刊（1937～1949 年）、新中國初期的少數民族報業（1949～1956 年）、社會主義事業全面發展時期的民族新聞事業（1957～1966 年 4 月）、十年動亂中的民族新聞事業（1966 年 5 月～1976 年 10 月）、新時期的民族新聞事業（1976 年 10 月～1990 年 10 月），全書總共有 3 編 8 章 46 節。這樣劃分也並非盡善盡美。有的報刊跨躍兩個時期，只有根據這個報刊的實績，歸入上一個時期或者下一個時期。更多的報刊是依據其創刊的年代確定其歸屬的。究竟如何劃分其歷史分期更為科學、更符合民族新聞事業的內在發展規律，還有待於進一步探討。

中國少數民族文字報刊史是一門新興的學科，到目前為止還沒有一套系

統的成熟的學習和研究方法。在這個問題上也應借鑒其他歷史新聞學的學習和研究方法。掌握辯證唯物主義和歷史唯物主義是學習和研究中國少數民族文字報刊的歷史和現狀的根本方法。首先要掌握史實。一切以客觀事實為認識的出發點，堅持實事求是的原則。搜集翔實可靠的資料，是堅持實事求是的基礎。史料的搜集與發掘是一項艱苦的工作。目前，有不少少數民族文字報刊資料已經散失，比如報紙的發刊詞、復刊詞，尤其是經過 10 年動亂之後，有的已喪失殆盡。為了全面、廣泛地搜集民族文字報刊的資料，就要請許多老報人、老專家憑他們掌握的資料和經歷進行回憶整理。提倡到少數民族地區「采風」，向民族報刊採集第一手資料。堅持三五年到民族地區的報社調查實習的制度，增強民族文字報刊編輯、記者，尤其是老報入、老新聞工作者的專業意識，虛心學習他們的辦報經驗，艱苦奮鬥的精神，總結戰鬥在民族地區少數民族報人的新聞活動和新聞思想，以不斷豐富中國少數民族文字報刊史的內容。

其次，學習和研究中國少數民族報刊史，必須理論聯繫實際。要以馬克思主義的民族理論、新聞理論、黨的民族政策為指導，聯繫民族地區新聞事業的實際情況，才有可能對民族新聞事業有正確的認識和瞭解，才有可能使少數民族報刊研究既有豐富的客觀事實基礎，更有理論思辯的力度，從而將這門科學的研究引向深入。

研究少數民族文字報刊，不懂少數民族語文，是一個很大障礙。可是又不能要求每位學習和研究人員把所有的少數民族文字都掌握了，只能在借助第二手材料的同時，還要請既懂民族文字又懂漢語文的同志幫助翻譯整理，加強與這些同志的團結合作，在民族新聞學研究隊伍中率先提倡兩個「離不開」〔註 2〕就成為十分必要的大事了。因此，建議年輕同志學習一門或更多的少數民族語文，為到民族地區調查與實習，深入研究中國少數民族文字的報刊發展史掌握一種或更多種的工具。有這個工具和沒有這個工具是絕然不同的。有志於攀登民族新聞學頂峰者，應當有這個志氣和勇氣。

馬克思說過，歷史研究一旦與現實結合，便永遠是一門常新的學科，在民族新聞事業蓬勃發展的今天，中國少數民族文字報刊史的研究，也理應充滿活力，充滿生機。

〔註 2〕「兩個』『離不開』」，即漢族離不開少數民族；少數民族也離不開漢族。現在的提法是「三個離不開」，除前邊所說的「兩個『離不開』」外，再加一個「離不開」，即少數民族也離不開少數民族。

上　編

第一章 中國少數民族報人及民族文字報刊的興起
（1898～1919）

第一節　1898～1919 年我國新聞事業的發展概貌

我國少數民族文字報刊興起於近代。由於中國特殊的歷史狀況，我國早期的少數民族文字報刊的發展實際上經歷了我國歷史上的戊戌變法、辛亥革命等幾個歷史時期。

中國近代報刊的高潮，始於戊戌變法時期，它對於中國的新聞事業產生了深刻的影響。戊戌變法運動是一場資產階級的改良運動，其目的是在保國、保種、保教的前提下和不觸犯封建統治階級利益的基礎上爭取到一些發展資本主義的條件。鴉片戰爭的炮聲使一些有識之士清醒過來了，他們注意到了報紙在西方資本主義國家政治生活中所起的重要作用。在興辦洋務中，一些與西方國家接觸較多的知識分子，不同程度地提出學校資本主義社會開設報館的要求。他們的辦報主張，反映了中國早期民族資產階級的議政願望。據統計，在戊戌變法期間由資產階級改良派直接或間接創辦的報刊達 70 餘家。其中的《時務報》《湘報》《國聞報》《知新報》最有影響。他們的辦報實踐和辦報思想對中國少數民族新聞事業的發展產生了廣泛而深刻的影響。

1900 年《中國日報》的創辦，標誌著我國新聞事業的發展進入了一個新的歷史時期。在這一時期內資產階級革命派在東京、上海、香港、澳門、南洋、

美洲等地創辦了 120 多種報刊，其中日報 60 多種，雜誌 50 多種，數量和質量都超過了戊戌變法時期，掀起了我國第二次報業發展的新高潮。

從辛亥革命到「五‧四」運動，我國的新聞事業出現了一個極為困難而又錯綜複雜的局面。辛亥革命推翻了在我國持續了兩千多年的封建帝制，建立了民國。新聞事業也有了迅速發展，「一時報紙，風起雲湧，蔚為大觀」。〔註 1〕據統計，武昌起義後的半年內，全國的報刊猛增到 500 種，總發行量為 4200 萬份，突破了歷史的最高紀錄。這些報紙大部分是以刊載時事政治材料為主的日報，其中相當一部分是封建的各級政府的機關報，也有些文藝性、學術性和商業性的報刊，還有專為婦女辦的報紙。

民國初年社團眾多，政黨林立〔註 2〕，為了宣傳自己的主張，維護自身的利益，紛紛辦報。據 1912 年 10 月 22 日統計，在北京內務部登記的報館達 90 餘家，在民政部立案的達 85 家。這個時期還出現了我國近代新聞史上著名的一批以黃遠生、邵飄萍為代表的新聞記者。

但是這一報界的黃金時代，傾刻之間變成了「癸丑報災」。隨著二次革命的失敗，國民黨系統的報刊及其他反袁報刊，均遭到袁世凱的瘋狂鎮壓和嚴酷摧殘。據不完全統計，到 1913 年底，辛亥革命前後在全國發展起來的 500 種報刊，只剩下 139 種了。

我國少數民族（文字）報業就興起在這個錯宗複雜，動盪不安的歷史時期。

第二節　我國少數民族的辦報活動

在我國最早出現的新聞傳播可追溯到公元前 1324 年。而我國的報業始於唐玄宗開元年間，這是我國新聞事業史的起點。一部中國新聞史，歸根結蒂是中國人的社會活動的歷史。在中國新聞史上，過去和現在除漢族以外還有許許多多兄弟民族創辦的報刊，湧現了不少少數民族新聞工作者，他們為本民族和整個中華民族的新聞事業做出過不可磨滅的貢獻，在中國新聞史上應當有其重要的地位。

〔註 1〕引自《中國報學史》第 147 頁，中國新聞出版社 1985 年版。
〔註 2〕據不完全統計，民國初年各種黨派有 312 個，上海、北京兩地的政黨占全國黨派數的一半以上。在眾多政黨中影響最大的是國民黨、共和黨、統一黨和民主黨。這些政黨成份複雜，有資產階級革命派、有立憲派、舊官僚、中下層知識分子和鄉紳。

一、英斂之和他的《大公報》

　　近代少數民族報人的辦報活動，始於 1902 年英斂之在天津出版的《大公報》，這是一張非常重要的資產階級報紙。該報創刊於 1902 年 6 月 17 日，其創辦人是滿族報人英斂之。當時正是 1900 年庚子賠款之後，民族災難深重，受西方資產階級政治思想影響的英斂之，傾向於維新。他於 1901 年到天津後，在資本家柴天寵的提議和資助下，著手籌辦《大公報》。「忘己之謂大，無私之為公，報之命名，固已善矣」〔註3〕。創刊之始鼓吹保皇立憲，在帝後之爭中，堅定地站在光緒一邊。在徵文比賽中，凡鼓吹立憲的文章均授獎，並呼籲維新派與頑固派聯合起來，共同反對革命派，以挽「宗社」之傾覆。該報宣傳天主教，先親法後親日，大膽替帝國主義說話，有濃厚的崇洋味兒。作為資產階級的報紙，它主張開工廠、興實業、辦學校、立憲法。並一貫宣傳禁止婦女纏足，設天足會。該報也敢於揭露清政府的弊政，指名評擊慈禧，刊載沈藎被杖斃事件。這張報紙標榜嚴肅性，拒絕刊登迷信活動的廣告，並發表一些「替窮苦大眾說話」的文章，為洋車夫、為受虐待的學徒鳴不平，對達官貴人侮辱損害下層人民的罪惡也有所揭露，反映了資產階級的社會改良思想和人道主義，贏得讀者的好感。由於報館設在天津租界，清廷對它也不敢輕易制止，因而以敢於說話而被稱道。

　　1905 年，爆發了以上海為中心的全國性的抵制美貨運動，各地報紙激於義憤紛紛報導此事。《大公報》亦起而響應。當時的直隸總督袁世凱，見到刊登抵制美貨的報導，就命令手下通知該報不准刊登這方面的消息。英斂之認為美國禁止華工入境，我國採取抵制美貨相應措施是正義行動，便未予理睬。袁世凱大為惱火，但又無法派軍警去查封，便於當年 8 月間一面下令禁止百姓閱讀該報，一方面禁止鐵路運送和郵局投遞《大公報》。直隸巡警總局箚飭鐵道局、郵局照辦，並在各處張貼布告：

　　「天津鐵路南段趙、天津府正堂凌、天津縣正堂唐、為曉諭事：近來大公報所登類多有礙邦交，妨害和平，合行禁閱，以本月 17 日為限，我津埠士商人等一體遵照，違必究罰不貸。光緒三十一年七月十六日。」

　　在袁世凱的高壓手段下，不得已，《大公報》只得在其他報紙刊出停刊啟事，並斥責袁世凱的媚外行徑：

〔註3〕見英華署名的《大公報序》，轉引自《中國新聞事業編年史》（上）第 203 頁（第一版），福建人民出版社 2000 年版。

「抵制美約一事，倡道於上海，各省風應，凡京華報無一無之。敝報當仁，豈能獨讓。今不幸敝報獨觸當道之怒，嚴禁士商購閱，不准郵局遞寄，為不封之封，今暫與諸君辭……今遇此植芟，非由外人，實為我最有權力之長官也。大公報總經理英斂之，主筆劉孟揚，特白。」

後來，美國政府在我國人民高漲的抵制美貨運動的壓力下，改變了禁止華工入境的規定。《大公報》也隨之復刊。

這張報紙的發行量開始為 3800 份，3 個月後增到 5000 份，成為一張有影響的資產階級報紙。

英斂之（1866～1926），清末，我國極具影響的大學者，曾創辦過輔仁大學。1866 年生於北京。名華，字斂之，號安蹇。滿洲正紅旗人。滿姓赫奢禮。幼年家貧，靠自修讀書，22 歲時信奉天主教，和外國神甫關係較好，懂法文，曾充當駐雲南蒙自領事館的館員。《大公報》就其性質來說，它是一張由滿族保皇分子主持、依靠教會和帝國主義的勢力，利用買辦資產階級投資而創辦起來的資產階級報紙。英斂之既參與編輯工作，也掌管經理事務。1912 年 2 月 23 日《大公報》改印「中華民國」年號，英斂之隱居北京香山，不再管理該報業務。

二、丁寶臣和《正宗愛國報》

1906 年 11 月 16 日創辦的《正宗愛國報》是繼英斂之的《大公報》之後，又一少數民族報人主辦的報紙。創辦人是北京回族愛國報人丁寶臣，地點在琉璃廠東北園。

該報「新聞悉用白話，體例格外精神。演說稿多係著名家。又，隨報附印竹園白話全集。不但宗旨正大，材料豐富，而且門類繁多，記載的確，雅俗共賞，無美不臻。是白話報中最有思想、最有精神者。」（見該報啟事）〔註 4〕1907 年 7 月 10 日，該報文摘性副刊《暮鼓晨鐘》創刊，免費奉送，16 開一張，日刊，專以選錄各報刊言論為主。其言論多摘自《竹園報》《大公報》《北京日報》《公言報》《邇報》《順天時報》《時報》《新報》《天津時報》等幾家報紙，其中以《竹園報》為最。

作為該報的發起人和主筆丁寶臣在《暮鼓晨鐘》創刊號的《序》中聲明該報宗旨為：「博採群言，廣知時勢」；「激發合群自強之思想，振起愛國保種之精神」；「喚醒我四萬萬同胞，各知盡當然之義務，免為外人之馬牛」。又說該

〔註 4〕又見《中國新聞事業編年史》第一版第 492 頁，福建人民出版社 2000 年版。

報「新後生之耳目」，「開蒙幼之知識」。這張報紙開始傾向於維護清朝統治，促其改良，走君主立憲道路。後來，逐漸從各方面揭露了軍閥的黑暗統治，喚醒群眾覺醒。丁寶臣的辦報活動遭到了袁世凱的仇視，終於被殺害，成為我國早期少數民族獻身於新聞事業的報人之一。

三、滿族宗室和八旗子弟的報紙

由滿族宗室和八旗子弟創辦的報紙有留日學生在東京出版的《大同報》和在北京創刊的《中央大同新聞》。《大同報》是 1907 年 6 月 29 農曆五月十九日創辦的月刊，由恒鈞等主編。出版後運回國內發行。創辦人存忠等是正在日本東京優級師範學習的滿族宗室。主要撰稿人有恆鈞、烏澤聲、穆都哩、佩華、隆福、榮陞等。創刊號有楊度的題詞和題為《大同報序》的代發刊詞（署烏澤聲撰）。該報以宣傳君主立憲，成立國會、建設責任政府，滿漢人民平等和滿漢蒙回藏各民族的團結為內容。創刊後該報在東京各報刊出廣告：「此報為留京八旗諸君組織而成，以提倡立憲，融合滿漢為惟一之宗旨」。「第一號首論中國之前途，凡外患內治人民政黨皆導以一定之方針；次論滿漢問題。凡立憲問題，種族問題，皆予以正當之解決。出現以來，尤為海內外同志歡迎。」（見 1907 年 7 月 20 日《中國新報》）。

《大同報》創刊後，北京的民政部立即給以表揚，贊其「春懷時事、不忘在莒」，內容「誠堪嘉尚，」並要求京外各督撫將軍「飭屬購閱，以利銷行。」

《中央大同新聞》創刊於 1909 年，日出一大張，「以變通旗制，促進憲政為宗旨」；致力於君主立憲的宣傳。它的創辦人大多是受過資產階級思想教育的滿族中上層知識分子。由恒詩峰任社長。

四、趙式銘與《麗江白話報》

1907 年在我國西南邊陲雲南麗江由白族詩人，語言學家、歷史學家趙式銘創辦了《麗江白話報》。

趙式銘，字星海，號弢文，晚號僪翁。生於 1870 年（一說 1872 年）。雲南劍川人，出身於貧苦的教師家庭，自幼同情勞動人民。七歲隨父讀書，已能背誦古詩文，後從嚴師和白族學者繼續深造。15 歲以第一名通過「童子試」。1896 年應鄉試，因在試卷上：「放言時務」抒發愛國思想，勉為副貢。後到劍川，麗江縣任教。除創辦《麗江白話報》外，還創辦過《永昌白話報》。為了

揭露和譴責法帝國主義侵略雲南的罪行，表達中華民族對越南人民的同情和支持，他以時事為題材，撰寫了滇劇唱本《苦越南》，發表在該報上。後經加工改編，曾在麗江公演。在該報上還發表了他以元曲形式寫的《蓮花生傳奇》，宣傳宗教改革；以五言詩形式寫的組詩《鴻雁來，思合群也》，《促織鳴，勸尚武也》《職蜂怨講公德也》《雕鶚恨，獎任俠也》，向青少年學生進行愛國主義教育。他還為麗江中學寫了一首校歌，激發學生的愛國熱情，並撰寫了短篇小說《並頭蓮》，提倡婚姻自由。1910 年他與錢民階、由雲龍在昆明創辦《雲南日報》，並任該報編輯。1909 年（宣統元年）被選送北京參加「全國舉貢會試」，錄取後到四川任灌縣都江堰治河小官。這期間，他不僅寫了不少熱愛祖國大好河山的詩歌，還撰寫了一篇名為《考察四川灌縣都江堰工利病書》的近代史實錄。辛亥革命後，擔任蔡鍔都督的「記室，兼纂光復志」，並加入「南社」，「蘇州國學會」。1926 年再度在雲南教書。1930 年任雲南通志館副館長，在此前後曾與周鍾嶽等編纂（民國）《新纂雲南通志》，任副總纂、總纂。他反對蔣介石鎮壓人民，圍剿紅軍，對日本侵略者採取不抵抗政策。抗日戰爭爆發後，他雖養病在家，還以自己的詩文熱情鼓勵雲南健兒奔赴前線，英勇殺敵。臺兒莊戰役後，他高度讚揚參與此次戰役的滇軍名將張沖師長和受重傷的旅長以及他的白族學生王雲九，表現了他的愛國之情。1939 年到 1942 年間，任雲南通志館館長。他以年邁多病之身，不顧時局的艱難，過著「年荒鈔史常爭米，薪貴書信亦拾藤」的生活。1941 年，在完成了省志的編修工作之後，從省城昆明又回到了家鄉。1942 年病逝於故里。他的主要著述已出版的有《白文考、麼文考、麼西文考》《雲南光復志紀要：光復起源篇、建設篇、西征篇》，還有《睞巢詩稿》《希夷微室詩鈔》《睞巢文稿》《行年七十自述》等詩文。

五、辛亥革命時期的民族報人與報刊

辛亥革命期間和民國初年，隨著我國報業的發展，少數民族的辦報活動也有新的發展。1916 年，北京出版了《清真學理譯著》（刊物），但因局勢混亂，只出了一期就停刊了。1917 年初在上海創辦了《斯覺報》該報由安健和余達文主辦，以宣傳三民主義、鞭撻軍閥為主要內容。

安健，安舜卿，彝族。我國辛亥革命時期革命家。1877 年 8 月 22 日生於貴州省即岱廳羊場巡檢司凹鳥底（今六枝特區新場區上官鄉下官寨）的一個彝族水西土司家庭。1905 年東渡日本，尋求救國之道。參加孫中山領導的同盟

會後，多次回國進行革命活動。1911 年辛亥革命前夕，他在日本同盟會總部與貴州自治學社聯繫，下達孫中山的指令，推動了辛亥革命在貴州的爆發。1917 年在他主持該報期間，被任命為大元帥府參議，常被派往滇、黔、桂諸省開展工作。11 月任川邊宣撫使，他遵照孫中山關於安定川康邊民，團結各民族開發邊疆資源，共建國家大業的指示，多次深入藏彝地區，調查民情，宣傳革命。1923 年 7 月，任廣州大本營諮議。1924 年 1 月孫中山在中國共產黨的幫助下，召開了國民黨第一次全國代表大會，實行「聯俄、聯共、扶助農工」三大政策。他竭誠擁護，並與國民黨右派進行了堅決鬥爭。他還從貴州挑選百餘名各族青年輸送給黃埔軍校，成為北伐戰爭的骨幹之一。

1925 年後，他參加了陳延年、周恩來等人的「西南同志會」，與周逸群等共產黨人一起，團結滇軍、黔軍、粵軍、桂軍中的左派力量，推進北伐。並通過工作使黔軍彭漢章加入北伐軍，編為國民革命軍第九軍，他任黨代表兼政治部主任。1927 年蔣介石叛變革命，他堅持與國民黨右派鬥爭，被視為「赤化分子」。1928 年，他到昆明想借助龍雲之力，聯合它省勢力與蔣介石抗爭。1929 年 6 月任貴州臨時政府政務委員兼民政廳長，雖一再努力終未實現反蔣計劃。1929 年10 月 12 日病逝於昆明。國民黨政府追封他為陸軍上將，改上官鄉為舜卿鄉，以示紀念。他十分關心各民族的團結和貴州少數民族的前途與發展，多次在報紙上撰文介紹貴州民族情況，批判大漢族主義。遺有《貴州民族概略》《貴州土司現狀》等著述。1986 年 4 月貴州省為其重修墓地並舉行了隆重的落成典禮。

六、1898～1919 年我國少數民族報業的特點

以上介紹的都是由少數民族報人主辦和創刊的漢文報刊，這裡所記載的並不是少數民族興辦新聞事業的全部情況。但是，由此可以得出這樣的結論：

第一，我國少數民族的辦報史料雖然始於 1902 年英斂之的《大公報》，但是在這之前並不能說我國少數民族的辦報活動就一定不存在。據益西加措的論文《元朝以前藏族的新聞與新聞傳播》中考證：「由於社會制度的進步和歷史的向前發展，封建割據時期藏族的新聞與新聞傳播又有了長足的進步。隨著藏文的革新和廣泛使用、隨著造紙技術在藏區的應用、隨著一整套封建政治制度的建立，一種適應於封建統治階級維護統治秩序和實行階級專政的類似於唐朝邸報的政府機關的宣傳冊子在封建割據時代的藏區有可能出現。雖然，到目前為止還沒有人發現（主要是沒有研究）歷史上有「藏文手抄新聞」，但是，

在元朝之前相對獨立的藏族政權裏，出現了「藏文手抄新聞」的客觀條件和主觀要求確已具備。

「其客觀條件是，當時藏區各地方勢力大都有專為地方政府負責傳發信息的驛站和驛人；文字在信息和新聞傳播領域一躍而為佔據優勢；初級的造紙術在藏區推廣；藏區和內地聯繫頻繁，一向善於借鑒的藏族統治者不會不學習和使用漢地出版『報紙』的辦法；吐蕃王朝時就已經有了奏章和書面頒布的法令。其主觀條件是，各地方勢力急需依靠更先進的傳播手段來宣傳自己，擴大自己的影響；封建政府需要用奏章、疏表、公報等手段維護統治秩序。」

作者進而舉出美國學者卡爾邁在《天喇嘛（拉喇嘛）益西沃的〈文告〉》的研究成果為例，加以論證。他說，這篇文章中寫道：「天喇嘛（拉喇嘛）益西沃的『嘎嘯』（gaxoh），我把它譯為『文告』，實際上是一篇以公開信形式發表的文章。」「《文告》的主旨就是對當時統治地位的密教修法的批評」。益西加措指出「這篇〈文告〉是公元 985 年以前的幾年內頒發的。」「《文告》上注明布讓（地名）邦長頒發」。卡爾邁所提到的這篇〈文告〉其實可以認為是阿里王系古格王朝的一篇『宗教宣傳告示』。因為古格王朝當時是政教合一的，益西沃既是最高宗教領袖又是最大的政治統治者。以他的名義公開發表，並注明『布讓邦長頒發』，這就具有『國家』機構公開頒布的權威性。《文告》裏的信息（內容）一旦被受眾所獲得，必然具有一定的傳播價值。從某種意義上講，這類《文告》也可以算作是一種特殊的『手抄新聞』。」〔註5〕

益西加措的論證，說明我國少數民族的報刊活動可能與漢族是同步的，也可能是相差不遠的。只是沒有發現或者說還沒有進行研究。

第二，少數民族的辦報活動是與時代同步的。他們辦的每一張報紙都是時代的需要，都如實地反映當時的現實生活，都是一定社會政治集團的代言人，是這些集團的輿論工具，有明顯的傾向性。

清末的少數民族報刊，都不同程度地反映君主立憲資產階級改良派的主張和針砭時弊，拯救中華的資產階級革命派的思想傾向。辛亥革命和民國初年的報刊，則以宣傳孫中山倡導的「驅逐韃虜，恢復中華」以及三民主義為其主要內容。

第三，考查這部分報刊的創辦者，他們都是少數民族，他們當中真正的報

〔註5〕引文均見 1989 年《西藏研究》第 1 期，第 83 頁到 84 頁。

人並不多。嚴格地說只有英斂之和丁寶臣二人，而多為政治家辦報。安健等人是我國辛亥革命時期的革命活動家，他們畢生的精力都致力於革命事業，辦報只是他們革命活動的一個組成部分。報紙都是一定政治集團的耳目喉舌，即使是文人學者，比如滿族宗室留日學生主辦的《大同報》和八旗子弟的《中央大同新聞》，都有明確的政治傾向。丁寶臣之所以被殺害，也是因為他的《正宗愛國報》的宣傳與竊國大盜袁世凱的政治主張有明顯分歧。因而在少數民族創辦的報刊中，新聞與新聞事業的性質、功能、任務與作用也沒有改變。

　　第四，雖然《大同報》提出的「滿漢人民平等和滿漢蒙回藏各民族的團結」「融合滿漢為惟一宗旨」是以宣傳「君主立憲」為其目的，更不能與我黨提倡的民族平等相提並論。但是這說明少數民族創辦的報刊從一開始就已意識到要注意民族問題、民族團結問題。最早反映民族問題的報紙應是 1884 年創刊於上海的《點石齋畫報》〔註6〕。原載該報辰 8133 號的《苗婦變虎》就是一例。《苗婦變虎》全文如下：

　　「黔疆多虎，或曰苗婦所變。凡婦為虎所獲，經宿不食而生還者後必變虎。其變也，漸凝顛，漸而暴躁，目漸圓，口漸闊，體漸生毛，即有虎來侯門外耽耽坐視。家人知其逆婦來也，乃用鐵牌鐫姓氏擊諸婦頸，婦即跳入虎群，就地亂滾，立化為於菟，長嘯一聲辭家遠去。嘗有經數百年後為獵人射得，牌猶在頸者，其子孫贖葬之。是亦異聞也，然世間固有燕支虎不待畫，黨尉之晴而能攝勇夫之魄，則其不變之變更甚於變矣。」

　　這則新聞報導雖然是不真實的。但在報刊注重民族地區的新聞報導方面，應該自此始，至少筆者掌握的材料是這樣的。

第三節　我國早期的少數民族文字報刊

　　現在比較一致的說法是，我國古代原始狀態的報刊始於唐代開元年間，即公元 713～741 年。英國不列顛圖書館館藏的一份我國唐代進奏院狀是現存世界上最古老的報刊。它詳細報導了唐僖宗光啟三年（公元 887 年）敦煌附近的沙州歸義軍節度使張淮深派專使前往鳳翔要求旌節的情況〔註7〕。世界上各民

〔註6〕《點石齋畫報》是我國最早的畫報之一，1884 年創刊於上海，1894 年停刊。
〔註7〕見 1983 年中國人民大學出版社出版《新聞學論集》第五輯，方漢奇教授對這
　　　　份進奏院狀，有詳盡的考證與論述。

族的新聞事業都始於報刊，漢文報刊在我國新聞事業中也是最早出現的。我國兄弟民族新聞事業的興起也始於少數民族文字的報刊。這應當是各種新聞信息傳播和發展的一條規律。新聞事業的興起，標誌著新聞信息的傳播有了專門的傳播媒介，有了固定的載體。它是一個國家一個民族新聞與新聞傳播發展到一個嶄新階段的里程碑，是「質」的飛躍。

一、我國最早的少數民族文字報紙

我國少數民族文字報刊最早出現於何時呢？

少數民族文字的創造〔註8〕為我國民族文字報刊的創辦提供了必要條件。我國早期的少數民族文字報刊出現於20世紀初葉，《嬰報》是內蒙古地區歷史上第一份蒙文報紙，也是我國歷史上最早的少數民族文字報紙。該報創刊於1905年，4開，隔日刊，石印。社址設在內蒙古昭烏達盟喀喇沁右旗王府「崇正」學堂院內。該報以啟發民智、宣揚新政為宗旨。主要刊載國內外重要新聞，科學知識，內蒙古各盟旗政治形勢的動態及針對時局的短評等，免費投遞。辛亥革命前後終刊。當年在學堂任教的邢致祥說：「貢王辦教育辦報紙，不但蒙藏尚在夢中，就連熱河全省也未聞有一處。」

該報的創辦人為貢桑諾爾布。他出生於清同治十年（1871年6月26日）內蒙古卓索圖喀喇沁右旗（今赤峰市喀喇沁旗）蒙古貴族家庭。字樂亭，號夔盦。其父旺都特那木濟勒為喀喇沁右翼旗札薩克親王兼卓索圖盟盟長。其家庭為成吉思汗勳臣烏梁汗濟拉瑪的後裔。他本人後被封為頭等塔布囊〔註9〕、輔國公喀喇沁郡王兼卓盟盟長。卒於1930年（一說1931年）。民國期間歷任蒙

〔註8〕 我國各兄弟民族的古文字創始的年代，通行地區，文字來源和保存文獻的多少各不相同，其中時代最早的要算公元2到4世紀在新疆於闐，鄯善地區通行的佉盧文。此後還有于闐文、突厥文，回鶻文等等。1980年秋，由民族文化宮、國家民委文化司和中國民族古文字研究會在北京聯合舉辦的「中國民族古文字展覽」，展出了佉盧文、焉耆——龜茲文、于闐文、突厥文、回鶻文、察合台文、西夏文、古藏文、老傣文、老彝文、納西族東巴文、契丹文、女真文、古蒙文、八思巴文和滿文，共16個文種的文獻資料，還有其他幾種民族古文字，約計總數不少於20種。

〔註9〕 塔布囊，亦作「他葛浪」「倘不能」「他不能」「他葛能」「拓不能」「倘不浪」等，蒙古語音譯，意為駙馬。明代蒙古人對於同成吉思汗後裔女子結婚者的稱號，其地位相當於台吉。絕大多數出自太師、宰桑等非成吉思汗後人的貴族及其子弟。至清代，成為封爵之一，為「駙馬」「郡馬」「額駙」的通稱，僅用以與清室通婚喀喇沁部三旗貴族。

藏事務局（後改為蒙藏院）總裁，國民黨理事會理事，北京蒙藏學校校長。貢王通曉蒙、滿、藏、漢等多種文字。並學過日語。喜吟誦，好屬文工書法並善長繪畫，求知欲強。他精通蒙古傳統騎射，並師從河北名人學過武術，可謂文武雙全。

不久，1907 年《蒙文報》創刊。1908 年 4 月《蒙話報》創刊，石印出版，由吉林調查局和蒙務處編譯官書印刷局承印。

《西藏白話報》是我國最早的藏文報紙，創辦於清朝末年即 1907 年四五月間。其創辦人是清廷最後一位駐藏大臣聯豫和幫辦大臣張蔭棠。

聯豫，清內務府正白旗人。係自遼東入關的老漢姓旗人，落籍浙江杭州。原姓王。初任四川雅州府（今雅安）知府。光緒三十一年（1905）授副都統銜，任駐藏幫辦大臣。同年十月升任辦事大臣。光緒三十四年在西藏推行社會改革，時十三世達賴已自北京起程返藏。宣統元年（1909 年）又與幫辦大臣溫宗堯奏陳藏事七款，強力推行改革，引起十三世達賴的強烈不滿。十三世達賴返藏後，雙方關係惡化。宣統二年正月清朝派鍾穎率川軍進駐拉薩，十三世達賴逃往印度。曾電清廷革除十三世達賴名號；又籠絡九世班禪，企圖取代十三世達賴，未果。11 月奏請裁撤幫辦大臣，改設左右參贊二人，清廷准其請，由是獨攬大權。辛亥革命爆發（1911 年）後駐藏清軍嘩變，1912 年川軍與藏軍衝突爆發後，避居哲蚌寺，並將印信交鍾穎。旋十三世達賴自印返藏，宣布西藏「獨立」。六月被迫離藏，由印度回到北京。

張蔭棠，廣東南海人。字憩伯。清光緒二十二（1896 年）隨伍廷芳赴美，任三等參贊。二十三年改任駐舊金山總領事，旋調駐西班牙代辦，三十一年赴印度，與英國談判修改《拉薩條約》事宜，無結果。三十二年以副都統銜任駐藏幫辦大臣，入藏查辦事件，參劾有泰等人昏庸誤國。三十三年向清外務部陳《治藏芻議》（19 條），並在藏頒發《訓俗淺言》《藏俗改良》，命令噶廈設立九局，行新政。翌年再赴印度。同年三月與英訂立《藏印通商章程》15 款。同年九月代表清廷照料十三世達賴在京期間活動。辛亥革命後，屢次出使各國。

聯豫與張蔭棠都曾出使過歐美，通曉洋務，並且具有一定的愛國主義思想。

張蔭棠作為中央政府的欽差大臣進藏後，第一件事就是參劾了駐藏大臣有泰等十餘滿漢官吏的昏庸誤國、貪污腐化等罪行，揭露了有泰在西藏人民抗英鬥爭中「坐誤事機」，對抗英行動採取「釜底抽薪」「任其戰、任其敗」的賣

國政策。西藏人民對於革職查辦有泰等滿漢官員無不拍手稱快。全藏上下民氣大振。〔註10〕

　　1905 年聯豫被清朝政府派往西藏，接替了有泰的職務。聯豫任駐藏大臣達六年之久，直到辛亥革命後（民國元年即 1912 年 4 月）始離拉薩。

　　駐藏期間，他們的主要功績是收回了中央在西藏的主權，先後「請撥餉銀，編練新軍，改官制，鑄銀元，舉辦漢文藏文傳習所、印書局、初級小學、武備學堂、白話報館等」〔註11〕，大膽改革，實行新政。但是，清末的西藏「錮蔽已深，欲事開通，難求速效」〔註12〕。他們認為「與其開導以唇，實難家喻而戶曉，不如啟發以俗話，自可默化於無形。」〔註13〕於是他們便以「愛國尚武開通民智」〔註14〕為宗旨，參照四川旬報及各省官報的辦法，創辦了我國最早的藏文報刊《西藏白話報》。這是西藏地區第一家近代報刊。

　　《西藏白話報》為十天一期（旬刊），每期發行三四百份。該報以漢藏兩種文字印刷出版，深受廣大藏族同胞歡迎，據說還有很多讀者「自來購閱」。該報第一期是駐藏幫辦大臣張蔭棠由內地帶去的一部石印機印刷出版的。為了長期印刷出版這張報紙，聯豫等人派專人到嘎里嘎達（即今加爾各達）購買機器，以便把它辦得更好。

　　從現存於西藏自治區文管會裏的一本宣統二年（1910 年）8 月印刷的《西藏白話報》，可以知道，這份報紙用進口白色優質機製紙裝釘而成，長方形，長 34.5 釐米，寬 21.5 釐米，共 7 頁。首頁為封面，正中劃一長方形框，框內用紅藍雙色套印。上部自左至右印有藍色的漢藏兩種文字的「西藏白話報」幾個字。下部正中印有紅色團龍一條，四角飾雲紋。方框右邊為墨書漢文「宣統二年八月下旬第二十期」字樣。最後一頁是漢藏兩文的說明，藍色，字跡已有些模糊。尚依稀可辨。說明是：「本報系每十日出版一本，每本收藏圓一枚，每月三本，每年三十本，全年投資合藏□三十圓。此□日零買之價也。若定閱一年及半年者，每本減二分……」

〔註10〕參見王輔仁、索文清：《藏族史要》，四川人民出版社 1981 年版。
〔註11〕引自吳豐培主編：《聯豫駐藏奏稿·聯豫小傳》，西藏人民出版社 1979 年版。
〔註12〕引自吳豐培主編：《聯豫駐藏奏稿·開設白話報及漢文藏文傳習所片》，西藏人民出版社 1979 年版。
〔註13〕引自吳豐培主編：《聯豫駐藏奏稿·開設白話報及漢文藏文傳習所片》，西藏人民出版社 1979 年版。
〔註14〕引自吳豐培主編：《聯豫駐藏奏稿·開設白話報及漢文藏文傳習所片》，西藏人民出版社 1979 年版。

中間五頁為正文，似用鋼版刻寫，黑墨油印，全部為藏文行書。其內容有西藏新聞、內地新聞、國外新聞以及科技報導等 15 篇。主要內容是：

1. 開辦警察學校。由於江孜已闢為商埠，故而欽差大臣命令，擬從駐拉薩第一陸軍中，挑選百名識字的軍人到警察學校學習一個月，然後充當江孜的警察。該校定於 8 月 20 日開學。

2. 黑龍江、江西兩省的局部地區發生水災和蟲災。清政府撥出二萬兩白銀賑濟災民。

3. 據四川總督趙爾豐報告：四川□□縣有一位熱心教育事業的陳老師，於去冬逝世。生前他個人出資一千多兩銀子，創辦了女子師範學堂和兩所小學。為表彰其辦學功績，趙請求政府在其家鄉建立牌坊。

4. 廣東當局貼告示：北京將開辦一所公安學校，中學生即可報名。

此外，還介紹了開墾荒地、開闢商埠和中國手工業品參加南洋博覽會以及怎樣飼養牲畜，如何發展農業生產等消息和科學知識。〔註15〕

二、我國最早的朝鮮文報刊

繼《西藏白話報》之後，在我國東北出現了最早的朝鮮文雜誌《月報》。該刊於 1909 年由延吉「墾民教育會」創辦，其宗旨是向朝鮮族人民群眾進行反日啟蒙教育。

除《月報》外，1910 年 7 月 1 日又創辦了《大成團報》。其宗旨「為華韓輿論之代表作社會教育之源泉，為勸善懲惡之機關作忠言善導之神聖，為政客之顧問做社會之師表，為良民之福音潑吏之閻王，有害我同胞者以正義公道誅之斥之，又警我同胞以暮鼓晨鐘，鳴之醒之，有政策之失軌者面詰廷爭誓死不屈，有社會之腐敗者必顯諍徵諷遷善，乃以海外之政策隨時電文，地方之民情無漏日載，儼然一國之干城，超然作獨步之風雷。」主要內容有論說、小說、演說、教育擴張、產業開發、政治改善、法律公平、歷史地理、內報外報、官報雜報、該報內容廣泛，涉及政治、經濟、教育、法律、歷史、地理、國內外時事以及地方新聞。

這一時期，還有 1911 年 4 月創辦的《韓族新聞》和 1913 年創辦的《新興學友報》等。

〔註15〕有關宣統二年八月印刷的《西藏白話報》的材料，參見 1985 年 10 月 19 日《西藏日報》。

三、新疆第一張報紙《伊犁白話報》

在我國新疆地區出現了辛亥革命時期唯一的少數民族文字的革命報紙——《伊犁白話報》。該報創刊於 1910 年（宣統元年）3 月的伊犁惠城。社址設在新疆伊犁鄉城北大街（今霍城縣猛進鄉）。《伊犁白話報》由馮特民主編，主要撰稿人有馮大樹、李輔黃、郝可權、鄭方魯等。他們都是在 1910 年前後隨同新軍協統楊纘緒從湖北調到新疆的湖北籍的同盟會員。

馮特民，湖北江夏人，名一，又名超，字遠村，筆名鮮民。畢業於湖北自強學堂。1904 年（光緒三十年在武昌（即江夏）加入科學補習所。次年與劉靜庵等組織日知會〔註16〕任評議員。日知會的「章則文告」，「多出其手」。1905 年他與張漢傑等在武漢接辦《楚報》，縱論鄂省政治，不避嫌疑〔註17〕，因刊張之洞與英人密訂《粵漢鐵路借款合同》的全文，配發評論而遭查禁，本人逃往新疆。此後他加入了同盟會。因當時形勢所迫，不便公開提倡革命，就以辦報的合法形式暗中傳播革命思想。他與該報其他同志一起主動吸收當地傾向革命的各族知識分子，請他們到各地採寫稿件，使該報成為辛亥革命時期新疆地區最有影響的報紙。1912 年被馬騰霄刺殺於惠遠城〔註18〕。

該報設有「摘登來函」「轉載專件」「演說」「愛國話歷史」「本省新聞」「譯報」「雜俎與閒評」等七個欄目，報導新疆各族人民反對帝國主義侵略，維護國家統一的各種消息。內容豐富、文字新鮮活潑，深受讀者歡迎。該報除在新疆發行外，還遠銷北京、天津、上海、漢口等地，影響之廣，印數之多，在當時少數民族文字報紙中首屈一指，1911 年 11 月被銳志勒令停刊。

《伊犁白話報》用漢、維、蒙古、滿四種文字出版，漢文為鉛印，滿、蒙古、維吾爾文為油印。由中國同盟會主辦，日刊。這張報紙除宣傳同盟會的綱領外，還向少數民族同胞進行民族民主革命教育，號召他們與全國人民一道反對清朝封建獨裁統治。由於報紙的宣傳，新疆地區的同盟會會員日益增多，許多少數民族同胞積極投身於革命。

當年，伊犁有維吾爾、回族，還有游牧的哈薩克族、蒙古族。《伊犁白話

〔註16〕日知會：清末湖北革命團體。1905 年 2 月由劉靜庵、曹亞伯等發起，第二年 2 月在湖北武昌正式成立。該會以利用美國聖公會所設的日知會閱報室得名。會內分設幹事、評議兩部。約有會員一、二百人。

〔註17〕引自歐陽瑞驊：《馮特民傳》，見張難先：《湖北革命知之錄》第 78 頁，商務印書館，（中華民國 34 年 11 月重慶初版，35 年 5 月上海初版）。

〔註18〕惠遠城即惠城。

報》面向各少數民族進行反壓迫宣傳。1912 年 1 月的伊犁起義，能夠得到少數民族的支持，是跟《伊犁白話報》的宣傳鼓動分不開的。〔註 19〕

　　繼《伊犁白話報》之後，1912 年 2 月 22 日新疆又創辦了《新報》，1913年 10 月之後改為《伊江報》。該報除用漢文出版外，還用維吾爾文出版。這一時期在新疆斜米還出版過《自由論壇》和由華僑在塔什干創辦的維吾爾文版的《解放報》。報上時常刊載有關新疆官吏貪污和鎮壓地方居民的報導。

四、在北京出版的《蒙文大同報》

　　中華民國成立後，標榜五族共和，在中央設蒙藏事務處（後改稱蒙藏事務局），擔任第一任總裁的是《嬰報》的創辦人貢桑諾爾布。北洋政府於 1912 年8 月 19 日頒布《蒙古待遇條件》促進了我國少數民族報業尤其是蒙文報業的發展。在北京創辦的《蒙文大同報》標誌著我國早期少數民族新聞事業又邁上了一個新臺階。

　　《蒙文大同報》創刊於 1912 年 11 月 1 日，由喀喇沁旗的巴達爾胡發起，石印，大 32 開，半月刊。社址設在北京前門外（原宣武區，現西城區）北火扇胡同。名為「大同」，是針對當時帝國主義破壞蒙族同胞團結，搞所謂「獨立」的企圖，意在強調「五族共和」「五族大同」，即中華民族的團結和統一。其宗旨是「經想〔註 20〕知道當代地球的大勢及政治大道理，就得提高文化水平；而讀報是一種辦法。」「看懂漢文刊物的人少，蒙文刊物才有二三種，內外蒙地域遼闊，要想互通情況，就得訂閱刊物，還在寺廟及集會上，摘其要聞傳播或張貼，向廣大群眾宣傳，一傳十，十傳百，口講耳聽，互相傳達，其效不淺。」「蒙古族同胞懂得蒙文的越多越好，先學蒙文，又學漢文更好。蒙古族同胞更應懂蒙文，如若蒙古人不懂蒙文，更是欺辱〔註 21〕」；「只有提高文化水平，才能不被外國人欺凌，不被壞人欺騙，做自己的主人，漢族、滿族、回族、藏族大同於中華民國，乃是我們五族的共同幸福。」〔註 22〕

　　該報主要刊載中央要聞包括政府法令、法規，蒙古要聞，各省要聞，國際要聞等，對與蒙族同胞關係密切的重大事件如《哲里木盟十旗王公在長春開

〔註 19〕參見包爾漢：《新疆五十年》，文史資料出版社 1984 年版。

〔註 20〕「經想」疑為「經常」之誤。

〔註 21〕「欺辱」疑為「恥辱」之誤。

〔註 22〕引文見該報刊發的《提高蒙古族同胞覺悟的途徑在於迅速提高文化》一文。

會，反對庫倫〔註23〕獨立》《同陶克陶的和平談判條件》《外蒙古獨立析》《反對吸鴉片》等等都有較詳盡的報導。鑒於貢桑諾爾布出任蒙藏事務局總裁的緣故，也常常刊登蒙藏院通告和總統給蒙藏院呈文的批示等。

該報由正蒙書局印刷，本報社發行。特克斯加布擔任編輯。

五、《蒙文白話報》

中央民族學院（現中央民族大學）圖書館藏有一份民國二年（1913 年）元月出版的《蒙文白話報》。該報是研究我國早期少數民族文字報刊的珍貴資料。現就《蒙文白話報》的版式、內容等方面作個簡單的介紹。

《蒙文白話報》係用蒙、漢兩種文字同時印刷，書冊式裝訂，大小相當於現在發行的 16 開本的書刊。封面最上方有交叉的中華民國代表漢滿蒙藏回五族共和的國旗兩面。中間豎行書寫「蒙文白話報」五字。右邊有「中華民國二年三月出版第三號」字樣。左邊有「中華民國郵政局特准掛號認為新聞紙類」十七個字。在這三行字的下邊，左右兩側分別有「本期奉送」，由右至左的橫寫的漢蒙文字樣（封面上出現宇句均以漢蒙兩種文字書寫）。

《蒙文白話報》可能是月刊。翻過封面有該報之目次：「圖畫二頁」「法令一頁至五十二頁」「論說一頁至十三頁」「要聞一頁至十六頁」「答問一頁至十九頁」「文牘一頁至三十八頁」「專件一頁至三十七頁」。該報的頁碼只表明每個欄目總計有多少頁。

以上各欄所載內容均由漢蒙兩種文字書寫，豎行排列，先蒙文後漢文，並無句讀，更無新式標點。文字通俗易懂，所載內容都是少數民族同胞所關心的重要事件。《蒙文白話報》1914 年 7 月停刊，共出 18 期。據查有關資料與該報同時創刊停刊的還有《藏文白話報》《回文白話報》，當時設有辦報處，統由蒙藏事務局領導，辦報人主要人選由其總裁貢桑諾爾布親自選聘。第一位總編纂徐惺初。總理《回文白話報》即回文部主任。徐惺初係中國回教促進會創始人。中央民族大學館藏的這一期《蒙文白話報》，從其內容和封面所載發行時間，可以斷定屬於我國早期的少數民族文字報刊，而且是研究我國早期民族文字報刊的不可多得的珍貴資料。

〔註23〕現烏蘭巴托。17 世紀中期為第一世哲布尊丹巴呼圖克圖駐地，始建城柵。蒙古族成其為「庫侖」。清代在此設庫侖辦事大臣，管理對俄羅斯通商事務，並統轄土謝圖汗、車臣汗二部，歸定邊左副將軍節制。1924 年外蒙獨立稱烏蘭巴托。

第四節　民族地區的漢文報刊

在這個時期，內蒙古地區還有一些報紙出版發行。例如 1913 年創刊的《歸綏日報》，由同盟會會員王定圻主辦，係內蒙古西部地區最早的報紙，但發行時間不長。四開鉛印。1914 年創辦的《一報》，四開鉛印日報，王定圻主辦，宣傳同盟會的革命主張，報導革命黨人的活動情況。1917 年創辦的《青山報》，四開鉛印，主辦人張焰亭。出刊數月，因經費困竭停刊。還有《商報》，四開鉛印。1918 年創刊的《西北實業報》，對開鉛印，由綏遠總商會支持營辦，主辦人孫雅臣，為當時綏遠地區獨家報紙。1925 年 10 月在包頭創辦的《西北民報》四開四版鉛印，由中國共產黨人創辦，以國民黨上將馮玉祥西北邊防督辦公署機關報名義出刊，主要宣傳反帝反封建的愛國思想和傳播新文化。以上列舉的這幾份報刊都以漢文出版發行。這說明，這個時期民族地區的報刊活動也是比較發達的。

在此應當對報人王定圻作些介紹。

王定圻，字平章，號亞平，祖居內蒙古包頭。辛亥革命時期，他隨從當時的太原綏靖主任閻錫山轉戰於呼和浩特、包頭之間，在戰爭中被傷去一指。民國元年即 1912 年他回到呼市任中學教員，並被選為第一屆國會議員。王定圻為啟發民智，匡正時政從北京買來小張鉛印機一架，接辦了由周頌堯主持的《歸綏日報》，每日出版四開一小張。這是內蒙古最早的鉛印報紙。但僅出一年，就於 1915 年停刊。不久，他又創辦了《一報》，言論犀利，揭露當時政治黑幕，引起官僚政客的不滿。1916 年夏季，袁世凱陰謀稱帝，王定圻在報紙上載文公然反對，並且多方聯絡本地和外地志同道合的同志，舉起討袁的旗幟。有一天，他有一封給上海討袁同志的信，被郵局查獲，立即把他逮捕入獄。在法庭上，他面不改色，義正辭嚴，據理力爭。1917 年 1 月 5 日，他被袁世凱殘酷殺害，終年 33 歲，成為在民族地區辦報和為我國新聞事業獻身的報人。

第五節　民族文字報刊興起的歷史原因及其特點

我國早期的少數民族文字報刊首先在內蒙、西藏、東北、新疆等幾個主要少數民族集聚的地區創辦，其歷史原因為：第一，蒙古族、藏族、朝鮮族、維吾爾族與中原文化交流淵源流長。1279 年忽必烈滅南宋，統一中國，建立了元朝。蒙古族的新聞與新聞傳播有了一定的發展。13 世紀初葉，蒙古族創製

了自己的文字，促進了蒙古族的文化發展，陸續出現了各種形式的歷史、文學以及經濟、醫學著作。《蒙古秘史》《宋史》《通史》《金史》和明代的《黃金史》《黃金史綱》《烏巴什洪臺吉的故事》以及清代的《一層樓》《泣紅亭》等等都是蒙古學者重要的歷史和文學著作。到了清代，蒙古族學者單獨或與其他民族的學者合作，編纂了很多蒙古語辭典和多種民族文字對照合編的大辭典，對於促進蒙古族書面語言的形式和規範化以及加強與各個兄弟民族的文化交流和信息傳播，具有重要作用。

藏族有文字記載的歷史從六世紀算起，已有1400多年之久。據史書記載，藏文創製於公元 7 世紀即在松贊干布做贊普的年代裏。藏文創製後，就有了本民族文字的著作和譯述，對於古代藏族的新聞和新聞傳播的發展有重要意義。尤其是在松贊干布和文成公主聯姻之後，不僅促進了西藏與中原之間的政治、經濟、文化以及生產技術和曆算、醫藥等科學知識的交流和相互發展，而且進一步發展了古代藏族的新聞和新聞傳播。

19 世紀中葉以後，由於戰亂、饑荒、封建暴政、日本帝國主義的入侵等等原因，有大批朝鮮人移居我國東北一些地區。我國的朝鮮族與朝鮮人民在血統上、氣質上、文化習俗以及心理素質上，具有很多共性。整個朝鮮民族的文化傳統有幾千年的歷史了。中國與朝鮮民族的文化交流始於戰國時代。公元 1 世紀已有某些朝鮮人能背誦《詩經》《書經》和《春秋》，早在兩千多年前，朝鮮的著名歌謠《龜旨歌》《箜篌引》等，已用漢字記錄下來。唐朝李白的《公勿渡河》一詩，高度讚揚了《箜篌引》這首傳唱於古朝鮮人民中間的表達堅貞愛情的歌謠。這首歌謠在我國黃河流域也廣為傳唱，並收入了漢代宮廷十二曲中。儒學隨漢字的傳入，很早就已在朝鮮民族中得以傳播。公元 7 世紀「吏讀文」創製後，對民族文化的發展起了積極作用。朝鮮民族的漢文學也發展到相當高的水平。13 世紀初葉，朝鮮民族吸收畢昇發明的活字印刷術，並加以改造，發明了世界上最早的金屬活字。15 世紀以後，朝鮮民族進入封建社會後期，文化發達到鼎盛時期。1444 年，創製了「訓民正音」，促進了朝鮮語言的發展，改變了以前語言與文字不一致的現象。以後又出現了《回聲通解》《訓蒙字會》等，對普及「訓民正音」，發展朝鮮語言學和音韻學起到了積極作用。為適應圖書編輯和出版業的發展，從鑄造銅活字和木活字入手，大力改進印刷技術，出版了不少包括歷史文獻在內的各種著作。這為近代和現代朝鮮民族的新聞與新聞傳播的發展提供了必要的物質條件。

維吾爾族的先民回鶻人在公元 8 世紀就創製了拼音文字——回鶻文。9 世紀時，在高昌五國得到了廣泛使用。13 至 15 世紀曾是金帳汗國、帖木耳帝國和察合臺汗國的官方文字。先後在新疆地區使用了 800 多年。維吾爾族的書面文學有自 11 世紀以來流傳至今的巨著，如玉素甫‧哈斯哈吉甫的敘事長詩《福樂智慧》、穆罕默德‧哈什噶爾的《突厥語詞典》都是研究古代維吾爾族歷史、文化、語言的重要著作。維吾爾族長期生活的新疆地區，古稱西域，是我國歷史上最早開發的地區之一。張騫兩次出使西域，進一步溝通了我國到中亞一帶的「絲綢之路」。漢族悠久的文化，從漢代以來就在西域廣泛傳播。許多書籍、醫方，早在唐代以前傳入新疆。白居易剛寫成不久的《賣炭翁》等詩，非常迅速地在西域流傳，說明當時新疆地區與中原信息交流和新聞傳播早已十分發達。

第二，在中國新聞史上，清朝末年興起了第二次辦報高潮，這次高潮一直持續到辛亥革命爆發。第二次辦報高潮的標誌是各種政治派別的報刊數量猛增，以康梁為首的資產階級改良派報刊，1899 年僅有六七種，到 1906 年已達到十幾種；以孫中山為首的資產階級革命派出版的報刊更多。從 1900 年創辦的二三種，到 1911 年已發展到 120 種，其中期刊 50 餘種，日報 60 餘種。內地府縣也出現了地方報刊。另外，隨著國內資本主義的發展，交通的便利，電報的出現以及民族危機的加重，各種政見的論爭和發表，不僅刺激了報刊的發展，而且加深了資產階級改良派（後來發展為保皇派）和革命派對報刊輿論作用的認識，並形成了各具特色的資產階級輿論觀〔註 24〕。

第三，「愛國尚武開通民智」的辦報思想並非始於聯豫等人，也就是說這種辦報思想並不是少數民族文字報人的發明。自康梁實行新政以來，不少資產階級改良派就積極提倡過。康有為在他的《上清帝第四書》中就提出了「設報達聰」的主張，《中外新報》的創辦就反映了康梁「開民智先開官智」的思想。被毛澤東同志稱之為維新變法時期「向西方國家尋找真理」的「先進的中國人」〔註 25〕嚴復，其辦報思想的核心也是「開民智」。「民智者，富強之原」〔註 26〕。怎麼開民智呢？就是辦報，並且要辦不同類型的報刊，針對不同讀者對象辦不

〔註 24〕參見胡太春：《中國近代新聞思想史》，山西人民出版社 1987 年版。
〔註 25〕見毛澤東：《論人民民主專政》，《毛澤東選集》第四卷，第 1406 頁，人民出版社 1966 年版。
〔註 26〕見嚴複《原強》，載《嚴複詩文選注》第 61 頁，江蘇人民出版社 1975 年版。

—27—

同的報紙，他所創辦的《國聞報》和《國聞彙編》（旬刊）就實踐了他的這些主張。魯迅先生也說過：「將文字交給大眾的事實，從清朝末年就已經有了的。」又說「士大夫也辦過一些白話報」。〔註27〕我國最早的白話報可追溯到19世紀70年代，1876年3月30日（道光二年三月初五）當時申報館主人英商美查，鑒於「申報文字高深，非婦孺工人所盡能讀」〔註28〕特地出版一張通俗易懂的白話文小報《民報》，這《民報》便被稱為「白話報之祖」〔註29〕。19世紀末20世紀初葉，我國白話報刊有了很大發展，據中國歷史新聞學家方漢奇教授統計，這一時期國內陸續出版的各種不同的政治傾向的白話報刊不下50種，在日本還出版了兩種。〔註30〕在這些白話報中，也有一些是資產階級改良派在戊戌維新時期辦的，其目的依然是為了「開通民智」，宣傳「新政」、「新學」。聯豫、張蔭棠在西藏創辦漢藏兩種文本的《西藏白話報》和辛亥革命時期漢、維、蒙、滿四種文本的《伊犁白話報》以及中央民院（現中央民大）圖書館館藏的《蒙文白話報》等等都是受到以上思想影響的。他們的辦報活動，開中國少數民族文字報刊之先河，具有重大的歷史意義。

　　第四，辛亥革命曾使中國新聞傳播事業呈現一度繁榮景象。1912年1月1日，孫中山在南京組成臨時政府，就任臨時大總統，在人民歡慶民國建立的喜悅中，新聞傳播事業也有飛速的發展，全國各地出現前所未有的辦報高潮。1911年辛亥革命爆發，清政府解體，禁錮輿論的舊法律被廢除了，新成立的鄂州軍政府於十月十六日頒布了《中華民國鄂州約法》其中明文規定：「人民自由言論、著作、刊行並集會、結社」，這是我國保護言論出版自由的第一個法令。南京政府成立以後，於1912年3月頒布的具有憲法性質的《中華民國臨時約法》中寫道：「人民有言論、著作、刊行及集會、結社之自由」，為民國初年的新聞傳播事業的發展給予了法律的保護，促進了新聞傳播事業的發展與繁榮。〔註31〕

　　值得提起注意的是：中華民國軍政府成立後，在其頒布的法令中規定：第

〔註27〕引自魯迅《且介亭雜文·門外文談》，人民文學出版社1973年版。

〔註28〕見胡道靜《申報六十六年史》，載中國人民大學新聞系編《中國近代報刊史參考資料》（上冊），內部發行。

〔註29〕見胡道靜《申報六十六年史》，載中國人民大學新聞系編《中國近代報刊史參考資料》（上冊），內部發行。

〔註30〕見方漢奇《中國近代報刊史》（上冊）第273頁，山西人民出版社1981年版。

〔註31〕參見14所高等院校合編：《中國新聞史》，中央民族學院出版社1988年版。

一，宣布中國為中華民國。改政體為五族共和。第二，制定國旗為紅、黃、藍、白、黑五色旗，代表漢、滿、蒙、回、藏為一家。這裡標榜的「五族共和」多少帶點民族平等的意味，這對中國少數民族文字報刊的興起，不無一定的作用。

通過研究民族文字報刊的興起，筆者認為這一時期我國兄弟民族的新聞與新聞傳播，具有如下幾個特點：

一、我國少數民族的新聞傳播事業發展緩慢

我國是世界上新聞和新聞傳播最發達的國家之一。在唐朝已有了原始狀態的報紙——報狀，到了 1815 年已有了第一份近代化報刊——《察世俗每月統記傳》。進入 19 世紀 50 年代，開始了中國人自辦報紙的嘗試，後來在內地也有了中國人自辦的近代化報刊。而我國少數民族文字報刊的興起始於 20 世紀初葉，它與我國古代報刊相比較晚了近 1000 年；而與我國第一張近代報紙的創辦相比較晚了近 100 年。我國少數民族新聞傳播事業的發展緩慢的根本原因，是長期以來我國的統治階級，主要是封建統治者，不重視發展繁榮少數民族的經濟、文化事業，科學技術處於十分落後的狀態。少數民族新聞傳播的落後景象，也是整個中國政治、經濟、文化落後於世界先進國家的一個縮影。

二、我國少數民族新聞傳播事業發展的單一性

從發展速度看，少數民族新聞傳播事業的發展是緩慢的，落後的；從新聞傳播載體的種類上看又是單一的。也就是說，到了 20 世紀初葉，少數民族新聞的傳播媒介僅有報紙。在中國第一份少數民族文字報紙誕生之前，中國人自辦的通訊社——中興通訊社已於 1904 年 1 月 17 日在廣州首次發稿。1909 年以前，中國自辦的最早對外發稿的遠東通訊社已在比利時首都布魯塞爾創辦，「迄今成立已八閱月，頗能得歐洲各報之信用；計通之大報，已不下九百餘家。」〔註32〕民國初年向各地報紙發稿的通訊社已大量建立，從 1912 年到 1918 年新建立的通訊社近 20 家，其中以邵飄萍先後在東京和北京創辦的東京通訊社、新聞編譯社影響最大，當時新聞編譯社所提供的新聞」每日總有一二特殊稿件，頗得各報好評。」〔註33〕而這其中無一家是專門傳播或兼營少數民族文

〔註32〕見王侃叔：《說帖》。
〔註33〕見湯修慧：《一代報人邵飄萍》，載《中華民國史資料叢編》 第四輯。

字的新聞通訊社。勿庸諱言，少數民族語言的廣播電臺更不會創立。

三、我國少數民族新聞傳播發展的跳躍性

　　民族新聞傳播事業雖然發展緩慢，品種單一，但是，少數民族文字報刊的誕生卻邁過了古代原始狀態，徑直進入近代化報刊，顯示了我國少數民族文字報刊發展的跳躍性。

　　《嬰報》《西藏白話報》《月報》《伊犁白話報》《蒙文白話報》等等，均不屬於我國古代原始狀態的報紙，雖然它們與近代化的漢文報刊相比較，基本成份尚不完備，比如沒有廣告，但是他們已是少數民族文字的近代化報刊。這些報刊又呈現這樣幾個特點：

　　1. 報紙的主要內容都是當地少數民族和民族地區人民最關心的政治、經濟、文化諸方面的重要新聞。而版式又都以書冊式裝訂，雖有欄目，但不講究編排技術。報與刊、報紙與雜誌，最早是沒有嚴格區分的。儘管書冊式裝訂但卻屬於「新聞紙類」，時事新聞性較強。然而出版發行的週期較長，雖有日刊畢竟較少，因而時效性差。我國少數民族文字的報刊，跟我國漢文早期的近代化報刊並無多少區別。

　　2. 一般來說，少數民族文字的報紙都是漢文與少數民族文字同時對照使用，既用漢文也用少數民族文字，或者少數民族文字版的內容與漢文版完全相同。

　　3. 文字通俗易懂，雅俗共賞，適應廣大少數民族讀者的需要。

中　編

第二章　五四時期到第一次國內革命戰爭時期的少數民族文字報業（1919～1927）

　　1919 年五四運動拉開了我國新民主主義革命的序幕，也是我國現代史的開端。從 1919 年到 1927 年是中國現代新聞事業發展的第一個時期。十月革命、五四運動，尤其是中國共產黨成立後，馬克思主義思想的傳播、中國共產黨民族關係與民族團結政策的深入宣傳，使中國各族人民從半殖民地半封建的社會桎梏中覺醒起來，他們的鬥爭需要革命的輿論。少數民族文字報刊在新的時期也必然有新的發展。

第一節　朝鮮文報

　　巍峨的長白山，奔流不息的松花江、鴨綠江和圖們江，哺育了生活在東北大地上的朝鮮族同胞。有東方禮儀之花美稱的朝鮮族，歷來重視新聞、教育事業。其文字為方塊狀拼音文字。在漫長的歲月中，她哺育了一代代朝鮮族人民，促進了朝鮮族經濟、文化的發展。

一、《延邊實報》

　　1915 年愛國知識分子王德化在延吉創辦了《延邊實報》。這是一張進步的朝鮮文報紙。該報主張「保證人權」，宣傳「共和國家民為主體，國之強弱民

智攸關」,「聯絡華墾〔註1〕兩種人,使其感情日漸親密。」此報同時用朝、漢兩種文字出版,與日本侵略者的御用報刊抗衡,受到了朝鮮族和漢族同胞的熱烈歡迎。

二、《獨立新聞》與《新大韓》週報等朝文報紙

1919 年「三·一」運動(1919 年 3 月 1 日,為反對日本帝國主義的野蠻統治,爭取民族獨立自由而進行的朝鮮人民的愛國運動)後,日本侵略者變「武力征服」為「文化統治」,允許朝鮮族自己辦報(如辦了《東亞日報》《朝鮮日報》《時事新聞》等)。但是血的教訓教育了勞苦大眾,群眾性的反日鬥爭日益高漲。1919 年 4 月中旬,聚集在我國上海的朝鮮資產階級民族運動的上層人物,在法租界掛出了「上海臨時政府」的牌子,並辦起了不少朝鮮文報。主要有:

1.《獨立新聞》

朝鮮臨時政府機關報。1918 年 8 月 21 日創辦。最初報頭只有「獨立」二字,自第 22 期開始印「獨立新聞」。週三刊,主編李光洙,該報之前身為《我們的消息》,油印,亦週三刊。該報宗旨,在創刊詞中闡述得非常明確:負有宣傳群眾,使國民團結一致,共同奮鬥;加強國際間的交流,爭取世界人民的同情和支持;造成輿論監督力,正確引導國民;培養新國民等五大使命。當時臨時政府裏,在如何獨立的問題上分為自治派和獨立派,並相互攻擊。李承晚是自治派的代表人物。這張報紙由於經費不足曾多次拖期,也停刊過。該報查封後,1920 年 9 月,繼續出版由李惟我編輯的油印小報《民聲》。

2.《新大韓》週報

1919 年 10 月 28 日創刊,由申采洗主編。其政治觀點與《獨立新聞》是對立的。該報旗幟鮮明地批駁李承晚等人向列強請願,請列強託管等謬論。《新大韓》週報影響廣泛。有一位日本警察在一份材料中對週報有過這樣的評論:「其論說深刻正直痛快,既諷喻臨時政府的所作所為,又毫不留情地批駁主義薄弱的論調和解釋。臨時政府已視之若眼中釘,千方百計想通其停刊,以使由其《獨立新聞》一枝獨秀。」

〔註 1〕華墾:指漢族和朝鮮族。

3.《新韓青年》

1919 年間在上海成立的朝鮮民族青年團體——新韓青年團出版的機關刊物。由李光洙主編。僅存一期創刊號。該刊宗旨是：「增進一般國民的常識，闡明我們的民族性，發揮我們的民族性，介紹世界的大勢所趨和新思想。只要有助於一般國民文化提高的萬一，本報的使命就算完成了。」（引自《新韓青年〈發刊詞〉》）

4.《大韓獨立報》與《新生活》

《大韓獨立報》，由李光輝等人創辦於 1920 年 11 月，發行於我國東北地區。幾個月後由《新生活》等刊物取代，《新生活》的主編是金萬謙。

5.《上海倍達商報》

第一家朝鮮人經營的貿易公司——倍達貿易公司在上海創辦的商報。由玉觀彬任編輯和發行人。在一份告顧客書中講到創辦公司的宗旨和營業目的：「倍達公司純粹是我們倍達人經營的。它是倍達民族從事國際直接貿易唯一理想的機關。……營業目的有二，一為在外國市場上營利，圖謀自體的利益。一為對本國兄弟義務經商，勸獎和指導本國兄弟從事海外貿易的試驗。」顯然在當時只益於發展經濟而無益於朝鮮獨立。

6.《宣傳》週報

1923 年 9 月 14 日，亡命於上海的朝鮮民族獨立運動上層人士的親美派成立太平洋會議外交後援會。10 月 9 日創辦《宣言》週報，大造輿論。該報創刊詞說：「倘欲光復吾族之事業，擴張吾族之地位，對內須振興充沛之民氣，激進猛烈的運動，對外要法託圓滿之國交，遂行公正之判斷。」把光復國家的希望寄託在華盛頓召開的太平洋會議上。

7.《上海評論》週報

1924 年 12 月 22 日創刊，由樸點洙編輯。

8.《臨時時報》

1927 年間，由上海獨立黨促成會青年會創辦，韓唯青為編輯人。

此外，在上海還辦有《大韓獨立報》（1920 年創辦，後由《新生活》取代）、《三一革命報》（1922 年 3 月 2 日創辦）、《上海評議報》（1924 年 12 月 27 日創辦）、《臨時時報》（1927 年創辦）、《上海時報》（1929 年創辦）、《青年前衛》（1927 年 11 月 8 日創辦）以及《革命之友》《新上海》等報刊。以上報紙雖

都不同程度地體現了民族獨立意識，而實現民族獨立的力量在民眾之中這一點，他們都沒有看到。〔註2〕

第二節 《蒙旗旬刊》與《蒙古農民》

一、張學良將軍關注的《蒙旗旬刊》

1924 年 4 月 1 日由東北政務委員會蒙族處編輯發行的《蒙旗旬刊》（蒙漢合璧）創刊，張學良將軍欣然為其封面題字。蒙族處是辦理蒙族事務的專門機構，隸屬於東北政務委員會，而《蒙旗旬刊》則是該處的機關報。這個刊物免費贈送各機關、學校、各旗縣，出版經費也由委員會負責支付。

《蒙旗旬刊》以「牘啟蒙民知識，促進蒙旗文化」，和蒙古民族與政府「同事合作；共同奮進」，警惕日本帝國主義侵略為宗旨，以實現「五族一家，天下為公，和衷共濟，促進大同，」該刊六期一卷，闢有近十個欄目，著重報導各蒙族改良事宜，蒙古族教育設施，辦實業，興交通，啟發民智，興修寺廟，保護宗教信仰自由等蒙族同胞關心的重大事件。

該刊無專職的採編和譯員，均由蒙族處的工作人員兼職。蒙文由克興額譯校，東蒙書局印刷，漢文由遼寧萃斌閣印刷，鉛印。1931 年終刊。

張學良將軍關注中國少數民族報業的壯舉，也應與其拳拳愛國之心同載史冊。

二、中國共產黨主辦的《蒙古農民》

《蒙古農民》是我國第一次國共合作時期以少數民族文字出版的刊物。1925 年 5 月 20 日在北京創刊。該刊由 1923 年冬在北京蒙藏學校〔註3〕成立的中國共產黨第一個蒙古黨支部主辦。

《蒙古農民》是農工兵大同盟的機關刊物。64 開鉛印本，以蒙漢兩種文字刊行，半月刊，每期售價 2 枚銅元，農民優惠半價，裝幀精巧。該刊以辛辣、通俗、流暢的文筆向廣大蒙古族勞苦大眾宣傳黨的民族政策，指出蒙古民族求

〔註2〕 以上朝鮮文報紙史料取自崔相哲《1919～1937 年朝鮮人民在上海辦的朝文報》，載《新聞研究資料》總 43 輯。

〔註3〕 蒙藏學校：全稱「北京蒙藏學校」又稱「蒙藏學堂。」1913 年建立。新中國成立後，在其舊址曾開辦過中央民族學院附中。

解放的正確道路。內容豐富，通俗易懂，該刊除刊載閃耀著馬列主義思想的文章外，還以歌曲、漫畫等形式向讀者宣傳蒙漢團結起來，反對軍閥、帝國主義、王公貴族，對蒙古民族和全國各族人民的統治和壓迫，在共產黨的領導下，走武裝鬥爭的道路，奪取社會主義的勝利，體裁多樣，具有蒙古民族文化特有的風格。1926 年被迫停刊。

　　該刊的編輯發行人多松年，生於 1906 年，蒙古族，內蒙古土默特旗人，中共黨員。在北平蒙藏學校讀書時，曾任該校青年團書記，北平市西城區宣傳員等職。1925 年赴蘇學習。第二年回國後任中共察哈爾特別區工委書記。1927 年代表綏察二區參加在武漢舉行的第 5 次全國代表大會後，在返回綏察時途經張家口，被奉系軍閥逮捕。在敵人面前，他威武不屈，富貴不淫，立場堅定，大義凜然。敵人軟硬兼施都沒有征服他，最後用五根一尺多長的鐵釘，把多松年釘在城牆上，至死不屈，年僅 22 歲。

　　該刊是在李大釗的直接領導下創辦的。1925 年 3 月，他在《蒙古民族解放運動》一文中深刻地分析了蒙古族錯綜複雜的階級矛盾和民族矛盾之後，明確提出了蒙古民族求得徹底解放的革命必由之路。文章的發表為創刊奠定了堅實的思想基礎。當李大釗看到該刊的創刊號後，高度評價、熱情讚揚了多松年，他說：「真想不到你能搞得這樣漂亮，完全像個老手辦的！」

第三節　少數民族文字的翻譯出版事業

　　少數民族文字報紙的出現，標誌著民族文字的翻譯出版事業有了一定發展。這方面的專門機構，據史料記載，始於 20 年代（一說始於 19 世紀末，土家族青年就組建了樂群印刷社，印刷進步書刊）。1920 年初，朝鮮族早期的共產主義者李東輝，樸鎮淳等與共產國際代表一同到北京、上海，向朝鮮族激進的民主主義分子介紹俄國的革命經驗，宣傳馬列主義和工農革命思想。在他們的積極影響下，在上海和北京建立了以朝鮮族青年為主的「勞工同盟聯合會」「社會科學研究會」等早期馬列主義團體。北京的朝鮮族青年，積極參加李大釗同志主持的研究會，學習和探討馬列主義理論。1921 年 5 月，李東輝等在上海創辦朝文印刷廠，翻譯出版了一些馬列主義書刊。這些書刊，通過各種渠道，傳播到延邊及東北各朝鮮族聚集的地方。其中有《共產黨宣言》《我們無產階級前進的方向》《勞動組合讀本》等書籍，和《曙光》《共產》《曉鐘》《新

世界》等數十種報刊。這些書刊，號召朝鮮族人民「走俄國革命的道路，撲滅現有的帝國主義，建設社會主義新國家，與全世界人類一道，永遠享受自由平等，真正的幸福。」〔註4〕

1921 至 1930 年間，在朝鮮族聚居區，興起了許多進步和革命的群眾組織，這些組織和團體，也發行了不少刊物，傳播馬列主義，開展反日、反封建的學生運動，工人運動和農民運動。如《勞力青年》《農報》《青年前衛》《滿洲勞動新聞》等等。〔註5〕

據資料表明這個時期蒙古族第一個蒙古文鉛字印刷出版機構也於 1923 年誕生了，即是由特穆格圖在北平創辦的蒙文書社。1930 年遷至江蘇南京。特穆格圖，生於 1888 年，內蒙古卓索圖聯盟喀喇沁右旗（今昭烏達盟喀喇沁旗）人。蒙古族。特穆格圖，滿語音譯，意為「痣」，因其右眉上有痣，故名。乳名「奧道爾」。漢名汪睿昌，字印候。1903 年入北平東省鐵路俄文學堂學習。1906 年留學日本，先後在東京振武學堂、東京慈慧醫科大學學習。6 年後回國，歷任蒙藏院翻譯官庶務科長、典禮司員及北平蒙藏學校教員。曾於私宅設立漠南景新社，專為蒙藏人攝影，兼及石印蒙漢對照教科書。經多年鑽研，於1922 年創製成蒙古文鉛字，同時製成滿文鉛字。他自任蒙文書社總經理、編譯。1925 年又創製藏文鉛字。所創蒙古文鉛字醒目精細，印刷品字跡美觀清秀，不久傳入蒙古及西歐一些國家。蒙文書社曾以蒙藏文翻譯出版《元朝歷代帝後像》《成吉思汗傳》《成吉思汗箴言》《蒙古黃金史》《譯注蒙古源流》《通史紀事本末》《金史紀事本末》《元史》《三國演義》《西漢演義》《聊齋誌異》《蒙文教科書》《辭典》《字典》《藏經》以及其他圖書報刊，版工細緻、質量頗好。1924 年於奉天（今瀋陽）創辦東蒙書局。1926 年於商教創辦察哈爾盟蒙文印刷廠等，在技術上均得到該社的幫助。1934 年停業。

特穆格圖曾任班禪照料處長及印經處長。1930 年後任國民黨政府教育部蒙藏教育司常任編審、科長、第一次中國教育年鑒編審委員和偽滿興安軍官學校蒙文教授。他通曉蒙古、漢、藏、滿文和俄、日文。他編譯出版了許多蒙古、漢、藏文典籍，都有一定的影響。他編譯出版了許多蒙古、漢、藏文典籍，都有一定影響。1939 年逝世。

〔註4〕見金正明：《朝鮮獨立運動》（日文）第 5 卷，第 213 頁，東京原書房，1966 年版。

〔註5〕1921 年在延邊地區出現了鉛字排版印刷，其中有青丘活版所、間島時報印刷所、天主教印刷所等幾十家印刷所，印刷各種類型的書刊雜誌。

第四節　少數民族革命家與民族報業

　　五四運動後，在中國社會上展開了一個波瀾壯闊的以宣傳馬列主義、宣傳社會主義為中心的思想運動。在這場運動中，我國少數民族革命家鄧恩銘、劉清揚等同志作出了巨大的貢獻。

一、鄧恩銘（水族）與《勵新》雜誌

　　1919 年 11 月在山東濟南由中國少數民族報刊宣傳工作者鄧恩銘和建黨初期革命活動家王盡美創辦的《勵新》雜誌是進步的學術性刊物。它是由山東省立一中、省立一師、育英中學、工業專科學校、商業專科學校的部分師生，共同創立的進步學術團體勵新學會的刊物。

　　鄧恩銘，原名恩明，字仲堯，又名堯欽、建勳、黃伯雲等。水族。1900 年出生於貴州省荔波縣一個勞動人民的家庭。高小畢業前夕，離家外出尋求救國之路。1916 年考入濟南省立市第一中學。1919 年五四運動爆發後，《新青年》等進步刊物和李大釗的馬克思學說研究會對他影響很大，並結識了山東第一師範的王盡美。他撰寫的《災民的我見》已用馬克思主義的階級觀點，分析中國窮人與富人之間的矛盾，鼓動窮苦人起來推翻剝削者的統治。他號召各族人民起來「揭露豺狼似的軍閥、官僚、政客、資本家，否則沒有苦人過的日子。」1920 年 9 月參加馬克思學說研究會，在山東組成了社會主義青年團，並於年底成立了山東共產主義小組。1921 年 7 月出席黨的「一大」，時年 21 歲，成為最年輕的代表和唯一的少數民族代表。「一大」後，他回到濟南，組織了中共山東支部，領導濟南、青島等地的工人運動。

　　1922 年 1 月，他赴莫斯科出席遠東各國共產黨及民族革命團體第一次代表大會，曾受到列寧的接見，回國後又出席黨的「二大」。1924 年任中共青島市委書記，並擔任《膠澳日報》記者，曾組織領導膠濟鐵路全線大罷工。他的革命宣傳活動，使敵人膽顫心驚，對他四處通輯搜捕。親朋好友告誡他要處處小心時，他卻說：「不怕，人是要死的；有的人不做甚麼事情，還不是也死了。」不久，他被捕了，在獄中患了淋巴結核，病情急劇惡化，經黨組織多方營救，他被保釋就醫。1926 年 6 月病癒後，再次秘密回到青島。1927 年 4 月，他出席了在武漢舉行的黨的「五大」。由於王盡美的病逝，他接任了中共山東省委書記。1928 年 12 月，因叛徒出賣，又被國民黨政府逮捕，他先後兩次組織越獄，均未成功。1931 年 4 月 5 日凌晨 6 時，英勇就義，年僅 31 歲。

二、我國少數民族辦的第一張婦女報紙

我國少數民族婦女主辦的第一張報紙是由我黨早期革命活動家，回族同胞劉清揚任總編輯的《婦女日報》。1924 年元旦該報在天津創刊。它是由中共黨員和共青團員為主要領導人的四開小報。闢有言論、中外要聞、婦女世界、各地瑣事、兒童園地等專欄。該報在當時是專門討論婦女問題的唯一報紙。中共中央委員、中央婦女部長向警予曾寫文讚頌這張報紙的出版「是中國沉沉女界報曉的第一聲，希望《婦女日報》成為全國婦女思想改造的養成所」，是「中國婦女宣傳運動的新紀元。」

劉清揚，1894 年生於天津市。八國聯軍侵華罪行，在她的幼小心靈裏埋下了仇恨的種子。11 歲在平民女子小學讀書，後進入天津女子師範學校，當過小學教員。是中國同盟會會員。她喜歡讀《新青年》《少年中國》《新潮》等進步報刊。由於受十月革命的影響，在五四運動時已是婦女界的代表人物，覺悟社的社員。任天津市各界聯合會常務理事，抵制日貨委員會常委、天津女界愛國同志會會長，任全國學生聯合會調查科理事，全國各界聯合會常務理事。1919 年 6 月 26 日，她被推舉為天津各界聯合會反對巴黎和約簽字赴京請願代表。1920 年 2 月，全國學聯派她赴南洋宣傳，並組織募捐。11 月 24 日她赴法勤工儉學，1921 年在巴黎加入中國共產黨，1922 年 3 月從巴黎赴德國，1923 年 11 月回國，1924 年 4 月中旬以後她在上海、廣州、北平組織愛國婦女團體，並在《婦女日報》上介紹這些地區的婦女運動的情況。

在主持《婦女日報》期間，她撰寫稿件，宣傳馬列主義，她在《致沈克思君》一文中說：「做事必須腳踏實地。真正的共產主義者必須是一個切實主義者。……現在中國的經濟狀況還是與歐洲大不相同，解決現在中國問題，必須是中國現狀的特別方面結合，」列寧去世的第二天，該報發表了《世界無產階級革命導師列寧逝世》的消息，並刊登文章《列寧死後之共產黨》和《列寧略史》等。1 月 26 日該報發表了鄧穎超的《悼列寧》一文。文章說，列寧「確為人類創了一個新生命，開了一個新領域，」堅信列寧和他的事業與精神永垂不朽。號召中國人民和全國婦女作列寧的後繼者。」該報還報導了天津 14 個團體發起召開追悼會的情況。劉清揚在會上發表了《列寧的精神》的講演，熱情讚揚了列寧和列寧主義。1924 年 24 日和 25 日《婦女日報》第一版刊登了她的演講詞。

報導第三國際。蘇聯黨和政府的活動，也是該報的重要內容之一。半年內，

刊登宣傳馬列主義重要言論和消息近 50 篇。在社會各界引起強烈反響，為傳播馬列主義發揮了重要作用。

創刊不久該報就進行了計劃生育的宣傳，她在 67 年前已倡導優生優育。1924 年 1 月 22 日發表了劉清揚撰寫的《我主張限制生育的一個理由》，她說：「救治中國根本的方法，當然不外從老民族裏造出一個新民族。換言之，就是須改良人種。今日科學，雖然幼稚得很，但如有一好而能的政府，改良人種，並非不可能的事。今日的中國，自說不上這個，我以為也是可以從目前小處做了去的。不能潔流，莫如清源。因此，我主張限制生育是應與整理家庭並行的事。與其多生而不能養，不能教，不如生得少、養得好。能如此，體格知識兩方面必都可以有長進。」

1924 年 9 月，《婦女日報》被軍閥查封。

1924 年 6 月 17 日至 7 月 8 日，劉清揚與李大釗等人一起出席了莫斯科召開的共產國際第 5 次代表大會。

1927 年她與黨失去聯繫。但她仍然進行宣傳工作。「九一八」事變後，投入抗日救亡運動，參加北平婦女救國會和北平各界救國會，支持「一二・九」學生運動。七七事變後，在武漢、重慶擔任戰地兒童保育會理事。1941 年皖南事變後，在香港、桂林等地積極參加反蔣抗日活動。1944 年，在重慶加入中國民主同盟，任民盟中央執行委員兼婦女委員會主任。抗日勝利後，在北平參加民盟北方區委和北平市支部工作，輸送了不少進步青年到解放區工作和學習。

新中國成立後，歷任政務院文化教育委員會委員、政協全國常委、河北省政協副主席、民盟中央常委、全國婦聯副主席、中國紅十字協會副會長。第四屆全國政協常委等職。1961 年重新入黨。

1977 年 7 月 19 日，劉清揚同志在北京病逝。

繼劉清揚的《婦女日報》之後，在北平出版了《婦女之友》。該刊創刊於 1926 年 9 月 5 日，1927 年 3 月下旬終刊。共出版 12 期，第 9 期和 12 期為特刊：《本社成立特刊》和《國際婦女特刊》。名義上是國民黨北平黨部婦女部主辦，實為中國共產黨北方區委負責主辦。由回族同胞，中共黨員郭隆真任主編。

郭隆真（1894～1931）河北大名縣金灘鎮人。她出身於一個開明的知識分子家庭。原名郭淑善，別名郭林一。北京最早的婦女革命活動家和新聞工作者。1913 年入天津直隸女子第一師範。1919 年五四運動爆發後發起成立天津女界

愛國同志會，並被推為該會演講部長，她廣泛團結婦女，開展民族救亡運動。與周恩來等發起覺悟社，到會者 600 多人，並被推舉為評議委員兼演講隊長。在當年 8 月和 10 月兩次赴京請願中，她始終站在鬥爭的前列，是五四運動的女闖將。她曾三次遭拘捕，堅貞不屈。1920 年 11 月為尋求救國救民的真理，赴法勤工儉學。她刻苦學習法文，鑽研馬列主義。1923 年她加入中國共產黨。1924 年赴蘇聯東方大學學習。1925 年夏回國，一直在北京做婦女工作。主持縵雲女校（中等職業學校），任中共北京市黨部婦女委員會委員，負責各大學女生聯絡工作。發展了十來名黨員，創建了香山慈幼院黨支部。1927 年 4 月李大釗等同志被害後，郭隆真不幸被捕。一年後經組織營救釋放出獄。她出獄後繼續堅持鬥爭，先後擔任中共河南省委委員，滿州省委委員。1930 年被組織派往青島，到工人區進行革命工作，並任中共青島市委宣傳部長。這年秋天，不幸被捕。第二年轉到濟南第一監獄，施以酷刑。1931 年 4 月 5 日犧牲於濟南千佛山下，年僅 37 歲。

郭隆貞除主編《婦女之友》外，還主編《婦女鐘》，在當時都是有一定影響的婦女報刊。

三、社會主義報刊與少數民族報人

五四運動以後，《新青年》實現了從民主主義報刊向社會主義報刊的轉變，為馬克思主義在我國的傳播開闢了道路。1920 年 9 月 1 日（八卷一期）該報成為上海中國共產黨的早期組織的機關刊物。中國共產黨成立後，成為中國共產黨的理論性刊物。

中國共產黨創建後，黨的報刊，工農群眾的報刊發展很快。1922 年創辦的《嚮導》週刊，是中國共產黨主辦的第一個政治性機關刊物。1925 年 5 月中國共產黨領導的中華全國總工會機關報《工人之路》在廣州創刊，還有不少黨的報刊紛紛問世。在這些報刊創辦和發展中，少數民族新聞工作者付出了辛勤的汗水。比較知名的有張伯簡。他往來於黨的報刊之間，擔任送稿任務，1924 年到廣州編輯出版《工人之路》。張伯簡（1898～1926），白族，雲南劍川縣人，字稚青。1918 年去廣州，後赴法勤工儉學，1921 年冬在巴黎加入中國共產黨，後曾赴德、奧等國考察工人運動，又去蘇聯學習。1923 年 4 月後在上海從事工人運動，曾任上海大學政治經濟學院教授，同時來往於京漢鐵路沿線一些城鎮開展黨的工作。並譯寫《各時代社會經濟結構原素表解》《社會進化簡史》

等早期宣傳馬列主義理論的通俗讀物。曾在廣州農民運動講習所任教。1925 年
後任中共中央罷工委員會書記，與鄧中夏、陳延年、蘇兆征等人一起，在香港、
廣州領導省港大罷工。次年 8 月病逝於廣州。

第五節　民族報業發展的歷史根源

　　五四運動到第一次國內革命戰爭時期，我國少數民族文字報業有了新的
發展，是有其深刻的歷史根源和社會背景的。

　　五四運動使我國進入了新的歷史時期。新聞事業也展現出新的特點。首先，
報刊數量急劇增長。到 1919 年底，漢文報紙由 139 種增至 280 種，到 1926 年
底達到 628 種。各地新出版的報刊約 400 種之多。據曾虛白的《中國新聞史》
援引第一屆世界報紙大會記錄數字，民國 10 年，我國定期刊物有：週刊 154 種，
旬刊 46 種，雙週刊 5 種，半月刊 45 種，月刊 303 種，季刊 4 種，半年刊 1 種，
年刊 1 種，共 559 種。這個數字是前所未有的，它標誌著我國又進入了一個報
刊大發展的時期。在新文化運動的百家爭鳴中，我國的報刊越辦越好，出現了
五四時期著名的四大副刊。廣泛採用了白話文和新式標點符號。從五四時期開
始，較普遍的設置了國外特派員（駐外記者）。版面分配形式更加多樣，一些重
要的專輯採用了通欄大標題，編排形式和標題製作更加生動和多樣化。更為重
要的是一批無產階級報刊脫穎而出，從中國共產黨成立到 1923 年是黨的初創時
期，中國革命出現了嶄新的面貌，工人報刊、青年報刊、婦女報刊和軍隊報刊
的創辦與發展，顯示了無產階級報刊的強大生命力。1924 年 1 月中國國民黨第
一次全國代表大會的召開標誌著中國革命統一戰線的正式建立，中國革命出現
空前高潮。國共合作的實現，促進了革命報刊的發展。中國共產黨的報刊大張
旗鼓地宣傳民主革命綱領和民主革命統一戰線政策，反映了人民群眾的呼聲和
要求，從而推動了中國革命的進程。共產黨報刊和國民黨左派報刊在第一次國
內革命戰爭中都發揮了重要作用。毛澤東在《新民主主義論》中說得好：「以共
產黨的《嚮導週報》，國民黨的上海《民國日報》及各地報紙為陣地，曾經共同
宣傳了反帝國主義的主張，共同反對了尊孔讀經的封建教育，共同反對了封建
古裝的舊文學和文言文，提倡了以反帝反封建為內容的新文學和白話文。在廣
東戰爭和北伐戰爭中，曾經在中國軍隊中灌輸了反帝反封建的思想，改造了中
國的軍隊。在千百萬農民群眾中，提出了打倒貪官污吏打倒土豪劣紳的口號，

掀起了偉大的農民革命鬥爭。」〔註6〕這個時期在無產階級報刊成長壯大過程中，中國共產黨的辦報傳統已經初步形成，其辦報思想也有了進一步的發展。

這就是我國現代少數民族文字報刊開始階段有所發展的深刻的社會背景和歷史根源。

十月革命，五四運動，尤其是中國共產黨成立後，馬克思主義思想的傳播，和中國共產黨民族平等與民族團結政策的深入宣傳，使中國各民族人民從半殖民地半封建的社會桎梏中覺醒起來，他們要呼喊，要鬥爭，要革命，要革命的輿論，新聞傳播媒介必然要適應新形勢的發展而發展變化。

中國共產黨創立後，對於黨報黨刊的領導十分重視，自1921年「一大」起，到1927年4月以前，由中央發布的有關文件就有11件〔註7〕，每件的內容都強調辦好黨報黨刊的重要意義，及其對中國革命的影響。這不僅推動了黨的新聞事業和無產階級新聞理論的創立和發展，而且也是創辦和發展少數民族新聞事業的指導思想。尤其是1922年中國共產黨提出實行民族區域自治政策之後，民族報刊和黨的民族文字報刊更加迅猛發展。

現代我國民族報業的發展再次證明少數民族報人的聰明才智。他們在轟轟烈烈的報刊活動中，為革命報刊的發展貢獻力量。五四運動以後，尤其是中國共產黨成立以後，少數民族創辦的報刊也跟其他革命報刊一樣，宣傳十月革命，宣傳馬列主義和中國共產黨的主張。尤其是《婦女日報》更是早期傳播馬克思主義的重要陣地之一，明確指出了婦女解放必須從根本上解決社會制度的道理。

我國最早的女報是1898年7月間，在戊戌變法的高潮中創刊的《女學報》。接著是1905年在北京創辦的我國新聞史上第一張婦女日報——《北京女報》。它們都是以提倡女學，提倡女子教育，反對纏足，主張改良婚姻，破除迷信，移風易俗為宗旨。辛亥革命時期秋瑾創辦的《女子世界》《中國女報》和《神州女報》也是以宣傳婦女解放、鼓吹民族與民主革命為宗旨的著名女報。由中國共產黨員主辦的以宣傳黨的婦女解放主張、宣傳馬列主義理論的婦女報刊，最早始於回族同胞劉清揚創辦的《婦女日報》。從這個意義上說，少數民族辦報活動走在了時代的前邊，為我國新聞事業特別是婦女報刊的發展提供了新鮮經驗，是我國報業的寶貴財富。

〔註6〕引自《毛澤東選集》（橫排本）第二卷第661到662頁。
〔註7〕參見《中國共產黨新聞工作文件彙編》（上），新華出版社，1980年12月版（內部發行），11份文件均收入其內。

第三章 第二次國內革命戰爭時期的
少數民族報刊（1927～1937）

    這一時期的新聞事業有兩個特點，一是國民黨控制了全國的輿論，並從法律上限制共產黨報刊的出版發行，對愛國民主的報刊也進行了瘋狂的迫害。二是我國無產階級新聞事業的優良的傳統逐步形成，建立健全黨報，緊密聯繫革命戰爭和根據地建設工作的實際，動員廣大群眾為完成黨和人民政權提出的中心任務而努力。在報刊上開展批評和自我批評，依靠群眾辦報，組成通訊網和發行網。

    據統計，1926 年底各級各類漢文報刊已有 628 種，1936 年已達 1503 種，有日報、週報、月報，也有晨報、晚報；有官報、黨報，也有婦女、兒童、外交、政治等專業報刊；有科學、農學、國學、教育等學術性報刊；也有小說報、戲劇報、消閒報以及畫報、譯報、白話報、文摘報等等，品種迅速增多。這個時期除了報社、雜誌社之外，還有了通訊社、廣播電臺等宣傳媒介。新聞學研究和新聞教育有了發展，受到了人們的重視。新聞宣傳內容、編採業務以及新聞宣傳的印刷出版都比以往有了明顯的進步。我國少數民族文字報刊也相應地又有了較大的發展。

第一節 《民聲報》及其他朝鮮文報刊

    在這個時期最早出現的民族文字報紙是 1928 年 2 月 12 日在延邊龍井創辦的漢文版和朝文版兼有的進步報刊《民聲報》。1927 年春天，延邊的延吉、

琿春、和龍、河清等四個縣和龍井的教育、工商等各界進步人士集資籌辦民聲報社。該報在朝鮮漢城設有總分社，在羅南設有分社。其影響已逾國界，擴大到朝鮮半島。

該報朝鮮文總編輯阿仰天、金成龍和文藝版主要編輯周東郊〔註1〕以及其他一些辦報人員大多數都是中國共產黨黨員。

該報的宗旨是「藉言論以喚醒同胞」，「以代表民意，為民族喉舌為己任。」報紙闢有「文藝」「工人園地」「婦女」「兒童」等專欄，為滿足工、農、商、學及婦女兒童等不同讀者的需要，還辦了各種專版。文藝副刊連載蘇聯文藝作品，如《鐵流》《沸騰的蘇聯新農村》等，也報導蘇聯文藝動態。

朝文報的文藝副刊發表最多的是詩歌，如反映朝鮮族人民背井離鄉，控拆日寇侵略中國的罪行，憧憬未來的《流浪民》和《白色恐怖》等。在國家遭難民族遭殃的嚴峻的歷史環境中，該報高舉反帝反封建的旗幟，有力地推動了民族運動和工農運動。據朝鮮新聞史學者崔相哲說，《民聲報》刊登過《日本在間島的警察網》《經濟侵略點》和《奉天老道口慘劇，脫難者所談，日本重大嫌疑，大帥揭破日本之陰謀》以及《延邊調查錄》等報導與社論，揭露了日寇的侵略罪行，號召漢、朝等各族人民團結一致，共禦外侮，大長了人民的志氣，大滅了敵人氣焰。《延邊調查錄》的作者沈茹秋，以無可辯駁的事實徹底揭露日寇的罪行，竟遭到了日本警察的暗殺。為了紀念作者，報社把《延邊調查錄》輯印成書，高度讚揚了沈茹秋的鬥爭精神。1928 年，該報聲援延邊人民反對日寇鋪設鐵路和購買鐵路運營權的鬥爭。

1930 年春，該報以反對舊禮教、提倡新文化，寫白話文為題，在文化戰線開展了一場論戰。這次論戰是以崇尚孔子還是反對儒教為焦點，前後持續了三個月。最後以反孔派的勝利而告終。論戰取得了實際效果：婦女們紛紛剪短頭髮，要求參政議政；男女同校上課，實行婚姻自由，並不斷付諸行動。

該報還為發展延邊的中小民族工商業，維護其合法權益大聲疾呼。提出「抵制舶來商品，挽回我國權益！」的口號。

《民聲報》自 1928 年 9 月 1 日始出漢文報和朝文報。朝文版的宣傳宗旨與漢文版完全一致。該報在顯著位置刊載有關民族運動和工農運動的文章，在《東滿運動縱橫觀》和《東滿青年運動斷想》等言論中，提出工農運動必須有正確的理論作指導，切忌理論脫離實際的空談。在《列寧主義關於民族問題的

〔註1〕周東郊系中共延邊第一個黨支部的創建者。

概述》等文章中，介紹馬克思、列寧尤其是列寧的有關民族問題的論述。朝文版重視教育方面的報導。當封建軍閥頒布取締與驅逐朝鮮族的訓令和《廢除東邊道所屬各縣鮮人學校條例》的時候，該報發表社論，反對延吉縣六校禁用朝鮮語，要求朝鮮語禁用會的成員糾正這一錯誤，恢復停辦的朝鮮族學校。

《民聲報》在延邊是一面反帝反封建的旗幟，屢遭日本帝國主義的迫害，不得不於 1931 年 12 月停刊。《停刊詞》宣告：「同人等志在寧為玉碎，不求瓦全，決不甘心俯首事敵也」〔註2〕

1932 年以後，中共東滿特委繼而創辦了朝鮮文油印刊物《兩條戰線》。在朝鮮族聚居區內廣泛流傳。與此同時，1928 年 10 月中共滿洲省委領導下的中共延邊區委成立，出版《東滿通訊》。

「九一八」事變之後，日本帝國主義瘋狂推行殖民地奴化政策，剝奪朝鮮族人民的政治、言論、出版、結社的自由。他們搜羅親日派分子和民族敗類，創辦《間島日報》《滿蒙日報》《滿鮮日報》等御用報刊，宣揚日本帝國主義的大陸政策和「八紘一宇」「日鮮一體」等反動理論，推行「皇民化」措施，鼓吹「王道樂土」和協合精神，日偽統治機關還內設「弘報處」監控書刊和民眾輿論。但是淪陷區的朝鮮族人民沒有屈服，他們除利用一些官辦的報刊發表揭露黑暗，歌頌光明的文字以外，還創辦了自己的文藝刊物。《北鄉》〔註3〕（朝鮮文），由龍井光明學院的文學愛好者李周福等人創辦於 1935 年 10 月。該刊繼承了朝鮮族文學的現實主義傳統，反映日偽統治下的朝鮮人民的苦難生活，嚮往新的生活，在促進朝鮮族現代文學的形成與發展方面起了重要作用。1936 年終刊，共出版 4 期。由吉林省龍井天主教會主辦的《天主少年》（朝鮮文）創刊於 1936 年，屬於朝鮮族少年文學刊物，主要刊登童話、童謠、兒童小說和兒童戲劇，雖有一定的宗教色彩，但也反映了朝鮮族人民的反日情緒，並揭露了黑暗現實。共出版 8 期。

在此期間，朝鮮一些獨立運動的上層人物到上海籌辦出版朝文報刊。1929 年出版過《上海時報》。1931 年 3 月 1 日，安昌浩和李東寧等成立韓國獨立黨，與韓國獨立運動者同盟唱對臺戲。他們創辦了《上海新聞》，由李裕弼負

〔註2〕《民聲報》的報史，1930 年 12 月 3 日《吉林時報》《1930 年東三省民國報紙調查》（署名無妄生）一文中也有過介紹，譯文載吉林《新聞研究》。

〔註3〕該刊譯載了魯迅的短篇小說《故鄉》（安壽吉譯）。這是解放前較早出現的朝鮮文的著名翻譯作品。

責編輯和發行。

1932 年 4 月 7 日，上海韓人青年黨辦起了《醒鐘》週報。在上海朝人還出版過《上海韓報》。

1934 年 2 月 25 日，韓國獨立黨出版期刊《震光》。

1936 年金九派人在上海創建韓國國民黨並於 3 月 15 日出版《朝民》作為機關報。

1937 年 7 月 11 日，韓國國民黨組建青年團，並於 8 月出版團報《韓菁》，用朝、漢、英三種文字同時發行〔註4〕。

第二節 《民眾日報》與《阿旗簡報》

在這個時期最早出現的蒙文報紙是在 1929 年 7 月 1 日創刊的《民眾日報》，該報四開二版，以蒙漢兩種文字同時石印刊行，它由國民黨綏蒙黨務特派員辦事處主辦，以報導綏蒙抗戰動態及淪陷區的情況為主。還有一張報紙是《阿旗簡報》，由阿拉善實驗簡報社主辦。八開二版，蒙漢兩種文字同時油印發行，社址設在內蒙古定遠營（巴顏浩特）。該報以抄收國民黨中央廣播電臺簡明新聞為主；實際上，這張報紙由國民黨阿拉善旗中央直屬區黨部主辦。由此看來，我國的蒙文報紙不僅在少數民族報刊中發行出版較早，而且發展比其他文種要快。

第三節 《反帝戰線》與新疆的哈文報

一、新疆最早的綜合理論刊物《反帝戰線》

新疆最早的綜合理論性刊物《反帝戰線》（漢維文版），1935 年 9 月創辦於迪化（今烏魯木齊）市，由新疆反帝聯合會主辦。初定為半月刊。實為不定期，開本和頁數不等。自 1940 年 1 月三卷第四期起改為月刊，每月 1 日出版，並開始每月 20 日出版維文版。該刊是新疆最早傳播馬列主義毛澤東思想的刊物。

該刊發刊詞指出，它是「建設新疆過程中思想和理論的唯一正確領導者」。

〔註4〕有關上海出版的朝文報資料可參見崔相哲《1919～1937 年朝鮮人在上海辦的朝文報》。

並解釋說：「打倒帝國主義必須要有銳利的武器，而最要緊的武器之一是思想武器，也就是反帝理論。發刊詞號召「建設新疆的先鋒隊──反帝會員，各族的知識分子、教授、作家、學生以及軍人，對反帝戰線的愛護，應該比愛護你們最寶貴的眼珠還要加重地愛護她，並且指導她，使她能夠擔負起領導思想和領導鬥爭的偉大使命。」

該刊設有專載、時評（國內外大事）、專論、學術研究（新哲學、政治經濟學）、蘇聯研究、特約講座、評述、文藝創作與理論、檢討與批評、地方特寫與通訊、漫畫特輯等欄目。並經常出版紀念特刊、專輯，如「蘇聯十月革命紀念」「七七抗戰週年」「五一」「魯迅先生逝世紀念」「高爾基逝世四週年紀念」等等。

該刊的主要內容有：

1. 通過專欄和特刊、專輯，用馬列主義精神宣傳解釋六大政策（反帝、親蘇、民族平等、清廉、和平、建設），宣傳抗日救亡運動和黨的方針政策，介紹蘇聯社會主義革命經驗和建設成就，揭露帝國主義本質，介紹抗日根據地情況和新疆各族人民在反帝聯合會的領導下進行獻寶、募捐寒衣支持抗日戰爭的事蹟和經濟文化建設事業的發展。在讀者中有影響的文章是：《辯證法的運用》《毛澤東與合眾社記者的談話》《馬克思主義──列寧主義關於戰爭形式的學說基礎》以及以新書預告的形式介紹了《新民主主義論》等等。

2. 該刊也刊登文藝理論和指導創作方面的文章，介紹抗戰文藝和魯迅思想、事業地位，促進新疆的抗日救國新文化啟蒙運動和現代革命文藝的發展。比較重要的文章有《通俗化、大眾化與中國化》《六大政策下的新文化》《演出了〈新新疆萬歲〉以後》等。

3. 配合刊物內容和當前形勢，刊登木刻、漫畫、連環畫，雅俗共賞，尤其受到美術愛好者和識字較少讀者的歡迎。

該刊初創時發行量為 4000 份，後增至 15000 份。售價不等，改為月刊後，每期 1 冊 3 角，半年 6 冊 1 元 7 角，對長期定戶實行優惠。

該刊主要由王壽成、萬獻廷、錢綺天、王寶乾、傅希若、陳培生等共產黨員和杜重遠、沈雁冰、張仲實、薩空了等進步人士以及革命青年組成的編輯委員會主持工作。

盛世才反革命面目公開暴露後，大批共產黨員和進步人士被捕入獄，該刊於 1942 年 4 月停刊。共出漢文版 55 期，維文版 8 期。

中蘇友協新疆分會把它作為交換刊物向蘇聯贈送，促進了中蘇文化交流。

二、新疆的哈文報

　　這個時期在新疆阿勒泰地區出版了一張哈薩克文版的報紙，名為《新疆阿勒泰》，創刊於 1935 年 12 月 27 日。它在我國少數民族文字報刊史上具有特殊的意義。這張報紙在當時只用哈薩克文印刷出版，它的漢文版是 30 年後才創刊的，即在 1966 年 3 月 5 日。它是我國最早的哈文報刊。

　　在這一時期成立的「哈薩克、柯爾克孜文化促進會」為哈薩克族的文化教育事業做了許多工作，喚起了哈薩克族人民的覺醒。哈薩克語屬阿爾泰語系突厥語族，原有以阿拉伯字母為基礎的文字。新中國成立後，進行了文字改革。

　　該報 1945 年易名為《自由阿勒泰》，1951 年改名為《阿勒泰人民報》。

第四節　《伊光月報》和《天山日報》

　　這個時期少數民族報人創辦的漢文報刊有《伊光月報》，在民族地區有著名的《天山日報》。期間還有比較著名的少數民族報人脫穎而出。

一、《伊光月報》

　　《伊光月報》於 1927 年 9 月創刊，社址設在天津清真北大寺前。四開四版，每期 10 萬多字。由王靜齋任總經理兼編譯。王靜齋（1880～1949）回族，天津市人，中國伊斯蘭教阿訇，1921 年朝觀麥加，就讀於埃及愛資哈爾大學，並先後在土耳其、印度等國進修。回國後，在天津創辦中阿大學。他的事業主要的是譯經。抗日戰爭爆發後，他輾轉流亡於豫、鄂、皖一帶，過著「高等乞丐」的生活。在河南鄢城，他編發了最後兩期報紙。該報純係他創辦的個人報紙。他常常蜷曲在自己的小屋裏翻譯編寫稿件，晚上一寫就是數小時。他的文章開門見山，引經據典，擺事實講道理，通俗辛辣，愛憎分明，富有戰鬥性。他常以記者身份到各地採訪、考察，尤其注意採訪教務和穆斯林的真實情況。此外，尹伯清、陳鷺洲、張石麟、王輝庭等人也先後擔任過該報的編輯、發行和會計工作。王靜齋之弟王濟民和兒子王寶琮也參與過辦報活動。

　　辦報宗旨是鑒於「現今的世界，非從前可比，東西洋如同里外屋，種種的消息時發時到，所以國際間相需互助，各施其發展國權的巧妙手段。獨有我國的同仁，對於國外本教的消息，茫然無知」，「本報願作國人的耳目，按期將本

教各國的近聞，介紹給大家」「作各方穆民同胞研討學問，互換智識的小機關（園地）」。該報涉及面較寬，主要刊載阿拉伯文典籍，《古蘭經》《聖訓》、教義、教法、教史等，還有討論、述評、遊記、人物介紹、訪問記、新聞報導、各地教務活動、答讀者問等方面的文章。其中大部分文章是由王靜齋編譯、撰寫的，並常附有按語。

該報發行量為 1000 至 2000 份，全國發行。許多知名阿訇和關心教門的鄉老，認為該報是獲悉伊斯蘭教和國內外教務信息的主要媒介。該報承辦廣播和兼售國內外出版的經書或代為購買國外原版經典等項業務。該報是暸解和研究這一時期國內伊斯蘭教的寶貴資料。

1930 年 9 月該報創刊三週年，恰逢王寶琮結婚大典，出版套紅印刷的紀念專號，刊載紀念文章及各地賀文、祝詞等。馬松亭大阿訇以北平成達師範學校總務主任名義致賀。

該報於 1939 年 2 月終刊。由於當時條件所限，該報難以逐月發行，脫期現象時有發生，如 1932 年只有 4 月份一期，但全部報紙的順序號沒有中斷。

二、《天山日報》

1929 年 4 月 18 日創辦的《天山日報》，社址設在迪化（烏魯木齊）市臬前街。其前身是 1915 年出版的《新疆公報》和 1918 年出版的不定期刊物《天山報》。

《天山日報》係金樹仁〔註5〕統治時期新疆省政府機關報。1912 年楊增新從巡撫袁大化那裡把新疆軍政大權接過來之後，為了鞏固自己的統治地位，在 1941 年用省銀 5 萬兩買來一部舊印刷機，印刷出版省政府的官報，雖然大多刊載為官文書，但對於穩定楊增新的統治起了較大的作用。1927 年 7 月楊增新被其部下樊耀南刺殺後，金樹仁任新疆省政府主席。《天山日報》就是在他上臺之後，在《天山報》的基礎上創辦的，並續從《天山報》累計期數。其內容以新聞報導為主，並且具有現代報紙的規模。

〔註5〕金樹仁（1879～1941）新疆地方官僚。甘肅導河（今臨夏）人，字德庵，為其前任軍閥楊增新門生。1914 年赴新疆，初任軍務廳書記官，後升任阿克蘇縣知事、新疆民政廳長。1928 年在楊增新被殺後繼任新疆省政府主席。因重利盤剝新疆各族人民，引起全疆各地暴動。1933 年 4 月被驅趕回內地，5 月 2 日被國民黨政府免職、逮捕。1934 年 3 月被控與蘇聯私定《新蘇臨時通商協定》和貪污失職罪等。1935 年 10 月 10 日特赦釋放。

該報用石棉紙鉛印，單面印刷，文用四宋，標題用一宋或二宋；週六刊（星期一無報），對開兩版，各版均六欄。一版有「要聞」「本省新聞」「外省新聞」等；二版是副刊和廣告，並續登「外省新聞」。在內容上，該報主要宣傳當時南京政府和新疆地方政府的政績，突出報導國民黨某些主要人物和封建軍閥的活動。1935 年 8 月該報比較詳盡地報導了蘇聯向新疆地方政府貸款 500 萬金盧布一事。這項貸款合同的簽訂儀式是在督署東大樓舉行的，參加的有盛世才、李溶、加尼牙孜等，蘇聯外交、商務人員和應聘在新疆服務的蘇聯人士，新疆省省政府所屬的在省各機關首腦，都出席了簽字後的慶祝宴會。對於這次宴會和席間中蘇雙方代表的講話，都作了報導並配發了社論。

其次，通過新聞報導和副刊，揭露日寇侵華罪行和國內外的聲討活動，如 1073 期（民國 20 年 11 月 21 日）二版頭條消息的標題就是《舉國一致共驅倭奴》；1078 期（民國 20 年 11 月 27 日）副刊也刊有《仇日歌》和馬懷衷的《抗日救國歌》，看來《天山日報》各欄目之間配合較好，都突出一個宣傳報導中心。

在新聞寫作上，一般來說，該報文字比較短小，尤其是「要聞」欄內所載新聞多則三四十字，少則十幾個字，如 1075 期（民國 20 年 11 月 24 日）《於珍業已釋放》只有幾個字：「於珍已釋放回寓」。但時效性差，這是由於消息來源大部分抄自內地報紙，即使有收音機，因效果較差，經常收聽不清，只好轉載內地報紙。通常《天山日報》上的消息距事發時間也要遲發一兩個月之久。當地新聞、本省新聞要晚半個月方能見報。

版面缺乏科學的編排。「外省新聞」欄目內竟赫然出現《德國輿論激烈》的報導，混淆了國內外界限。

《天山日報》已有專職記者採訪迪化（烏魯木齊）市新聞，外地也設有通訊員。但新聞工作的修養較差。尤其是缺乏新聞寫作的基本知識，在報紙上經常出現不交代時間、地點和事件的新聞稿。

1933 年 4 月 12 日，陳中、陶明樾、李笑天發動政變，趕走了金樹仁。盛世才殺掉了陳中等三人，輕易地爬上了督辦的寶座，成為統治新疆 11 年之久的新軍閥。盛世才非常重視新聞宣傳工作。首先他為該報配備了兩名得力的正副社長。隨東北義勇軍經蘇聯來新疆的宮振瀚見多識廣，又懂外文，被委任為社長；才學出眾，在新疆被稱為「十大博士」之一的留日學生郎道衡被委任為副社長。在這兩位新社長的領導下，《天山日報》改用老五號宋體印刷，使這

張報紙進入了一個新階段。

1935 年 12 月 3 日《天山日報》更名為《新疆日報》。

第五節　伍特公、沙善余等著名少數民族報人

在中國新聞史上，還有許多未曾提及的少數民族新聞工作者。比如曾參與過 1872 年由外商在上海創辦的《申報》編輯工作的伍特公和沙善余（均為回族）就是少數民族報人中的姣姣者。

伍特公 1906 年進申報館任翻譯員，在工作中，刻苦鑽研，業務不斷提高。1938 年《申報》復刊時，他還擔任了該報的代理總編輯。1939 年他撰寫的社論《回教與抗戰》一文，引證古蘭經教義，號召回民團結禦侮，此文曾由上海愛國教胞秘密印刷成小張，用不同信封，作為賀年片形式，分寄京津各地教胞，廣為宣傳。此後他又陸續在報上發表抗戰社論多篇。1940 年 3 月汪偽下令通緝，《申報》經理鑒於不少記者遭敵偽殺害，力勸伍特公去香港暫避。他未去香港，而是隱居在沙善余家中。為迷惑敵偽，還託上海伊斯蘭學生在雜誌上發布「伍特公先生已赴香港」的短訊，以作掩護。抗戰勝利後，他本可回申報館工作，但因國民黨接收大員要安插私人，把伍特公拒之門外，他到正言報館任職二年，後改任法新社英文翻譯，直到上海解放。

此外，伍特公在 1912 年曾被路透社聘為英文譯員。以英文拍發全國各報駐北京記者報送袁世凱稱帝的消息，衝破袁氏的新聞封鎖。

沙善余 1914 年袁世凱竊國稱帝，偽詔封他三品正授校長。他憤而棄職回滬，從事新聞工作，先後任《民報》《神州日報》《申報》編輯，編寫國際新聞。第一次大戰後期至 1941 年末，他在路透社擔任外文電訊的漢譯工作，其譯文文筆確切，悉符原意。現用世界人名、地名，不少出自於當年他的譯筆。他一生公餘時間，致力於民族宗教教育文化事業，數十年如一日，成績斐然。

據目前掌握的材料，在這個時期除前邊提到的少數民族報人外，在新聞戰線工作過的還有金劍嘯（1910～1936）。滿族，原名金承栽，號培之，又名夢塵，劍嘯是他的筆名，其他筆名還有健碩、巴來等，瀋陽市人。1910 年出生於一個刻字工人家庭，三歲隨父移居哈爾濱。他自幼酷愛藝術，中學期間已接受革命思想，參加罷課鬥爭，並開始發表文學作品。1928 年 12 月 12 日《晨光報》復刊，主編副刊《江邊》的陳凝秋等，從來稿中發現時年不足 20 歲的金

劍嘯，1929 年推薦他擔任了哈爾濱《晨光報》副刊《江邊》編輯，繼續發表文章，揭露和抨擊軍閥混戰及剝削階級的罪惡生活。如今我們從《國際協報》文藝週刊《薔薇》第 2 期上還能查到他寫的《敵人的衣裳》等作品。30 年代到上海，在新華藝術大學學習，後轉入上海藝術大學，積極參加黨領導的各種文藝革命活動，1930 年加入「少共」組織，1931 年加入中國共產黨。「九一八」事變後回到東北，先後在哈爾濱等地的文化、新聞戰線工作。他組織「天馬廣告社」、「維納斯畫會」，團結了一批左翼文人，擴大陣地，開展抗日救國的宣傳活動。1933 年，他通過各種渠道打入敵人的報界，在長春《大同報》出刊《夜哨》，在哈爾濱《國際協報》創辦《文藝週報》，不僅擴大了抗日宣傳，而且培養了一批革命文化工作者。1936 年被捕，被日本帝國主義殺害，年僅 26 歲。

伍特公、沙善余、金劍嘯是我國著名的新聞工作者，他們為我國新聞事業所做的貢獻，都是不可磨滅的。

第六節　新疆的廣播事業

新疆的廣播事業已有 50 多年的歷史了。盛世才以「新疆邊防督辦」的頭銜掌握了新疆的大權之後，便從蘇聯買進四部汽車式的無線電收發報機，分別安裝在迪化、喀什、伊犁、和田，建起無線電臺、利用收發報機傳遞官方電稿，初步建立了無線電通訊網。1935 年又在迪化城西北路安裝了一部一千瓦的無線電收發報機，不僅收發官方往來的電稿，並且對外播發少量的時事消息和戲文唱片，這是新疆最早的自辦廣播節目，在當時被稱為「大電臺」。此時的無線電臺是通過有線喇叭向外廣播的，迪化市只有 30 多個廣播喇叭。到 1937 年安裝在官方機關內的廣播喇叭已增到 100 多個。1938 年，新疆交通處建起一座廣播電臺，在商店、街道路口和居民住宅區安裝廣播喇叭 200 多個，並在迪化市以外進行廣播。（參閱張大年《新疆風暴七十年》）

但是，這時新疆的廣播事業不僅新聞報導不占主要地位，而且以漢語播音，沒有少數民族語言的廣播和少數民族的文藝節目。

第四章　抗日戰爭和解放戰爭時期的
　　　　少數民族報刊(1937～1949)

　　抗日戰爭時期的新聞事業,主體為由共產黨領導的革命新聞事業,和以蔣介石集團為代表的國民黨頑固派新聞事業與民族資產階級、開明紳士、地方實力派的中間報刊組成的聯合體,還有由日本人直接開辦的新聞機構和漢奸創辦的新聞媒介。兩極新聞事業共處是這一時期的最大特點。

　　日本投降後,我國進入了民主革命階段中革命力量與反革命力量的決戰時期。中國共產黨最終完成了新民主主義革命,創建了中華人民共和國。隨著全國政治形勢的發展,我國的新聞事業發生了翻天覆地的變化。

　　抗戰勝利後,我國少數民族文字報刊也向前邁進了一大步。從文種上說,除前邊提到的蒙、維、哈、滿、朝鮮文之外,又出現了錫伯文報刊;從性質上看,已有了少數民族文字的黨報和黨刊;從地域上說,新疆地區民族文字報刊、東北地區的朝鮮文報刊、內蒙古地區的蒙古文報刊有新的發展,並積累了十分寶貴的經驗。日刊、隔日刊、三日刊、週刊等各種期刊的報紙都出現了,在編排和新聞採寫方面都有了新的改進,使報紙面貌換然一新。

第一節 《新疆日報》和三區革命報紙

一、新疆最早的民族文字省級報紙——《新疆日報》的創刊

　　抗日戰爭時期,新疆出現了省級少數民族文字報刊,這就是 1935 年 12 月

3 日在迪化創辦的《新疆日報》。該報是盛世才控制下的輿論工具。宮振瀚、郎道衡為正副社長。該報與其前身《天山日報》相比較有了明顯變化。對開四版，改進了編排技術，增添了幾種大號標題字，擴大了新聞報導的容量，並用新聞紙印刷。盛世才還為其題寫了報名。

該報除用漢文出版外，先後用維吾爾文、哈薩克文、俄羅斯文出版。在伊犁、阿山（今阿勒泰）、塔城、阿克蘇、喀什、和田等地成立新疆日報分社，分別出版當地的《新疆日報》。由於條件不同，各分社的《新疆日報》文種不一。伊犁分社出版維、哈、漢三種文版；阿山出哈薩克和漢文版。其他分社則出維、漢文版，約計 17 種之多，大多是隔日刊、三日刊、週刊。

《新疆日報》經歷了盛世才、吳忠信、張治中和包爾漢幾個時期，直到新疆和平解放後，才完成了它的歷史使命。

抗日戰爭爆發後，黨的統一戰線政策日益深入人心。該報逐漸控制在中共黨員手中，報紙的性質也在起著變化，內容的變化尤為明顯。1946 年張治中將軍兼任新疆省政府主席以來，實行對內和平（即懷柔政策），對外親蘇。張治中對《新疆日報》也表現了極大的關心。該報曾轉載了一篇重慶《大公報》的社論：《哀中共》，他看了之後頗為震怒。他說：「哀中共就是哀蘇聯」，當即把總編輯呂器撤了職。《新疆日報》有一個編輯叫李帆群，曾就一維吾爾青年在迪化南梁毆打一個三青團員，然後跑到阿合買提江副主席〔註1〕居住的南花園躲避一事，寫了一篇短評：《清查南花園》，接著這位副主席在維文報上刊出一封給張治中將軍的公開信，說《新疆日報》主張清查他的寓所，歡迎來清查。就因為這篇短評，張治中堅決要李帆群辭掉編輯職務。

1948 年包爾漢被國民黨南京政府委任為新疆省政府主席。這一決定遭到了泛土耳其主義者的反對。他們在該報維文版上散佈泛土耳其主義，煽動民族仇視，還要成立一個泛土耳其主義組織。他們拉攏青年與當地的地下革命青年組織對抗。但是包爾漢團結進步的民族青年組織，跟他們進行鬥爭。這些進步

〔註1〕阿合買提江（1914～1949）全名阿合買提江·哈斯木。新疆三區（伊犁、塔城、阿勒泰）革命主要領導人之一。新疆伊犁人，維吾爾族，年輕時在伊犁當玻璃工。1942 年因宣傳革命被捕入獄。1944 年三區革命爆發。初在報社工作，後任三區革命政府辦公廳負責人。1945 年 10 月作為三區革命政府的主要代表之一與新疆國民黨政府談判，1946 年 6 月簽訂十一項和平條款，後任新疆聯合政府副主席，1949 年 9 月前往北京出席中國人民政治協商會議，因飛機失事不幸遇難。著有《阿合買提江文集》。

的民族青年組織秘密出版《戰鬥》《先鋒》等雜誌，抄收解放區電臺的廣播，散發大量的用少數民族文字和漢字寫成的宣傳品，僅 1949 年不到一年時間內散發傳單 30 多種，共 12500 份（其中兩種雜誌共五期 580 份）；從伊犁方面來的雜誌，刊物共 9 期，1700 份，地下組織的報紙 3 種 20 期，共 4500 份。在新疆和平解放事業中，《新疆日報》跟這些地下進步刊物一樣發揮了一定的作用。該報記者龔覺民為粉碎三區政府要進攻迪化的謠言，他陪同包爾漢的代表乘大卡車去三區政府與其領導人會晤，解除了誤會，為新疆軍政和平起義鋪平了道路。〔註 2〕

新疆日報社培養和造就了不少著名的革命家、理論家、學者和詩人。維吾爾族詩人、革命家黎特夫拉‧穆特里夫（亦寫作魯特米拉‧木塔裏甫）就是其中的一個。黎特夫拉‧穆特里夫 1922 年 11 月 16 日生於新疆伊犁尼勒克縣。家境貧寒，其父以務農為生。筆名卡農納奧爾凱希（意為激流）。自幼就學於伊寧市的塔塔爾小學，《伊犁河報》發表過他小學時寫的詩歌。小學畢業後，到俄羅斯中學學習，開始閱讀俄羅斯和蘇聯著名作家的作品和塔塔爾族著名詩人的詩作，更使他熱愛文學。1939 年秋到迪化，在省立師範學校讀書，在中國共產黨的影響下，創作以抗日救亡為題材的作品。1941 年師範沒有畢業，就到新疆日報社工作。1942 年新疆反動當局製造了一系列反共事件，他寫了喚起民眾鬥爭的詩歌，譴責國民黨一手製造的「皖南事變」。1944 年春被國民黨反動當局調到阿克蘇報，並加以監視。但他仍繼續進行革命活動，在報刊上發表詩作抨擊黑暗統治。1945 年參與組織反對國民黨的火星同盟，並準備舉行農民武裝起義。由於叛徒告密，不幸被捕。1945 年 9 月 8 日壯烈犧牲，年僅 23 歲。

面對死亡他高呼口號，唱著戰歌《我要犧牲了》：「這廣大的土地，變成了我的地獄，我將要開放的鮮花，被人類的魔鬼揉碎……」，他這首最後的歌一直在新疆傳唱。1943 年他創作的《我決不……》，已作為遺作收入《革命烈士詩抄》。

他的著作有《黎特夫拉‧穆特里夫詩選》，還有《奇曼射手》《戰鬥的姑娘》《暴風雨後的太陽》《墨索里尼在顫抖》等劇本、散文。還有論文《藝術作品的典型》等等。

〔註 2〕 參見包爾漢《新疆五十年》，文史資料出版社，1984 年版。

二、三區革命報紙──《阿圖什報》《民主報》和《戰鬥週報》

當時新疆還有三張革命報刊：（1）1947 年在阿圖什市創刊、由東土耳其斯坦青年聯合會主辦的《阿圖什報》。（2）大約在 1947 年 4 月創刊的地下革命組織新疆民主革命黨的機關報伊犁《民主報》。（3）由新疆民主革命黨迪化區委員會主辦，創刊於 1948 年 11 月的油印秘密刊物《戰鬥週報》。

《阿圖什報》主要以配合新疆伊寧、塔城、阿勒泰三區革命，動員阿圖什地區人民推翻國民黨的反動統治為其宗旨。三區革命是中國人民民主革命的一部分，是反對國民黨統治的革命運動，曾經建立起政權和武裝。1946 年 1 月三區人民和國民黨政府代表張治中簽訂了和平協議。11 月，三區革命領導人阿合買提江和阿巴索夫〔註3〕等到南京開會，見到了中國共產黨代表團的董必武同志，與中共中央建立了聯繫。後經中央批准，董老請童小鵬派電台臺長彭國安帶上秘密小電臺隨阿巴索夫來到三區革命領導機關所在地──伊寧。用這個電臺抄收新華社新聞，並通過報紙向新疆傳播解放戰爭勝利的消息。該報的新聞、言論，還有詩歌等作品，都為宣傳、組織、動員阿圖什地區人民的鬥爭發揮過積極的作用。

伊犁《民主報》是三區革命在伊犁地區勝利後創辦的一張報紙。地下組織新疆民主革命黨在 1947 年 1 月由新疆三區革命組織與迪化地下革命組織新疆共產主義者同盟（後稱戰鬥社，出版《戰鬥》雜誌）合併建立。伊犁《民主報》成為該黨的機關報，原為對開半張兩版，週刊，四號字編排，後改為四版，五號字排版，三日刊。該報以消除民族間對立為重點宣傳內容，以開創一個包括漢族在內的各民族團結一致共同反對國民黨反動派的新局面為主要任務。該報首先以漢族名義發表了《告民族同胞書》，闡明民族問題的階級本質，指出民族壓迫說到底是階級壓迫，在新疆歧視、壓迫少數民族，實行獨裁統治的國民黨反動派是漢族與廣大少數民族群眾共同的敵人，號召各族人民團結起來，

〔註3〕阿巴索夫（1921～1949）全名阿不都克裡木·阿巴索夫。新疆伊犁、塔城、阿勒泰三區革命領導人之一。新疆阿圖什人，維吾爾族。1939 年，在新疆學院附中讀書，開始接受革命思想。1940 年因其父被捕，被軍閥盛世才以「叛逆眷」送往沙漠。1944 年參加三區革命，率遊擊隊攻打伊寧。歷任三區革命政府內政部長、宣傳部長。1945 年 10 月作為三區革命政府代表與國民黨新疆省政府談判。1946 年 7 月任新疆省聯合政府副秘書長，加強與中國共產黨組織的聯繫，領導和團結迪化地下革命組織，任新疆民主革命黨主席。1949 年 9 月赴北京參加中國人民政治協商會議，途中因飛機失事，不幸遇難。

反對國民黨反動派。1947 年 2 月 25 日在迪化市發生了由國民黨軍警特務一手製造的「二・二五」流血事件。這張報紙轉載了事件發生後散發的傳單，揭露國民黨當局新疆聯合政府中三區代表，挑動漢族與維吾爾、哈薩克等少數民族的兄弟關係，製造流血事件的真相。其後，在顯著位置刊登了內地國統區爭取民主和平的愛國學生運動及其被國民黨軍警殘酷鎮壓的新聞報導。同時大力宣傳解放戰爭的勝利消息，旨在說明黨領導的以推翻國民黨反動統治為目標的人民戰爭，是不分民族的，是中華民族的解放事業，並有計劃的報導黨的民族政策和解放區民族團結的生動事實。該報還用通俗的語言宣講了毛澤東《論聯合政府》中提出的解決民族問題的基本原則和具體政策以及黨中央的具體規定。

該報的主要內容曾譯成少數民族文字進行宣傳，收到了良好效果。1948 年 8 月 1 日，新疆保衛民主和平同盟成立時，發表的文告中提出了包括漢族在內的各民族聯合起來的口號。民族關係的轉變，與該報的宣傳有重要作用。新疆和平解放前夕，該報還印發了大量傳單在迪化散發。在國民黨政府機關及其官員中也常看到此報與傳單，他們驚恐不安。在張大年撰寫的《新疆風暴七十年》一書中提到該報時說：「言論激烈，攻擊國民政府，鼓吹民主自由，宣傳中共為『常勝軍』和抗日『偉』績……」，其影響可見一斑。

1949 年春天以前，該報由李泰玉主編，後來由陳錫華、范邱仲先後任主編。參加創辦工作的還有彭國安（化名王南迪）。刻字技工何銳、於春盛負責排版工作。

彭國安是由中共中央駐南京代表董必武指示童小鵬派往新疆的。他先帶來了一部小型發電機，由於功率太小，未能與新華廣播電臺聯繫上。1947 年 7 月，他把一架蘇製收音機改裝後，解決了新聞來源問題。據李泰玉回憶，第一次收到的就是劉鄧大軍挺進大別山的長篇新聞綜述。

報社的印刷條件較差。開始由於鉛字短缺，字號不全，版面字跡模糊。後來運來了一批各種字號的新鉛字和排版材料，提高了編排技術和版面質量。發行量最高不到 1000 份，一般只有 300 份。

三區革命領導人對該報工作十分關心，幫助解決具體困難。1947 年 11 月 12 日紀念三區革命三週年大會上，阿合買提江在講話中表彰該報，並給報社頒發了獎狀和獎品，給全體職工很大鼓舞。

新疆和平解放後，該報停刊。

　　《戰鬥週報》的發刊詞指出：「我們辦這個刊物的目的，是宣傳群眾，組織群眾，把他們緊密地團結在共產黨的周圍，為徹底解放新疆各族人民而奮鬥」。該刊以刊登新聞和時事評論為主，主要如實報導人民解放戰爭的勝利消息，解放區的生產建設活動，黨在國統區領導的人民群眾的政治鬥爭，重大的國際事件以及中共中央的重大決策等等。據統計，從創刊到 1949 年 9 月 28 日第 45 期止，共刊登有關解放戰爭、解放區生產建設的新聞報導 600 多條。採編人員不惜冒著生命危險，秘密抄發解放區電臺的廣播和電訊稿，運用一切手段搜集中共中央領導人的講話、指示、報告等等資料，粉碎國民黨反動派的新聞封鎖。其次，該刊以評論形式及時揭露國民黨的造謠誣衊，以正視聽。1949 年發表評論《駁蔣介石元旦文告》，戳穿蔣介石的假和平的詭計。《前帳未清，免開尊口》揭穿國民黨政府所謂的財政金融改革的實質，就是變相搜刮民脂民膏，進行反人民的內戰。在報導解放戰爭偉大勝利的同時，配發評論闡明戰爭勝利的意義和發展趨勢，如《淮海戰役第二階段的偉大勝利》和《論徐州會戰》。結合程潛、陳明仁湖南率部起義，配發的評論《看戰局，論新疆》，著重指明新疆國民黨軍事當局應當認清形勢，做出正確選擇。為了迎接新疆解放，1949 年 2 月 7 日該刊第 10 期還發表了題為《新工作、新任務》的評論，在號召全疆人民起來開展革命活動的同時，還提出四條建議：（1）深入工廠、企業、密切聯繫工人群眾，保護物資設備，完整無損地交給人民；（2）瞭解、發現、爭取人材，凡有技術專長者都要把他們團結在自己的周圍；（3）積極調查和統計特務名單，防止未逃跑者偽裝進步，混入革命隊伍，從內部破壞；（4）調查敵軍的番號、數量、武器裝備、軍事調動、官兵士氣等等。

　　《戰鬥週報》前身是由新疆共產主義同盟內部出版的不定期手抄刊物《熔砂》，即 1945 年改名為《戰鬥》的地下刊物。1945 年 11 月 7 日《戰鬥》出版過紀念「同盟」成立一週年和慶祝十月革命的專刊，油印了從獄中傳出的林基路烈士〔註4〕的遺作《囚徒歌》。由於很多「同盟」成員奔赴解放區，1946 年出版三期後而停刊。

　　週報雖是地下刊物，但影響很大，流傳在迪化市社會各界，包括國民黨駐新疆的軍政首腦機關，也常常看到它。該刊為了揭穿國民黨騎五軍造謠惑眾，散佈所謂蘭州大捷的謠言，用老五號字鉛印在印好的毛主席《約法八章》和朱

〔註4〕林基路（1916～1943）廣東臺山人。1935 年加入中國共產黨，曾任新疆學院教務長，庫車縣縣長。1941 年被盛世才逮捕，1943 年犧牲於獄中。

總司令《渡江命令》的傳單中間，套印加邊的《蘭州解放的特大號外》，一夜之間出現在迪市的各個機關、學校、工廠、部隊。週報發行量由初期的數十份、數百份一直增加到 2000 多份。該刊和該刊的傳單搞得新疆當局心神不安，他們懷疑市區內一定有一支黨領導的武裝。當時的省政府主席包爾漢也讀過這份刊物。據他回憶，「這些組織都是為了新疆的解放而進行工作的。它們散發了大量的以少數民族文字和漢文寫成的宣傳品。」

1949 年 12 月 28 日在戰鬥週報全體成員大會上，中共中央新疆分局常委、組織部長兼迪化市委書記饒正錫說：「同志們對人民群眾作了很好的宣傳教育工作，宣傳了共產主義思想，把它用多種方法散佈到群眾中去，使群眾對中國共產黨有了比較深刻的認識，鼓舞了人民群眾對敵鬥爭的信心和勇氣。」又說「通過宣傳教育，團結了一批進步青年，……造就了一批進步的幹部，這一切工作的結果是保證新疆和平解放的重要因素」。充分肯定了週報的戰鬥作用和歷史功績。

週報由李維新任總編輯，於振武負責評論。涂治、羅志主持報社工作。

週報的編輯出版工作，都是在極端困難，極為險惡的情況下進行的，沒有固定的辦公地點，做發行工作更是危險，尤其是把這個刊物送到國民黨軍政首腦機關內部，更費一番周折。

在三區革命時期從事過新聞工作的少數民族同胞，不少人後來成為著名的文學家、詩人和革命家。其中比較知名的有尼米希依提和艾斯海提、伊斯哈科夫。

尼米希依提，維吾爾族早期的新聞工作者，著名詩人和社會活動家。原名艾爾米亞‧伊力賽依拉米，1906 年生於新疆拜城。1922 年先後在拜城、庫車等地經文學校學習。1933 年他在喀什戰亂中負傷，出院後始用筆名「尼米希依提」（意為半個犧牲者）。1936 年，阿克蘇專區維吾爾文協會出版《阿克蘇通訊》，該會主席達里希‧海里耶邀請尼米希依提擔任《阿克蘇通訊》的編輯，到 1945 年 5 月因患嚴重肺結核而離開，在近 10 年的時間內，他一直主持《阿克蘇通訊》，並擔任責任編輯。在此期間，他寫作了《千佛窟》和《派爾哈提——希琳》，在阿克蘇報上連載。

三區革命運動發展迅速，1944 年 8 月 17 日解放了拜城。回家鄉養病的尼米希依提參加了民族軍。1945 年他隨民族軍到達伊犁，在司令部做宣傳工作。1948 年 8 月 1 日，在新疆伊犁成立了和平自主同盟，他任委員和機關刊物《同

盟》的編委。

新疆解放後，1952 年他是各族各界人民代表會議的代表，其後當選為自治區人大代表、政協委員。1957 年 5 月當選為新疆文聯及作協理事。1972 年 8 月 22 日，被四人幫迫害去世。

他繼承了維吾爾族古典詩歌和民間口頭文學優秀傳統，為維吾爾族詩歌的發展作出了傑出的貢獻。

他的主要詩作有《詩集和牧場》《祖國之戀》《詩集》《尼米希依提詩選》等等。

艾斯海提，伊斯哈科夫（1921～1976），塔塔爾族，新疆額敏人，1944 年參加三區革命運動，任民族軍指揮部參謀長，曾任《伊寧日報》總編輯。1950 年加入中國共產黨。解放後，歷任伊犁專員公署秘書長、共青團新疆自治區委員會副書記、中共新疆自治區黨委委員、常委、宣傳部長、自治區人民政府副主席、第一屆全國人民代表大會代表。

第二節　我國唯一的錫伯文報紙的創辦與發展

在這個時期，我國唯一的一張錫伯文報紙——《蘇爾凡吉爾千》（意譯《自由之聲》）誕生了。該報創刊於 1946 年 7 月 1 日（一說 1946 年 10 月），由在三區革命政府任職的錫伯族知識分子和一些社會名流在伊寧市創辦的週二刊、八開錫伯文油印報紙。後被收編為伊寧、塔城、阿勒泰三區革命政府機關報，以宣傳民族民主革命的方針、政策為主要內容。據說，錫伯族是拓跋鮮卑的後裔，早期出沒於黑龍江省阿里河地區，以狩獵捕魚為主。1757 年，清政府平定準噶爾貴族叛亂之後，為鞏固西北邊防，把一部分錫伯族和一些少數民族遷往新疆。1764 年錫伯人官兵及其家屬 300 多人從東北出發，走了一年零三個月，於第二年到達伊犁，翌年又南渡伊犁河來到邊陲察布查爾。原定 60 年的戍期，實際上是統治者的謊言。從此分居東北、西北兩地，原來人數不多的錫伯族人口銳減。錫伯語屬阿爾泰語系滿——通古斯語族滿語支。古老的錫伯文現已失傳。1947 年錫伯族的知識分子改革了自己使用的滿文，廢去一些音節符號，增加了錫伯語的新字母，創製了新的錫伯文。這種文字一直沿用至今。1948 年後一度改為石印。又因經費緊張等原因又改為油印。中華人民共和國成立後，實施民族區域自治政策，給錫伯族人民帶來了團結奮進，繁榮昌

盛的新生活。該報更名為《伊車班津》意譯名為《新生活報》。以後成為伊犁
日報社錫伯文組，發行錫伯文版報紙。1954 年 3 月，在錫伯族聚居的原新疆
寧西縣，建立了察布查爾錫伯自治縣。「察布查爾」是勞動人民勤勞智慧的象
徵，錫伯族人民喜歡這個名稱，意為「糧倉」。伊犁日報社錫伯文組，此時遷
往自治縣，作為縣報獨立發行，更名為《察布查爾報》。四開四版，週二刊，
綜合性報紙。欄目較多並配有本縣重大活動的圖片。比較固定的欄目有：一般
為要聞版，刊登國家大事及錫伯族人民的主要活動。設有《故鄉訊》《有志之
士》等；二版為地方消息和科技知識，闢有《致富之路》《科技園地》等欄目；
三版為文體版，主要發小說、散文、詩歌及知識性、趣味性、娛樂性文章；四
版為國際國內消息版，闢有《祖國各地》《法制園地》等欄目。錫伯文豎行書
寫，報紙也豎式編排，報頭小，與報眼相比，看上去比例為 1：2，報頭以三種
文字書寫，除錫伯文外，還有漢文和維吾爾文。後兩種文字在錫伯文大報頭的
下面，成為「小報頭」。該報的另一特點是字號大，破欄小，文內的數字全是
阿拉伯字母。1984 年平均期發數為 432 份，曾達到過 1000 份。

　　該報的總編輯伊克坦和他的妻子都畢業於中央民族學院（現中央民族大
學）。他們除了會講本民族語言和漢語外，還會講維吾爾語、哈薩克語及俄語。
他們外出採訪不用帶翻譯，而且對民族語言中的俗語、俚語，運用自如。他們
用多種語言溝通各民族人民之間的情感，傳播信息。佟吉成任社長。

　　歷屆負責人有忠謙、英林、顧吉山、習蘭天、涂長盛、吉成。

第三節　我國朝鮮文報紙的新發展

　　抗日戰爭時期，在東北地區被日偽新聞機構控制的《滿鮮日報》是當時比
較有影響的朝鮮文報紙。該報 1938 年 9 月創刊，長春偽滿協和會主辦。1945
年 8 月，日本投降後停刊。該報雖然是偽滿協和會的喉舌，但是報社內富有正
義感的進步編輯，有意識地發表了不少朝鮮族作家的進步作品，背離了日偽新
聞機關的意志。

　　日本投降之後，我國最早的朝鮮文報紙是《韓民日報》。1945 年 9 月 18
日該報創刊於延吉。8 開 2 版，龍井縣開山屯書堂堂長韓錫基為發行人，日本
投降前任朝鮮《每日新聞》間島分社長的崔文國任該報編輯，該報反對日本帝
國主義的侵略行徑，但是政治傾向並不鮮明，共產黨和國民黨、北朝鮮和南朝

鮮，無論站在哪邊說話的新聞通訊，它都予以報導，既刊登《馬克思的〈資本論〉入門》，也登載中華民國國歌和國民黨的黨歌；既有「金日成大校的獅子吼曾響徹白頭山」的報導，也有「李承晚博士會見記者團，號召三千萬同胞重建朝鮮」的消息；既有關於中國、朝鮮、蘇聯友好和民族團結等國內外重大新聞的宣傳，也登載「好得很！得高學府胎動，延邊大學籌建委員會成立」地方新聞的報導。該報的版面和新聞通訊的內容真實地反映了當時複雜的社會狀況。該報發行不足兩個月，於 1945 年 11 月 4 日終刊。

　　1945 年 10 月 16 日，朝鮮文版的《人民新報》在牡丹江市創辦。八開二版，日報。1947 年 5 月改為四開四版。以生活在北滿的朝鮮族廣大同胞為主要讀者對象。初創時，該報的政治傾向並不正確。它與《韓民日報》有個共同特點，就是既刊登「金九臨時政府是朝鮮唯一的政府」和「偉人蔣介石氏」的報導，也載有中國共產黨第七次代表大會的消息和「世界和平領導國蘇聯加強軍備」的新聞。直到 1945 年底，才認識到在反對日本帝國主義侵略和人民革命鬥爭中，共產黨和人民政府的領導作用。並從版面的編排和報導內容上，明確表現出擁護共產黨，人民政府、北朝鮮和蘇聯紅軍的傾向。如刊載了《蔣介石的又一賣國罪行》等文章，增強了有關朝鮮民主主義共和國的報導。1948 年元旦，在新年特刊上該報全文刊載了金日成的新年祝詞，並配發了他的照片。

　　這張報紙由李浩烈、趙慶洪、許律主辦，1948 年 3 月 2 日終刊。

　　一說 1945 年 12 月在牡丹江市出版，1948 年遷至哈爾濱與《團結報》（朝鮮文版）合併，易名《民主日報》，1949 年 4 月又易名《東北朝鮮人民報》後合併到吉林《延邊日報》。

　　1945 年 11 月 5 日在延吉創刊的《延邊民報》是由延邊人民民主大同盟政治部主辦的朝鮮文報紙。「八一五」日本投降之後，蘇聯紅軍先遣部隊在東北抗日聯軍延邊縱隊的配合下，解放了延吉市。9 月 20 日成立了間島臨時政府，9 月 23 日在延吉市工人、農民青年、婦女代表大會上成立了工人、農民、青年、婦女總同盟，後改名延邊民主大同盟。該報系《延邊日報》的前身，八開二版，日刊。1945 年 11 月 21 日，中共延邊地委主持召開延邊各族人民代表大會，成立了延邊政務委員會。該委員會組建了延邊行政督察專員公署，11 月 24 日《延邊民報》改為公署機關報，四開四版。主筆姜東柱。1946 年 4 月底終刊，共發行 104 期。

　　該報宗旨是「為實現新民主主義的三民主義，體現絕大多數人民的要求，

實現中韓群眾的互相提攜。」（見該報《發刊詞》）從這個意義上講，具有社會主義報刊的性質。但創刊初期，該報刊登過「蔣主席勉勵：沒有朝鮮的獨立，便沒有中國的獨立」、「李承晚博士講話紀要：三千萬同胞同心同德，讓五千年歷史煥發光彩」等消息。不過，該報的主要內容是大量刊載有關各族人民團結和蘇聯紅軍的消息與其他的地方新聞。比如在報紙顯要位置刊載過這樣的消息：「在專員公署政務委員會的旗幟下團結起來！」為歡送蘇聯紅軍撤離歸國，該報還出版了 32 開號外。

日本投降後，根據吉林省軍區的決定，在延吉建立了東北民主聯軍吉林省延吉軍分區。1946 年 5 月 1 日，《延邊民報》改為《吉東日報》並成為吉東軍區政治部機關報。四開四版，週六刊。主編俞明善，1946 年 9 月 1 日停刊，發行 120 期。

1946 年上半年，蔣介石調動軍隊向東北解放區進攻，毛澤東根據當時形勢提出「讓開大路，佔領兩廂」，建立鞏固的根據地的主張。5 月 28 日，中共吉林省委隨駐吉林市。中國人民解放軍撤到延吉，省委機關隨遷於此。1946 年 9 月 1 日《吉東日報》停刊，朝鮮文版的《人民日報》問世，四開四版，週六刊。

該報實為中共吉林省委機關報的一個組成部分。1946 年 11 月 4 日起改為日刊。由當時《人民日報》的副總編輯金平負責該報的出版工作，注意報紙的民族特色和地方特色，貫徹黨的民族政策。尤其是重視朝鮮語言文字的使用和推廣。

在這期間，在東北地區的朝文報紙還有《東北韓報》《老百姓報》《時事旬報》《學習與戰鬥》《吉林日報》《團結日報》和《民主日報》以及《兒童報》等等。

《東北韓報》，1946 年間，由韓國駐我國代表團東北總辦事處在長春創辦的。8 開 2 版，主要刊載和報導朝鮮僑民的生活情況和我國的革命形勢以及朝鮮等國的世界情況。政治傾向是反蘇反共的。由許禹成任社長，玄泰均任編輯局長。

《老百姓報》（1946 年 10 月創刊於延邊汪清，1948 年 7 月終刊）、《時事旬報》（1947 年 5 月在延吉創刊，1948 年初停辦）、《學習與戰鬥》（1947 年 5 月創刊於延邊龍井縣，軍政大學吉林分校主辦，歷時 8 個月，當年年底停刊）都是縣級報紙，創辦時期較短，影響比較小。

1947 年 3 月 1 日創刊於延吉市的《吉林日報》是中共吉林省委的機關報。其前身是《人民日報》（朝鮮文）。1948 年 3 月 1 日遷到蛟河縣後停刊，共出版 382 期。由吉林日報社副總編輯金平和林民鎬擔任該報負責人。作為朝鮮文最早的省委機關報，主要內容是配合當時的解放戰爭和建立人民政權，肅清土匪，進行土改和支前等項工作組織報導，傾向鮮明，為革命和建設作出了較大的貢獻。

《團結日報》是李紅光支隊的機關報。1947 年 12 月 25 日創刊於通化市。二開四版，週刊。初名《團結時報》，後改為《團結日報》，金信奎任社長，白南彪任主編。該報以李紅光〔註5〕支隊的指戰員和南滿的朝鮮族群眾為主要讀者對象。

1948 年 3 月 3 日在哈爾濱創辦的《民主日報》是東北行政委員會民族委員會機關報。四開二版，日刊。其前身是牡丹江市辦的《人民新報》（朝鮮文版）。1948 年 7 月改為四開四版。以北滿和東北諸省的朝鮮族群眾為主要讀者對象。這個報紙的宗旨是「反對為辦報而辦報。只有成為人民之友，讓人民喜讀愛看，讓人民學到一些知識，從而成為人民的工作之友，給予他們以力量，《民主日報》才能存在下去，才能完成其歷史使命。」（見該報社論《〈人民新報〉改為〈民主日報〉告讀者書》）朱德海任報社社長、李旭成任副社長。1949 年 3 月停刊。

1948 年 5 月創刊於哈爾濱的《兒童報》是民主日報社兼辦的少年週刊，初為八開二版，7 月改為四開四版，以東北朝鮮族少年為其讀者對象。由金有熙和任鎬編輯。

在這個時期創刊的《延邊日報》是我國歷史比較悠久，影響最大的一張朝

〔註5〕李紅光〔1906（一說 1910）～1935〕，又名李弘海、李義山。中國共產黨領導的最早的抗日遊擊隊——南滿遊擊隊主要創始人之一。朝鮮族，生於朝鮮京畿道龍任郡丹洞一個貧農家庭中。1926 年遷居吉林省伊通縣。勤奮好學，精通日語。1927 年加入農民同盟會，開始有組織的學習和宣傳馬列主義。1930 年加入中國共產黨。1931 年任中共雙陽，伊通特支組織委員，後被選為磐石中心縣縣委委員。1932 年組織赤衛隊和磐石遊擊隊。四五月間連續領導蛤蟆河子農民暴動，為發展和擴大抗日武裝奠定了基礎。1933 年，楊靖宇在磐石組成抗日軍事委員會（亦稱軍事聯合指揮部）並成立聯合參謀部，楊靖宇任政治委員長，李紅光任參謀長。1933 年紅 32 軍南滿遊擊隊在西玻璃河套改編為東北人民革命軍第一獨立師，李紅光任參謀長。1934 年 11 月任師長兼政委。1935 年 1 月 11 日在興京（今新賓）與日偽軍戰鬥中犧牲。

鮮文報紙。1948 年 4 月 1 日創刊於吉林省延吉市，其宗旨正如創刊詞所說，
衷心地為延邊的人民群眾服務，「經常反映延邊人民群眾鬥爭和生活動態、土
地改革、支持前線、特別是要介紹當前春耕生產活動的情況和工作經驗。」主
要讀者對象是朝鮮族廣大人民群眾。一年過後更名為《東北朝鮮人民報》並於
1949 年 11 月 7 日始出四開四版的農村版（一直出到 1952 年 4 月 20 日）。這
張報紙的實績主要在新中國成立之後，故在當代部分再詳盡評介。

　　東北解放後，在延吉、牡丹江、哈爾濱、通化等地，還有延邊青年會主辦
的《火花》（1946 年，李斗星任主編，解放後第一個文學雜誌），牡丹江市朝鮮
人民民主同盟主辦的《建設》（1946 年，主要由金禮三編輯，東北解放後朝鮮
最早的綜合性文化刊物）。中共延邊地委主辦的《大眾》（1948 年，李旭主編）、
延邊教育出版社主辦的《延邊文化》（1949 年，李弘奎主編）等各種朝鮮文報
刊雜誌。〔註6〕

第四節　我國蒙文報刊的飛速發展

　　比較起來，我國的蒙文報刊在這個時期有飛速的發展。據內蒙古圖書館
1987 年 3 月編印的《建國前內蒙古地方報刊考錄》一書提供的資料，這個時
期（1937～1949）蒙文報紙有 22 份（或 23 份）。在這 20 多份蒙文報紙中絕大
多數是進步報紙。只有三、四份報紙即《蒙古新報》《兒童新聞》《蒙疆日報》
和《蒙古週刊》是敵偽報紙。《蒙古新報》是 1937 年 4 月在新京（長春）創辦
的，蒙文，週刊，對開四版，鉛印。由蒙古會館主辦。蒙古會館是偽滿洲國當
局支持設立的「民族互相親善機構」。《兒童新聞》是《蒙古新報》的副刊，1938
年 8 月創刊，四開四版，週刊，蒙文鉛印報紙。1937 年 10 月 16 日創刊的《蒙
疆日報》由日本顧問杉谷善藏奉日軍之命創辦的德王蒙古聯盟自治政府機關
報，以宣揚加強蒙日合作、共建大東亞共榮圈為宗旨。四版四開，蒙文鉛印日
報，社址設在厚和（即呼和浩特）。《蒙古週刊》是由蒙古聯盟自治政府外交處
主辦的四開四版的蒙文鉛印報紙，1938 年 6 月創刊於厚和，週刊以宣傳蒙疆
聯合自治政府外交事務為主要內容。在這個時期，黨報和統一戰線報紙的發展
更引起了人們的注意，並取得了可喜的成果。

〔註6〕有關朝鮮文的報史，參考崔相哲撰寫的《回顧我國朝鮮文報的四十個春秋》等
　　　文章。

一、地委級蒙文報紙

1.《蒙古報》和《伊盟報》

據資料表明，1936 年（一說 1944 年）三邊（陝西省安邊、定邊、靖邊）地委創辦的《蒙古報》是中國共產黨創辦的最早的一張地區性報紙。為了向內蒙古伊克昭盟的蒙漢族群眾宣傳黨的民族政策和抗日統一戰線政策，中共三邊地委創辦了這張油印小報，版面四開，不定期。1945 年，中共伊克昭盟工作委員會成立後，該報以蒙漢兩種文字出版。宣傳黨的政策，反對蔣介石發動內戰；並繼續宣傳建立聯合政府和實行民族區域自治政策的意義。由工委宣傳部長薛向晨任社長，浩帆（蒙古族）主持報社工作，採編、刻印均由他一人承擔。1946 年內戰爆發，伊盟工委接管了城川天主教的印刷廠，使印刷出版條件得以改善。1947 年 3 月報社隨工委和伊盟支隊轉移靖邊南山，轉戰在西烏旗和城川地區，被稱之「馬背報」。1948 年底，該報隨軍北上，為及時報導解放戰爭的勝利消息，經常出版《戰報》和《號外》。

1949 年伊盟旗先後解放，9 月 1 日，中共伊克昭盟委員會根據當時革命鬥爭形勢的發展，該報更名《伊盟報》，由油印改為石印，並明確規定，《伊盟報》係中共伊盟盟委的機關報。據統計，1944 年冬到 1949 年 9 月，《蒙古報》出版了 53 期，12000 多份。（參見 1949 年 9 月 1 日《關於〈伊盟報〉工作的決定》）

該報在宣傳抗戰和解放戰爭的輝煌成績、內蒙古自治建設、鼓舞軍民鬥志方面發揮了重要作用。社址設在伊盟札薩克旗（即現今的伊金霍洛旗新街鎮），1950 年遷往東勝市。1951 年停刊。

2.《前進報》與《牧農報》

《前進報》係中共哲盟地委機關報。1946 年 12 月創刊，蒙漢兩種文字在通遼出版。八開二版，不定期，蒙文版油印，漢文版鉛印。

《牧農報》（漢、蒙文版）中共熱北地委機關報。漢文版於 1947 年底創刊，週二刊。地委書記權星垣為該報題寫報名。蒙文版創刊於 1948 年夏天。8 開 4 版，分要聞、地區經濟、政文、副刊四個版。

熱北地區建立於 1946 年，轄巴林左旗、巴林右旗、阿魯科爾沁旗、克什克騰旗、林西縣。當時屬熱河省北部的林東地區。地委機關駐在林東縣城。大部分旗和縣是牧區或半牧區半農區，《牧農報》因此而得名。該報創刊時，赤峰市尚未解放，熱北地委面對著一個敵、匪不斷騷擾的「拉鋸」地段。這樣，

宣傳、教育、爭取、團結此地的蒙漢族群眾就顯得十分必要了，這是當年創辦該報的主要目的。

該報以蒙族牧民為主要宣傳對象。其任務是向蒙漢族群眾宣傳黨的民族政策、國內外形勢，促進民族團結，調動和鼓舞廣大蒙漢族群眾革命和生產的積極性。1949 年底，熱北地區劃歸內蒙古自治區，該報停刊，采編人員轉入內蒙日報東部版。

報社裏的工作人員蒙古族、朝鮮族、漢族各約 1／3，此外還有達斡爾族、鄂倫春族、滿族、回族。社長方馳辛，後為王學仁。

3.《自由》報、《群眾報》和《牧民報》

《自由》報創刊於 1946 年 7 月 5 日，社址設在海拉爾，八開一版，三日刊，油印。其宗旨是反對國民黨對蒙古人民的奴役與同化，消除人民的痛苦，增強蒙漢團結。

《群眾報》，1947 年 7 月創刊於內蒙古貝子廟，是錫察行政委員會機關報，八開二版，油印，不定期出版，主要刊登馬列主義基礎理論，時事要聞，地方消息等。附有少量報紙言論，發行量 500 份。還有一張名叫《牧民報》，也是錫察行政委員會的機關報，四開二版，有 3 名兼職採編人員，他們除編稿外，還負責翻譯、刻印、發行等工作。該報主要宣傳黨的民族政策，反映錫察地區革命形勢的發展與生產的恢復。期發量為 500～1000 份。

4.《解放報》與《呼倫貝爾報》

《解放報》是由興安省省府海拉爾創辦的油印報紙，1946 年 7 月 5 日出版，八開，三日刊，由瑪尼扎布、道爾吉寧等人主辦。該報以反對國民黨反動派對蒙古族人民的壓迫、消除人民的痛苦，增強蒙漢和睦為宗旨。1946 年 8 月 1 日改名為《呼倫貝爾報》。主要翻譯漢文版的新聞稿，也有不少自編自採的稿件，深受讀者歡迎。

據內蒙古圖書館 1987 年 3 月編印的《建國前內蒙古地方報刊考錄》一書提供的資料，1946 年 10 月 10 日在海拉爾辦有鉛印《呼倫貝爾報》，八開二版。這張報紙為內蒙古自治運動聯合會呼盟分會的機關報。主要介紹馬列主義和中國共產黨及黨的政策，報導解放戰爭形勢，反映牧區工作情況。

二、縣旗級蒙文報《草原之路》與《西中報》

《草原之路》係中共西科中旗委員會機關報，蒙漢兩種文字同時刊用。

1947 年夏創刊，8 開 2 版，不定期。主要結合當時的群眾運動，宣傳黨的各項政策，指導基層工作。1948 年 8 月改出《西中報》，四開二版，由原來的油印改為鉛印。

三、內蒙人民革命黨東蒙總部的機關報《人民之路》

《人民之路》係內蒙古人民革命黨東蒙總部機關報，1945 年 10 月 18 日創刊於王爺廟（烏蘭浩特），油印，三日刊。其宗旨是號召蒙古人民奮起革命，爭取民族的獨立與繁榮，1946 年 1 月 16 日東蒙自治政府成立後，由自治政府的宣傳處出版，發行百餘份，1946 年 2 月停刊。編輯有瑪尼扎布，還有孟和畢力格、曹都必力格等人。

四、內蒙古地區黨的統一戰線報紙

1.《內蒙古週報》

《內蒙古週報》是內蒙古地區第一張黨的統一戰線報紙，創刊於 1946 年 3 月 15 日，書冊狀，16 開本，每期 20 餘頁，週報。每一頁上半頁是蒙文，下半頁是漢文。蒙漢兩種文字並排對照印刷出版，有的稿件是由漢文譯成蒙文，蒙文篇幅較之漢文要大些。

該報是內蒙古自治運動聯合會機關報。在烏蘭夫領導下，由勇夫、石琳、丁仕義、應堅具體籌劃創辦的。社址設在張家口市。創刊時，請了幾位舊報人作蒙文編輯，晉察冀中央局派來三四個人作漢文編輯。

內蒙古自治運動聯合會是中國共產黨領導下的統一戰線性質的政治組織，是內蒙古自治運動統一的領導機構。為了宣傳貫徹聯合會的綱領、路線，急需籌辦機關報，傳播信息，以便使黨的民族團結、區域自治政策更加深入人心。因此，聯合會主席烏蘭夫指示綏蒙區黨委，調剛被分配到綏蒙工作的勇夫到張家口組建報社，出版內蒙古地區黨領導下的統一戰線性質的機關報。

勇夫，該報創始人之一，報社社長。原名巴圖，1906 年出生於土默特左旗。1925 年結束私塾學習到北京投考蒙藏學校。為儲備幹部，尚未入學的勇夫已被學校黨組織選中，送往黃浦軍官學校。到他主持《內蒙古週報》的時候，他已是一位有 20 年革命生涯、經過血與火的考驗的革命者了。1956 年調離該報社，現已病故。

該報總編輯石琳，1916 出生於江蘇省溧陽縣。1937 年到延安，次年入黨。

石琳善於團結文化界的知名人士，請他們為該報撰文，寫詩、作畫。他為報社的創建和發展付出了自己全部心血。

黨支部書記丁仕義，1938 年參加革命。四川成都人。曾在內蒙古軍政大學和內蒙古黨校任職，在宣傳黨的民族政策，培養少數民族幹部以及推行民族區域自治和加強各民族工作間的團結方面，做出過突出貢獻。

印刷廠廠長應堅，原是《解放日報》印刷廠工人，出身於革命家庭。他的父親歐陽梅生及其二位兄長在大革命時期為人民獻出寶貴生命。母親陶承著有《我的一家》。在擔任廠長期間，他與在延安一起生活過的老戰友，每每談起籌建印刷廠的情景，都喜形於色，信心十足。

1946 年 11 月週報終刊，基本上每週一期，及時報導了自治運動的每項成就和每次重大勝利，發揮了應有的作用，該報反映了人們最關心的內蒙地區和國家大事，起到了宣傳、鼓動與組織作用。

該報封面書有蒙文刊名，沒有漢文。每期總計 3 萬左右的漢字，從版面上看 2／3 到 3／4 是蒙文，有的只有蒙文而未譯成漢文。週報稿源比較貧乏，發行量僅有幾百份。創刊之始，報社約有 20 多職工，能勝任蒙文編輯工作的採編人員有十幾人。該報除采用本報記者採寫的稿件，還選發新華社電稿和《晉察冀日報》供給的新聞稿，報紙越辦越好，並辦出了自己的特色，稿源漸漸多了，發行範圍也逐漸擴大。錫、察盟所屬的大部分旗，一些內蒙古東部地區和綏蒙地區（即綏遠地區）都有該報的讀者，份數已達 2000 份左右。

2.《群眾報》

1946 年 7 月 1 日在內蒙古王爺廟有一份用漢、蒙兩種文字出版的報紙，名叫《群眾報》。漢文版八開二版，蒙文版八開四版，均為週二刊。報紙的創辦者是蒙古族青年特古斯。他原籍哲里木盟科左中旗，曾在建國大學求學。日本投降後，他來到了王爺廟，團結廣大蒙古族青年創立了內蒙古人民革命青年團。為了推動團的工作，粉碎國民黨的內戰陰謀，他創辦了油印小報《黎明報》，意思是日本投降了，中國即將迎來黎明的曙光。但是，黎明的曙光被烏雲遮住了。特古斯深感必須喚起民眾自己主宰自己的命運，為此把報名改為《群眾報》，仍為內蒙人民革命青年團的機關報。1946 年 4 月由張策、胡昭衡等人提議，把《群眾報》改為內蒙古自治運動聯合會東蒙總分會的機關報。改油印為鉛印，並籌建報社。

成為東蒙總分會機關報後，東蒙工委和總分會加強了對該報的領導，任命

東蒙總分會宣傳部長包彥（蒙古族）為社長，巴彥，蒙古族，吉林省人，是從延安來蒙古工作的老幹部、老黨員，參加過抗日戰爭。「四三」會議當選為聯合會執委委員。特古斯為副社長兼總編輯（時年 22 歲）。當時報社一無業務幹部，二無機器設備，一切從頭開始。報社第一位蒙文編輯是勞布倉。他年輕能幹，蒙漢文皆通，由他負責蒙編部。漢編部由林以行和珠榮嘎負責。這些編輯和記者，雖然年輕，辦報經驗比較缺乏，水平也不很高，但是他們憑著自己的滿腔熱情，在實踐中摸索，為我國少數民族文字報紙的發展立下了汗馬功勞。

該報從創刊到終刊共出版 59 期。漢蒙兩種文版，其內容大同小異。所不同的是各自採編的新聞報導並不一定互相譯載，該報《發刊詞》明確規定了辦報方針：現在國民黨反動派為實現其一黨專政，反對國內民主力量，依靠美帝國主義的幫助擴大內戰，我們的報紙要發動東蒙古千百萬勞苦群眾，實現民族平等、民主自由，保衛和平，粉碎國民黨的進攻。為完成這一任務，我們要全心全意為群眾服務，密切聯繫工農兵群眾，從群眾的實際需要出發，爭取蒙古民族在政治、經濟、文化上的徹底解放。

五、內蒙古地區的省級黨報

1.《內蒙自治報》

在蒙文報刊中，第一張省級黨報，應是《內蒙自治報》。該報面向蒙古族廣大幹部和有一定閱讀能力的蒙漢族同胞。以初級幹部和非文盲農牧民為主要對象，注重政治常識和科學常識的傳播，向讀者進行啟蒙宣傳。

1947 年元旦《內蒙自治報》創刊於王爺廟（今烏蘭浩特），初為內蒙古自治運動聯合會東蒙總分會機關報，自 1947 年 9 月 1 日起正式成為中共內蒙古黨委機關報，它是《群眾報》的延續，沒有創刊號，只有首日刊，編號也承《群眾報》序列，沒有第一期，而是從第 60 期開始。

該報首日刊四開二版，文字豎排，從上到下，分 12 小欄，標題字號因內容而異，大小皆有，注意版面的編排，輕重得當，疏密適宜，美觀清晰。頭版頭條社論題為《迎接 1947 年》，語言明快、犀利，論述精闢、嚴密，提出了新的一年工作任務，指明了歷史發展規律，具有一定的文獻價值。社論肯定了 1946 年 4 月 3 日在承德召開的「四三」會議的重大意義和歷史貢獻。號召內蒙古各民族團結起來，反對共同敵人——國民黨反動派，求得蒙、漢、回等各民族的共同解放。

　　該報由統一戰線性質的報紙轉變為黨委機關報，經歷了一個逐漸演變的過程，也是有其重要標誌和先決條件的。

　　首先，在宣傳上已演變成為內蒙古黨委的耳目、喉舌，在宣傳黨的路線、方針、政策及其黨的各項中心工作中，增強藝術性，效果顯著，贏得廣大蒙漢同胞的信任。

　　該報自聯合會著手成立自治政府開始，就配合宣傳。1947 年 4 月 6 日該報刊載了聯合會於 4 月 3 日開執行委員會擴大會議的消息。會議主要討論有關召開內蒙古人民代表大會事宜，而自治政府將由人民代表大會產生，這是準備階段。配合執委會的召開，該報摘要發了東蒙總分會、各盟的工作總結報告。

2.《內蒙古日報》的創刊

　　《內蒙古日報》（蒙文版）是內蒙古黨委機關報，1948 年 1 月 1 日創刊於內蒙古烏蘭浩特。對開兩版隔日刊。讀者對象主要是初級幹部和懂蒙文的農牧民。史稱烏蘭浩特時期，這也是約定俗成的歷史概念。其主要原因是，此時內蒙古自治政府和中共內蒙古黨委均駐在烏蘭浩特；作為內蒙古黨委機關報也創刊於此。而這個時期恰恰也是三年解放戰爭時期。烏蘭浩特時期的蒙文《內蒙古日報》以解放戰爭和農區土改、牧區民主改革為宣傳報導中心。該報根據《中國土地法大綱》的精神，結合內蒙古地區的民族特點、土地特點、經濟特點，具體制定了牧區改革的基本政策，在內容上與漢文報大同小異，只是側重點不同。蒙文報較多的版面宣傳牧區的民主改革、宣傳改革的總方針：「依靠勞動牧民，團結一切可能團結的力量，從上而下地進行和平改造和從下而上的放手發動群眾，廢除封建特權，發展包括牧主經濟在內的畜牧業生產」，實行「牧場公有、放牧自由」，「不鬥不分不劃階級」和「牧工牧主兩利」的政策。蒙文報如同方向盤，通過宣傳報導促進了內蒙古農村的土改和牧區的民主改革，發揮了指導作用。總之，蒙文報在宣傳國內大好形勢，宣傳民族區域自治政策，傳播科學文化知識等方面，都取得了顯著成績。烏蘭浩特時期的《內蒙古日報》終刊於 1948 年 12 月 29 日，共出版 156 期報紙。

六、我國民族地區最早的畫報

　　1946 年春天，由東蒙古自治政府宣傳處主辦的《人民之友》是我國民族地區創辦最早的一張八開大眾畫報。該報在烏蘭浩特油印發行。以宣傳東蒙古自治政府的主張、政策為主要內容。之後便是創刊於 1946 年 10 月 10 日的《蒙漢

聯合畫報》（專刊）。該報四開二版，石印。主要宣傳蒙漢人民團結起來，粉碎國民黨反動派的進攻，並介紹察哈爾盟太僕寺右旗鬥爭拉木扎普的群眾運動。該報以蒙漢兩種文字撰寫說明。由尹瘦石、張凡夫、張紹河等人主辦。社址設在林東（巴林左旗）。繼《蒙漢聯合畫報》之後，尹瘦石於 1948 年又創辦了《內蒙畫報》，由內蒙古日報社出版，四開單張，每月一期，說明由蒙漢兩種文字寫作，並以三種顏色套印。頭兩年由齊齊哈爾市《嫩江農民畫報》社負責印刷。

畫報創辦的目的是因為當時《內蒙古日報》不足以把黨的方針政策宣傳到廣大群眾中去，特別是在農牧地區還有相當多的文盲，因此必須用通俗淺顯的語言，以連環畫、宣傳畫等形式，引起文盲、半文盲的興趣，使黨的方針政策深入人心。其內容可以從該報第一期要目略知一斑：（1）突擊送糞加緊春耕；（2）男女齊動員；（3）進剿地主武裝；（4）春耕謠等詩歌。〔註7〕

畫報的創辦者尹瘦石（1919～1998）是著名畫家，原名尹錦龍。1919 年 1 月生於江蘇省宜興縣。14 歲入江蘇省宜興陶瓷職業學校，1937 年 11 月遠離家鄉，在流亡中學畫於武昌藝專。他曾任中國書法家協會理事，中國美術家協會北京分會主席，中國書法家協會北京分會副主席，北京市畫院副院長、全國文聯副主席。

《內蒙畫報》頗受群眾歡迎。翻身後的農牧民迫切需要在文化上翻身，他們紛紛訂閱畫報，僅興安鎮嘎查一地就有 200 多訂戶。畫報還為內蒙古地區培養了大批美術工作者。1951 年，畫報已逐漸發展成為攝影圖片、美術作品為主圖文並茂的大型畫報，受到中宣部的通報表揚，黨中央十分重視。

這張畫報自創刊以來，一直持續到 1954 年。後來幾起幾落。幾易其主，幾度停刊。中共十一屆三中全會之後，才又以嶄新的面貌與讀者見面了，並更名為《內蒙古畫報》。

七、內蒙古自治區綜合性刊物

1.《人民知識》

《人民知識》是內蒙古自治區第一個綜合性刊物。1948 年 4 月 1 日創刊於烏蘭浩特的《人民知識》是內蒙古自治區第一個蒙文刊物。月刊，16 開本，每期 40 頁左右。主要讀者對象以初級幹部和農牧民為主。刊物的主要任務是宣傳貫徹黨的路線、方針、政策，向讀者系統地有針對性的介紹國內外大事，介紹

〔註7〕《內蒙畫報》第一期要目載 1948 年 4 月 21 日《內蒙古日報》第一版。

政治常識，生產知識及各種科學知識，傳播國外進步文化，用豐富的內容滿足廣大讀者的不同需求，以達到提高蒙古民族的文化水平和政治覺悟的目的。

這個刊物融知識性、實用性、理論性和趣味性於一體。其內容有（1）報導時事新聞。（2）有關政治常識。（3）介紹科學知識。（4）刊登文藝作品和新聞基礎知識。

《人民知識》出版到 1949 年 1 月 1 日，共發行 10 期。

2.《內蒙週報》

《內蒙週報》是以新聞報導為主的綜合性蒙文週刊，創刊於 1949 年 1 月 1 日，由內蒙古日報社主辦，16 開本，書冊狀，每期 40 頁左右，主要面向農牧民群眾包括小學教師和區級行政單位以下的幹部。其任務是向廣大讀者系統介紹各種政治常識、科學知識、交流各地生產經驗，以提高讀者的政治水平。主要刊載地方新聞，包括生產建設、文化教育等。還有一周時事、報導國內外大事、幫助讀者瞭解形勢發展。還刊登地理常識、古今人物、文藝作品，並以通俗的語言介紹革命理論，解釋一些群眾急需瞭解的名詞術語等等，該刊是幫助群眾，特別是青年「求進步、爭光榮」的良師益友。

《內蒙週報》闢有《黨的生活》《青年生活》《文藝》《婦女生活》等專欄，這些專欄具有尖銳潑辣的風格。

該刊於 1950 年終刊，共發行 91 期，前 53 期在烏蘭浩特出版。從 54 期到 91 期隨內蒙古黨委和政府所在地遷往張家口出版。

1949 年 9 月 1 日《內蒙古日報》（漢文版）第二版以大半版的篇幅，刊登了《本報八個月來報紙檢查初步總結》。其中第二部分專門談到了《內蒙週報》，肯定了該報的進步與優點：一是對名詞術語的解釋介紹；二是有了一部分自編自寫的稿件；三是適當注意了游牧區的報導等等。並檢查了該報的缺點：一是長文增多，違背了辦報宗旨；二是技術性差錯多，如把「偉大的抗日鬥爭」譯成「抵抗偉大的日本的鬥爭」；三是與讀者聯繫少。

八、《新蒙》半月刊

《新蒙》半月刊，1947 年由綏遠盟旗文化福利委員會出版。其前身為國民黨綏境蒙旗自治指導長官公署機關刊物《綏蒙月刊》。傅作義將軍任公署長官。後因公署撤消，綏遠省政府設盟旗文化福利委員會繼續負責指導省內蒙古各旗地方自治事宜，並改出《新蒙》半月刊。

《新蒙》半月刊，蒙漢合璧，以「研究當前蒙旗各項問題，從事宣傳政令及改進蒙胞文化，增進蒙旗福利」為宗旨，有社評、論述、時事解說、常識、特載、半月大事記、本會消息等欄目。16 開本，漢文鉛印、蒙文石印，仍按原刊序號排列，即始於三卷四期。

九、外國人創辦的蒙文報刊

20 世紀 40 年代，我國蒙文報迅猛發展，還特別表現在由外國人在我國東北地區創辦的蒙文報紙〔註8〕這就是由蘇聯德列科夫・桑傑少校主辦的《蒙古人民》。1945 年 10 月創刊於長春，四開二版，鉛印，不定期。主要以宣傳和歌頌蘇聯紅軍，介紹蒙古人民共和國現狀為主。

稿件來源俄文報紙和長春《光明日報》，分別由該報負責人德列科夫・桑傑和編輯塔欽從這兩份報紙上摘錄。這張報紙為了避免國民黨政府向蘇聯政府抗議「干涉中國內政」，不在報上署主辦者和社址。

第五節　《西康新聞》與《國民日報》

《西康新聞》，1939 年 4 月 24 日在西康省康定市創辦，出版藏文版。每期 8 開 2 版，與漢文版一起發行。

《國民日報》係國民黨西康省黨部機關報。1941 年 10 月 10 日始出藏文版，對開 4 版，有時出 6 版，週刊。發行至青海、西藏、甘肅、雲南等地。最高銷售量達 2000 份，印刷精良。

第六節　民族地區的漢文報刊

這一時期民族地區的漢文報紙也有比較大的發展。據統計，解放前夕內蒙古地區〔註9〕就有 50 多種。就性質來說，有黨報黨刊，也有國民黨及其上層

〔註8〕此間還有一張特殊的蒙文報紙，名叫《民報》，創刊於 1945 年 11 月 13 日，鉛印兩開四版，週刊，也是以宣傳和歌頌蘇聯紅軍、介紹蒙古人民共和國現狀，號召蒙古人民奮起謀求民族的解放為主要內容。出版發行的地方是「滿洲國圖書株式會社」。

〔註9〕當今內蒙古自治區橫跨東北、華北、西北地區，分別與黑龍江、吉林、遼寧、河北、陝西、寧夏、甘肅等省區相鄰。解放前內蒙古分屬於熱河、察哈爾、綏遠、寧夏和東北諸省，為察綏諸省、蒙疆政府，偽滿洲國興安總省統治區。

人士辦的報刊，還有民間知識分子和社團辦的報刊，同時也有外國人報刊；有日報、隔日刊、三日刊、五日刊、週刊、旬刊，也有不定期的；就其印刷狀況來說，有鉛印、石印，也有油印；就其級別來說，有省級或相當於省級的報刊，也有地（盟）級的和縣（旗）級的報刊。這個時期有青年報刊，也有軍隊報刊等等。

中國共產黨辦的報刊以《內蒙自治報》（漢文版）影響最大。尤其是作為黨報之後，為內蒙古的統一和解放發揮了重要作用。

此外還有創刊於 1946 年 7 月 1 日的《綏蒙日報》。該報系中共綏蒙區黨委機關報。在綏蒙區政治軍事中心集寧出版發行。八開三日刊，以民國紀年，第一期寫有「民國 35 年 7 月 1 日，下有拼音文字「SUI MENG RI BAO」字樣。

該報發刊詞指出，報紙是綏蒙人民的喉舌，為廣大人民群眾全心全意服務，並以最大篇幅反映綏蒙祥眾的活動、要求和情緒，交流工作經驗，力求與全國人民在一起，為制止內戰，爭取民主而奮鬥。

該報面向綏蒙區 200 萬各族人民，以作綏蒙人民的喉舌為職責。

其主要內容是揭露國民黨軍隊破壞停戰協定，進攻我綏東解放區、殘害人民的罪行和反映我綏東軍民奮起自衛的戰況，並以較多篇幅反映綏東解放區人民在黨的領導下爭取民主權利和恢復生產的鬥爭。當傅作義部隊佔領卓資山後，報紙發表社論《緊急動員起來，準備一切力量粉碎傅作義的進攻》，並以醒目字號刊出戰鬥口號：「我綏蒙全體軍民，必須緊急動員起來，準備一切力量，粉碎傅作義的進攻，這是當前的中心任務。一切工作必須服從這一任務，與這一任務緊密結合。」

1946 年 9 月 15 日停刊，共出版 20 多期。

1949 年 5 月 15 日復刊，社址設在豐鎮城內新馬路街。7 月 1 日改三日刊為隔日刊，仍為四開四版。這個時候，報紙以區黨委關於「做好各種工作，爭取全綏遠的和平解放為指導思想、重點宣傳以「國內和平協定八條二十四款」解決綏遠問題。內容還有關於綏東解放區恢復和發展生產及初步民主改革（減租、調租、廢除保甲制度）等問題。發動抗旱播種，修渠打井是當時的宣傳中心。

該報主要以「區連以上的幹部、城市職工及其他城鄉知識分子，以及工商業者」為讀者對象。其基本任務則是「為工農兵服務，要代表廣大的工農兵說

話」，「為知識分子及工商者說話，目的也是為使其對工農兵有利」。從內容到編排形式、語言文字都體現該報的辦報宗旨。

陳之向、武踐實曾任該社社長和總編輯，王海原擔任過副社長。

在國民黨創辦的報紙中，《奮鬥日報》影響較大。該報創刊於 1938 年 7 月 1 日，是由傅作義命名的，對開四版、日報、鉛印。係國民黨綏遠省政府的喉舌，宣傳其主張、政策。初為軍報，除刊載抄錄中央社的戰報和國內外大事外，還有「戰友園地」，以此提倡戰士寫作和使人們瞭解士兵的生活。1939 年春，傅作義率隊進入五原，該報繼續出版，印數達 1200 餘份。7 月，先出鉛印 16 開，後改 8 開。從此，由軍報而成為國民黨綏遠軍政機關報。日本投降後，除出陝壩版外，又相繼出版歸綏版和張家口版。可能還出過蒙文版。

在內蒙古地區的民間報紙中，以創刊於 1947 年初的《綏蒙新聞日報》影響比較大。當時該報 4 開 4 版，鉛印。社址設在歸綏（呼和浩特），是一張私營報紙，其前身是抗戰後期在陝壩出版的《綏蒙新聞》。自從報社添置了全套印報機和鑄字爐後，才辦起了「青山」印刷廠。報紙始出 4 開。1947 年 11 月 3 日，由於刊登了中學生戀愛之事，報社被國民黨搗毀。後雖勉強出版，但終因財力不支，而於 1948 年停刊。

在此期間，民族地區還有不少報紙創刊發行，僅當時的內蒙古地區就有如下報紙出版發行：

報紙名稱	主辦者	創刊日期	開版	刊期	印刷	社址	主要內容
1. 新聞簡報	第35軍政治工作委員會	1938年初	16開	日	油印	山西離石	傅作義35軍（二戰區北路軍）為使全軍將士瞭解抗戰形勢而出版的純新聞性讀物，僅限軍內發行。
2. 強民日報	強民日報社	1938年春		日	石印	五原	該報系私營，內容偏重於社會新聞。
3. 臨河日報	民眾教育館	1938年5月	4開2版	三日	石印	五原	該報以啟迪河套文化為宗旨。
4. 蒙疆通信	蒙疆通信總局	1938年5月20日		日	鉛印	張家口	蒙疆通信總局是德王蒙疆政府的新聞機構，在大同、厚和、包頭設有支社。此係厚和版、有日、漢兩種文版。
5. 蒙疆新報	蒙疆新聞社	1938年6月10日	對開4版	日	鉛印	張家口	以宣揚日軍的「武威」與偽政府的施政方針及目的為主。
6. 綏蒙週刊	中共綏蒙工作委員會	1938年6月	8開2版	日	油印	伊盟桃力民	刊載國內外新聞（由電臺抄錄），反映綏蒙與陷後套地區的抗日救亡運動、和以報導淪陷區人民的苦難為主。
7. 奮鬥日報	奮鬥日報社	1938年7月1日	對開4版	日	鉛印	呼和浩特	由傅作義命名，代表國民黨經綏遠省政府官方講話，先後出版過陝壩版、歸綏版、蒙文版、張家口版。
8. 回教會報	西北回教聯合會本部	1938年底				厚和（呼和浩特）	1941年改為《回教月刊》。
9. 和平報	蒙疆新聞社厚和支社	1938～1941年間		不定期	鉛印	厚和（呼和浩特）	該報是日寇用來腐蝕、瓦解抗日力量的秘密報紙，多載名伶和電影明星照片與各地名菜食譜及春宮畫等。
10. 蒙古日報	蒙疆新聞社厚和支社	1939年11月25日	4開4版	日	鉛印	厚和（呼和浩特）	內容以國內外新聞、蒙疆各地、巴彥塔拉盟消息為主。

	創辦單位	創辦時間	開本	刊期	印刷	出版地	簡介
11. 通俗日報	綏遠省動員委員會	1939年秋季	4開4版	日	石印	陝壩	以宣傳抗戰、報導動員工作動態為主。
12. 綏西日報	綏西防共自治政府	1940年2月	4開	日	石印	五原	1940年2月日寇佔領五原，漢奸王英設立了綏西防共自治政府，將《強民日報》改為該報進行反共宣傳。
13. 小廣播	臨河民眾教育館	1940年春			油印	臨河	1940年日寇焚毀《臨河日報》後，中共河套特委以民眾教育館名義創辦該報繼續進行鬥爭。
14. 西北通訊	西北通訊社	1940年	32開		油印	陝壩	該報系由傅作義秘書高雲山創辦，主要報導綏遠省各地新聞。
15. 蒙疆新聞	蒙疆新聞社	1940年6月10日	漢：對開4版 日：4開4版	日	鉛印	張家口	編輯鈴木清幹。內容不詳。日、漢兩種文版。
16. 青旗	菊竹（日本人）	1941年1月1日	對開4版	五日刊	鉛印	新京（長春）	以欺騙和麻醉蒙古人民，支持「大東亞聖戰」為目的。
17. 掃蕩簡報	第12戰區司令長官部政治部	1942年冬	8開1版	三日	油印	陝壩	主辦人員濤秋為政治部少校主任，中統特務；以報導國內外時事和地方要聞為主。
18. 包頭實驗簡報	包頭實驗簡報社	1944年春	8開	日	油印	包頭	該報為國民黨綏遠調查統計室的一個特工組織所辦。
19. 東勝實驗簡報	實驗簡報社	1944春	8開	三日	油印	東勝	該報系國民黨綏遠省調查統計室主任陳立夫的嫡系劉桂授意創辦的，主要報導抗戰消息與淪陷區的情況，並進行反共宣傳。
20. 群眾日報	中共冀察熱遼分局	1945年9月22日	4開4版		鉛印	赤峰	該報系中共冀察熱遼分局機關報。

名稱	創辦單位	創刊時間	開本	刊期	印刷	出版地	內容簡介
21. 大同報	大同會宣傳科	1945年夏			油印	長春	大同會為中共長春市委領導下的以蒙古青年為主的革命組織。該報系大同會的機關報，宣傳在中共領導下團結起來，爭取民族解放。
22. 民聲報	民聲報社	1945年9月		日	鉛印	赤峰	中共熱遼區委的機關報。1947年改為《群眾報》
23. 扎蘭屯電通訊	扎蘭屯電解放委員會宣傳處	1945年9月	16開	不定期	鉛印	扎蘭克	主要報導國內外新聞、地方要聞並發表文藝作品。
24. 先鋒通訊	民主聯軍83部隊政治部	1946年1月12日	8開2版	不定期	鉛印	通遼	該報系軍報，以宣傳剿匪、防止國民黨軍隊進攻、建立鞏固的東北根據地為宗旨。
25. 東蒙新報	東蒙古人民自治政府	1946年3月1日	8開1版	三日	鉛印	烏蘭浩特	該報系東蒙古人民自治政府機關報，除宣傳該政府綱領、政策和工作外，主要刊載國內外形勢和地方要聞。
26. 經濟新刊	東蒙古人民合作社	1946年3月	8開	不定期	油印	烏蘭浩特	刊載政府關於經濟方面的指示與規定、地方經濟工作動態、本社工作報導及貿易通告等。
27. 部隊生活	中共冀熱遼熱北分區政治部	1946年5月15日	4開4版	半月	石印	林東（巴林左旗）	內部發行的軍報，主要內容有部隊工作動態、地方要聞、國內半月大事、生活常識、表彰先進模範等。
28. 綏蒙日報	綏蒙日報社	1946年7月1日	4開4版	隔日	鉛印	豐鎮	為中共綏蒙區委機關報，負責人甘惜分、武踐實等。以黨的政策廣泛與群眾見面，交流工作經驗、團結動員人民建設綏遠為宗旨。

編號	報名	社名	創刊時間	開本	刊期	印刷	出版地	說明
29.	群眾報	內蒙古自治運動聯合會東蒙分會	1946年7月1日	4開2版	三日	鉛印	烏蘭浩特	該報系內蒙古自治運動聯合會東蒙總分會的機關報。為《內蒙自治報》的前身。
30.	興安報	興安報社	1946年11月	4開4版	周	鉛印	扎蘭屯	宣傳興安省政府的政令和主張。
31.	群聲報	新華社冀察熱遼分社熱遼支社	1946年11月		三日	油印	敖漢	反映軍隊游擊戰爭生活。
32.	熱中報	新華社冀察熱遼分社熱中支社	1946年冬			油印		反映軍隊游擊戰爭生活。
33.	新豐鎮	新豐鎮鎮縣政府	1947年1月1日	4開	三日	鉛印	豐鎮	該報系國民黨鎮豐鎮政府機關報，以「使各項政令深入民間，普遍貫徹各鄉保」為宗旨。
34.	綏蒙新聞日報	綏蒙新聞日報社	1947年初	4開4版	日	鉛	歸綏（呼和浩特）	該報為私營報紙，從抗戰末期陝壩出刊的雜誌《綏蒙新聞》發展而來，1948年停刊。
35.	納文慕仁報	納文慕仁報社	1947年春	8開2版		鉛印	扎蘭屯	該報系納盟明政府機關報。
36.	萬家言週報	托克托縣黨部	1947年春	8開		石印	托克托縣	該報以傳達政令為主，除摘錄《綏遠民國日報》部分新聞外，多為勸阻兵徵兵徵糧的政令。宣傳反共。
37.	今日新聞	新華社綏蒙分社	1947年春	8開	日	油印	山西左雲	以讓群眾及時瞭解當時形勢的發展變化及勝利消息為己任。

	報刊名	創辦單位	創辦時間	開本	刊期	印刷	出版地	內容說明
38.	開魯工作快報	中共開魯縣委員會	1947年3月				開魯	該縣委機關報，指導全縣工作。
39.	今日新聞	錫察行政委員會宣傳處	1947年5月	8開2版	隔日	油印	貝子廟（錫林浩特）	該報以新聞報導為主，內容有解放戰爭戰況、國際要聞、地方消息等。
40.	農村情況	中共寧城縣委員會	1947年7月		旬	油印	寧城	為縣委機關報，專門報導工作情況和有關指示，以示指導。
41.	挺進報	內蒙古人民解放軍騎兵第1師政治部	1947年夏秋	4開	不定期	油印		報導解放戰爭情況，介紹部隊政治工作經驗，表彰功臣模範，進行擁政愛民教育等。
42.	防疫快報	哲里木盟防疫總會	1947年10月4日		不定期		通遼	該報主要「宣傳防疫方法，報導本城疫情」。
43.	農民報	中共林西縣委員會	1947年12月	8開	五日	油印	林西	該報主要反映本區工作情況，供區、村幹部學習。
44.	大眾旬報		1947年		旬	鉛印	莫力達瓦旗	內容不詳
45.	扛大活	內蒙古文工團土改工作組	1947年底	8開	不定期	油印	布特哈旗	配合土改運動而出
46.	戰士報	哲里木盟軍軍分區政治部	1947年底	8開2版	不定期	鉛印	通遼	軍報，內部發行，報導國內戰況、部隊生活動態。
47.	草原鐵騎	內蒙古人民解放軍騎兵第5師政治部	1947年	8開		油印		軍報，內部發行，報導國內戰況、部隊生活動態。

	報名	創辦單位	創刊時間	版面	刊期	印刷	出版地	內容說明
48.	民眾快報	包頭中義鄉	1947年		月		包頭	內容有時事新聞、政令文件等。
49.	民眾快報	包頭福中鄉	1947年		半月		包頭	所載多為時事新聞，社會常識和政府改組後的人事變動等。
50.	新農村	包頭第一區公署	1947年12月			油印	包頭	內容多為知識「應知應解之事物」
51.	改造	內蒙古軍政大學	1947年冬	4開2版	特刊	油印	烏蘭浩特	該報以指導學生清舊社會的思想影響，主要刊登學生工作動態、學習總結、改造思想的認識、心得體會、批評與自我批評。
52.	鐵騎	內蒙古人民解放軍騎兵第2師政治部	1948年3月	8開2版	不定期	油印		介紹當時戰況、反映部隊生活、表彰先進，介紹經驗，報導部隊訓練情況等。
53.	大眾報	大眾報社	1948年7月7日	4開4版	五日	鉛印	赤峰	通俗化報紙，專供區、村幹部和農民閱讀，後合併到《群眾日報》。
54.	生產消息	生產消息報社	1948年7月20日	8開2版	三日	鉛印	扎蘭屯	主要內容有地方要聞、生產知識、衛生常識、表彰先進、批評建議、物價行情等。
55.	前進報	新華社綏蒙分社	1948年10月	4開4版	不定期	鉛印	包頭	除報導解放戰爭勝利消息外，還廣泛宣傳中共的各項政策。
56.	通訊快報	中共赤峰市委宣傳部	1948年11月			油印	赤峰	該報專門交流各區通訊工作的經驗，是適應當時中共冀察熱遼分局宣傳部開展通訊工作突擊月（11月15日~12月15日）的臨時刊物。
57.	今日新聞	牧農報社	1949年1月4日	8開4版	日	鉛印	林東	該報是《牧農報》的附刊，專門報導新聞消息。

58. 新生報	新生報社	1949 年春	4 開 4 版	日	鉛印	歸綏（呼和浩特）	該報擁護綏遠縣政府的革新政策，贊同綏遠和平解放。
59. 電訊	綏蒙日報社	1949 年 5 月	4 開	三日	鉛印	豐鎮	為使群眾瞭解時事動態而辦。
60. 內蒙古青年報	內蒙古團委	1949 年 7 月 1 日	4 開	週二	鉛印	烏蘭浩特	引導青年團結奮鬥，以內蒙古的解放和統一為宗旨。
61. 綏遠民報	綏遠民報社	1949 年 8 月 1 日	4 開 4 版	日	鉛印	歸綏（呼和浩特）	該報由王溫等五位青年自籌資金創辦的，主要面向市民階層，注重為百姓說話，刊登社會新聞。
62. 康德新聞	康德新聞社		4 開 4 版		鉛印	烏蘭浩特	該報由「滿洲國」興安省主辦，日本投降後被東蒙古人民自治政府接收，改為《東蒙新報》。

第七節　我國現代民族新聞與新聞傳播事業的新發展

我國現代少數民族新聞與新聞傳播事業已經進入了發展階段。其顯著特點是：

第一，在這個時期，尤其是進入 20 世紀 40 年代之後，我國少數民族的新聞與新聞傳播已開始突破單一性的發展。不僅在主要民族地區出現了民族文字報紙，而且開始出現民族語言的廣播事業。20 世紀 30 年代，新疆的廣播事業已經興起，進入 20 世紀 40 年代之後，廣播成了新疆獲得各種消息的有力工具。新疆各族人民通過廣播瞭解許多省內外、國內外的政治時事。但是由於廣播節目比較單調，尚不能滿足各民族聽眾的要求。1941 年底，廣播的內容才比較豐富起來；除廣播新聞外，還播放時事政治報告和包括少數民族音樂在內的唱片以及各社會團體的歌詠等文藝節目。直到 1949 年 1 月，在新疆才真正出現了少數民族語言——維吾爾語廣播。

新疆的廣播事業雖然在我國民族地區比較發達，但是少數民族語言的廣播事業最早並不始於新疆地區。1935 年，在西藏地區首先出現了藏語廣播。我國第一座用少數民族語言播音的電臺是創建於 1948 年 11 月 1 日的延邊廣播電臺。

朝鮮語的廣播在我國是先於其他民族語言的。1938 年 4 月 1 日，日本侵略者首先建立了延吉廣播電臺。1943 年更名間島廣播電臺。以日語、朝鮮語、漢語同時播音。日本人在延吉創建廣播電臺的目的不言而喻，主要是推行奴化教育。把東北三省變為他們永久的殖民地。日本投降之後，蘇聯紅軍對間島廣播電臺實行軍管。蘇聯紅軍在 1946 年 4 月撤走之後，人民政府接管了這座電臺，轉播延安廣播電臺的節目。當年 6 月，中共吉林省委由吉林市遷至延吉，把這座電臺更名為延吉新華廣播電臺，用朝鮮語和漢語同時播音。朝鮮語廣播累計約 50 分鐘，主要是把漢語節目翻譯成朝鮮語後播出的，從此開創了我國少數民族語言的廣播事業〔註 10〕。

我國少數民族語言的廣播事業的出現，打破了我國民族新聞事業的單一性。這是我國 20 世紀三四十年代民族新聞事業進入發展時期的重要標誌之一。

第二，我國少數民族新聞工作者的隊伍已初步形成，進而促進了我國新聞事業的發展。少數民族文字報業興起時期，雖有少數民族報人，但微乎其微，

〔註 10〕參見崔相哲：《我國朝鮮族廣播發展概況》，載《新聞研究資料》1989 年總 45 期。

前一個時期多是政治家辦報，政府官員辦報，真正的報人太少了。到了20世紀三四十年代不同了，尤其是黨報出現之後，黨的領導機關和報社領導開始自覺地培養少數民族新聞工作者，有意識地吸收和培養少數民族參加民族報刊的辦報活動；為他們創造和提供辦好民族報刊的學習機會，讓他們邊幹邊學邊工作邊提高，在工作實踐中磨煉自己，提高業務水平。民族報刊造就了少數民族報人，少數民族報人隊伍的形成又促進了民族新聞事業的發展、繁榮。依靠這支少數民族新聞工作者隊伍，不僅使民族報刊得以發展，而且向民族地區後來發展起來的廣播電視事業輸送了骨幹力量。也就是說，他們不僅為我國少數民族報業的發展貢獻了自己的才乾和青春，而且也為我國現代化的新聞事業的發展建立了功勳。

少數民族新聞工作者主要包括民族地區的漢文報刊編輯記者、少數民族文字報刊的編輯記者和後勤管理人員（如印刷工人，尤其是少數民族文字的揀字、排版工人）。這其中既包括漢族同胞也包括少數民族同胞；既包括在民族地區從事漢文報刊工作的少數民族同胞，也包括從事民族文字翻譯工作的同志。少數民族新聞工作者，不是僅指在民族文字報刊工作的少數民族同胞。

令人高興的是，這一時期不僅有少數民族成份的編採人員，還有管理人員，在職工隊伍中更不乏少數民族同胞。勇夫就是一位既懂編采業務又懂經營管理的少數民族新聞工作者。

當然，這支隊伍還要在今後的少數民族新聞事業的發展過程中逐步成長壯大。

第三，這一時期，我國絕大多數的少數民族文字報刊屬於現代報刊。黨報和黨的統一戰線報刊的出現是歷史性的轉變，這些報刊更具備現代報刊的特點。內蒙古地區、新疆地區、東北地區的少數民族文字報紙版面和欄目逐漸增多、內容日益豐富。重視當地的新聞報導，把少數民族關心的事件作為重要內容放在顯著位置發表，對於重要新聞重大事件配以社論、評論，造成聲勢，形成輿論，注重宣傳效果。報社領導已意識到輿論陣地的重要。開始向敵對的輿論爭奪領導權，努力使自己的報紙成為組織、宣傳和鼓舞群眾為了自身解放，為了從外國侵略者和本國反動派的奴役下解放出來而勇敢戰鬥的輿論工具。比如《內蒙古週報》《內蒙自治報》以及其他黨領導下的少數民族文字報刊與為日本新聞機構控制的《滿綏時報》、偽蒙疆政府的《蒙疆

日報》、偽滿時期的《康德新聞》〔註11〕等等報刊，無論從辦報思想、辦報
方針、宣傳內容以及報紙性質等等方面都是嚴重對立、迴然不同的，與民營
性質的《包頭週報》《強民日報》〔註12〕也是大相徑庭的，更不同於外國人
在我國境內創辦的少數民族文字報紙，前者是屬黨的統一戰線報紙和黨報，
是黨和人民的耳目與喉舌，反映的是少數民族同胞的呼聲和願望。

　　為了實現傳遞黨和少數民族同胞的信息，溝通黨和廣大少數民族同胞的
聯繫，在那個人民還不掌握政權的歷史時期，許多少數民族文字報刊的創辦都
經歷了極其艱難的歲月。僅以《內蒙古週報》為例，當勇夫接到辦報任務的時
候，一無社址（廠房）二無採編人員和印刷工人，完全是白手起家。誠如他們
自己所說的那樣：「連在游擊區辦油印小報的那點設備都沒有」，何況辦鉛印的
民族文字的報紙呢？但是他們沒有被困難所嚇倒。他們得知《蒙疆日報》的印
刷機器、蒙文字模和其他出版報紙的設備，已被我軍繳獲後轉到張北倉庫裏，
他們不顧路途遙遠，翻過一道山脈，終於把這套機器設備運到了張家口，辦起
了蒙文報紙《內蒙古週報》。

　　他們這種頑強的毅力和高度的責任心來自於哪裏呢？來自創建黨的民族
文字報刊，建立少數民族同胞的輿論陣地，落實黨的民族政策，增加民族團結
的信心和力量。

　　第四，現代民族文字報刊較之近代報刊在新聞業務方面已有比較明顯的
進步，使報紙面貌為之改觀。除前邊已經提到的之外，在這裡著重指出兩個方
面。一是報刊的新聞體裁已有新的發展，也就是說已從單一的消息跳躍出來——
——通訊、特寫等作品開始出現。而各個報社有自己的記者採編的新聞通訊稿
件，試圖改變民族文字報紙就是漢文報紙的翻版現象。文藝副刊所刊載的詩
詞、散文等文藝作品的質量普遍提高，更自覺有效地配合要聞版的中心內容，
要聞版與副刊、專刊逐漸統一和諧，更集中地宣傳中心任務；二是注意版面的
美化。出現了插圖和照片。遇有重大新聞還要用紅色套版印刷，這是我國少數

〔註11〕　《康德新聞》，民族地區的漢文報紙。4開4版，鉛印，社址設在烏蘭浩特，
　　　　　該報由「滿洲國」興安南省主辦，日本投降後，由內蒙古人民自治政府接收，
　　　　　改為《東蒙新報》。

〔註12〕　《包頭週報》《強民日報》，民族地區的漢文報紙。《包頭週報》，1928年創刊，
　　　　　16開，社址設在包頭，由包頭一些知識分子主辦。在內蒙古地區是一張有影
　　　　　響的報紙。《強民日報》創刊於1938年春，社址設在五原，內容偏重於社會新
　　　　　聞。兩種報紙均是石印。

民族文字報刊在編採業務上的一大進步。尤其應當指出的是這個時期內蒙古地區的蒙文報刊和東北地區的朝文報刊都走在了其他地區和其他文種前頭。它們在報紙編排業務和新聞採寫方面都有新的改進。為我國各級各類不同文種的民族報刊在新中國成立後的創建和發展積累了豐富的經驗，奠定了堅實的基礎。

　　第五，黨報和黨的統一戰線報刊在民族地區迅猛發展是這一時期最明顯的特點。黨報和黨的統一戰線報刊是在與各種反動政治派別的民族文字報紙進行艱苦卓絕的鬥爭中發展起來的。在《一九三〇年東三省民國報紙調查》〔註13〕一文中有如下記述：

　　　　中國政治未上軌道，政見亦不統一，民眾經濟橫遭破壞，因而新聞事業實屬艱難。特別是東三省，困難更多。東三省的新聞事業完全處於日本言論勢力籠罩之下，所有中國報紙的發行份數加在一起，恐怕也不能與《盛京時報》《滿洲報》《泰東日報》三社相抗衡。

　　　　除非這三家報紙前途梗塞，否則，中國報紙如果不以十倍的精神、財力、人力來力求發展，是不可能壓倒敵手的。（譯者按：《盛京時報》《泰東日報》是日俄戰後日本人創辦的大型中文報紙。《盛京時報》一九〇六年十月三日創刊，在瀋陽出版；《泰東日報》一九〇八年十月十八日創辦，在大連出版；二社均由「滿鐵」津貼，《滿洲報》一九二二年七月三日創辦，在大連出版，原是當地商報，後被日本人侵奪。這三家報紙是日本侵略的先鋒，以其資金雄厚發行廣泛的優勢，負責宣傳吞併滿洲的任務。日本的新聞進攻，是當時中國報業發展的最大障礙。）

　　這篇調查原載昭和五年（1930年）12月3日《吉林時報》（日文週刊，大連圖書館藏），署名無妄生，譯者徐秉潔。調查指出了中國新聞事業發展艱難的主要原因。中國少數民族文字和民族地區的報刊是中國新聞事業的一部分，筆者認為，這裡所闡述的中國新聞事業發展艱難、遲緩的原因，中國少數民族文字報紙應包括在內。也就是說，調查一文也說明了中國少數民族文字報紙就是在與敵偽報刊、國民黨報刊和形形色色的民營報刊的競爭中艱難地發展起來的。這一時期的黨報和黨的統一戰線報刊不僅有不同文種、不同刊期的鉛印、石印、

〔註13〕一九三〇年東三省民國報紙調查》一文，載 1982 年《延邊日報通訊》第 1、
　　　　2 合期，原載吉林《新聞研究》。

油印的省地縣各級的機關報，而且為了滿足需要還辦起了《蒙漢聯合畫報》和《內蒙畫報》，以通俗的文字和生動的畫面向農牧民宣傳黨的方針政策和民族團結政策，滿足了文化水平較低，識字不多的少數民族同胞交流信息、瞭解時事的要求。也就是說，在這個時期，出版了我國第一張地方性的少數民族文字畫報。這是項開創性的工作，具有重要的意義，在中國新聞史上有一定的地位。

黨報和黨的統一戰線報刊為什麼在這個時期能夠從無到有，從少到多，而且越來越贏得了讀者的歡迎呢？

首先從中央到地方的黨組織都重視辦好各級黨報和黨的報刊，發展黨的新聞事業。1938 年《中共中央關於黨報問題給地方黨的指示》中說：「在今天新的條件之下，黨已建立全國性的黨報和雜誌，因此必須糾正過去那種觀念，使每個同志應當重視黨報，讀黨報，討論黨報上的重要論文。黨報正是反映黨的一切政策，今後地方黨部必須根據黨報、雜誌上重要負責同志的論文當作是黨的政策和黨的工作方針來研究。」〔註14〕1941 年在《中宣部關於黨的宣傳鼓動工作提綱》中又強調指出：「報紙、刊物、書籍是黨的宣傳鼓動工作最銳利的武器。黨應當充分的善於利用這些武器。辦報，辦刊物，出書籍應當成為黨的宣傳鼓動工作中最重要的任務。除了中央的機關報，機關雜誌及出版機關外，各地方黨應辦地方的出版機關、報紙、雜誌。除了出版馬恩列斯的原著外，應大量出版中級讀物，補助讀物以及各級的教科書。應當大量地印刷和發行各種革命的書報」〔註15〕。1944 年毛澤東在陝甘寧邊區文化教育工作座談會上講話指出：「現在高級領導同志，甚至中級領導同志都有一種感覺，沒有報紙便不好辦事，」又說：「地方報紙之所以需要，就是因為僅僅有一個解放報、一個群眾報還不夠，他們那裡出一個報紙，反映情況可以更直接、更快些。」「我們地委的同志應該把報紙拿在自己的手裡，作為組織一切工作的一個武器，反映政治、軍事、經濟又指導政治、軍事、經濟的一個武器，組織群眾和教育群眾的一個武器。」「有些縣委可以出一個油印報，請一位知識分子負責，定期也好，不定期也好，從編輯到發行，包括寫鋼板一個人就差不多了。」〔註16〕中共中央和中央領導

〔註14〕見《中國共產黨新聞工作文件彙編》（上）第 86 頁，新華出版社 1980 年 12 月第一版。

〔註15〕見《中國共產黨新聞工作文件彙編，（上）第 110 頁，新華出版社 1980 年 12 月第一版。

〔註16〕見《毛澤東新聞工作文選》第 112 頁～113 頁，新華出版社 1983 年 12 月第一版，1984 年 2 月山東第二次印刷。

同志的指示，是指導黨的新聞事業發展的理論，也是辦好少數民族文字黨報和黨的統一戰線報刊的綱領性文件。各級黨委認真貫徹執行了中共中央領導同志的指示精神，落實在各自的辦報實踐中。內蒙地區黨委在此期間就辦好《群眾報》《內蒙古自治報》《內蒙古日報》《綏蒙日報》專門做出決定。這些決定規定好了辦好這些報紙的方針、政策、辦報宗旨、讀者對象，以及建立通訊員組織等等。更為重要的是對如何辦好少數民族文字報紙也同樣做了具體指示，實行全黨辦報、群眾辦報的路線，以民族特點地區特點和時代特點吸引廣大少數民族同胞。

其次，由於各級黨委的重視，各個報社非常重視自身的建設，在新聞工作實踐中摸索，總結辦好少數民族黨報和黨的報刊的經驗，培養少數民族新聞工作者，逐步提高他們的政治素質和業務水平。《內蒙自治報》首先在《把報紙辦好》的社論中提出了「大家辦報」的觀點，在第四版開闢了《新聞工作》的專欄。「共同研究一些新聞業務上的問題，籍以推進新聞工作的發展。」報社領導創造一切有利條件，為採編人員提供學習、研究民族語文的機會，把辦好少數民族文字報紙與提高少數民族語言文字的表達能力結合起來，統一起來。

再者，各個報社的採編人員既按照各級黨委的指示辦事，又與新聞工作實踐相結合、遵循新聞工作自身發展規律。1945 年底，黨中央在《和平建國綱領草案》中指出「在少數民族區域，應承認各民族的平等地位及其自治權。」1947 年 5 月 1 日，內蒙古自治區成立，標誌著我國民族地區少數民族人民對於自治權利的實施。從此，少數民族新聞事業就在落實黨的民族區域自治政策，發揮各個少數民族當家作主，自己管理本民族內部事務的自治權利的形勢下發展起來了。黨的民族區域自治和民族團結政策，是少數民族黨報和黨的報紙興起和發展的可靠保障，沒有黨的民族區域自治和民族團結政策是不可能有少數民族文字黨報和黨的民族統一戰線報紙的創辦與發展的。勿庸諱言，辦好少數民族文字的黨報和黨的統一戰線報紙必須堅持無產階級的黨性原則，但是，辦好少數民族文字報紙還應在堅持黨性原則的基礎上，運用黨早已賦予的民族地區的自主權。這說明辦好少數民族文字的報紙就要正確處理黨性原則與自主原則的關係。把這兩者的關係處理得好，報紙就辦得好，就能發展具有民族形式和民族特點的少數民族新聞事業。

應當承認，在這個時期，有一些少數民族文字黨報和黨的報紙堅持了黨性與自主原則的統一，或者說在一段時間內堅持了兩者的統一，促進黨報和黨的

統一戰線報紙的發展。

第六，就全國而言，我國少數民族新聞事業發展並不平衡。

這個時期，我國的新聞事業已有了長足的進步。報刊、通訊社、廣播電臺在全國尤其是在京津滬等重要城市及沿海各省市的發展都有相當的規模，然而少數民族的新聞事業剛剛突破其單一性的特點。少數民族報刊事業雖已具有現代報刊的特徵和辦報規模，而少數民族語言的廣播事業則是 1935 年以後才真正出現，而且也只有藏語、朝鮮語和維吾爾語幾種少數民族語言的廣播，在全國新聞事業中佔有極小的比重。民族地區的通訊社此時已創立，據現有資料表明在東北三省比較大的通訊社有哈爾濱的東華和光華通訊社，瀋陽有遼寧通訊社、東北文化社、國聞通信社，黑龍江有政聞通信社，吉林省有吉林通信社。但是未聞這些通訊社採用少數民族文字發稿或設有面向民族報刊發稿的部門機構。

就報刊而言，解放前，蒙古族、維吾爾族、藏族、哈薩克族、朝鮮族、柯爾克孜族、錫伯族、彝族、苗族、景頗族、傈僳族、佤族等 21 個少數民族有與本民族語言一致的民族文字（其中有的文字尚不十分完善，也不通用），而只有蒙、維、哈、朝、藏、錫伯、滿等 7 個民族的報紙，佔有民族文字的三分之一。在這些報紙中有的文種還中途夭折，有的文種因種種原因到 20 世紀 40 年代末期已不再出版。這其中比較發達的是蒙、朝、維、哈、錫伯等五種報刊。在蒙、朝、維等文種中，又以黨報和黨的統一戰線報刊最發達，成績比較卓著。

再者，從地域上看，內蒙古、東北地區和新疆地區民族文字報刊的發展比較平穩，並積累了較豐富的辦報經驗。如新疆的哈薩克文、錫伯文報紙在其歷史悠久、持續時間長這一點上，是其他文種無可比擬的。從報刊的種類上看，又以蒙文和朝文的報刊最多，日刊、隔日刊、三日刊、週刊、旬刊、半月刊、月刊等，辦出了水平，辦出了特色，受到讀者歡迎，積累的辦報經驗較之其他文種要豐富得多。

出現這種不平衡的原因是多方面的。最重要的無非是廣大民族地區經濟、文化落後，缺乏資金，事業難以發展。新聞事業入不敷出，報業的從業人員被人鄙視，社會地位低下，缺乏專門的辦報人才。加之言論出版不自由，報紙難以伸張正義，反映少數民族心聲，不能擁有大量的少數民族讀者。

第七，少數民族辦報活動持續不斷。

在這個時期，我國少數民族的辦報活動也有新的發展。少數民族同胞不僅

創辦了民族文字的報刊，也在內地或民族地區創辦了影響比較大的漢文報刊。廣西壯族王聞識烈士的辦報活動就是比較有代表性的。

王聞識（1911～1942），廣西南寧人，壯族，原名王聞栻。1924 年考入中學後不久加入社會主義青年團，1938 年加入中國共產黨。1929 年考入申報報館任校對。1932 年下半年到杭州《江南日報》任編輯。1936 年到 1937 年在杭州任《東南日報》新聞函授班主任。《東南日報》是國民黨在浙江的黨報。這期間他編寫了《新聞學教程》《新聞採訪學》等講義，批閱學員的文稿、解答學員提出的問題，培養了一批進步的新聞工作者。

抗戰時期，他創辦的第一個刊物是《戰時生活》（旬刊），該刊是一個民辦的以宣傳抗日救亡為主要內容的報刊。其發行人是《東南日報》總編輯金瑞本。王聞識獨自一人接辦《戰時生活》。為了籌辦民族日報社，經黨組織批准他把該刊併入駱耕漠主編的《東南戰線》。

《民族日報》創刊於 1939 年 1 月 5 日。報社設在浙西潛鶴村，由王聞識任社長，金瑞本任總編輯。參加報社工作的大多數是黨員同志。該報站在堅持抗戰、堅持團結、堅持進步的立場上，以宣傳黨的持久戰和抗日民族統一戰線的方針政策為其宗旨；對兇狠殘暴的日本侵略者、貪婪無恥的漢奸走狗、腐敗的國民黨反動派以及他們消極抗日、積極反共的陰謀，予以及時的揭露，並與投降派、分裂派、頑固派進行針鋒相對的鬥爭，深受人民群眾的歡迎，發行量日益增長，發行範圍不斷擴大。西邊到皖南，東邊到蘇浙淪陷區，杭、加、湖一帶都能看到《民族日報》，以至上海等地也能聽到黨的聲音。《民族日報》的宣傳引起了日本侵略者和漢奸的恐慌，激起了國民黨反動派的惱怒。國民黨的新聞檢查機構經常對報社的工作進行刁難，評論和重要新聞稿不斷在大樣上被抽掉，致使「天窗」屢屢出現。在艱苦的日子裏，王聞識獨自主持報社的全面工作，親自過問報紙的編輯、印刷、發行、財務等諸方面事務。按照規定，他幾乎每天都要結合形勢和當天新聞撰寫一篇時事評論，向廣大讀者宣傳抗日救國的新形勢、新經驗、新典型，團結每一個愛國者，使他們投入到抗日戰爭的洪流中來。

報社內部從社長、編輯到工人，同舟共濟，實行工資平均制。生活雖然艱苦，但是報社內部生活十分活躍。為了提高思想和業務水平，王聞識還經常給報社的同志作報告、講形勢、談採寫。在生活上他總是先人後己，有人找他幫忙，定會傾囊相助，以致連自己最後一件襯衫、一雙襪子都送給了別人。對於

國民黨的新聞檢查員的糾纏，他又總是機智巧妙地與之周旋，直到把他們「請」出報社。

1940 年國民黨反動派製造了第二次反共高潮。國民黨浙西當局加緊對民族日報社的迫害。報紙上的「天窗」逐日增多，大量報紙被扣壓不得往外發行。在國民黨反動派的威脅利誘面前，王聞識沒有屈服，他堅持原有的辦報宗旨、方針。這年 9 月，國民黨軍統和 CC 特務組織共同接管、改組了該報，改變了報紙的性質，王聞識只好在自己主管的最後一期的《民族日報》上發表了《告浙西父老兄弟姐妹書》，他在報社的告別晚會後，回到宿舍為《民族日報》被接管和改組而抱頭痛哭。

1941 年皖南事變後，他在家中突然被捕，在金華拘留一周後，解往上饒集中營。同時囚在一起的還有馮雪峰等 6 人，都是文化界較有聲望的人士，被難友們稱為「上饒集中營七君子」。1942 年 10 月 16 日病逝。新中國成立後，王聞識同志被追認為烈士。〔註 17〕

壯族同胞王聞識能創辦《戰時生活》和《民族日報》等一系列新聞報刊，再次說明少數民族的辦報活動從來沒有間斷過。新中國成立後少數民族新聞工作者在黨的民族自治和民族團結政策指引下，無論是在邊遠的民族地區還是在經濟文化發達的內地以及各族人民嚮往的首都北京都留下了他們辛勤勞動的身影。他們為發展社會主義新聞事業獻出了畢生的精力。

〔註 17〕有關王聞識的報刊活動的資料，參見翁桂耘《王聞識烈士小傳》（《新聞研究資料》總第 17 輯）和江散《關於〈王聞識烈士小傳〉質疑》（《新聞研究資料》總第 27 輯）。

下　編

第五章　新中國成立初期的少數民族報業(1949~1956)

中華人民共和國的成立,揭開了我國歷史的新篇章,同時也為我國社會主義新聞事業在全國的確定與發展提供了社會基礎,開闢了我國新聞事業的新紀元。人民的新聞事業由小到大,由局部而全面,由分散而集中,由地方而全國,社會主義新聞事業已占統治地位,我國的新聞事業呈現出一派生機勃勃的嶄新氣象。

新中國成立初期,黨和政府取締了帝國主義在我國創辦的新聞機構,查封了國民黨反動派在大陸上經營的報業、通訊社和廣播電臺。對於私營新聞機構,通過公私合營、合編改組,逐步轉變其性質,實行社會主義改造,黨和人民的新聞事業形成了以人民日報社、新華通訊社、中央人民廣播電臺為首的全國規模的比較完備的新聞事業網。

作為新中國新聞事業組成部分的民族新聞事業,在黨的民族區域自治和民族團結政策的光輝照耀下,也有了新的發展,發生了根本的變化。據統計,1950 年全國有各級各類報紙 281 種[註1],總發行量已超過 1250 萬份。1954年專區以上報紙共 270 種,總發行量為 800 萬份;1955 年,專區以上報紙共265 種,期發行量為 936 萬份;期刊 305 種,發行量為 1246 萬冊。在 50 年代,已形成了從中央到地方的多層次的黨報系統,其中我國少數民族文字報紙已有 21 種。

〔註 1〕據《1950 年初全國報紙統計表》,載《中國新聞年鑒》1988 年版。

　　中國共產黨歷來重視各兄弟民族的全面發展，新中國成立後更注重培養民族新聞工作者，發展民族地區的新聞事業。1954 年 7 月 17 日中央政治局通過的《中共中央關於改進報紙工作的決議》中強調指出：「少數民族地區的報紙，應注意宣傳黨的民族政策，宣傳愛國主義和民族團結，並按照當地的特點適當地進行關於黨在過渡時期的總路線的宣傳。各少數民族地區，凡有條件的就應創辦民族文字報紙。」〔註2〕1955 年毛澤東同志在關於創辦《西藏日報》的指示中明確指出：「在少數民族地區辦報，首先應辦少數民族文字的報。」1955 年 3 月 29 日國務院發布《關於邊遠省份和少數民族地區建立收音站的通知》，《通知》指出，為加強對邊遠省份和少數民族地區人民群眾的愛國主義教育和政策時事宣傳，預防惡劣天氣對農業、畜牧業的損害，以及部分滿足農民對文化娛樂的要求，特撥出 1500 部收音機，在雲南、貴州、西康、甘肅、青海、新疆、廣西、海南和內蒙古自治區建立收音站，《通知》還對建站工作作出了具體指示。另外，如何在少數民族地區宣傳黨在過渡時期總路線，中共中央專門發文「同意中央統戰部、中央民族事務委員會黨組關於在少數民族地區宣傳總路線的意見。」〔註3〕新中國初期，中共中央和毛澤東同志關於少數民族新聞事業的決議和指示，是指導社會主義少數民族新聞事業的綱領性文件，是辦好民族新聞事業極其珍貴的文獻。

　　少數民族報刊，在新形勢下有了新的發展，並且又創辦了許多新的報刊。少數民族的新聞實踐進一步豐富和發展了社會主義新聞理論。民族新聞事業發展的規模是新中國前任何一個時期都無法比擬的。

第一節　《延邊日報》與翻譯出版事業

　　新中國成立後，朝文報紙辦得比較出色的是《延邊日報》《東北朝鮮人民報》等報刊。

一、著名的朝文報紙《延邊日報》和《東北朝鮮人民報》

1.《延邊日報》

　　《延邊日報》（朝鮮文）是中共延邊州委機關報，1948 年 4 月 1 日創刊，

〔註2〕參見《中國新聞年鑒》1982 年版。
〔註3〕見《中國共產黨宣傳工作文獻選編》（1949～1956）學習出版社 1996 年版。

1949 年該報與《團結報》和哈爾濱的《民主日報》三家合併為《東北朝鮮人民報》，並於 1949 年 11 月 7 日至 1952 年 4 月 20 日出版四開四版的農村版。1955 年 1 月日又改名《延邊日報》，鉛印，四開四版。1956 年 3 月 1 日，連報名也用朝鮮文書寫。1959 年元旦改為日刊。1961 年到 1967 年又改為週六刊，前為四開四版，後四開六版。1957 年至 1962 年 3 月，開展「民族整風運動」把朝鮮族幹部提出的正確意見和維護民族利益的正當言論，當做「地方民族主義」在報上進行批判，敗壞了社會主義民族文字報紙的聲譽。動亂期間，以前出版的期數被抹煞。1967 年 2 月 23 日報社實行軍管，該報改為《新華社電訊》，對開四版，日刊。出版發行 475 期，連篇累牘地刊登新華社電訊稿，民族政策得不到宣傳。1968 年 8 月 1 日重新改為《延邊日報》，對開四版，週刊。此間該報基本上是漢文版的譯報。「小報抄大報，大報抄梁效〔註 4〕」，全是一個面孔。1978 年 10 月 1 日起，根據州委決定，報社把黨委領導制改為編委會領導下的總編輯負責制，並以辦好朝文版為辦報方針，落實黨的民族政策，進行民族政策再教育。該報還用朝、漢兩種文字出版內部業務刊物《通訊員之友》（自 1960 年起改為月刊，現名《延邊日報通訊》）和不定期的《業務學習》《內部參考》《報刊動態》等。

漢文版 1958 年元旦創刊週三刊，1968 年起改為週六刊。

在報社編委會領導下，編輯部設有辦公室、農村部、政治生活部、文藝部、科教部、攝影部、記者群工部、時事部、參考消息（朝鮮文版）編譯室、電務組、校對組等，時有職工 101 名，絕大多數是朝鮮族。

領導成員有：朱德海、崔菜、林民鎬、宋振庭、李旭成、李義一、鄭龍水、金承玉、張奎星、金益憲、柳玉哲等。

新中國成立後，黨和政府對少數民族新聞事業十分關心。1962 年 6 月周總理視察延邊時，曾指示州委一定要辦好《延邊日報》朝文版。該報努力反映人民的呼聲，維護廣大人民群眾的根本利益，批評各種不良傾向，尤其重視批評報導。1950 年增設了社會服務科，負責處理群眾來信和有關批評稿件。中共十一屆三中全會以來，進一步加強批評報導，在以正面宣傳為主的同時，採取各種形式揭露和批判黨內和國家機關以及企業事業單位及社會上的不正之風，以促進兩個文明建設。

《延邊日報》努力辦出自己的特色。創刊伊始，便公開申明注重民族性、

〔註 4〕梁效，兩校之諧音，系四人幫在文革期間御用寫作班子的筆名。

地方性、群眾性和綜合性。當年吉林省吉東軍區政委、中共延邊地委書記孔原在發刊詞中明確指出：「朝鮮文報紙是朝鮮人民群眾的報紙」，「在為人民服務的同時，應當具有民族性、地方性和群眾性的特點，在內容和形式等方面應做到民族化、地方化和群眾化。」根據朝鮮人民的實際情況，該報在稿件的選擇、版式的安排、編寫技巧等方面，都注重體現民族特色和地方特色，全面系統地宣傳黨的民族政策，以生動具體的事例，滿腔熱情地報導朝鮮族人民在社會主義大家庭中的豐富多彩的生活。他們以自採自編為主，反映地區特點、辦出「鄉土味」。該報自 1979 年起調整了採用新華社電訊稿和地方稿件的比例，使地方稿件由 60% 增到 70%，反映地區和民族特色的稿件優先發表。該報所設「今日延邊」「美麗的延邊」「延邊市場」「在祖國大家庭裏」「兄弟民族在前進」「祖國邊疆新貌」和「海蘭江」等專欄、專頁與副刊，真實而準確地反映了延邊地區朝鮮族人民的生活、鬥爭與改革。隨著形勢的發展、變化，根據讀者的年齡和文化結構的不同，多層次、多方位、多側面滿足讀者的要求，現又闢出許多具有知識性、趣味性、服務性和可讀性的欄目，如「教育與人才」「衛生與常識」「法律與道德」「青春時光」「老年生活」「婦女之友」「世界一遊」等等，自成格局，色彩斑斕、凝重典雅，針對不同讀者，適應改革開放新形勢的需要，各展其秀。

在民族報導中突出民族典型的宣傳是該報的長期任務，創刊以來，該報在發展典型、追蹤典型、報導典型，使之成為民族的模範和榜樣中取得了豐富的經驗。解放後，朝鮮族農民金時龍，創辦了延邊地區第一個互助組，自此之後直到社會主義建設的新時期，各個歷史階段，該報都對金時龍的先進思想和模範事蹟進行了全面宣傳，使之成為全國著名的勞動模範。20 世紀 50 年代中期，朝鮮族青年柳昌銀中學畢業回鄉參加農業生產，為改變農村落後面貌，他把自己的青春奉獻在農業科學研究上。《延邊日報》沿著他成長進步的里程，一步一步地進行全面系統報導。他現已是全國知名的少數民族農業科學家。

延邊民族工業在地方工業中佔據著很大比重。報紙重視對於民族工業的發展，朝鮮族特需日用品的生產以及經濟貿易和科學文化事業發展的宣傳報導。十一屆三中全會以來，更加重視民族工業的宣傳報導並特闢「民族工業在蓬勃發展」「琳琅滿目的地方產品」等專欄，專門反映民族工業在改革中的新經驗、新成就，促進民族特需產品工業的發展，滿足朝鮮族群眾的需求。圖們市民族塑料廠生產的淘米盆、淘米瓢、面盆等是朝鮮族群眾喜用常用的產品。

近幾年來，對這一企業的技術改造、經營管理、橫向經濟聯合承包責任制的落實和完善諸方面，該報以大量的篇幅進行報導，調動了職工積極性，增強了企業活力。1987 年實現利潤 104 萬元，成為全州第一個「百萬富翁」集體企業。

《延邊日報》在促進民族教育和民族語言的純潔化、規範化方面也做出了重要貢獻。20 世紀 50 年代突出報導了延邊大學和州委黨校增設幹部文化補習班，幫助朝鮮族幹部學習漢語文。1952 年 2 月 21 日，該報邀請有關人士，就民族語言的正確使用和純潔化問題發表意見，並以「為民族語言的純潔化而鬥爭」的通欄標題在報上展開討論；為其配發的編者按說：「通過討論，提出問題，對症下藥，重視正確使用語言文字，使其純潔化和得到健全的發展。」討論長達四個月之久，引起了社會輿論的重視，就如何正確使用朝鮮語文，使其規範化統一了認識。20 世紀 60 年代，該報宣傳縣州各級機關舉辦業餘學習班，幫助漢族幹部學習朝鮮語文。全州出現了互相學習民族語言文字的熱潮，促進了感情的交流和民族團結。1979 年 5 月 28 日，該報成立了朝鮮語規範工作小組，由總編輯任組長。經過努力，不僅編輯記者重視了語言的純潔化和規範化，而且推動了整個民族地區正確運用朝鮮語言文字的工作。

延邊地區是朝鮮族祖居之地，《延邊日報》注重有關朝鮮族的民情民俗和文明禮貌、倫理道德的報導。對於朝鮮族人民關心的生活問題，經常宣傳報導，早在 1956 年 4 月，已就提倡著民族服裝問題在報上展開討論。1981 年延吉市四位朝鮮族婦女給州長寫信，該報在頭版顯著位置刊登了來信和州長的回信。1982 年，該報專門召開有關著裝座談會，並對此進行了詳盡的報導，反響強烈。現在延吉街頭，穿著民族彩裙的朝鮮族婦女比比皆是。同時還突出宣傳朝鮮族自古以來純潔、樸實、勤勞、勇敢的品質，以展示其靈魂美。

粉碎「四人幫」之後，著重宣傳必須把經濟建設特別是農業生產搞上去，認真貫徹黨的三中全會提出來的一系列富民政策，宣傳報導致富經驗，加快致富步伐。

由該報和延邊電視臺於 1996 年 9 月發起的「祖國邊境萬里行」的採訪活動，被中國記協譽為「我國新聞史上一大壯舉」。這次採訪活動歷時 100 多天。1996 年 9 月 23 日在我國最東端吉林省琿春市圖們江入海口啟程，行程 14000 公里（往返 2 萬公里）經由 12 個省市，採訪了 32 個邊境沿海城市。採訪團一行六人，採訪以特區、開發區為主要對象的深化改革，擴大開放的突出成果和成功經驗；採訪面向 21 世紀發展市場經濟、走向世界的新思路、新姿態及各

地區人文、地理、資源優勢、風土人情、名勝古蹟、通商口岸、外經外貿三資企業。該報和延邊電視臺採用文字、照片、電視攝相等形式，連續出版專版、專題節目，陸續編發一線採寫的稿子。與此同時，採訪團通過各種途徑，廣泛宣傳延邊的投資環境和風土人情及圖們江開發情況。這一壯舉，被中國記協有關領導稱讚道：採訪團起到了當年紅軍長征那樣的宣傳隊、工作隊、播種隊的作用。時任中國記協書記處書記肖東升說：「一個地區新聞單位聯合搞邊境萬里行，是我國新聞界的一大壯舉」。首都新聞界同仁異口同聲稱「這是新聞為經濟建設擴大報導領域，開門辦報（臺），出精品的好辦法，是在新形勢下深化新聞改革的一種好嘗試，方向對，路子正，值得提倡。」對於這採訪活動，中央和各地區 25 個媒體以及日本新瀉日報、《東亞研究》等外國報刊先後都進行了報導。

　　該報目前已興建 12 層新聞大廈，建築面積 7131 平方米。印刷設備比較先進，有高速輪轉機 3 臺，電動平版印刷機 6 臺，電動萬能鑄造機 9 臺。具有成套的澆版、製版、電訊接收和照片傳真設備。報紙的期發數，創刊初期為10500 份；1987 年末為 37193 份，共刊出 12756 期。該報最高期發量曾達 56202份。

　　2.《東北朝鮮人民報》

　　《東北朝鮮人民報》係中共延吉地委機關報。該報由延吉（東滿地區）的《延邊日報》、哈爾濱（北滿地區）的《民主日報》和通化（南滿地區）的《團結日報》合併而成。1949 年 4 月 1 日在延吉市創刊。對開四版，週六刊，月發行 15408 份。其發行對象和發行地區為朝鮮族群眾和東北朝鮮族聚集區，並在南北滿設有駐站記者，建立通訊報導網。1951 年 3 月，該報在延吉召開了第一次通訊員代表大會，東北三省都派代表參加了會議。1949 年 11 月 7 日至1952 年 4 月 20 日，該報還辦有農村版（朝鮮文），週六刊，四開四版。這期間，該報還有一次重大改革，這就是自 1952 年 4 月 20 日起，版面上不再夾用漢字。初為社長制，1954 年 9 月 9 日改為總編輯制。

　　1954 年 12 月 21 日終刊，共出版發行 1583 期。

　　從創刊到終刊，該報正值新中國建立初期。1950 年 6 月 25 日，美帝國主義發動了侵朝戰爭。10 月 25 日，中國人民志願軍跨過鴨綠江，與朝鮮人民軍並肩作戰，抗擊美國侵略者。該報開展了聲勢浩大的「抗美援朝、保家衛國」的宣傳報導，掀起了延邊各族人民又一次參軍參戰、支持前線的高潮。延邊

5000 多朝鮮族青年參軍參戰，有很多人立功受獎，還有不少英雄兒女獻出了生命。1952 年中共中央提出了過渡時期總路線、總任務，該報對延邊的社會主義工業化建設進行了有組織、有步驟、有計劃的宣傳報導。在黨的總路線的指引下，延邊的社會主義工業化建設獲得進一步發展。

二、歷史悠久的文學期刊《延邊文藝》

由延邊文聯主辦的文學月刊《延邊文藝》，在朝鮮文各種刊物中是歷史最久、影響最大的文學期刊。

《延邊文藝》創刊於 1951 年 6 月，16 開本，月刊。在延吉出版發行。曾名為《阿旦郎》《延邊文學》等，中間曾停刊一段時間。1974 年復刊。1985 年又改名《天池》，現已出刊 300 多期。它是朝鮮族作家、詩人的創作園地、主要發表用朝文創作的中、短篇小說、報告文學、詩歌、散文和評論等各種體裁的文學作品，並翻譯介紹兄弟民族作家的優秀作品，探討、介紹不同風格、流派的文學作品。著重反映朝鮮人民的生活和精神面貌，在繁榮發展朝鮮族當代社會主義文學上建有殊勳。

《延邊文藝》主要面向全國各地朝鮮族工人、農民、解放軍、廣大知識分子和其他戰線上的文學愛好者。自創刊以來，特別是黨的十一屆三中全會以來，發表了不少優秀作品，發現培養和扶植了許多文學新人，深受讀者歡迎。期發量曾達到 6 萬份。

三、翻譯出版事業的興盛

朝鮮族的翻譯出版事業歷史悠久，比較發達。1946 年，通化地區的李紅光支隊和朱德海領導的三支隊首次翻譯出版了毛澤東《在延安文藝座談會上的講話》的朝鮮文單行本。後來又有列寧的《國家與革命》《共產主義運動中的「左派」幼稚病》和毛澤東的《中國革命戰爭的戰略問題》等經典著作譯成朝文出版。新中國成立後，馬恩列斯的著作，《毛澤東選集》和劉少奇、周恩來、鄧小平等黨和國家領導人的著作陸續翻譯成朝鮮文出版，促進了朝鮮族人民學習馬列主義。

中外著名作家的文學名作，如《阿 Q 正傳》《太陽照在桑乾河上》《李家莊的變遷》《中國新詩選》《高爾基短篇選集》《托爾斯泰短篇集》等著作也都陸續譯成朝鮮文，在廣大朝鮮族讀者中流傳。新中國成立後，漢族作家的長篇

新作，如《三里灣》《山鄉巨變》《紅旗譜》《苦菜花》《紅岩》《創業史》等，在 60 年代前後也由朝鮮族翻譯工作者翻譯出版。

近年來，朝鮮族地區的翻譯出版工作逐漸向縱深發展。出版部門解放思想，大膽出版朝鮮族理論工作者自編的政治經濟理論方面的朝鮮文著作，突出地方性和民族性。如《延邊朝鮮族自治州經濟概論》《民族理論與民族政策》等著作業已出版，促進了朝鮮族地區民族經濟理論與民族政策理論的深入研究。新時期朝鮮文翻譯出版的文學作品，既有前蘇聯、歐美的，也有日本和東南亞的；既有現代的也有古代的，陸續被介紹給朝鮮族不同文化層次結構的讀者。還有許多朝鮮族優秀作品被譯成漢文出版，促進了朝鮮族與各兄弟民族之間的文化交流。

朝鮮族第一個專業出版社是創立於 1947 年的延邊人民出版社。這個出版社是以出版朝鮮文刊物為主的綜合性出版機構。1976 年以後，黑龍江、遼寧兩省也各自成立了朝鮮文出版社。20 世紀 80 年代中期，延邊大學成立了自己的出版社，出版學校教材和學術著作。至此，在朝鮮族聚集的東北地區，包括語言文字、文學藝術、史地教育、政治經濟、科學技術等各類圖書的出版機構和發行網點，已全面形成。據統計，自 1947 年至 1980 年間，僅延邊人民出版社和延邊教育出版社兩家，已出書刊 8225 種。

第二節　《內蒙古日報》和新中國初期的蒙文報刊

自從內蒙古自治區成立以來，黨和政府更加重視發展蒙古文報刊。新中國成立後，內蒙地區創辦的報刊有《內蒙古日報》《呼倫貝爾報》《阜新蒙古族自治縣報》和《內蒙古畫報》《新內蒙古》等。這其中影響最大、創刊歷史最長的是《內蒙古日報》。

一、最早的省級民族文字報紙《內蒙古日報》

《內蒙古日報》（蒙文版）是中共內蒙古自治區黨委機關報。該報是在《內蒙自治報》的基礎上，於 1948 年元旦創刊，其間歷經《內蒙週報》（蒙文報）時期，後又把《呼倫貝爾報》《昭烏達報》的採編力量併入《內蒙古日報》。在內蒙古日報社隨黨政機關遷往張家口市之後，中共內蒙古分局東部區黨委在烏蘭浩特繼續出版《內蒙古日報》，即《內蒙古日報》東部版。1950 年末，原內蒙古報社的全體人員全部到達張家口，開始了《內蒙古日報》的張家口時期。

現將《內蒙古日報》東部版和張家口時期的《內蒙古日報》做一簡單介紹。

1.《內蒙古日報》東部版（漢、蒙文）

該報系中共內蒙古分局東部區黨委機關報。1950年元旦創刊，對開二版。

內蒙古自治區東部區黨委和行政公署機關駐烏蘭浩特，是中共內蒙古分局遷往呼和浩特後的派出機關，轄呼納、興安、哲里木、昭烏達4盟30旗、縣、市。

主要內容是根據內蒙古分局與政府工作的方針和東部區黨委的意圖，指導東部地區工作，其重要社論貫徹區黨委制定的方針政策的基本精神，代表區黨委講話。

蒙文東部版出版一年，1950年底終刊。這張報紙以牧區和半農半牧區的廣大蒙古族群眾為讀者對象，其內容與漢文版基本一樣，只是有關黨在牧區的各項政策的宣傳和畜牧業生產的報導多於漢文版。

報社地址設在烏蘭浩特原內蒙古日報社的舊址。

2. 張家口時期的《內蒙古日報》（漢、蒙文版）

《內蒙古日報》係中共內蒙古分局和內蒙古自治區人民政府的機關報。1950年5月15日在察哈爾省張家口市復刊。

中共內蒙古分局和內蒙古自治區人民政府在1950年5月27日和1950年8月2日分別作出《關於內蒙古日報發行工作的決定》與《關於改進內蒙古日報工作的指示》，明確規定了該報的性質、任務和作用。該報是「內蒙地區黨和人民政府指導工作的武器」。「凡是有關全內蒙性的論文、新聞，首先應在內蒙古日報發表。內蒙古日報發表的社論、短評，都代表了分局、內蒙古人民政府的言論或經過其審查同意的，各地應十分重視。」該報是內蒙古黨和政府的耳目和喉舌。

該報在張家口時期報導了解放戰爭的最後戰果，「保衛世界和平簽名運動」「抗美援朝運動」「鎮反」「三反」運動以及具有民族特點和地區特點的重要新聞，配合了黨在內蒙古的工作，宣傳了黨的路線、方針和政策，向廣大讀者進行了愛國主義、國際主義、奉公守法和民族政策的教育。

1950年8月1日，該報頭版對解放戰爭的戰績作了集中報導，毛主席和朱總司令的大幅照片下面有詳盡的文字說明。對於保衛世界和平運動，進行連續的、顯著的宣傳，持續約半年之久。蒙文編輯部還印製了蒙文「和平呼籲書」。內蒙古工會、青年團婦聯、文聯聯合發出「告全內蒙古同胞書」。要求蒙漢族

人民用簽名表示「反對侵略戰爭、保衛世界和平」的決心。在運動中，有占內蒙總人口的 62.4% 的各族群眾爭相參加了簽名，該報發揮了宣傳員、鼓動員和組織者的作用。

注重民族特點和地區特點的新聞報導也是這一時期的主要內容。報紙對自治區出席全國工農兵勞動模範代表大會的代表活動和 1952 年中央訪問團來內蒙為期 2 個月的活動，進行了連續和重點報導。該報與漢文版在指導思想上和重大新聞報導上都基本一樣，只是地方新聞的報導不同之處較多，反映民族經濟和文化建設的較多。該報與蒙文作者和讀者有較密切的聯繫。

張家口時期的《內蒙古日報》，報社職工隊伍進行了調整、充實和發展，形成了一支人才濟濟、陣容整齊而年輕的新聞隊伍。報社遷到張家口後，還有一部分同志留在了東部版，為適應新形勢發展需要，報社從各個方面招聘人才，充實編輯部。其中有一位編纂過蒙文字典的留日學者令阿，在張家口街頭賣紙煙維持生活時，被報社請到蒙文編輯部任職。

到 1952 年 11 月 15 日該報在張家口出版了第 1561 號，340 期。這一時期宣告結束。此後《內蒙古日報》又進入了一個新的歷史時期。

3. 蒙綏合併後的《內蒙古日報》

1954 年 3 月 6 日，《綏遠日報》與《內蒙古日報》正式合併，社址設在歸綏市（即今呼和浩特市）。1954 年 1 月 28 日，中央人民政府政務院第 204 次政務會議通過決議，命令綏遠、內蒙古合併，要求兩省、區人民政府遵照執行，在撤銷綏遠省建制後，綏遠日報同樣併入內蒙古報社，兩報合併後，蒙文報自 1954 年 4 月 1 日起由隔日刊改為週六刊。進行機構調整，充實編輯力量。蒙文編輯部設編輯室，下設經濟建設、時事、政治文教、群眾工作、校對、檢查六個科（組）。1956 年編輯部下設辦公室、要聞部、經濟部、政文部、時事部。蒙文報刊創始人之一洛布桑〔註5〕任副總編，分管蒙文報。1964 年遵照區黨委機關關於加強內蒙古日報的決定，又調入大批編譯人員，到 1965 年蒙編人數達 97 人。這期間德力格爾〔註6〕任報社副社長，分管蒙文報。自 1966 年元旦起，由週六刊改為名副其實的日報。十年動亂期間，蒙文編輯部各部室機構撤

〔註5〕洛布桑，蒙古族。1925 年 11 月內蒙古哲裡木盟科左中右旗哈爾湖村。王爺廟育成學院四期生。1946 年參加革命，加入中國共產黨。1956～1958 年任內蒙古日報社副總編。後任國家民委副主任。1987 年任第七屆全國政協委員，全國政協民族委員會常務副主任。

〔註6〕德力格爾，第六章第七節有詳盡介紹。

銷後，並為兩個編輯組，全部翻譯新華社電稿和漢文電稿。1973 年 7 月，蒙文編輯部恢復各部室，設立辦公室、經濟部、政文部、時事部和出版部，採通部同漢編部合在一起。1978 年以後，內蒙古日報獲得了新生，組織機構擴大了，採編人員數量增加了，政治素質和業務素質也有了提高。據統計，1987 年底，蒙文報採編人員達 135 人。蒙、漢文版單獨設置編輯部，現有 7 部 1 室：農牧部、工商部、科教部、政法部、理論部、時事部、群工部和總編室。記者部和攝影美術部以及各盟市記者站是全社統一設置的，為蒙漢文版兩張報紙服務。

目前蒙文報基本做到自編自採、自主辦報，自編自采稿件約占全部見報稿件的 70%左右。自編自採、自主辦報，已成為該報的具體編輯方針。

報社歷來重視在牧民、農民、工人、教師、幹部和解放軍戰士及其領導幹部中發展蒙文通訊員。1962 年有蒙文通訊員 300 人，1987 年底發展到 2000 多人，其中已發特邀通訊員證書的 45 人。該報主要讀者對象是蒙古族和使用蒙文的其他民族的幹部和群眾。他們主要分布在牧區和半農半牧區。該報讀者群可分為三個層次：第一層次是有文化的牧民、農民、工人、解放軍戰士及基層幹部；第二層次是中小學教師、大專院校師生及蒙古語文工作者；第三層次是用蒙文從事學術研究和寫作的專業人員。

1. 報紙的內容與版面安排

第一版為要聞版，報導全國和全區的重大新聞、重大典型、主要社論和重要文章，以區內的牧區和半農牧區新聞為主，有編有譯，編譯結合。一版上開闢的專欄有：言簡意賅，切中時弊的小言論專欄《鐘聲》；以進行法制宣傳為主，為維護社會治安服務的《社會剪影》；以報導民族文化新聞的《文化簡訊》；傳遞各種信息的《信息之窗》等。

第二版為綜合新聞版，報導牧業、林業、農業、工交、財貿、科教、文化、政治、體育、衛生、部隊、民兵、工青婦等方面的新聞，稿件基本自編自採。專欄有：介紹自治區自然資源的《美麗富饒的內蒙古》，介紹商品知識、傳遞商品信息的《市場》，為牧民衣食住行、合理消費服務的《服務臺》，為專業生產提供信息、發展生產的《專業戶之友》，專門介紹農牧業生產知識和技術及國外畜牧業現代化經驗的《科技與畜牧業》《林業知識》《農業知識》《外國畜牧區》等欄目。還有為牧民介紹經營管理知識和經驗的《金鑰匙》和主要報導少數民族新人新事的《凡人新事》以及《讀者來信》《文摘》，內容豐富、短小

精悍，深受蒙古族讀者歡迎。

第三版為時事版，刊登國內外時事新聞，以國內為主，主要翻譯新華社稿件。有每週一期的《世界見聞》專欄，還有不定期的《偉大祖國》《兄弟民族在前進》《外國科技》等專欄，幫助讀者瞭解世界，增長知識。

第四版是專頁專欄版，專欄、專頁有：文藝副刊《草原曙光》，文化生活專欄有《布穀鳥之聲》，文藝評論專欄《金鹿》等等。

2. 報紙的群眾工作

綏蒙合併後的蒙文報在內蒙古地區具有漢文報紙不能替代的特殊作用。其主要作用概括為如下幾個方面：

第一，引導蒙古族人民群眾正確認識中國共產黨，突出介紹中國共產黨的歷史及其領袖人物，這是該報的傳統。從其前身《群眾報》《內蒙自治報》一直到現在的《內蒙古日報》都不忘這個傳統。每年「七一」，該報不但發表慶祝中國共產黨誕生紀念日的文章，而且還以專欄和專頁的形式，發表蒙古族人民群眾歌頌中國共產黨的文章和文藝作品，介紹內蒙古革命歷史，並多次介紹蒙古族共產黨員、老一輩革命家為蒙古民族的解放而英勇鬥爭的事蹟，使蒙古族人民群眾明確中國共產黨一開始就領導了內蒙古地區的革命運動，認識到如果沒有中國共產黨就沒有內蒙古人民革命的勝利。此外，蒙文報對林彪和「四人幫」的罪行進行了無情的揭露和批判，大力宣傳撥亂反正、平反冤假錯案、落實黨的各項政策等，不斷提高中國共產黨在蒙古族人民群眾中的威望。

第二，堅持不懈地宣傳黨的民族政策，進行愛國主義教育，對維護祖國統一，加強民族團結發揮了特殊作用。內蒙古自治區是蒙古族為主體、漢族為多數，包括達斡爾、鄂溫克、鄂倫春等 40 多個少數民族組成的自治區。因此，搞好民族團結是全區進行社會主義革命和建設的重要保障，也是關係到維護祖國統一和鞏固邊防的重大問題。高舉愛國主義和民族團結的旗幟、對蒙古族人民群眾進行熱愛社會主義祖國、維護祖國統一、搞好民族團結、實現各民族共同繁榮的思想教育是該報自創刊以來的又一傳統。

40 年來，該報通過大量民族團結典型報導，宣傳了各民族平等、團結、互助的新型社會主義民族關係和各民族幹部群眾相依為命，團結建設，改革開放，保衛邊疆的精神面貌。比如，報導關於內蒙古毛紡廠漢族工人班淑芝撫養西蘇旗一名蒙古族殘疾姑娘的先進事蹟；錫林郭勒盟鑲黃旗蒙古族女職工張鳳仙撫養 6 名上海孤兒的動人故事；鄂溫克族自治旗人民武裝部蒙古族參謀

前門德，迎著烈火，搶救受傷旅客的英雄行為等等，使各族人民受到了深刻的民族團結教育。又如，「同舟共濟30年，民族團結奏新曲──白雲鐵礦為牧區建設做貢獻」的新聞報導，介紹了新中國建立以後，蒙古族牧民為國家的繁榮富裕，無私地奉獻了世代祭奠的寶山白雲鄂博，支持祖國建設，以及30多年來，白雲鄂博礦山，不斷從資金和物資上支持牧區建設的事實。這篇報導從少數民族支持祖國建設，國家幫助少數民族的角度，宣傳了「誰也離不開誰」的思想，受到了各族人民的好評。

該報在大力宣傳中央和自治區黨委各項政策，反覆宣傳《中華人民共和國民族區域自治法》等基本法律的同時，自己編發了解釋性的講話和短小精悍的、針對性較強的理論文章，比如：「民族區域自治法講解」，「黨的民族政策再教育講話」，「培養少數民族幹部的必要性和重要性」，「什麼是少數民族事實的不平等」，「為什麼要尊重少數民族的風俗習慣」等，這些講話和文章，都發揮了較好的宣傳效果。

民族團結教育和愛國主義教育是緊密相聯的。40年來，該報在所辟的《偉大祖國》《兄弟民族在前進》《草原曙光》《內蒙古今昔》等固定的專欄和《偉大祖國光輝10年》《慶祝中華人民共和國成立30週年》等臨時性專欄中，堅持宣傳中國是各民族共同締造的多民族國家，是各族人民團結奮鬥共同創建了新中國等觀點，經常介紹祖國的悠久歷史、燦爛的文化、美麗的風光、傑出的人物以及新中國建立以來祖國日新月異的變化，從而激發蒙古族人民更加熱愛祖國並為祖國社會主義現代化而團結奮鬥的熱情。

第三，該報在動員和組織蒙古族人民積極投入民主改革和社會主義革命、參加社會主義建設、堅持改革開放、改變貧窮落後面貌等方面，做出了突出貢獻。

在社會主義改造時期，該報大力宣傳黨在過渡時期的總路線和區黨委制定的「團結一切可以團結的力量，在穩步發展生產的基礎上，逐步進行社會主義改造」的方針，宣傳對個體畜牧業采取的「政策要穩、辦法要寬、時間要長」的穩、寬、長政策和對牧主經濟採取的贖賣政策。這一時期該報基本上自採自編，被稱為蒙文版宣傳報導史上的第一個「黃金時期」。

從1957年至1966年6月以前，該報積極報導了自治區黨委提出的「千條萬條發展牧畜第一條」「百母百子」運動，發展畜牧業的「八項措施」以及當時具有一定承包性質的「兩定一獎」等政策和措施，對牧區抗災保畜，發展

牧畜起了很大作用。與此同時，該報對各條戰線上湧現出來的英雄模範人物和新生事物進行了大量報導。對為保護集體畜牧群而受傷的草原英雄小姐妹——龍梅、玉榮動人事蹟的宣傳，對被譽為草原輕騎兵、文藝戰線上的一面紅旗——烏蘭牧騎的宣傳，對振奮民族精神，發展民族文化都起了很大的作用。

隨著黨的實事求是思想路線的恢復和工作重點轉移，該報在宣傳內容、宣傳重點上發生了根本性的轉折，進入了創刊以來的又一「黃金時期」。

該報在改革的宣傳中，從更新觀念入手，通過大量的事實和言論，大力宣傳打破牧區半封閉狀態，改革單一的牧業經濟，宣傳發展商品經濟對改變牧區貧窮落後狀態，發展民族經濟，振興蒙古族的重大意義。為此，該報先後發表了在草原上蒙古族牧民開辦的第一個旅店，第一個牧民運輸專業戶，牧民進城開辦的第一個飯館，牧民合資辦起的旅遊點，蒙古族群眾集資興建草原上第一座冷庫，牧民辦起草原上第一個個體禮品廠等等新聞，對幫助蒙古族人民群眾改變觀念，興辦鄉鎮企業，發展商品生產，起了很大推動作用。

該報在宣傳黨的方針、政策時，緊密聯繫牧區實際，用看得見、摸得著的事實進行宣傳，因而收到良好的效果。例如黨提出先讓一部分人富起來的政策時，有一部分人不敢富，針對這種思想，該報報導了東新巴旗的新巴彥（富裕戶）——勤勞致富的賓巴，後來他被選為呼倫貝爾盟政協常委、自治區人民代表，對解決牧民不敢富的思想認識問題，起了典範作用。在宣傳扶貧致富政策時，該報從牧區實際出發報導了錫林郭勒盟用「扶貧流動店群」和幫助建設「扶貧草庫倫」的辦法進行扶貧致富的新聞，對其他地區脫貧致富也很有啟發。

第四，在振奮民族精神，開發民族智力，提高民族科學文化素質方面起了教科書的作用。

由於內蒙古地區經濟文化處於落後狀態，四五十年代一個出版社也沒有，內蒙古日報社幾乎成了唯一的傳播科學文化知識的中心。40 年來，該報大力宣傳解放後蒙古民族科學文化巨大進步，廣泛傳播科學文化知識，開闊蒙古族群眾的眼界，增強了他們同啟然界作鬥爭的本領。

1987 年春，該報在不到一個月的時間內用 5 個整版的篇幅介紹了區農委推廣的 16 項農牧業增產應用技術，許多盟市報紙、電臺轉載和播放，收到很大的社會效益和經濟故益。

該報在 40 多年的辦報過程中，積累的主要經驗是：

第一，黨性原則是黨報的靈魂，是各種文版黨報必須堅持的根本原則。該

報在宣傳報導中，認識到只有堅持黨性原則，才能增強報紙的思想性和指導性。對有關國家和自治區大政方針的重點稿件，隨時請示黨委，並層層把關，儘量減少差錯。

　　第二，只有把握和突出地區特點、民族特點，才能增強報紙的針對性和可讀性。該報著重反映蒙古民族的人和事，重點宣傳畜牧業生產和民族教育，科技文化事業的發展，宣傳蒙古族中的英雄模範人物，為他們的生產和生活服務，指導他們的改革和建設的實踐。在報導的形式上，注意採用蒙古民族喜聞樂見的形式。該報讀者一般來說文化水平較低，居住偏遠分散，交通不便，報紙投遞遲緩，讀報條件較差。因此報紙力求文章短小精悍，通俗易懂，系統連貫，標題醒目，文字簡練，圖文並茂，符合民族心理狀態和蒙古語文本身的內在規律；並經常採用「講座」「問答」「討論」和「系列報導」「連載」的形式。比如《民族區域自治法講解》《怎樣實現牧業現代化》的討論，以及中共中央關於農村經濟政策的 3 個 1 號文件的「講座」，《繁榮的金色邊陲》的系列報導，關於《蒙古族文化史》40 篇文章的連載，關於慶祝國慶 35 週年 12 個盟市專版，慶祝自治區成立 40 週年 12 個盟市《草原曙光》文藝副刊專版等，都引起讀者很大興趣。該報紙根據蒙古族群眾能歌善舞、愛好詩歌的特點，報導時經常采用詩歌、對聯等形式，為群眾提供了好來寶、歌曲、相聲、短劇等大量演唱材料，豐富了牧區文化生活。

　　在突出地區特點和民族特點時，該報注意引導讀者向前看，發揚促進民族進步和生產力發展的新思想、新習俗。

　　第三，改革創新，適應現代化建設的需要。

　　一是為適應黨報宣傳的新形勢、新任務，不斷調整機構設置。

　　二是調整報紙版面，開闢富有時代特點的專欄。過去是版面割據，各部把持，內容比較單調。1984 年進行了調整，及時開闢了《科技園地》《教育園地》《法律之窗》《信息》《科技與畜牧業》《外國畜牧業》《牧業知識》《博採錄》《國際見聞》《外國科技》《服務臺》等富有時代特點的專欄，為讀者提供了大量的信息、知識和技術。

　　三是由翻譯為主轉變為自編自採為主，在宣傳報導上出現了一個重要轉折。1978 年以前很長一段時間裏，該報以翻譯為主，依賴性很大。例如，從版面安排到文章取捨，甚至標題字號大小都模仿漢文報，改為自編自採為主後，該報按照社黨委統一的報導要求，根據自己的重點和特點，制定宣傳報導計

劃，有的放矢的採訪、編稿、撰寫各種言論，自行安排版面。從而使自編自採稿的見報率占整個報紙的 70%左右，不僅調動了全體採編人員和廣大通訊員的積極性、創造性，而且增強了報紙的針對性和指導性，受到讀者的歡迎。

四是該報在改革中剎長風、興短風，要求時間要快、事實要準，規定一般消息 300～500 字，最長不超過 800 字；通訊 1200 字；調查報告 1500 字；各種言論 200 字到 700 字。擴大了新聞和信息的容納量。為了增強時效性，大型會議都自己派記者採訪，基本做到與漢文報同時見報，對記者、通訊員的稿件做到盡快處理，嚴格把關。

第四，新聞隊伍的建設是在不斷循環中成長壯大的。創刊以來；該報向全區和全國輸送了 100 多名業務人員，也迎來了一批又一批熱愛新聞事業的年輕同志。他們採用多種辦法進行業務培訓：選送部分人員到高等院校進修；請大學教師和本社老編輯、老記者講課；以老帶新，鼓勵年輕同志在實踐中磨煉和增長才幹；堅持評報和評選好版面、好新聞制度，鼓勵大家寫好稿，爭當名記者、名編輯。對部分同志，要求做到「蒙漢兼通」，現在採編人員的近一半都能寫漢文稿件。

二、內蒙古日報社主辦的蒙文刊物《新內蒙古》

《新內蒙古》是《內蒙古日報》蒙文編輯部主辦的綜合性刊物，1951 年 1 月 25 日創刊，月刊，約 50 頁，每月 25 日出版，16 開本。

該刊物主要任務是圍繞全國和內蒙古自治區的中心工作，宣傳黨的方針、政策、路線，傳播科學技術、文化知識，報導新人新事新面貌，以提高廣大蒙古族群眾的思想和文化水平。其內容主要是用綜合報導形式，反映轟轟烈烈的抗美援朝和鎮壓反革命運動。該刊物發表的《朝鮮人民的偉大勝利》（載第 1 期），綜合介紹朝鮮的國家和民族狀況，揭露了美帝國主義侵朝戰爭的罪惡陰謀，闡明了我國人民和志願軍抗美援朝的偉大意義。配合這場運動，還發表了詩歌、連環畫等形式的作品。為推動鎮反運動健康發展，該刊以較大篇幅發表了國家和自治區負責人的講話、報告、還配發了評論文章。如《鎮壓反革命是人民政治上的神聖任務》《為鞏固內蒙古和保衛祖國，徹底消滅分散的土匪》等評論，都發揮了應有的作用。

該刊設有「時事講話」「社會常識」「農業知識」「牧業知識」「自然常識」「新人新事」等專欄，還闢有關於文藝、教育、衛生、婚姻等方面的欄目，內

容豐富，通俗易懂。

　　該刊 1952 年底終刊，共出刊 24 期。

三、內蒙古地區的畫報

　　新中國成立後，《內蒙畫報》繼續出版發行。黨的十一屆三中全會之後，該報又以嶄新的面貌出現在讀者面前，並更名為《內蒙古畫報》。該刊是以攝影、美術作品為主的綜合性刊物。八開本，雙月刊，以蒙古文和漢文寫作說明文字。闢有「少數民族」「內蒙古文物」「內蒙古稀有動物」「農牧民致富顧問」「美好生活」「祖國各地」「美術作品園地」「攝影園地」等專欄。這個畫報主要介紹內蒙古的歷史和蒙古族的習俗、文化、禮儀，以大量生動形象的圖片歌頌內蒙古人民在社會主義建設中創造性的勞動和取得的巨大成就，具有濃鬱的地區待色和民族待色。社址設在呼和浩特市，期發量約 1 萬冊。

四、盟（市）級黨委機關報的興起

　　盟（市）級蒙文黨委機關報《呼倫貝爾報》《錫林郭勒日報》等興起於 20 世紀 50 年代。

1.《呼倫貝爾報》

　　中共內蒙古呼倫貝爾盟委會機關報，社址設在海拉爾市。1955 年 10 月 1 日創刊，其前身是《內蒙古日報》東部版。蒙漢文版均為四開週六刊小報。

　　呼倫貝爾盟地處祖國北部邊疆，總面積達 25 萬平方公里，是以蒙古族為主體，漢族占多數，還有達斡爾、鄂溫克、鄂倫春、錫伯、滿、回、朝鮮等 30 多個民族聚居的地區。1955 年、根據形勢發展的需要，內蒙古東部區黨委和東部區行政公署被撤銷，原《內蒙古日報》東部版也相應停刊。為適應呼盟各族群眾的需要，經區黨委批准，把《內蒙古日報》（東部版），改為呼盟地方報紙《呼倫貝爾日報》。後改為《呼倫貝爾報》。該報讀者對象以廣大農牧民和基層幹部為主，兼顧城鎮工礦企業職工。

　　1959 年 5 月 8 日，報社向盟委提出了「關於改進《呼倫貝爾報》（蒙、漢文版）工作方案」，方案對報導思想、版面分工、內部機構設置等，都作了具體規定。盟委於 5 月 26 日批轉了這個方案，指出：要辦好黨報，除了報社專業人員的積極努力外，主要是依靠全盟各級黨委，全黨全民來關心它、

支持它。全盟各級黨委根據方案中的要求，大力協助把該報辦好。此後，這張報紙辦得更為生動活潑，開闢了「工農論文評述」專欄，發表如何發展工農業方面的論文；開辦了「風流人物數今朝」等專欄，介紹先進人物和先進事蹟。

粉碎「四人幫」之後，該報面貌為之一新。1979 年 1 月，盟委做出《關於加強呼倫貝爾報工作的決定進一步明確辦報方針，讀者對象，對報紙如何搞好新時期的宣傳工作提出了具體要求。在改革開放的大潮中，報紙堅持從民族特點出發，進行新聞改革。首先抓住多民族的特點，宣傳民族團結。著重宣傳在經濟建設上「誰也離不開誰」。既報導呼盟生產的落葉松，馳名中外的三河牛馬以及煤炭、畜產品等支持全國，也大力報導全國各地每年以大量優質工農業產品支持呼盟人民的生產和生活的需要，支持呼盟建設大型林業、煤炭生產基地，幫助讀者認識整體與局部的關係，各族人民團結一致搞四化的重要性。該報闢有《民族》專頁，宣傳少數民族與漢族相依為命的關係。1982 年 4 月，鄂溫克族自治旗布力雅特蒙古族牧民聚居的牧場發生大火災，牧場、牛羊都受到了嚴重的損失，有的牧民被燒傷，災後立即得到了各族群眾的支援。該報抓住這個「一個民族有難，各兄弟民族支援」的民族間親密無間的典型，進行全面、及時、生動的報導。在一些少數民族聚居的鄉（嘎查〔註7〕），不少是居住著 10 來個民族，有的一家人就由幾個民族組成。報紙抓住這些不同民族在一起生活，一起勞動，團結互助，和睦相處，親如手足的平凡而典型的事例进行經常性的報導，增強各族人民共同建設美好未來的信心和克服困難勇氣。「雜話呼倫貝爾」專欄，設置「史話」「地理志」「民族風格」等欄目，有計劃地宣傳呼盟各民族的形成、發展的歷史、文物古蹟、反抗外國侵略的故事和風土人情，反映各族人民長期生活在一起、勞動在一起的光榮傳統。文字通俗、簡潔，寓知識性、趣味性於思想性、政治性之中，受到讀者歡迎。該報要求新聞報導應以短小、通俗為主。為適合多民族的口味，提出了「新聞要新、稿子要短、時間要快、版面要活、突出民族特點」的「新、短、快、活、特」的五字要求。接著，又提出了在編、採、通、發四個環節上貫徹面向基層、面向多民族群眾、面向兩個文明建設的實踐的「三個面向」的口號。報紙越辦越好，受到了各族讀者的歡迎。

〔註 7〕嘎查，蒙古語音譯，意為村。內蒙古自治區農業區和半農牧區的一級行政單位，為努圖克（區）的基層組織單位，相當於鄉。

報紙發行量，最高年份的 1978 年和 1979 年達 26000 份，1981 年為 17000
份。蒙文版最高達 3000 份左右，1981 年為 1100 多份。80 年代末至 90 年代
初，全年發行總份數為 46 萬份。

社辦刊物有《呼倫貝爾通訊》《內部情況》。婁玉山曾任總編輯。

2.《錫林郭勒日報》（蒙漢文版）

中共內蒙古錫林郭勒盟委員會機關報，社址設在內蒙古錫林浩特。該報之
前身係《牧民報》和《察哈爾報》。在現代部分講到《我國蒙文報刊的飛速發
展》時，曾介紹過錫察行政委員會機關報《牧民報》，但較為簡略。1947 年 7
月 1 日，中共錫察盟工委宣傳處出版了兩種油印刊物，一是漢文的《今日消
息》，一是蒙文的《群眾報》。1948 年 4 月 14 日《今日消息》和《群眾報》一
併改為《牧民報》，蒙漢兩種文字同時出版。1953 年改油印為鉛印，刊期比較
固定，發行量增至 1000～1500 份。1948 年底，中共察哈爾委員會宣傳處在正
鑲白旗希日蓋芒哈（現阿拉騰嘎達蘇工木）創辦了油印報紙《生產報》，4 開 2
版，蒙文不定期小報，期發量約在 500 份左右。1957 年 7 月 1 日改名為《察
哈爾報》，係察哈爾盟機關報，4 開 4 版，鉛印，同時以蒙漢兩種文字發行。
報社人員由原來的 2 人增至 10 人，期發量蒙文版增至 1500～2000 份。社址
設在寶昌鎮。1958 年原錫林郭勒盟與察哈爾盟合併，《牧民報》和《察哈爾報》
同時合併，共同創辦了《錫林郭勒日報》，以蒙文、漢文兩種文字出版，週三
刊，後改為 4 開 4 版，週六刊。1958 年 9 月 3 日毛澤東同志為漢文版題寫了
報頭。期發量蒙文版為 1500 至 2000 份，漢文版為 2000 至 3000 份。合併後的
採編人員為 20 多人。

該報以反映地方新聞為主要內容，堅持從錫盟實際出發，在經濟上突出宣
傳畜牧業經濟和牧業現代化建設；在政治上，主要宣傳黨的民族政策，加強民
族團結和建設邊疆、保衛邊疆等方面的內容。蒙文版主要以牧區基層幹部和廣
大牧民群眾為主要讀者對象。漢文版則主要面向農村基層幹部、農民群眾和廠
礦企業職工，同時兼顧城鎮其他讀者。

該報蒙文版側重於牧區，語言生動，文字準確，在內蒙古自治區有一定影
響，其宣傳特點是，緊密聯繫錫盟實際，充分反映錫盟的地區特點、民族特點，
並為報紙的草原特色賦予時代的特點。

突出民族特點和地區特點，辦出草原風味，表現在該報的各個版面、各

項宣傳活動之中。如在報導 1980 年的牧業大包幹、1982 年全盟那達慕大會〔註8〕、1984～1985 年城市經濟體制改革及近幾年的抗災保畜等事件的消息時，發表了許多有份量的新聞稿件，造成了聲勢，形成了特色，引起了強烈反響。

錫盟地區幅員遼闊、居住分散、交通不便，並是以牧為主的邊疆地區，突出牧業生產的宣傳是責無旁貸的。自 1976 年以來，刊發這方面的稿件比重和佔用的版面都大大增加了，並且在加強季節宣傳報導的同時，總結廣大幹部牧民的傳統生產生活方式和新的經驗，結合經濟體制改革和牧區產業結構的調整，加強提高牧畜質量的報導在該報已占絕對優勢。每年七八月份，錫盟各族都要舉行物質交流的那達慕大會，對於這樣一個加強民族團結、發展大好形勢的盛會，報社年年都進行重點報導。錫盟素有「摔跤之鄉」的美稱，對於蒙古族的摔跤、賽馬、射箭等傳統比賽，報紙同樣每年都以圖片、文字等形式進行介紹、宣傳和讚譽，渲染氣氛，形成輿論，增強了報紙的民族特色和地方特色。2000 年 8 月 1 日該報擴版彩報與讀者見面這次擴版，報社配備了國內一流的機器設備，先進的北大方正編輯機、彩色數碼相機和掃描儀，德國進口彩色照相機，上海高斯四色單面印刷輪轉機等，填補了多年來錫林郭勒日報五彩音的空白。

報社實行黨組織領導下的社長負責制，機構設置有：蒙文編輯部、漢文編輯部（各自設有總編室、經濟、政文、時事出版等組）政治處、行政管理科、工廠。美術編輯部和通聯記者部、新聞研究室為蒙漢兩個編輯部服務，在 6 個邊遠旗縣設有常駐記者。歷屆主要負責人有那達、管效賢、格日樂滿都呼、丁洪才、阿希塔等。1987 年底，期發量漢文版已突破 1 萬份，蒙文版達 5000 份。目前，全年發行總數為 139 萬份。

〔註8〕那達慕大會：蒙古族傳統節日盛會，一年一度，具有悠久歷史。「那達慕」大會上有驚險動人的賽馬、摔跤，令人讚賞的射箭。有爭強鬥勝的棋藝，有引人入勝的歌舞。「那達慕」蒙古語為「娛樂」或「遊戲」之意，起源於古代的祭敖包。那達慕大會每次一至數日。大會召開前，男女老少身著盛裝，騎馬乘車，帶上蒙古包，不顧路途遙遠，趕來參加比賽與參觀。早期大會只有傳統的三個項目，俗稱「男子三項那達慕」。後來才增加了說書，歌舞，棋藝等項目。解放後，經過改革使其真正成為勞動人民歡樂的節日盛會，增添了電影放映、圖片展覽、軍事體育、田徑球類比賽等項目，使之成為物資交流、獎勵先進、宣傳黨的政策和科學文化的場所，已是活躍農村、牧區文化生活和促進生產的好形式。

3、《鄂爾多斯報》（蒙漢文版）

中共伊克昭盟盟委員會機關報。主要任務宣傳黨的路線、方針、政策、和黨在各個時期的中心任務，反映全盟各條戰線的成就、經驗和情況。蒙文報的讀者對象主要是牧區廣大牧民群眾和基層幹部，漢文報讀者對象是農村、半農半牧牧區廣大農牧民群眾和基層幹部。兩種文版均兼顧城鎮職工、幹部和群眾。

漢文版創刊於 1956 年 7 月 1 日，先為四開週三刊，1958 年改為四開週六刊。期間兩次停刊。1969 年復刊後出四開週六開至今。蒙文版創刊於 1957 年 4 月 1 日，開始刊期不定。1958 年定為四開五日刊，1957 年改為週三刊，1961 年、1967 年兩次停刊，1969 年復刊為週三刊，1977 年 4 月改為週六刊至今。

該報設黨委，全社機構分蒙漢文編輯部（內設總編辦公室、政文組、經濟組）、通聯租、印刷廠、辦公室五部分。全社總人數為 153 人。其中蒙編部 30 人，漢編部 36 人，印刷廠 67 人，辦公室 15 人，社領導 5 人。歷屆主要負責人有張兆鵬、郭興、哈斯朝魯、趙連榮、李建華、博仁、杜風華、李子野、巴利吉、齊鳳元、張榮之、孟金智等。

該報蒙文版每期平均發行 1500 份，漢文版平均每期發行 4700 份。

社址設在內蒙古伊克昭盟東勝。

五、第一張縣級蒙文報

1956 年 11 月創辦的《阜新蒙古族自治縣報》，是新中國成立後創辦的第一張縣級蒙文報紙。該報由中共阜新蒙古族自治縣縣委主辦。遼寧省報刊登記號 041 號。社址設在遼寧省阜新自治縣阜新鎮縣委人院。該縣是我國蒙古族文化的重要發源地之一，挖掘和整理豐富多彩的文化遺產成為該縣一項大而繁重的工作。許多來自民間的文藝作品，經過整理加工後，推陳出新，已在《阜新蒙古族自治縣報》上發表。

該報於 1962 年 4 月停刊，20 年後 1985 年 8 月 5 日復刊。4 開 4 版，週二刊。自創刊以後，到 1985 年底，該報是少數民族文字報紙中唯一的蒙漢兩種文字合刊出版的一份縣報。蒙漢文分兩塊版，兩個報頭。自 1986 年元旦正式分刊，蒙漢兩種文字分別出版，兩種文字均為 4 開 4 版。蒙文版免費贈閱。一個縣能出兩種文字的報紙，這是難能可貴的。

該報的辦報方針是：結合本縣實際和特點，全面及時地宣傳黨和政府的政

策法令，反映人民群眾的意見與要求，當好黨和人民的喉舌與耳目，為落實黨的民族政策和蒙漢各族讀者服務。

　　當時報社由職工 27 人，其中編採人員 21 人。主要負責人包國枕。

第三節　《新疆日報》與我國新疆地區少數民族文字報

　　新疆維吾爾自治區是我國最大的省（區），約占全國總面積的六分之一。新疆是個多民族的地區，除維吾爾族外，還有漢、哈薩克、回、蒙古、柯爾克孜、錫伯、塔吉克、烏孜別克、滿、達斡爾、塔塔爾、俄羅斯等民族。維吾爾族占全區人口的五分之三。新疆古稱西域，是我國歷史上最早開發的地區之一。漢族文化，早在漢代就在西域廣泛傳播。與唐朝有密切聯繫的回紇，更重視漢文的學習和使用。新疆地區各族人民與中原的經濟文化交流，不僅使新疆地區少數民族文化更加發達，產生了許多優秀的政治家、軍事家、文學家、史學家和翻譯家，而且豐富了中華民族的文化遺產，使我國的淵源流長的民族文化更加輝煌燦爛。新中國成立以後，黨領導下的少數民族新聞與新聞傳播更具異彩。

一、最有權威、最有影響的《新疆日報》

　　《新疆日報》（漢、維、哈、蒙文版）是中共新疆維吾爾自治區委員會機關報。1949 年 12 月 6 日創刊於烏魯木齊。發刊號一版顯著位置發表了代發刊詞《為建設人民的新新疆而奮鬥》，明確指出該報的性質和任務。代發刊詞指出：新的新疆日報是人民自己的報紙，是中共新疆分局機關報，同時也是中共所領導的新的民族民主聯合省政府的機關報。它將成為全省五百萬人民的喉舌；成為宣傳各種革命政策與主張，團結教育全省人民，徹底實現中國人民政治協商會議共同綱領的有力武器。創刊號還刊登報社全體人員集會，慶祝人民的新疆日報誕生的消息。王震、包爾漢、賽福鼎、鄧力群出席了慶祝會。中共新疆分局宣傳部長兼報社社長鄧力群在講話中指出：新的新疆日報名稱上與以前國民黨反動省政府的機關報相同，但本質上已有根本的區別。「過去的新疆日報是國民黨反動派統治人民的工具，新創刊的新疆日報是中共新疆分局所領導的人民的報紙，是全力為人民服務的。全國人民政協所通過的共同綱領，就是新疆日報進行政治宣傳的根本方針。」他勉勵全社人員加強團結，開展批評與自我批評，建立與勞動人民的密切聯繫，樹立實事求是向人民負責的

思想作風。

　　毛澤東同志曾兩次為《新疆日報》漢文版題寫報名。創刊號首先啟用毛澤東同志題寫報頭。1956 年 10 月新疆維吾爾自治區成立十週年，毛澤東同志再次為《新疆日報》題寫漢文報頭。

　　民族文字的《新疆日報》是第二年創辦的。從 1980 年開始，該報維吾爾文版、哈薩克文版同時用新文字和老文字出版，現在該報以漢、維、哈、蒙四種文字出版，對開 26 個版。該報四種文版的辦報方針是統一領導，方向一致，各有特色。創刊 40 多年，雖受極左路線的破壞和干擾，但大部分時間裏，宣傳了黨中央的路線、方針和政策，宣傳了自治區黨委根據新疆實際制定的方針、政策。尤其是黨的十一屆三中全會以後，各種文版堅持實事求是的思想路線，從各自的實際情況出發，不搞一刀切，各種文版首先考慮的是如何適應各自讀者的需要。從版面來說，各報一版都是要聞版，但許多要聞，民族文字報紙一版登不完，續登在第二版；二版是以經濟新聞為主的綜合版，同時刊登一版發不完的要聞；三版發各種通訊和專欄文章；四版刊登祖國各地的新聞和一版轉文；維吾爾文報五版是各種專刊；六版為國際要聞。這樣改，主要為了適應維吾爾文報讀者的需要。少數民族讀者不像漢族讀者那樣有比較廣泛的報刊讀物，而只能看本民族文字的報紙。因此，維吾爾文報在改革中，專門用第四版發祖國各地新聞，用第六版發國際新聞，有時新華社的國際新聞不夠用，維吾爾文報還從其他公開的報刊中選編一部分。在國際版中，新闢《外國人士看中國》《中國商品在外國》《東南西北》和《列國志》等專欄，辦得生動活潑，很受讀者歡迎。

　　《天山南北》是該報一版上主要專欄之一，內容以介紹自治區各條戰線新成就為主。文革中，曾一度中斷多年。粉粹四人幫後，1978 年 11 月 12 日恢復了該欄目，對讀者加強熱愛邊疆的教育。截至 1982 年 4 月底，共刊出 138 期。採用稿件 698 篇，照片 156 幅，平均每月三期多。每期平均有文字稿五篇，照片一幅多。總的趨勢專欄期數逐漸增多，刊登的稿件和照片增多，間隔時間縮短。這個專欄的主要特色，概括起來，「短、新、廣、地、活」。

　　短，就是簡短，一篇消息一般幾十個字到一百字，超過三百字的極少；新，就是新鮮，有新的角度；廣，一是報導地區廣；二是報導題材廣；地，就是地方色彩；活，就是活潑，多樣，形式美觀。

　　民族文字報紙，除擔負傳播新聞信息的任務外，還要起一定的傳播文化知

識的作用。1982 年以來，《新疆日報》維吾爾文報開闢了《知識園地》《古今中外》《花圃》等專欄，傳播自然科學方面的知識。這些專欄內容豐富多彩，形式生動活潑，短小精悍，富有知識性、趣味性。

此外，還用維吾爾、哈薩克文翻譯出版四開八版的《參考消息》。用維、漢、哈、蒙四種文字編輯出版《新疆日報通訊》。用維、漢兩種文字出版《新疆畫報》。還用傳真版代印《人民日報》《解放軍報》《參考消息》。使烏魯木齊地區的讀者可以看到當天的上面的三種報紙。另外，用航空版代印《中國青年報》《中國少年報》《民兵》。總計代印數每期為 54 萬多份。

該報注意採用少數民族通訊員、記者的稿件，減少從漢文報翻譯地方稿件的數量，以增強報紙的民族特點和地方特點，這是《新疆日報》幾家少數民族文字報紙改革的一個重要方面。1983 年，維吾爾文報的本民族通訊員和記者稿件，已佔地方稿件的 40%。這樣一改，大大密切了同少數民族讀者的聯繫。

《天山南北》專欄的特色，已經成為新疆日報各種文字版的特色。譬如短些，再短些，一直是少數民族文字報紙改革的方向。為了增加各個版的新聞條數，該報維吾爾文版首先是精選精編翻譯稿件。新華社稿件除重要的外，絕大多數都要重新壓縮，簡編成短小新聞。本民族記者和通訊員的稿件也力求編得短小精練，以滿足少數民族讀者的需要。自治區的幾個主要民族都各有自己的語言、文字，除了個別的民族之間語言基本相通外，各民族的人民群眾一般只能聽懂本民族的語言，有文化的群眾只認得本民族的文字。在這樣的情況下，區黨委的機關報必須努力把各種民族文化版的報紙都辦好：只有這樣才能將黨的主張直接地傳達到各民族的幹部群眾中去，才能發揮報紙的黨聯繫群眾的紐帶作用，才能通過報紙的宣傳，推進全自治區的經濟、文化建設事業。

《新疆日報》的領導機構是：先是實行社長制，後實行總編輯負責制。自治區黨委任命的編委會、總編輯、副總編輯，實行編委會集體領導下的總編、副總編輯分工負責制。每種民族文字版，都有一個或兩個本民族的副總編分工負責。維吾爾文版和漢文版都設有編輯部和記者部，哈薩克文版和蒙古文版，設編輯部，部下面有記者組。

《新疆日報》是多種文字的報紙，不同的民族，不同的文字，具有不同的特點。該報維吾爾文、哈薩克文和蒙文三種少數民族文字報紙的民族特點，主要表現在各自的版面上和自辦的專版上。如：維吾爾文報的文藝副刊《文學園地》，基本上都是本民族作者的文藝作品，其中最多的是詩歌。維吾爾族人民

喜歡用詩歌形式來表達自己的感情。哈文和蒙文報，不但與漢文報不一樣，同維文報也不完全一樣。哈文蒙文報的讀者對象，主要是牧區的哈族、蒙族幹部和群眾。因此，哈文和蒙文報的宣傳，主要面向牧區，多登牧業新聞，多登牧區改革的新經驗。這就成為這兩張報紙的顯著特點。凡屬普遍性問題的，對牧區工作有較強的指導意義的稿件，他們都儘量刊登在一版的重要位置上，以促進牧區的體制改革和經濟繁榮。蒙文報開闢了《牧業知識》欄目，專門刊登畜牧業、草原建設方面的先進技術知識。這些欄目反映了牧民的要求和願望，很受牧民的歡迎。

　　《新疆日報》一貫重視民族團結的報導，但在相當長一段時間內，宣傳比較多的是「你救我，我救你，你幫我，我幫你」。當然，這也是民族團結的一個方面。但隨著經濟文化的發展，民族團結的內容越來越豐富。作為自治區黨委的機關報，要反映社會生活，民族團結的宣傳就應擴大視野，提高層次。

　　《新疆日報》漢文、維文、哈文和蒙文各報主要從以下四個方面深化了民族團結的宣傳：

　　一、宣傳民族理論，用馬克思主義民族觀武裝幹部群眾。主要內容有9個方面：

　　正面宣傳馬克思主義民族觀，在理論版上或一版的星期專論上發表有關理論性文章；

　　既批判大漢族主義也批判地方民族主義的一些典型觀點；

　　宣傳黨的民族政策，批評對黨的民族政策所持的各種錯誤觀點；

　　宣傳我國民族區域自治制度，反對把中央統一領導與自治權割裂與對立的觀點和傾向；

　　宣傳改革開放，促進民族團結，是民族地區繁榮的根本途徑，反對「閉關鎖國」的觀點；

　　宣傳「兩個離不開」的思想，批評和反對破壞民族團結的錯誤觀點；

　　宣傳中華民族是一個整體，反對一切破壞祖國統一的言行；

　　宣傳四項基本原則，反對任何擺脫黨的領導，有損民族團結的錯誤觀點；

　　宣傳把加強民族團結與建設社會主義的精神文明緊結合起來的觀點。

　　二、宣傳自治區經濟事業的繁榮發展促進了民族團結。民族工作的主要任務，就是以經濟建設為中心，全面發展少數民族的政治、經濟和文化事業，鞏固新型民族關係，實現各民族的共同繁榮。

三、宣傳全國支持新疆，新疆支持全國。在宣傳本地區各民族之間平等、團結、互助的社會主義民族關係的同時，注意加強了新疆和全國各地的團結的宣傳。如 1987 年發表的文章《新疆發展離不開全國支持》《中央領導邀請 40 名小客人到北京等地參觀訪問》等大量稿件，都以生動的事實說明了中央對少數民族地區的關懷和各民族的大團結。

四、平時的日常宣傳與重要戰役宣傳相結合。在每年 5 月的「民族團結月」，都進行比較集中的宣傳，起到月帶年的作用。在自治區召開第一、二次民族團結表彰大會時，都以大量篇幅進行宣傳。第二次民族團結表彰大會期間，漢文版共見報有關稿件 250 篇，其中包括言論 16 篇、專版 22 個。1986 年少數民族運動會也組織了大規模的宣傳報導，給人以深刻印象。

報社共有維、漢、哈、蒙、回、柯爾克孜、塔吉克、烏孜別克、滿等民族的職工 1103 人。

各編輯部、行政管理部門、工廠實行了定額責任制，加強經營管理。報紙發行工作取得了較大成績，1950 年四種文版的《新疆日報》期發量為 17000 多份，1966 年達到 39000 多份，1981 年四種文版平均期發量為 203300 多份〔註9〕。

曾擔任過報社領導的有鄧力群、郁文、談為熙、維古爾、富文、阿布都哈迪爾‧祖農尼、程全楚、哈力、吾守爾‧艾力、朗克、梁明、托乎提‧庫爾班、胡賽音‧艾拜都拉、苗風、程堃、阿布列孜那孜爾、劉實、閻雄克、孫鷹、袁治章、林夫、買買提‧色依提、王瑛景、排祖拉、王建珂、巴塔、阿卜杜拉別克、藍振華等等。

二、新疆自治區地區性黨報

新中國成立後，新疆地區創辦了為數不少的州、市級的民族文字報紙，如《伊犁日報》（哈、維、漢文版），《哈密報》（漢、維文版），《克孜勒蘇報》（柯爾克孜、維、漢文版），《喀什日報》（維、漢文版），還有《莎車報》（維文）和《和田報》（維、漢文版）等地（市）縣級的黨委機關報。

現將這些民族文字報紙的發展情況作個概括性的介紹：

1.《伊犁日報》（哈、維、漢文版）

伊犁哈薩克自治州委主辦的綜合性地方報紙。它是新中國成立後創刊比

〔註9〕 有關《新疆日報》的評介，參閱和吸收了馬樹勳的《新疆最有影響的維文報〈新疆日報〉》文章的內容和觀點。

較早的一張地州級報紙。哈文版和維文版創刊於 1950 年元旦，漢文版創刊於 1957 年 10 月 1 日。哈文版和維文版為對開，週三刊。漢文版為四開、週六刊。

該報一版為要聞版，闢有《改革與信息》《伊犁各地》《伊犁新事》《團結就是力量》《大眾心聲》等；二版為綜合版，闢有《科技顧問》《專業戶園地》《與牧民談心》《高尚的品德》等欄目；三版為時事和廣告版，主要以擴大信息為主，精編新華社電稿，編譯結合，符合本民族的特點；四版為專刊，闢有薈萃報刊精華，介紹各種知識的《知識園地》；宣傳法制的《天平》、文藝副刊《伊犁河》等專版。

漢文版於 1998 年 5 月 1 日由四開小報擴為對開大報不久，時任州委書記專程到報社調研，提出「高舉旗幟，圍繞中心，服務大局，面向基層，面向主戰場」的指導思想。主持該報的主要負責人提出要把基層報導作為本報重點，並對記者力量作了調整，除留 3 名記者在伊寧市參加州、地、市重大活動採訪外，其餘 12 名記者都派往伊犁、塔城、阿勒泰三地區、24 個縣（市）保證常年有一定數量的記者在鄉村採訪。同時伊犁哈薩克自治州黨委、政府制定出「關於精簡會議和減少領導應酬的管理辦法」。同時提出「關於改進會議和領導活動報導方案」，騰出大量版面刊登來自基層的鮮活新聞。1998 年 5～10 月該報漢文版共出版 153 期，其中一版頭題報導縣以下基層新聞 100 多篇，英雄模範人物和普通百姓 20 多人從會議上獲取的有價值的信息在一版刊登 38 篇。

該報堅持面向牧區、面向工礦、面向基層、全心全意為各民族幹部群眾服務的辦報方向，著重體現地處邊疆多民族經濟的農林牧副漁並舉的地方特色。本地新聞稿已占 70%，哈、維文版盡可能地多登少數民族記者、通訊員的稿件，反映邊疆豐富多彩，生機勃勃的生活，比較好地體現了少數民族行文方式和風俗習慣。

在經濟報導方面，該報比較集中的宣傳黨的農林經濟政策的落實及其給農村生產和人民生活帶來的明顯變化。並按農村季節，有計劃地在《學科學用科學》《技術推廣》《經濟交流》等專欄裏，介紹農作物的栽培管理和防治病蟲害以及推廣牧畜的配種、飼養、疾病預防等科技知識。

搞好民族團結、軍民團結，是邊疆少數民族報刊的經常性的宣傳任務。尤其是十一屆三中全會以來，該報在《民族團結之花》《在民族團結大家庭裏》《兄弟民族在前進》《軍民魚水情》等專欄裏，以大量篇幅宣傳黨的民族政策、宗教政策及其在自治州縣的實施情況。文藝副刊《伊犁河》闢有《伊犁縱橫談》，

先後刊出大量文章介紹幾千年來伊犁各族人民團結奮鬥，反對外來侵略，維護祖國統一的光榮歷史，增強各族人民建設邊疆、保衛邊疆的堅強決心。

社內刊物《伊犁日報通訊》，用哈、維、漢三種文出版。

該報期發量分別為：哈文版 1500 份，維文版 1600 份，漢文版 7200 份。20 世紀 80 年代末，90 年代初，哈維文版均為 4000 份，漢文版為 1 萬份。

2001 年 3 月底，哈薩克自治州管理體制變更，撤銷了伊犁地區。原伊犁地委機關報《伊犁晚報》隨之劃歸《伊犁日報》子報。至此《伊犁日報》已有三個子報：《伊犁晚報》《伊犁法制報》《伊利電視報》；共出八張報紙：《伊犁日報》漢、哈、維三張，《伊犁晚報》漢、哈、維三張，再加《伊犁法制報》《伊犁電視報》，一個中型報業集團基本形成，在新疆還是首家。

2.《喀什日報》（維、漢文版）

中共喀什地委主辦的綜合性報紙。該報之前身係《天南日報》，1950 年 5 月 1 日創刊，起初只出維文版，1953 年 9 月 1 日，又出漢文版。1958 年 6 月南疆區黨委和南疆行署撤銷後，該報於 7 月 1 日改為《喀什日報》。維文版對開四版，週三刊，漢文版四開四版，週三刊。從 1986 年起，兩種文版均改為週六刊。

喀什全稱喀什嘎爾，是座歷史名城，西傍帕米爾高原，東接塔克拉瑪干大沙漠，是古代絲綢之路的樞紐，它由疏勒和疏附兩城組成，疏附俗稱回城，主要居住著維吾爾群眾，商業繁盛。疏勒俗稱漢城，以漢族群眾居多。這座歷史名城曾被史學家描寫為「街衢交互，鏖市糾紛」，「樓房層列，馬龍車水」，是我國西部最早的國際貿易中心。現如今依然是南疆政治、經濟、文化中心。

早在 20 世紀 30 年代，這裡的新聞與新聞傳播已十分發達。1933 年，喀什地區先後出現了幾家為泛土耳其主義和爭奪南疆的軍閥割劇勢力效勞的報刊。由於這些報刊的辦報方針、宣傳對象始終是與少數民族利益背道而馳的，因而，隨著分裂主義和軍閥勢力的垮臺而消失。

1934 年南疆戰亂結束，8 月下旬《新生活報》創刊。當時，盛世才下令封閉瑞典基督教行道會駐喀什代辦處，把該處的印刷設備轉交新生活報社使用。次年 3 月，盛世才派人接管報社。1937 年，在《新生活報》的基礎上，改組為新疆日報喀什分社，出版《喀什新疆日報》，即《新疆日報（喀什版）》。1939

年 10 月，中共中央派遣王諜行〔註10〕到新疆日報社擔任編輯工作，第二年，
王隨南疆視察團到喀什、和田等地采訪。1941 年初，王諜行任新疆日報喀什
分社編輯長。半年後擔任喀什分社副社長、代社長。自此，《喀什新疆日報》
在進行反封建宣傳的同時，還配合黨在抗日戰爭時期的總路線，進行聯俄、聯
共、聯合抗日的報導，宣傳對象逐步轉向廣大少數民族群眾，發行量增多。維
文版期發量為 2000 份；油印的漢文版為 500 份。

　　在張治中任新疆省政府主席的 1946 年 5 月，新疆日報喀什分社改組，《喀
什新疆日報》更名為《覺醒報》，以宣傳國共合作，聯合抗日為其主要內容。
當年 10 月，省政府副主席包爾漢根據三區代表與中央政府代表簽訂的和平條
款的規定，來到喀什組織民主選舉縣參議員和縣長的施行，並在上千人的大會
上發表演講。包爾漢的演講詞在這張報紙上連載。1947 年，國民黨撕毀和平
協議，《覺醒報》又改名為《喀什新疆日報》，成為國民黨的耳目與喉舌。

　　1950 年 1 月 14 日，解放軍接管新疆日報喀什分社，2 月改組喀什分社。
為了貫徹黨的新聞工作路線，由軍代表審閱稿件。其間，共出版維文報 52 期。
3 月 17 日，《人民軍》軍報創刊。5 月《天南日報》（維吾爾文版）作為南疆區
黨委機關報接替《喀什新疆日報》，在喀什創刊，對開四版，週六刊，期發量
1000 餘份。

　　1952 年 8 月，維漢兩種文版的《莎車群眾報》創刊。該報系莎車地委機
關報。維文版鉛印，漢文版油印，有力地配合了黨的中心工作，擴大了南疆地
區新聞宣傳的影響。1956 年 6 月莎車專區與喀什專區合併，該報停刊。1953
年《天南日報》漢文版創刊，四開四版，隔日刊。漢文版圍繞黨的中心工作，
宣傳黨的方針政策，進行熱愛祖國、熱愛共產黨的教育和民族團結的教育。次
年 8 月，報社提出新的辦報方針：地方化、群眾化和通俗化，加大信息量。有
資料表明，1952 年 12 月和 1955 年 12 月平均每期刊發篇數分別為 27.1 篇和
29.9 篇，平均每版分別為 6.8 篇和 7.7 篇，高於 20 世紀 60 年代以後一般地方
小報的信息量。

　　1956 年南疆區黨委撤消，中共喀什地委成立。《天南日報》正式改名為《喀
什日報》。該報自創刊之日起，就以宣傳黨的方針政策、宣傳黨的民族團結，
普及科學知識、豐富群眾文化生活為主要任務。以廣大農牧民和基層幹部為主
要讀者對象。十一屆三中全會以來，《喀什日報》在宣傳報導黨的民族政策和

〔註10〕王諜行，原名王諜。

宗教政策、民族團結、軍民團結、軍政團結以及物質文明和精神文明建設等方面都取得很大成績。

縱觀《喀什日報》的辦報經驗，主要有以下幾點：

（1）黨的領導是辦好黨報的關鍵，人民的信任是報紙賴以生存的基礎。幾十年來，《喀什日報》及其前身《天南日報》之所以能受到黨和人民的信賴與讀者的歡迎，是因為當地黨委十分重視辦好民族文字報紙和報社同仁與黨同心同德、與人民同舟共濟，勇於開拓，敢於創新。早在 1950 年 10 月底，南疆區黨委發出《關於重視天南日報、加強通訊工作》的指示。要求各級黨委把辦好報紙作為經常性工作來抓，特別重視組織維吾爾族幹部和群眾踴躍寫稿。定期布置寫稿任務，把好質量關，確保新聞報導的真實性。黨委尤其關註機關報在領導各族群眾進行政權建設和民主改革中的重要地位，充分發揮其耳目、喉舌的作用。該報在辦報過程中，雖然也走過一些彎路，但由於地委比較注意解決陣地、班子、隊伍、領導等問題，使得報社能夠堅持用正確的思想佔領新聞輿論陣地，不斷加強新聞隊伍建設，不斷提高新聞工作者的政治思想素質和新聞業務能力，使報紙在傳播信息、傳授知識、交流經驗、指導生活、引導輿論諸方面都發揮出其黨委機關報的職能作用和導向作用。

（2）重視提高民族新聞工作者隊伍的政治素質和業務素質。

從 1951 年起，天南日報社實行編、採、通合一的工作制度。編輯部按區域分為 8 個組，分管各區的通訊報導工作，培訓通訊員，建立通訊網點。以後幾年，該報一直重視通訊員隊伍的建設工作。1952 年、1953 年，通訊員總數分別為 466 人和 794 人。1955 年通訊員總數增至 1443 人，其中少數民族 903 人，占 62.6%；漢族 540 人，占 37.4%，通訊員隊伍的建立使該報在「減租反霸」、土地改革、增產節約和農牧區政權建設的宣傳報導中發揮重要作用。為了及時交流經驗、指導輿論，報社於 20 世紀 50 年代初組建言論委員會，加強報刊言論編寫工作，維吾爾文版一年之內共發社論、短評 81 篇，增強報紙的思想性和戰鬥性，使之成為動員群眾、教育群眾、組織群眾進行革命鬥爭的旗幟。

隨著民族新聞工作者隊伍壯大和素質的提高，新聞報導質量也不斷提高，1986 年之後，該報版面增加一倍。一版為要聞版，闢有《喀什各地》《喀什論壇》《問答臺》《光榮榜》《監督哨》等欄目，宣傳國內外和本地的重要新聞。二版為經濟版，闢有《農墾戰線》《櫃檯內外》《職工生活》《經濟與法規》《外引內聯》《鄉鎮新貌》《生意經》《市場指南》《致富之路》《農技服務》《科技長

廊》《未來世界》《企業家》《市場瞭望》《經營與管理》等欄目，主要宣傳經濟戰線的大好形勢，尤其是經濟體制改革中的成就、經驗及問題，先進人物、先進事蹟等等。第三版是政文版，闢有《莽莽崑崙》《文化生活》《百靈鳥》《周末》《人物專訪》《生活與美》《崑崙屏幕》《法制專版》《人民的衛士》《法律顧問》《警鐘》《道德法庭》《軍營內外》《魚水情》《成才之路》《園丁贊》《校園新聞》《美苑》《速寫之頁》等專欄，主要刊登當地文教、科技、政治戰線以及工青婦和部隊的新聞和先進事蹟、先進人物等等。第四版主要是轉載新華社時事稿，刊登各種廣告，是時事廣告版。

該報維文版固定專欄《絲路導遊》《我與喀什》《美好的回憶》《駱駝刺》《崑崙畫頁》等辦出了特色。這裡刊登的新聞報導、攝影美術作品及其版面編排等等，似乎讓你看到了駝隊，聽到了駝鈴，具有獨特的風格。

（3）加強物質技術力量，不斷更新印刷設備。

1953 年 6 月，天南日報社在南疆區黨委的支持下，建立電臺，配備直流電收音機 1 部，50 瓦發電機 1 部，有報務員 4 人，譯電員 2 人。這些措施保障了新聞來源，增強了新聞的時效性。1955 年，南疆軍區黨委決定《人民軍》報停刊，人民軍報印刷廠併入天南日報社，進一步充實其設備和技術力量。同時，還配備了照像製版設備，拍攝、刊登圖片新聞，使版面圖文並茂，煥然一新。該報期發量據 1981 年統計維文版 22200 份，到 1986 年已達到 23740 份。漢文版期發量 9500 份。

編輯部辦有維漢兩種文字《喀什日報通訊》。該報 20 世紀 80 年代總編輯安維綱。歷屆負責人有尚竹泉·尼牙孜賈那丁、巴拉提·買買提、托提托夫等。

3.《哈密報》（漢、維文版）

《哈密報》創刊於 1951 年 3 月 16 日，中共哈密地委機關報，哈密地區有史以來的第一張報紙。漢文版油印，維文版鉛印。八開二版或四開四版，初為 3～5 日出一期，後為三日刊。

該報創刊後，地委領導非常關心報社工作，經常傳達黨委意圖，布置報導和宣傳重點，有時還親自審稿，撰寫言論和其他重要文稿，讓編採人員參加地委宣傳部定期召開的會議。

該報緊密配合黨在各個時期的中心任務，宣傳黨的方針政策，反映群眾意見，及時交流各地工作經驗，保證各項工作順利完成，並收到了良好的社會效果，產生了一定的影響。比如記者管新光在報導中引用的維吾爾族民歌：「把

天下的樹都變成筆，把天下的水都變成墨，也寫不完共產黨的恩情」，不僅被新疆日報、群眾日報所採用，而且在全國各地傳唱。

該報重視通聯工作，在各個縣和地區一些重要單位建有通訊組，幾乎各個村莊都有讀報組。

該報於 1953 年 4 月 15 日停刊。

4.《克孜勒蘇報》（柯爾克孜文、維文、漢文）

《柯孜勒蘇報》是由克孜勒蘇柯爾克孜族自治州委主辦的綜合性報紙。以柯爾克孜文、維吾爾文、漢文三種文字出版。以柯爾克孜族為主體的多民族的克孜勒蘇柯爾克孜自治州成立。自治州首府設在阿圖什。阿圖什解放前是個人煙稀少、滿目荒涼的戈壁灘，經過 40 年來的建設，成為自治州的政治、經濟、文化的中心。

「柯爾克孜」的含義有幾種不同的解釋：一說是 40 的複數，可解釋為「四十『百戶』」，也就是 40 個部落；一說「柯爾克孜」是 40，「克孜」是姑娘，「柯爾克孜」就是 40 個姑娘；還有就是解釋為「草原人」。柯族是個古老的游牧民族，這個民族有句諺語：「山是父親，水是母親」。意思是說，山為柯爾克孜人提供放牧的草場；水是人畜都離不開的東西。有山有水才會有草場，柯爾克孜才能生活。解放前，柯族實行游牧宗法封建制，部落組織觀念濃厚。柯爾克孜語，屬阿爾泰系突厥語族，漢語借詞不斷增加。古代曾使用過鄂爾渾——葉尼塞文、現使用以阿拉伯字母為基礎的文字。解放後進行了社會改革，有豐富的文化遺產，英雄史詩《瑪納斯》長達 20 多萬行，廣泛流傳。

1956 年元旦克孜勒蘇報社成立。次年元旦《克孜勒蘇報》柯文版創刊。由於自治州內居住的維吾爾族群眾日漸增多，為滿足維吾爾族讀者需要，1963年 4 月 18 日柯文報停刊，於當年 7 月改出維文版和漢文版。週三刊，四開。1969 年維文版改出週四刊，四開，1979 年改出週三刊，1979 年 12 月柯爾克孜文版復刊〔註 11〕1981 年 5 月 1 日維文版已出週四刊，每期三、四、六、日出版。

該報聯繫自治州實際，用生動的新聞報導和言論，及時準確地宣傳黨的方針、政策、路線，把各族群眾的意見和動態，迅速地報導出去。該報以 70%的篇幅刊登新華社和《新疆日報》及其他報紙有價值的新聞稿。同時注意地方特

〔註11〕 1958 年柯爾克孜文被停止使用，1980 年又恢復使用本民族的文字，學生又學習本民族文字了。

色。主要讀者對象是本州的農牧民、基層幹部和中小學教職工。柯文版更偏重於城鎮農村的千家萬戶。目前三種文字的報紙「大同小異，各有特色」。改革後的版面更加賞心悅目，信息量加大。一版是要聞版，三張報紙基本一樣，把它作為改革後的突破口，全面進行改革；二版突出經濟報導，靈活多樣，是經濟版、綜合版，體裁多樣，專欄增多，重視經濟信息和經營管理知識。作為民族文字報紙主要是做好對農牧民的服務工作，所以反映市場需求、技術開發、提高經濟效益、指導社會消費，各種文版均有報導。三版是政治綜合版，其特點是廣收博覽，既有專版，如《黨的生活》《家庭生活》《新一代》《文摘》等，又有各種專欄和小專欄，如《祖國各地》《國際知識》《國際一周要聞》等，以報導本州消息為主，反映生活，服務生活，指導生活。第四版，雜而有趣，以雜文領先，以短小的散文，不同人物的專訪取勝，適當刊登文藝作品和其他短小文章，以滿足不同民族、不同讀者的需要。黨的十一屆三中全會以後，重視對少數民族通訊員的培養，採取有效措施，開拓牧區報導的新領域，使柯文版的地方稿占 60～70%，形成了自己的報紙格局。

由於該報有自己的特色、發行量逐漸增加。柯文版由每期 2400 份增至 3000 多份；維文版由每期 1200 份增至 1600 多份；漢文版由每期 1100 份增至 1400 多份。柯文版不僅在州內發行，而且還發行到喀什、阿克蘇、伊犁等及其他省區。

該報設編委辦公室、柯文編輯部、維文編輯部、漢文編輯部、印刷廠，共有職工 111 人。主要負責人阿帕爾、朱馬洪、阿不力孜、崔正旭、金文科、趙志、賈治中等。辦有《克孜勒蘇報通訊》。

5.《和田報》（維、漢文版）

《和田報》係和田地委機關報。維文版 1956 年 11 月 4 日創刊，漢文版 1957 年 9 月 1 日創刊。維文版對開四版，週三刊；漢文版四開四版，週四刊。因讀者對象不同，內容也有所區別。該報經過 30 多年的風風雨雨，尤其是開放改革以來《和田報》的面貌為之改觀。報紙辦得具有沙漠綠洲的詩情和地毯之鄉、葡萄果園的畫意，傳頌著邊疆風情和建設邊疆保衛邊疆的佳話，是上下幾千年，東西千萬里的塞外風光與和田人的縮影——這都是來自它的讀者的讚譽。該報的主要任務是堅持黨性原則，堅持群眾辦報方針，積極宣傳黨的綱領和路線，為促進和田地區兩個文明的建設、鞏固和增進各民族的團結作出貢獻。

該報設有辦公室、維文編輯部、漢文編輯部、印刷廠。報社共有 157 人。歷屆主要負責周西煜、李積草、李玉軒、文運賢、隋錫元、阿布拉肉孜、阿不都外力司馬義等。

該報發行量分別為：維文版由創刊時的 700 份增至 11900 份；漢文版由 300 份增至 3900 份。編輯部辦有《和田報通訊》。

下邊介紹兩張縣級報紙。

1.《巴里坤報》（漢、哈文版）

《巴里坤報》係巴里坤縣委機關報。其前身係 1951 年 10 月 1 日縣委宣傳部主辦的漢文報紙《新鎮西報》，八開一版，油印，五日刊。1954 年初停刊。

1956 年 3 月 8 日，巴里坤縣委決定創刊《巴里坤報》漢、哈兩種文版。漢文雙週刊，哈文五日刊，均為八開二版，油印。漢文每期印發 150 份，哈文每期印發 80 份。由縣委宣傳部部長任主編，專職編輯、翻譯、文印共 4 人。該報是貫徹黨的方針政策、交流工作經驗、表彰先進人物、按縣委指示工作的宣傳輿論工具。為辦好報紙，縣委宣傳部於 1958 年頒布《關於改進巴里坤報的方案》，根據各個時期的中心任務，報社領導提出報導計劃，制定宣傳要點，培訓通訊員隊伍。該報為加強民族團結，動員組織全縣各族人民投入社會主義建設做出了積極貢獻。

1961 年 3 月 16 日，該報停刊。其間漢文版出版報紙 444 期，共計 89244 份；哈文版出版報紙 207 期，共計 24840 份。

該報在全縣設讀報組 66 個。

該報還積極向新疆日報和廣播電臺推薦優秀稿件，據 1956 年的後 9 個月統計，僅向新疆日報推薦和投稿就達 110 篇，刊用 70 篇。

2.《莎車報》（維文版）

《莎車報》係莎車縣委主辦的維吾爾文綜合性報紙。它是維吾爾文報紙中唯一的一家縣報。1956 年 11 月 1 日創刊，原名《莎車農民》，1958 年出版過漢文版；1965 年停刊。週二刊（星期三、六出版），石印，1957 年初改為鉛印，四開四版，週二刊。

該報的前身是 1952 年 8 月原莎車地委創辦的《群眾報》。1955 年原莎車專區撤銷，該報併入地委機關報《莎車群眾報》《天南日報》。1956 年 6 月莎車地委撤銷與喀什專區合併時，報紙停刊。當年 7 月經莎車縣委報告申請並由

區黨委批准，於 10 月 1 日創辦縣報，以維、漢兩種文字出版。維文版四開四版，週二刊（星期三、六出版）。

該報以宣傳報導農業生產為主，反映全縣各行各業的成就、經驗，闢有 30 多個專欄，內容豐富，生動活潑。訂閱該報的主要是農民、工人和知識分子。發行量最高達 7000 份，最低不少於 3000 份。改革開放以來，該報改變了單一宣傳農村工作的現象，轉變為宣傳科技知識、生活常識、城鄉改革中的新人新事，以及在實行農村生產責任制中脫貧致富的道路。

報社經歷了艱苦的創業之路。初創時，只有一個個體經營的小型印刷廠，機器設備陳舊落後，加上縣城沒有電，只能手工操作。編輯室和印刷廠共有職工 30 多人；現已有 80 多名職工，有較先進的機器設備。

該報堅持群眾辦報的方向，重視培養通訊員隊伍，全縣形成了龐大的通訊員隊伍。這支隊伍由原來的 50 名，發展到 500 餘名，50%是縣直機關、鄉鎮直屬機關和企業職工；50%是農民中成長起來的。每年來稿 2000 至 3000 份，用稿率達 50%至 60%。該報還有 28 名特約通訊員，他們深入基層，採訪、撰稿，鼓勵和幫助基層幹部和廣大農民積極寫稿，為該報培養了一批優秀通訊員。

該報歷屆負責人庫爾班·吾士滿、阿吾提·麻木提、貟運昌、李世江、李治才、牙合甫·買買提等。

三、專業報和對象性報紙

在少數民族文字報紙中，新疆地區較多較早創辦了專業報和對象性報紙，有《新疆工人報》（維、漢文版）、《新疆石油報》（維、漢文版）、《新疆少年報》（維文）、《新疆商業報》（維文）等等。

《新疆工人報》（維、漢文版）係區工會主辦的綜合性報紙。1951 年 10 月創刊，原名為《迪化工人》。1953 年併入新疆日報社，成為該報的《新疆工人》專刊，週刊，後停刊。1981 年 6 月 1 日復刊，不定期，內部發行。1984 年 1 月 5 日公開發行。維文版對開四版，漢文版四開四版，均為週刊。該報闢有《一周要聞》《團結之花》《工運動態》《企業整頓》《職工之家》《四化闖將》《科學生活》《民主與法制》《疆土風情》《縱橫談》《青年一代》《塞外副刊》等專欄。目前維义版《新疆工人》已走進千家萬戶，成為新疆各族職工的摯友。

該報兩種文版具有相同的辦報方針：宣傳黨的路線、方針、政策，宣傳兩

個文明建設，宣傳各族職工之間的團結友愛，為工人群眾說話，為維護職工的正當權益、反映各族職工的意願和提高各族職工的思想和文化素質做貢獻。

該報重視從少數民族職工中培養新聞工作者。維吾爾族青年工人穆罕默德·巴格拉西就是在這張報紙的培養下成長起來的。他從小熱愛學習、尤其善於從報紙中學習有益的知識。1980 年以來，他用維文寫作報告文學、小說散文 30 多篇，後來又自學漢語，終於能用雙語進行寫作了。他現在是該報的記者，還是全國職工自學積極分子

編輯部分維文編輯部、漢文編輯部、綜合辦公室。主要負責人李飛行、阿布拉·阿合買提等。

《南疆石油報》（漢維文版）係南疆石油勘探會戰指揮部政治部主辦。1979年 10 月創刊。初為《簡報》，週刊，四開四版。期發量 2000 份。1982 年月改為《南疆石油報》，用漢文出版。主要對象是南疆石油戰線廣大幹部、工人和家屬，及時有學校的廣大教職工。報社編輯 57 人。編輯部設漢文編輯組、維文編輯組、記者組、通聯資料組，和印刷廠。編輯部 9 人。

主要負責人衣培顯、李建華。

《新疆石油報》（維、漢文版）係新疆自治區石油管理局黨委和克拉瑪依市委主辦的企業報。1956 年 1 月 1 日創刊於烏魯木齊市。初名為《新疆石油工人報》，週刊，星期二出版。1958 年改為《新疆石油日報》，現名《新疆石油報》。漢文版報頭由朱德同志題寫。1960 年停刊，1961 年復刊，四開四版，週二刊，現改為週三刊，自辦發行。1981 年發行量漢文版 1000 份，現增至 15000份；維文版也由 1981 年的 2500 份增至 3500 份。1990 年公開發行。

該報創刊號《見面話》指出，通過報紙要向廣大工人群眾宣傳黨的各個時期的路線、方針、政策，系統地進行共產主義教育；宣傳國內外時事，通俗地講解國際形勢；及時反映新疆石油工業建設的新成就，介紹先進生產經驗，介紹模範人物及其先進思想；糾正生產中的不良現象，開展批評自我批評，不斷地提高工人的政治、文化、技術水平，提高工人群眾的勞動積極性，保證完成和超額完成國家計劃。

改革開放以來，該報把服務性放在第一位，增辦《周末》副刊和《一線天》知識副刊，引導職工的生活向健康方向發展，融知識性、趣味性於一爐。改善領導活動報導和會議報導，開展「青年職工怎樣對待工作、學習、戀愛、婚姻」等問題的討論，因勢利導，讓群眾自己教育自己。開闢《讀者來信》《群眾之

聲》專欄，發揮報紙的輿論監督作用，使工人群眾提出來的就餐難、乘車難、到機關辦事難等問題，逐步得以解決。

《新疆石油報》設有總編室、漢文版編輯組、維文版編輯組、採通組、行政服務組。編制 79 人。主要領導人孫長善。

《新疆商業報》（維文）係區商業廳、醫藥局、煙草局、新疆生產建設兵團商業廳聯合主辦，商業廳主管。1954 年秋創刊，1958 年 1 月停刊。1988 年 5 月 1 日復刊，四開四版，週報。該報是我國第一張少數民族文字的商業報紙。

該報以宣傳商業方針政策，交流經營、改革經驗，溝通市場行情信息，活躍職工文化生活為宗旨。

該報以短新聞為主，增加信息量，堅持形象化的宣傳，頗受讀者歡迎。

《新疆少年報》是以少年兒童為讀者對象的維文綜合性報紙。共青團新疆維吾爾自治區主辦的綜合性少年兒童報紙。1956 年「六一」兒童節創刊，1967 年 3 月停刊，1976 年 4 月復刊。該報的主要任務是配合學校教育，對少年兒童進行通俗、形象的各種形式的教育。以小學高年級和初中生為讀者對象。四開四版，週二刊。

該報注重研究讀者對象，吸取兄弟省區少年兒童報刊的經驗，儘量使報刊適合孩子們的口味。

少年兒童十分喜愛這張報紙，有的少年讀者來信說：「幾天看不上少年報，心裏就不踏實，它是我離不開的好朋友！」該報期發量與日俱增，由原來的 80000 份猛增到 140000 份。

該報編輯部下設兩個編輯組。報社編制 20 人。主要負責人賽買提、納賽爾等。

第四節　新中國成立初期的藏文報

西藏地區與我國其他省（區）相比較，現代新聞與新聞傳播事業的興起較晚、發展較慢。自從《西藏白話報》之後，我國的藏文報紙的發展出現相當長時間的空白。20 世紀四五十年代，在西藏拉薩有時能見到一張名叫《鏡報》的藏文報紙。這張報紙是由英國帝國主義豢養的塔肯帕佈在印度噶倫堡創立。石印，小型報紙。據華南師範大學張立勤 2019 年 7 月 9 日專程到美國耶魯大學 Beinecke 圖書館查閱獲悉，該館藏有 1927～1963 年的《鏡報》（不甚齊全），據

該報記載，創刊於 1925 年 10 月，初創時定名《西藏新聞》，大約於 1950 年改名為《鏡報》。據西藏政府官員回憶，這份報紙在西藏流傳時間較長，且也較為廣泛。在西藏的老百姓中讀者很少，主要在政府官員和寺院僧人中有較多的讀者。該報在印度有部分收藏，大部分在美國耶魯大學的貝尼克圖書館。1936 年至 1938 年，具有初步民主主義思想的藏族知識分子根敦群培為其撰稿。他是第一位在國外報業工作的藏族學者。20 世紀 40 年代他回歸祖國，宣傳報紙對革新社會的作用，感歎西藏沒有現代報紙，卻被關押在監獄，抑鬱而死。

新中國成立後，我國的第一張藏文報紙——《青海藏文報》，首先在青海創辦；接著《新華電訊》和《新聞簡訊》及全國最大的藏文報紙《西藏日報》也在西藏相繼創辦；隨後《阿壩報》《甘孜報》，在四川省阿壩藏族自治州、甘孜藏族自治州分別創辦，與此同時甘肅省甘南藏族自治州也出版了州委機關報《甘南報》。這個時期我國的藏文報紙有比較大的發展。

一、《青海藏文報》

該報是新中國成立後的第一張藏文報，也是我國用藏文出版的第一張地方黨報。

舊青海報業非常落後，僅有幾家報紙。1929 年青海建省時，創辦了《新青海》日報，三開有光紙單面石印，每份 2 張，期發量 1200 多份；後更名《青海日報》，改用新聞紙鉛印，1938 年底終刊。還有一張《青海民國日報》，創刊於 1931 年 8 月 1 日，初為石印，兩年之後改為鉛印。又過兩年始用新聞紙雙面印刷，1949 年 8 月終刊。1947 年 10 月 31 日發行的《崑崙報》，主要刊載回族文化教育信息。八開四版，週刊。

新中國成立後，青海報業有較明顯的發展。中共青海省委機關報《青海日報》創刊，成為全省影響最大的一張報紙，為開拓青海、建設青海發揮重要作用。青海報業成就顯著的標誌之一，就是在全國率先辦起藏文報紙《青海藏文報》。

該報創辦於 1951 年 1 月 16 日，初為旬刊，四開二版，藏漢合璧。從 13 期起改為四開四版，從 34 期起改為週刊，四開四版。現為對開四版雙日刊，全部藏文。由青海日報社編委會領導，讀者對象為省內藏族幹部，尤其是鄉鎮的基層幹部和農牧民藏胞。此外，還向四川、甘肅等地藏族地區和喇嘛寺院發行，有不少地區和寺院還組織起讀報組，參加人數日益增多。該報對促進省內

外藏族地區的經濟、文化交流與發展起著積極的作用，在國外也有一定影響。

該報最初發行 1603 份，贈送 300 份。20 世紀 80 年代已達到 6000 多份，現在為 6500 份。

《青海藏文報》的創刊，藏族人民認為是本民族歷史上的創舉，他們親切地稱它是「我們自己的報紙」。在共和縣藏族自治區，每當幹部來到群眾中間，藏民都問：「你們帶來藏文報沒有？」不少藏民爭先恐後的購買和搶著看《青海藏文報》，他們認為讀藏文報可以提高思想認識。由於藏文報宣傳黨的民族政策和愛國主義思想，反映國內外大事和青海各族人民的新生活，對增強藏族人民的民族自信心和愛國熱情以及推動游牧區的工作，起了一定的作用。

創刊初期，該報特別注意系統地宣傳藏族人民所關心的西藏和平談判及西藏的和平解放，班禪進藏與達賴團結合作等，對藏族人民政治影響很大，使他們從這些新聞報導中，進一步認識到祖國的偉大和可愛，使他們由衷地擁戴毛主席。40 多年來，該報結合青海藏區，特別是牧區實際，對藏族人民宣傳黨的民族政策、宗教政策和統戰政策，宣傳大力開發青海，建設社會主義物質文明和精神文明的成就和經驗；宣傳各條戰線特別是畜牧生產戰線上英雄模範人物的先進事蹟；宣傳文化科學知識；反映藏族群眾的呼聲和願望，受到群眾歡迎。

40 多年來的辦報經驗，簡括以下幾點：

1. 密切結合藏族特點，結合藏族人民切身利益和實際工作情況，具體宣傳黨的民族政策。這是民族文字報紙根本的特定的任務，是永恆的宣傳主題。1952 年冬，在牧區要不要土改，藏民有顧慮，該報結合牧區情況，及時宣傳黨在游牧區不進行土改、不分牛羊的政策，並大力宣傳藏族同胞具有團結、勇敢、勤勞以及愛護森林等優良傳統。報社認為辦好民族文字報紙絕不能照搬漢文版的辦報經驗。比如面向全國的增產節約運動，在藏文報上就沒有做過多宣傳。原因是藏族牧民生活本來就很貧困，至關重要的問題是如何提高生活水平、改善生活條件，而不是節約的問題。

2. 以藏族同胞喜聞樂見的民族形式進行宣傳。由於解放前馬步芳〔註 12〕

〔註 12〕 馬步芳（1903～1975），甘肅臨夏人。回族，字子香。早年入青海軍官訓練團。曾任營長、副旅長、旅長、師長等職。1932 年後任青海省政府委員、兼青海省南部邊區警備司令、軍長、集團軍總司令、青海省政府主席。1945 年任國民黨六屆中央監委委員，西北軍政長官。1945 年 9 月，被中國人民解放軍殲滅，他本人到埃及居住，死於沙特阿拉伯。

的統治，尤其是邊遠的牧區，文化水準不高，對於一般的時事政治常識也缺乏應有的瞭解，即使是常見的名詞，包括地名、人名、歷史、地理、政治常識，他們也常常提出疑問，要求解答。該報的採編人員經常深入藏民群眾，瞭解他們的思想、文化水平，結合當前實際，有計劃地從簡單到複雜，從低級到高級，集中宣傳，避免複雜化。還有，該報採編人員十分注意採用藏族同胞熟悉的民族形式，如民間故事、詩歌等，配合銅版、木刻等類的連環畫、刊頭、插圖，具體形象地進行宣傳。青海的熱貢藝術，是我國一個獨具特色的美術學派，該報注意選用這種美術作品。在版面設計、刊頭題圖上，也注意使用民族圖案，增強藏民族色彩。在文字上還力求通俗易懂，做到月月有畫刊，期期有插圖，圖文並茂，生動活潑。

3. 加強民族團結，各民族相互信任、相互尊重、相互學習、相互幫助，這是每一張民族文字報紙宣傳報導的重要任務。對於不利於民族團結的言行，報紙也敢於批評，求得各民族的真正團結。比如，澤康縣的一個藏族牧民辱罵糧店漢族營業員，被一位藏族教師看到後寫信給報社，反映此事並對那位辱罵營業員的藏族牧民提出公開批評。經調查核實後，把這封信公諸報端，並配發少數民族幹部就此而發表的評述文章。在群眾中引起良好影響。

4. 加強與藏族讀者的聯繫，培養本民族的通訊員，動員他們給自己的報紙寫稿寫信，做好報社的通聯工作。對於藏胞的來稿來信能刊用的儘量刊用；對於不能公開發表的來信和稿件也要做到每篇必復，以密切報刊與群眾的關係。

二、《阿壩報》（藏漢文）

該報系四川省阿壩藏族自治州委機關報。1953 年元旦創刊，定名為《岷山報》，社址阿壩藏族自治州茂汶縣。1954 年隨州委遷至刷經寺，1958 年再度隨州委遷至馬爾泰。該報曾多次停刊、更名。1981 年 1 月 1 日改名為《阿壩報》。該報還出版漢文版，漢藏兩種文版同屬一個報社，均四開四版，週三刊。

該報的辦報方針是：以經濟宣傳為主，兼顧各行各業，面向基層群眾；力求生動活潑和濃鬱的民族特點與地方特色。

該報區別於其他民族文字報紙的顯著標誌是，其主要內容都以漢文標題形式刊登出來，便於藏漢同胞的相互學習與交流，也便於不識藏文者對該報的瞭解。

該報積極進行新聞改革。1978 年以來，採編人員解放思想，逐步改變漢

文譯報的形式，刊登藏族讀者要求的宗教政策問答、法律知識、生活常識和廣大藏族同胞喜歡的詩歌、諺語、謎語和民間故事，增強報紙的知識性、趣味性和可讀性，增加新聞圖片，圖文並茂，收到較好的宣傳效果。

該報尤其狠抓報紙的印刷質量。阿壩報社印刷廠創建於 1953 年。有職工 50 名。固定資產 250 萬元。條件和設備並不優越。但憑藉報社的正確領導和職工努力，使其質量大幅度提高。在全省的評比中一直名列前 5 名。經過幾年的努力，該報的印刷成績斐然。藏文報在 1993、1994 年被省報協連續評為好產品。1995 年被評為優質產品 1996 年在全省報刊質量工作會議上，經綜合評比，被評為省一級報紙，漢文版則被評為二級報紙。

該報分為藏漢兩個編輯部。工作人員 100 人，其中採編人員 40。主要負責人有曹逐非、先毅剛、任百科、賈樹瑞（女）、昌旺龍真（藏族）、唐中祥、宋雨崗、嚴鴻鈞等。

該報漢文版每期發行 5000 份，藏文版每期 400 份。報紙辦有《阿壩報通訊》《情況反映》。

三、《甘南報》（藏文）

該報系甘肅省甘南藏族自治州機關報，創刊於 1953 年 5 月 1 日，分漢藏兩種文版，均為四開四版，漢文版為週二刊，藏文版為週三刊。報社的權力機構是編輯委員會。下設總編室，漢文編輯部、藏文編輯部。漢文編輯部下設經濟組、政教組、記者組、群工組。藏文編輯部下設編輯組、翻譯組、通採組。另設行政辦公室、印報廠。共有漢、藏、回、土各族職工 64 人，其中編輯、記者、翻譯 33 人，銀川工人 25 人。發行 2000～5000 份。

該報以自治州的牧區、農區和城鎮廣大基層幹部和群眾為主要對象，兼顧社會各階層的讀者需要，報紙以大量的篇幅傳播甘南的政治、經濟、文化的新信息，新變化以及祖國建設的新成就，民族地區的新面貌，尤其重視城鄉改革的信息傳遞，反映各族人民的呼聲和願望，回答群眾最關心的問題，介紹本地區的藏族文化遺產、歷史名人，以及配合普法教育介紹法律常識和典型案例等。通過具有民族特色和地方特色的報導使該報成為民族團結的紐帶和聯絡感情的橋樑，經濟報導、思想政治宣傳、社會新聞、文藝副刊均有各自特點，集思想性、科學性、知識性、趣味性於各個版面，圖文配合，情趣盎然。

報社主要負責人李鵬恩、羅發揮等。

四、《甘孜報》（藏漢文）

該報系四川省甘孜藏族自治州委機關報。1954 年 8 月 23 日創刊，原名《康定報》，後隨州名的改變改名為《甘孜報》。用藏漢兩種文字出版。

該報《康定報》時期規定的辦報方針是根據憲法的精神进行愛國主義與國際主義相結合的教育和民族政策的教育，交流民族工作的經驗，密切黨、政府與群眾的聯繫，鞏固民族團結，反映和指導本州的政治、經濟和文化建設事業的發展。其主要讀者對象是少數民族上層人物（土司、頭人、活佛、堪布）、一般知識分子（以喇嘛為主）和漢藏各族幹部。該報是適應當地民主改革的需要而創辦的綜合性地方報紙。

《康定報》藏漢文合刊，一、二、三版是藏文版，四版是漢文版。五天一期。1956 年，由於充實了報社業務人員，調撥了新的印刷設備，改名《甘孜報》後，由合刊改為分刊，漢文版改出週三刊，藏文版週二刊。後來藏漢文版均改為週六刊。1961 年在國民經濟調整鞏固充實提高的方針指引下，又將週六刊的藏漢文版改為漢文週三刊，藏文週二刊。此時，報社的編委會成立，加強了業務領導，並注重學習兄弟報紙的辦報經驗，制定突出地方特色和民族特色的方針。

粉碎「四人幫」之後，報紙才真正走上健康發展的道路。1983 年為加強少數民族文字報刊工作，在原藏文編譯組的基礎上，建立藏文編輯部，下設編輯組、通採組、時校組，並培養了一批藏文通訊員，逐步走上自編自採的道路。漢文編輯部也做了相應的調整，設經濟組、副刊專欄組、通採組、美術攝影組、時事校對組。兩個編輯部共 44 人。藏漢兩種文字的報紙，均為四開四版，週三刊。期發量曾高達 4273 份（藏文版）。

主要負責人友王月生、扎西澤仁、張培基、鄂正剛、當秋等。

五、《新華電訊》與《新聞簡訊》

這兩張報紙係《西藏日報》前身。

1949 年 10 月 1 日中華人民共和國成立，1951 年依據中央人民政府與西藏地方政府簽訂的《關於和平解放西藏辦法的協議》，西藏宣告解放。這年秋天，解放軍到達拉薩不久，辦起油印小報《新華電訊》。根據曾在這個報社工作過的惠琬玉回憶，「進藏部隊由西南、西北兩路到達拉薩之後不久，西南進

軍途中辦的《新華電訊》和西北進軍途中辦的《草原新聞》的兩股力量便合在一起，在工委宣傳部的領導下，組成報社單位。當時報社共有 20 多人，起初由霍春祿負責。他調走後，由張成治負責。因為在合併之前張成治、倪潛、常克誠等同志就已辦起了《新華電訊》，主要刊登新華社的電稿，幫助進藏人員及時瞭解國內外形勢。」名為《新華電訊》的油印小報，是自《西藏白話報》之後，在西藏地區最早的一張報紙，漢藏兩種文字出版。

　　1952 年 11 月 1 日在《新華電訊》的基礎上，創辦了漢藏兩種文版的《新聞簡訊》。始為油印月刊、半月刊，後改為石印五日刊、三日刊。自 1955 年改為四開鉛印日報。發行數百份。該報主要宣傳對象是上層人士和寺廟喇嘛，並以宣傳《關於和平解放西藏辦法的協議》和團結、反帝、愛國為其主要任務。同時向廣大藏族同胞進行社會主義的啟蒙教育。《新聞簡訊》創辦以來，歷經了抗美援朝、第一次全國人民代表大會的召開和第一部《中華人共和國憲法》的公布，以及解放軍進藏後，為西藏修築康藏、青藏公路、拉薩河堤，一直到組成西藏自治區籌備小組等大事，在此期間，不僅對這些重大的政治事件進行宣傳報導而且還對解放軍及其他進藏人員為西藏人民做的許多為老百姓交口稱讚的好事，如發放無息貸款、免費為藏胞治病防病等進行了廣泛的宣傳報導，對消除藏胞的恐懼心理，加強民族團結，鞏固統一戰線，貫徹宗教信仰自由等民族政策起到良好的積極作用。

　　西藏地方政府和黨委對辦好《新聞簡訊》非常重視。達賴喇嘛為這份報紙題寫報頭，在一段時間內套紅印有達賴喇嘛的私章。中央政府駐藏代表張經武、張國華和工委秘書長都審閱過將要印發的新聞稿。

　　承擔《新聞簡訊》（藏文版）的翻譯、油印和發行工作的是成立於 1952 年初的西藏軍區編審委員會。這個委員會是在中國共產黨的熱情關懷和指導下開展工作的，從這一意義上說，它是《西藏日報》藏文編輯部的前身。由平措旺階任主任，西藏著名學者、詩人擦珠・阿旺洛桑活佛、祖上被清朝政府封為世襲輔國公的西藏文化界著名人士江金・索郎傑布、精通藏文的佛學博士格西・曲扎為常務委員。隨著編審委員會工作的逐步擴大，工作人員也逐漸增加，到與西藏日報社合併時已發展到近 50 人。

　　1956 年，該委員會與西藏日報合併，成為報社編輯部裏一個科——翻譯科。

六、《西藏交通報》與《高原戰士報》

這兩張報紙發行出版時間都比較短。前者創刊於西藏民主改革前，由西藏交通部門主辦發行，四開四版，文革中停刊。劉漢君在一篇文章中說：「我曾在西藏交通部門工作過，也辦過幾天《西藏交通報》，交通部門的情況比較熟悉。我參加過公路修築和橋樑建設，汽車運輸知識也懂得一點，我採寫的有關這方面的新聞通訊還沒有發生內行不愛看、外行看不懂的情況。〔註13〕後者1956 年 5 月 23 日創刊，由西藏軍區幹部部主辦。1969 年 2 月停刊。

第五節　雲南省創辦的少數民族文字報紙

新中國成立後，在雲南少數民族聚居區，逐步建立了德宏傣族景頗族自治州和西雙版納傣族自治州，德宏自治州地處雲南省西部，南、西、西北與緬甸接壤，國境線長 503.8 千米。全州轄四縣兩市，總面積 11526 多平方公里，總人口 108 萬，傣、景頗、阿昌、傈僳、德昂等少數民族占總人口的 50.8%以上。一句話，德宏州最基本的實際可以概括為：民族眾多，地處邊境。西雙版納自治州位於雲南的南端，土地面積近 2 萬平方公里，國境線長 966 公里。西雙版納轄景洪市、猛海縣、猛臘縣和 11 個國營農場。這裡聚居著傣、哈尼、拉祜、布朗、基諾等 13 個少數民族，占全州人口的 74%。「西雙」傣語為十二的意思，「版納」是一千畝之意，即：版納景洪、版納猛養、版納猛龍、版納猛旺、版納猛海、版納猛混、版納猛阿、版納猛遮、版納西定、版納猛臘、版納猛捧、版納易武。並創辦了傣文、景頗文、傈僳文、載瓦文等報紙。這些少數民族文字報紙的出版在中國歷史上是前所未有的。與此同時，使用這些民族文字的少數民族開始有了自己本民族的新聞事業和新聞工作者。

這兩個州分別辦有《德宏團結報》和《西雙版納報》。

《德宏團結報》（傣文、景頗文、傈僳文、載佤文、漢文）係德宏傣族景頗族自治州委機關報。社址設在雲南省潞西縣。該報是邊疆多民族地區綜合性報紙。主要以當地各族幹部和群眾為讀者對象。1955 年元旦創刊，1966 年 7 月停刊，1972 年 10 月復刊。原名《團結報》，以漢、傣、景頗、傈僳四種文字出版，1988 年起改為現名，並增出載瓦文版。初為石印對開，每月遇 5 和 10 出版，四種文字一張。1956 年 3 月改鉛印，四開，以漢、傣對照，漢、傈

傈文對照三種形式出版三張報紙，仍遇 5 和 10 出版。1957 年開始以四種文字分別出版，漢文版週二刊，傣文、景頗文為週刊，傈傈文為雙週刊。該報從 1960 年至文革前 1965 年，實行區內分版，團結報分出一個漢文保山內地版。漢文版和民族文字版屢改刊期。1965 年 4 月，州工委作出關於改進團結報工作的決定，從當年 6 月 1 日起，漢文版改為隔日刊，傣文版改為週二刊。20 世紀 80 年代後期，漢文版週三刊，後又擴板，每週 4 期，每期 4 版。新聞的信息量大大增加，並有社會、文化、體育、生活、文摘等週刊，內容更加豐富多彩。傣文、景頗文週二刊。傈傈文、載佤文均為週刊。四開四版。1991 年，該報配合德宏州開展禁毒的人民戰爭，五種文版分別以大量的版面，組織大量的版面、獨家稿件認真宣傳州、省和全國的禁毒的決定。僅漢文版刊登文章圖片 100 多篇（張），並開闢了禁毒專欄。注意抓獨家新聞和正面典型。比如，與有關單位聯合採訪報導景頗族邊防民兵趙麻成的英雄事蹟，引起了州、省各族幹部群眾的強烈反響，得到成都軍區、地方黨政部門的重視。趙麻成被雲南省、省軍區授予「民兵禁毒勇士」的光榮稱號。

　　傣文《團結報》創刊時，遇到的最大困難就是跑遍全國各地，買不到傣文銅模。這是因為傣文字母特殊，自古以來就用手抄，沒有鉛字，這也是傣文報最初只能石印的緣故。後來，一位傣文編輯寫出標準的傣文字體後；才在上海製出銅模，由石印改鉛印。

　　在德宏傣族景頗族自治州辦報，尤其同時用（漢、傣、景頗、傈傈，後來又增加了載瓦文版）五文字辦報，更是自古以來頭一回，這在中國新聞發展史上也是絕無僅有的事。

　　《團結報》創刊後幾經波折，終於闖出自己的路，辦出了自己的特色和風格。由於民族工作的深入發展，傣族群眾自發開展抗繳官租運動，封建領主的土地制度受到嚴重打擊，土地改革的呼聲日益高漲。十分明顯，《團結報》就是這種形勢下的產物。但是，好景不長，辦起剛剛兩年的報紙，由於反右擴大化造成編採人員奇缺。1960 年起實行邊疆內地各出一份《團結報》，致使邊疆版的業務人員又一次出現危機。這種現象持續到 1965 年，好不容易遇到轉機，「文化大革命」席捲全國，該報又受到摧殘。直到粉碎「四人幫」之後，報社才有了生機。

　　該報把「大同小異，各有側重」作為辦報的指導思想，積累了一定的經驗和體會。「大同」指各種文字的報紙，不能各自為政，要有統一的報導思想。

有關政治路線和政策性的重要稿件的處理上，不能各吹各的號，各唱各的調，各表各的態；所謂「小異」，就是在統一的思想指導下，各種文字的報紙辦出各自的特點。比如通過《孔雀之鄉》《德宏之窗》介紹該報的民族風情，人物春秋、名勝古蹟、民族文化，散發著濃鬱的鄉土氣息，構成了該報的特色。《孔雀之鄉》已出版幾千期，《德宏之窗》也出版了一千多期，可見其生命力之強。各種文字的報紙可以根據本民族群眾的需要和愛好，比如從各個民族的地域特點，心理素質，風俗習慣、文化水平、生產能力的差異，研究本民族文字的來稿，無論是從宣傳內容上、報導形式上和版面安排上都要突出各種文版的地區特點和民族特點。比如傣族是個很有音樂素養的民族，逢年過節有對歌、婚喪嫁娶都要唱歌，他們說：「沒有贊哈、就像吃飯沒有鹽巴」。贊哈是類似行吟詩人的傣族民間歌手，有男有女，專門在傣家的集會中獨唱、對唱或領唱。贊哈演唱的內容，有時是一個故事，有時是一段歷史，有時是本村寨發生過的大事，最重要的是即興演唱新近發生的人和事（從某種意義上說，就是當地的新聞），有時能把聽眾唱笑或唱哭。由於群眾喜愛唱歌，這裡的幹部有時也用唱歌的形式來宣傳黨的政策。傣文版上刊登了通訊員採寫的大量山歌，很受群眾歡迎。

德宏傣族景頗族自治州是我國景頗族主要聚集區之一。勤勞勇敢、能歌善舞的景頗族群眾聚集的林寨，氣候溫和，風景優美。景頗語屬漢藏語系藏緬語族。大約在七八十年前創製拉丁字母形式的拼音文字，結束了過去以刻木結繩記事，以豆粒計數傳遞信息的時代。但是這種文字缺點較多。新中國成立後，經過大規模的調查研究，為之增加字母，進行改革，使之更加科學，更能完整地表達景頗語言實際情況。

景頗族人民十分重視文化教育事業的發展，解放前很少有讀書識字的景頗人。現在景頗山區普遍辦起了中小學。盈江縣的領導曾經向新聞界的朋友們披露，景頗族在本縣的少數民族中，學習文化最積極。就拿卡場鄉來說，全鄉適齡兒童有 584 人，入學讀書的有 539 人，鞏固率達 95%。為了修建校舍，他們有錢捐錢，有物獻物，表現出極大的熱情。

從一定意義上說，景頗文版的《團結報》就是為推行改革後的景頗文和適應景頗族文化教育的發展而創辦的，而該報的創辦又推動了景頗族文化教育及其他事業的迅猛發展。

該報的報頭與報眼都各占三欄。報頭用上下兩行排版，在景頗文的報頭

下面有漢文的小報頭。景頗文版的《團結報》喜用通欄標題，主題與副題均占二、三行，有的標題占到四、五行。這是與其他民族文字報紙在版式上不同的地方。

載瓦文版《團結報》創刊於 20 世紀 80 年代，該報將在下一個時期評介。

德宏團結報社以各種文種劃分編輯組。

期發量分別為：漢文版 5000 份、傣文版 2000 多份、景頗文版 400 多份、傈僳文版 290 多份。目前，民族文字報紙期發量有所增加，傣文版每年平均發行 7000 份、景頗文版每年 500 多份，傈僳文版每年為 1000 份。

主要負責人有餘丹、馬心、方致和、張國棟、區大一、胡孚亭、龔家強等人。

《西雙版納報》（漢、傣文版），該報系西雙版納傣族自治州委機關報，1957 年 3 月創刊，初名為《消息報》，四開四版，漢、傣兩種文版均為五日刊。朱德同志為該報題寫報頭。傣文版週二刊，漢文版週三刊。1966 年停刊，1972 年復刊，四開四版小報，週二刊。

1953 年西雙版納傣族自治州成立，首府景洪城，這裡主要通行西雙版納傣文（傣仂文），屬拼音文字，還有許多合體字和形體固定的字。字體為圓形，行款從左向右橫書。新中國成立後，進行文字改革，在書寫上取消了原來的合體字，保留一些省略形式。

《西雙版納報》的創辦受到黨中央的關懷和重視。周總理 1961 年 4 月來西雙版納視察，一到駐地首先要看《西雙版納報》，並說，「一定要把它辦好」。報社沒有辜負黨中央的關懷，雖幾經波折，歷盡艱辛，終於在 1972 年 7 月 1 日復刊並逐步走上了健康發展的道路。

1985 年該報實行改版，改變字號，調整版面，把原設在三版的副刊移到四版，增強娛樂性、可讀性。增設專欄，擴大信息，改進版面編排、使報紙面貌大大改觀。當年 4 月 13 日適逢傣族人民的傳統節日，傣文版不但套紅印刷，而且配有新聞照片和插圖，活潑生動。

漢文譯報的現象已逐步改變。過去一兩千字的一條新聞報導，譯成傣文就是三、四千字，加之文字不同、語法不一，編起來也會遇到新問題，讀起來也不符合傣族讀者的習慣。因而報社大量培訓傣文通訊員，讓來自傣族的職工、農民、教師和民間歌手，把當地本單位的新人新事新經驗及時反映給報社。由於這些通訊員是來自本民族，又學習和掌握了新聞學基本知識，他們的新聞稿

往往有所創新，比如採用傣族群眾熟悉的「甘哈」〔註14〕形式寫的新聞報導，用男女對唱的方式宣傳黨在農村的各項政策和法令，提高了傣文報紙的辦報水平。

該報把民族團結報導擺在突出的位置。傣族是自治州的主體民族。過去少數人有個錯誤認識，他們在生活和生產中遇到的一切問題都是其他民族造成的。針對這種情況，該報著重宣傳「兩個離不開」，即少數民族離不開漢族，漢族也離不開少數民族。通過《民族團結》專欄，刊登許多生動的事實，讓群眾認識到各族人民的大團結給發展生產、改善生活帶來好處。

該報還通過《農業知識》《生活顧問》等專欄宣傳科學知識，提倡科學種田、科學養豬的好方法，提高了糧食產量和肥豬的存欄頭數。把報紙辦的（文章）短、土（鄉土氣息）、雜（突出本地風情，又不拘泥地方風情，適應來自全國各地人員的需要），在三版的時事欄目中堅持發新華社的電訊稿。重視辦好《讀者來信》專欄。

該報發行量：漢文版 3000 份左右，傣文版 1800 份左右。

第六節　《綏遠日報》及其他漢文報

1952 年 8 月 8 日中央人民政府委員會第 18 次會議批准了《中華人民共和國民族區域自治實施綱要》，並於次日公布實行。這個實施綱要專門規定了各民族自治區內所有民族均享有民族平等的權利，均有權管理本民族的內部事務，使用本民族的語言文字、積極培養民族幹部，大力發展各民族自治區的經濟、文化事業、實行以自願為原則的內部改革，等等。遵照這個實施綱要，各個民族自治地方都興辦了自己本民族的文化事業，包括出版少數民族文字報紙，發展民族新聞事業。前面我們所介紹的都是新中國成立後創建的少數民族文字報紙。與此同時，在使用漢語文的民族地區也創辦了自己的報紙，如《綏遠日報》《寧夏日報》《貴州日報》《廣西日報》以及地州級的漢文報紙《鄂西報》《文山報》、湘西《團結報》等等。在這一節裏，我們不可能把民族地區所有漢文報紙都予以介紹。像《寧夏日報》《貴州日報》《廣西日報》及原國民黨時期西康省的《西康日報》省（區）級的報紙在中國當代新聞史中可能會有較大篇幅，這裡只能從略了。

〔註14〕甘哈：傣語「唱詞」。

一、《綏遠日報》

　　《綏遠日報》是中共綏遠省委機關報，自 1949 年 12 月 17 日起，社址設在歸綏（今呼和浩特）市。其前身是《綏蒙日報》。1949 年 9 月 19 日，董其武率部起義，綏遠省和平解放。《綏蒙日報》遷往歸綏市出版，自 1949 年 12 月 1 日更名《綏遠日報》。毛澤東為該報題寫報名，於 12 月 11 日啟用。四開四版，日刊。1950 年 10 月起，改為四開六版，1951 年 5 月 1 日，又改為對開四版。

　　第 96 號（即更名後第 1 號）社論《為改出「綏遠日報」告讀者》指明該報的讀者對象：「面向綏遠人民，為全綏遠人民服務，這是我們報紙一向的志願。」「過去我們報紙主要還是在綏東解放區發行，最近全綏遠的統一，在綏西地區將大量發行，我們的報紙將有新的任務，與綏遠人民見面。」並強調說，更名的重要意義，不單是報紙本身的改變與發展，「還表示人民革命事業在全綏遠的勝利，以及全國完全勝利的到來。」

　　該報圍繞中共綏遠省委的中心工作，反映實際、推動實際。從 1950 年至 1952 年宣傳舊制度的改革、新政策的實施。自 1953 年起轉入經濟建設的宣傳，宣傳第一個五年計劃。

　　宣傳貫徹中央「團結一致，力求進步」的指示，是該報遷綏後的首要內容，首先集中宣傳綏遠省軍政委員會、省人民政府和省軍區的成立，反映傅作義、董其武、高克林、烏蘭夫的團結合作，共商「綏遠解放區化，起義部隊解放軍化」、「鋪平綏境民族親密團結道路」。在三版開闢《筆談會》反映起義人員力求進步的成果，請他們談感受、談轉變、談團結和認識。發表社論《改善黨與非黨的民主合作》，批評輕視起義人員的不良傾向和少數同志在工作上與非黨員協商只不過是給個「面子」，走形式的態度和做法。社論影響廣泛，起義人員說：「社論說到我們心上了。」

　　1950 年春耕時期，面對農村大部分貧雇農坐等分地、對待農業生產消極；中農怕平分自己土地，「夠吃就算」和地富宰殺耕畜，埋藏糧食，分散農具，解雇長工以及二流子混水摸魚等不同階層的思想情緒，報社 3 月 24、27 日發表社論《迅速使政策和群眾見面》《目前新區的緊急任務》重申黨的各項政策，推動了工作。有的農村幹部說社論和有關報導，就是代表政府發布的「安民告示」。

　　1950 年底至 1951 年上半年，全省開展了剿匪反霸的政治鬥爭，該報於次

年 1 月 20 日發表社論《放手發動群眾，開展猛烈的剿匪反霸鬥爭》，總結了反霸重點村的工作經驗，提出剿匪反霸的正確路線、政策和方法，並從不同角度和側面，揭露了吃人的舊制度，具體形象地介紹了開展鬥爭的經驗和方法。

該報專欄辦得聯繫實際，通俗易懂。如《蒙旗土地改革講話》就是通俗地解釋和宣傳《綏遠省關於蒙民劃分階級成分補充辦法》和《綏遠省蒙旗土地改革實施辦法》兩個文件，以達到經過土改、鞏固黨領導下的蒙漢等各民族的大團結。

民族地區的黨報不宣傳少數民族、不宣傳黨的民族政策，是不可思議的。重點宣傳領導人的講話，並配發社論，系統論述黨的民族政策，反對大漢族主義是該報在民族政策宣傳方面的一個特點。報紙不斷發表土改後蒙漢人民親如一家，蒙漢聯合鬥爭大會；加強蒙漢農民的團結和解決農田牧場糾紛以及反映民族團結新面貌的報導。

在四年多的辦報實踐中，報紙依據自己的辦報思想，形成了獨特的編輯風格。概括起來，就是堅持批評和自我批評，助求針對實際不說空話的務實精神，編排形式和語言的運用力求適應廣大工農兵的接受能力。

該報敢於公開揭露各級黨政工作中的缺點和錯誤，其內容尖銳潑辣、旗幟鮮明，實事求是。編輯、記者帶頭採寫批評稿件。設置《讀者來信》專欄，組織通訊員參加批評，發表批評稿件，重要的上頭版頭條。堅持實事求是的原則，對拒絕批評者絕不輕易放過，不管是哪級領導幹部，直到承認錯誤改正錯誤為止。

該報除鼓勵和歡迎讀者公開批評自己的缺點和錯誤外，還主動公布自己在編採業務中的缺點和錯誤，堅持批評和自我批評的優良傳統。1950 年 7 月，就版面上的錯誤和失實報導，在頭版位置發表《主觀主義粗枝大葉必須克服——本報編委會檢討》文章，檢查編輯工作中的主觀主義和粗枝大葉作風。

編採新聞稿，該報力求以活生生的人和事去教育讀者，感染讀者。注意改進會議新聞的寫作，去掉概念化和空洞的說教。1950 年 11 月 20 日報導宣判妓院老闆的一則消息，只用 700 字，活畫出吃人的舊社會。該報的言論理論性強，事實確鑿，夾敘夾議，事實與論點融於一體。樸實無華，論點鮮明，用事實揭露問題的實質。比如 1950 年 8 月 11 日社論《加強調查研究要抓典型，看全貌》的觀點；1950 年 8 月 24 日社論《學會檢查與總結工作》，指明在減租工作中有一種普遍存在的官僚主義作風，必須克服。

　　面對讀者多是文盲半文盲的工農大眾，和成千上萬的讀報組，報紙的編排形式和語言的運用儘量適合他們的口味。一二版主要登載本報消息，包括工農牧、財貿、文化、教育等各方面內容的評論、重要文章。一般消息三四百字，最長不過千字。三版是各種體裁的綜合版。四版，時事版。改為四開六版後，五版主要宣傳抗美援朝，六版為廣告和畫刊。三版增加了讀者來信，其他版也擴大了內容。語言強調大眾化、通俗化。

　　組建讀報組，加強與讀者的聯繫，擴大報紙的影響，是該報一項富有成果的創舉。省委宣傳部指示各地「工做到哪裏，報紙到哪裏，讀報組也要建立在哪裏」。工農讀報組一年比一年多，在全省普遍建立了讀報組。據 1952 年 8 月底統計，該報已組建 11000 多個，有固定聽眾 208000 人，非固定聽眾約 20 萬人。報社平均每天至少收到 70 多封讀者來信。

　　為了推動讀報組的發展，充分反映讀報組提出的意見、建議和要求。該報在三版以七分之三的篇幅開闢了《讀報組來信》專欄。每期 3500 字，以老五楷排印，連日或隔日出刊。專欄主要報導讀報組活動，介紹發展讀報組的經驗，選登讀報組的來信。內容有表揚、批評、建議、要求、問答、生產工作經驗與成就的介紹等等，時間性強。專欄內設有《來信綜述》《來信主要情況》《通知》等類似小專欄的形式，反映情況、報導信息，指導讀報活動和生產活動。全省一萬多個讀報小組都是自費訂報，大大擴大了報紙發行量。

　　據 1952 年 8 月底統計，該報發行量為 18199 份，一般保持在 2 萬份左右。按全省人口總數計算，每百人有一訂閱者，自費訂報占相當比重。

　　該報於 1953 年 11 月 1 日到 1954 年 3 月 5 日與《內蒙古日報》出聯合版，3 月 6 日正式與《內蒙古日報》合併。

二、《鄂西報》

　　《鄂西報》是中共鄂西土家族苗族自治州委機關報。原名《恩施報》，1949 年 11 月 21 日創刊，雙月刊。1983 年 12 月 1 日自治州建立時，改《恩施報》為《鄂西報》。

　　該報四開四版，雙月刊。面向群眾、面向基層、面向實際，報導全州各族人民建設社會主義兩個文明，建設最先進的自治州所取得的新成就、新經驗，表彰先進事蹟和英雄模範，傳播科學文化知識，反映各族人民的呼聲和要求，為滿足各族人民獲取信息和知識，該報發揮了多功能的作用。

該報闢有《今日自治州》《探索與思考》《學習與實踐》《博採》《民族團結》《黨的生活》《讀者來信》《青年之友》《文化生活》《道德與法》等專欄和《清江》副刊。

現有職工 97 人，編輯部下設總編室、政治文化科、經濟科、群眾工作科、廣告射影科、新聞研究室。辦有《內部參考》《恩施報通訊》。主要負責人有柳耀東、田開林、吳韋、張德清、蒲運祥（土家族）等。

該報雙日刊，1981 年期發行量 44000 份。

三、湘西《團結報》

《團結報》係中共湘西土家族苗族自治州委機關報，於 1952 年 10 月 1 日在《湘西日報》〔註15〕的基礎上創辦。社址在湘西自治州州府所在地吉首市。

該報為四開四版，初為三日刊，直排，正文用 5 號正楷字體。1956 年 2 月 1 日改為橫排版，分批使用簡體字。1957 年 5 月 1 日，《團結報》改為週三刊，次年 6 月 1 日又改為週六刊，延續至今。1970 年 4 月 1 日，正文由 5 號正楷字改為 5 號宋體字。

1952 年，毛澤東同志為《團結報》題寫報頭，這是他最早為州級報紙題寫報名。〔註16〕10 月 28 日啟用。

該報版面安排是：一版要聞版；二版為地方綜合版；三版副刊；四版是新華社時事和廣告。一、四版中縫刊廣告和電視節目，二、三版中縫為知識性專欄。報紙除重大節日和重大會議出增刊外，其餘均正常出版。1986 年底，開始出星期六「周末版」（報頭及重點標題套紅），一直延續至今。

該報為地方綜合性報紙，其宗旨是增進民族團結，從形式到內容突出民族特色和地方特色。其編輯方針是：求實創新，體現「老、少、邊、窮」等特色。

《團結報》根據讀者特點，努力辦出自己的風格。從報紙的版面內容分析，報紙注意宣傳平等、團結、互助的民族政策，報導有關少數民族的新聞事件和

〔註15〕《湘西日報》，1949 年 9 月解放湘西時，接管設在沅陵的原國民黨《神州日報》後創辦的湘西區黨委機關報。社址設在沅陵。1952 年 8 月，湘西苗族自治區成立，隨著湘西區黨委的撤銷該報停刊。

〔註16〕原湘西區委書記，時任湖南省宣傳部長周小舟（曾任毛澤東秘書）到北京開會時，向毛澤東表達了湘西地委懇請其為機關報題寫報名的意願，毛主席欣然命筆，在宣紙上連寫三幅：「團結報」三個大字，供選用。創刊號並未用上陣各報頭，而是請當地書法家丘震時寫的報頭，直到 10 月下旬才改用毛主席題寫的報頭。

新聞人物，反映他們的生活、意願和要求，介紹他們的歷史和文化。

注重宣傳民族政策。湘西是湖南少數民族聚居的邊遠山區。少數民族人口占全州總人數的 50% 左右。《團結報》十分注意刊載民族政策講話，報導各級政府、各族幹部群眾的活動，宣傳民族平等和民族團結的原則，反對民族歧視和侮辱，反對破壞民族團結的行為。1955 年，報社先後三次對前段民族政策的宣傳進行了總結檢查，進一步改進了民族政策的宣傳報導。

1979 年，中共中央 52 號文件《關於在全國普遍深入進行民族政策再教育的指示》下達後，自治州根據文件精神和省民族工作會議精神，在新的歷史條件下，重新開展了黨的民族政策的宣傳教育工作。《團結報》及時發表了州委《關於在全州深入進行民族政策再教育的通知》，撰寫了《深入進行黨的民族政策再教育》的社論，編發了《民族政策再教育問答》十八講。

報紙還開闢和定期編發《民族團結》專版，報導各族人民團結友愛，親如兄弟，和睦相處的新聞事件。

湘西土家族、苗族歷史悠久，有著豐富、燦爛的民族文化。介紹他們的歷史、風土人情、風俗習慣是體現報紙民族特色的一個重要方面。該報先後開闢「地方風情錄」「自治州文物」「民族風情」「民間故事」等專欄，刊登《春意濃濃「吃社節」》《土家族飲酒習俗》《苗家「送娘親」》以及介紹土家族的草標、苗家的家機布和蕎殼枕頭等文章。「民族團結」專版還報導過苗族的蘆笙舞、盾牌舞、鼓舞和土家族的擺手舞。

《團結報》還先後發表了《關於土家族的歷史沿革》《關於苗族族源的探討》《土家族的民間文學》《試談湘西苗歌的藝術特色》《漫談湘西民間剪紙藝術》等文章，連載了《湘西苗族人民革命史話》《湘黔苗民乾嘉起義史考》等珍貴的歷史資料，介紹頗具民族特色的土家族調年會和少數民族傳統體育運動會。

為配合農村經濟改革，該報設置了「欣欣向榮的農村」「希望的田野」等專欄，發表了《責任制載入新憲法，農民吃了「定心丸」》，並配發《穩定和發展家庭聯產承包責任制》等評論員文章，落實黨的農村經濟政策。針對調整產業結構、開發山區資源的實際，介紹科技知識和科技信息，設立專欄「農業顧問」「農業技術」「良種介紹」「農民問事處」等等。湘西山區空坪、隙地多，氣候溫暖濕潤，土質鬆散肥沃，很適合魔芋生長，為此報紙專門登載《發展魔芋生產大有作為》等文章，這些都為農民打開了致富門路，均取得良好的宣傳效果。

在報導形式上，《團結報》力求稿件短小精悍，內容豐富，形式多樣，圖文並茂，儘量適合農村特點。首先，從標題到內容，盡可能做到口語化，使農民好讀好懂。如「鄉里人進城幾多神」「行家當了大隊長，打鼓打到點子上。」，其次，在稿件標題和內容上適當運用當地群眾熟知的俗語和農諺，使農民讀起來倍感親切。此外，該報還采用湘西各族人民熟悉的「迎春」「清明歌會」「四月八」「趕秋」以及「三棒鼓」「放風箏調」「蓮花落」「九字鞭」等民族文藝形式。同時，報紙還運用富有民族特色的剪紙、新聞圖片活躍報紙版面。

十一屆三中全會以後，報紙的宣傳報導發生了根本的變化。概括起來，該報首先突出宣傳了以城市為中心的經濟體制改革，突出報導改革有成效的先進企業、單位，宣傳敢於改革、勇於改革的先進人物，配發了一系列言論，發掘了以《縣委實際的榜樣——焦裕祿》等一系列典型，對推動改革起到了很好的促進作用。在宣傳農村經濟改革過程中，報紙著重報導落實黨的農村經濟政策，建立和完善以大包幹為主的各項生產責任制，解除農民怕變的思想顧慮。其次，更加重視民族報導，體現民族特色。尤其注重民族經濟的報導，包括民族經濟的開發、民族經濟飛躍發展的步伐等等。第三，全方位多層次地深入報導治窮脫貧，把它作為經濟報導的中心環節。第四，突出建設社會主義精神文明的宣傳報導，同時在報上開展批評，發揮輿論監督的作用。

1999 年 1 月 1 日，該報為了擴大信息量，提高時效性，由四開四版擴大為對開四版，根據現有條件從人力、機械設備等進行調整，加大了組稿和發行力度發信數量不斷增長近十幾年發行量一直保持在全州人口平均每百人擁有一份。1957 年 2 月 13 日該報所設的「兄弟河」欄目，刊登了許多群眾喜聞樂見的文學藝術作品，培養了一代代各族作家詩人。1978 年推出的《民族團結》專版，以鮮明的特點和引人入勝的內容，反映了詳細的奇山異水、民俗民情，使張家界、天子山、猛洞河風光走出了「深閨」，成為國內外旅遊勝地。

團結報社在全州七縣、二市設記者站，每站一人，屬報社編制。發行量最初為 3000 份，以後逐年上升，一般是 2 萬至 3 萬份，最高達 4 萬多份。據 1987年統計，平均期發量為 3.5 萬份。創刊不久，出版了內部刊物《通訊與讀報》，供通訊員和新聞愛好者學習。「文革」時停刊。1994 年被評為湖南省 94 年度國內統一刊號一類報紙稱號。〔註 17〕主要負責人有方蘋、田宗桂（土家族）、劉世樹等。

〔註 17〕湘西《團結報》主要由朱顏搜集資料編寫。

四、《文山報》

《文山報》是中共雲南文山壯苗族自治州委機關報。1953 年 2 月 14 日創刊，1958 年 7 月 1 日改為《文山日報》。1961 年 2 月停刊。1983 年 7 月 1 日復刊，四開四版，週二刊，現對開四版，週三刊。

該報主要任務是結合本州實際，以黨的方針、政策、路線為指導，以宣傳改革開放、振興中華，實現四化的時代精神為主旋律，交流各條戰線在四化建設中的創造和經驗，反映各族人民群眾的願望、要求和呼聲，開展輿論監督，以推動生產力的發展為己任，促進本州社會主義物質文明和精神文明建設。

該報堅持指導性與服務性的統一，增強知識性和趣味性，貼近實際、貼近生活、貼近讀者，追求可讀、可信、可親的目標，它是讀者的知音和朋友。

報社設辦公室、編輯部、和印刷廠。職工 148 人，採編人員 20 人，印刷廠 128 人。辦有《文山報通訊》《內部參考》兩個刊物。該報期發量為 10400份。主要負責人有劉振江、鄭鈞、林嘯、溫華、任兵、高定昌等。

第七節　新中國成立初期少數民族文字報業的發展

從 1949 年到 1956 年，中國共產黨採取一系列措施，鞏固新生的人民政權。在以國民經濟恢復和發展為中心任務的同時，進行了剿匪反霸、土地改革、鎮壓反革命、抗美援朝和民主革命五大運動，其間還發動了一場「三反」「五反」運動。在政治經濟鬥爭極其錯綜複雜的形勢下，我國的少數民族報業較之前一個時期又有了較大的進步。

主要表現是：

第一，民族新聞事業在打破單一性上又有新的突破。除了少數民族文字報紙蓬勃發展之外，民族地區的廣播、通訊事業也有新的發展。尤其是少數民族廣播事業已比前一個時期有了質的飛越性的發展。

中央人民廣播電臺自 1950 年辦少數民族語言廣播，用蒙語和藏語播音一小時，以後又增設維、壯、朝等語言的廣播。

在邊遠的民族地區，少數民族語言的廣播，新中國成立後發展很快，並取得一定的成效。1950 年 11 月 1 日內蒙古烏蘭浩特人民廣播電臺建立並正式播音，它是我國少數民族第一個省級廣播電臺。1954 年 3 月 6 日改名為內蒙古人民廣播電臺。內蒙古地區廣大蒙古族同胞是以本民族的語言作為交際和思

維工具的，因而這座廣播電臺一成立就以蒙漢兩種語言廣播，使蒙古族同胞享有現代政治文化生活的權利，貫徹執行黨的民族政策。以後逐步形成新聞、專題、文藝、服務 4 大類蒙古語廣播節目。1956 年之前，是内蒙古人民廣播電臺初創時期，在蒙語編播人員奇缺的條件下，靠譯播政令、國内外新聞、完成其宣傳任務。

1949 年 12 月 21 日迪化人民廣播電臺開始播音，次年始用新疆人民廣播電臺呼號。建臺之始使用漢語和維吾爾語進行廣播。1955 年 2 月 21 日增辦哈薩克語廣播。1958 年 1 月 3 日又辦了蒙古語廣播。

此外，在其他民族地區和盟（市、州）的廣播電臺也辦起少數民族語言的廣播，有的地方電臺還把辦好少數民族語言的廣播作力重點、黨委領導還特別要求集中精力辦好少數民族語言的廣播。

第二，少數民族新聞工作者隊伍數量增多，業務水平提高了，並已有少數民族新聞工作者在全國範圍嶄露頭角。

中國共產黨歷來重視少數民族新聞工作者隊伍的培養。1954 年 7 月 17 日中共中央政治局通過的《關於改進報紙工作的決議》中明確指出，「各少數民族地區，凡有條件的就應創辦民族文字的報紙。」〔註 18〕並強調說，「少數民族地區的報紙，應注意宣傳黨的民族政策，宣傳愛國主義和民族團結，並按照當地的特點適當地進行關於黨在過渡時期的總路線的宣傳。」民族地區各級各類報社全面貫徹執行黨中央和毛澤東同志的指示，培養「出色的報紙和刊物的編輯和記者」〔註 19〕，加強少數民族新聞工作者隊伍的建設。造就一批德才兼備的編輯、記者和報社的管理幹部，民族地區各級各類報社在辦報實踐中也充分認識到，沒有一支政治素質和業務素質好的新聞幹部隊伍，無論如何也不能

〔註 18〕引自《中國新聞年鑒》（1982 年版）第 99 頁，中國社會科學出版社出版發行。
〔註 19〕1957 年 7 月毛澤東在《1957 年夏季的形勢》一文中指出：「各省、市、自治區要有自己的馬克思主義理論家，自己的科學家和技術人才，自己的文學家、藝術家和文藝理論家，要有自己的出色的報紙和刊物的編輯和記者。第一書記（其他書記也是一樣）要特別注意報紙和刊物，不要躲懶，每人至少要看五份報紙，五份刊物，以資比較，才好改進自己的報紙和刊物。」
1954 年 8 月 8 日中央人民政府委員會第 18 次會議批准的《中華人民共和國民族區域自治實施綱要》就已規定，各民族均有使用本民族的語言文字，積極培養民族幹部，大力發展本民族的文化事業。後來在第一部《中華人民共和國憲法》中以法律形式在此規定了：要大力發展少數民族文化事業，培養少數民族文化工作幹部。

把報紙辦出水平，辦出各自的特色、風格和個性，成為少數民族同胞自己的報紙。在這個時期，民族地區的各級各類報社在上級黨委的領導下，採取許多有效措施培養和造就少數民族新聞工作者。比如報社內部有計劃地加強業務學習，定期評報，提高新聞理論、新聞寫作水平，有計劃地通過函大、電大、職大方式輪訓年輕的編採人員；選派保送業務骨幹脫產進修，包括到黨校新聞班、大專院校新聞專業學習新聞基礎知識等等，提高在職人員的業務素質和政治素質。

在這個時期，在全國範圍嶄露頭角的民族新聞工作者有吉爾格勒、擦珠‧阿旺洛桑、張成治、王奇、林夫等等。

吉爾格勒（1925～？），蒙古族，黑龍江省富裕縣人。1945 年畢業於烏蘭浩特國立興安學院。1946 年到《內蒙自治報》（後為《內蒙古日報》）工作，先後任記者、記者站站長、編輯部主任等職務，是內蒙古第一代蒙漢兼通的少數民族新聞工作者。他經常深入農村牧區採訪，足跡遍及呼倫貝爾、錫林郭勒和哲里木草原，採寫過有關內蒙古自治區成立、內蒙古地區土地改革運動和以蒙漢兩族人民團結友愛，「誰也離不開誰」為主題的系列報導。他的新聞作品在蒙、漢各族讀者中留下深刻印象。1946 年、1947 年他採寫的有關牧區民主改革的報導，為自治區黨委制定正確的政策，提供了準確依據。1948 年加入中國共產黨。1958 年初至 1959 年 7 月，任烏蘭夫秘書。1959 年由報社調到內蒙古廣播電臺，從事廣播新聞工作，曾任內蒙古廣播電臺編輯部主任、總編室主任、內蒙古廣播事業局副局長。經常組織和參加大型宣傳報導，曾連續發稿 100多篇，在群眾中有廣泛影響，有的被中央臺採用，有的應聽眾要求彙集成冊。他撰寫的《民族團結是自治區第一位的大事》，被全國廣播系統評為好新聞評論。黨的十一屆三中全會後，積極宣傳改革的新成就新經驗，多次受到自治區黨委的讚揚。他的廣播稿常在《內蒙古日報》《人民日報》上轉載。他在廣播電視宣傳改革方面有許多有意義的探索。

20 世紀 80 年代末，任內蒙古廣播電視廳顧問，中華全國新聞工作者協會和新聞協會理事、內蒙古新聞工作者協會常務副主席。主持編寫的業務著作有《內蒙古好地方》《內蒙古電視志》等。主要作品有通訊《幸福與仇恨～記成吉思汗大祭》，評論《包產到戶好處多》和《正確對待包產到戶》等。

擦珠‧阿旺洛桑（1879～1957），藏族，原名伯瑪傑浪。1879 年（藏曆第15 花甲的鐵龍年）生於拉薩貴族定甲家裏。5 歲時被認定是曾任噶丹慈巴的洛

桑格勒的轉世靈童。6 歲始學佛教典籍。25 歲獲拉讓巴格西〔註 20〕學位。他的足跡踏遍西藏各地，訪問著名文人學者，並努力學習和刻苦鑽研佛經典籍及西藏的歷史、文學、文法、醫藥、星算學等等。曾任第 9 世班禪額爾德尼的助理稱霞和 13 世達賴喇嘛私人秘書，並協助喜饒嘉措大師校對大藏經。許多貴族、僧侶等人都敬佩他的學識和人品，紛紛拜他為師。

擦珠・阿旺洛桑是著名的詩人、學者和愛國民主人士。他熱烈擁護西藏和平解放。西藏日報創刊前，他在西藏軍區藏幹校參與教材編纂和教學工作，並相繼擔任了西藏軍區編審委員會常務委員、西藏愛國青年聯誼會委員、拉薩小學董事。自 1956 年起任《西藏日報》副總編輯。他在從事教學和編輯工作的過程中，對藏民族的語言文學、新聞出版都作出了貢獻，對西藏的文學事業的發展，起過推動作用。他的愛國熱情和維護祖國統一的堅定立場，引起了西藏上層反動集團的仇恨。1957 年 9 月底，在上班的路上他被分裂分子擊傷後，醫治無效，於 12 月 1 日不幸逝世。

張成治（1927.6～2013.11.11），高級編輯，生於 1927 年，安徽無為人，1948 年肄業於江蘇無錫國學專科學校。1950 年他在重慶《新華日報》任編輯工作，從此開始他的新聞生涯，1951 年隨 18 軍入藏，並於進軍途中，編印油印小報《新華電訊》。到達拉薩後，繼續編印《新聞簡訊》。當《西藏日報》創刊後，他成為該報主要採編人員，1957 年調任《蘭州日報》、蘭州人民廣播電臺做編輯、記者工作。1962 年他又回到闊別 4 年之久的西藏高原，任西藏日報漢文編輯、組長、漢文編輯部副主任。1983 年晉升為西藏日報副總編輯。他在民族地區從事民族新聞的採編先後達 32 年之久。許多新聞作品和評論文章，大多在《西藏日報》上發表。他所採寫的通訊《拉薩的春天》，1958 年載於《光明日報》。他以西藏日報評論員名義為該報開闢專頁，開展關於「一切從西藏實際出發，搞好兩個文明建設」問題的討論，而他撰寫的評論《再認識的重要一課》（原載該報 1986 年 4 月 10 日）收入《中國新聞年鑒》1987 年版。1988 年離休。2013 年 11 月 11 日因病醫治無效逝世。

王奇（1923～？），滿族，高級編輯，新疆奇臺人。1937 年就讀於新疆省迪化第一師範高師部。在校期間就已從事新聞工作，任《新疆日報》通訊員和《新疆青年》月刊編委並發表不少反映學校生活的消息、通訊、報告文學等新聞作品和文學作品。他撰寫的劇本《七月之子》曾在全國中學生文藝比賽中獲

〔註 20〕格西，藏語譯音，意為「善知識」，可理解為博士或教授。

創作獎。1944 年一度被捕，獲釋後，任《新疆日報》助理編輯、《天地》副刊主編。同時兼做《西北文藝》月刊和「西北文藝叢書」的編輯工作。張治中發起創建西北文化建設協會後，1947 年，王奇任該會理事，與當時在迪化的美術、音樂、戲劇界人士，聯合創辦文藝沙龍性質的「藝團」。他於 1949 年來到北平，參加華北人民革命大學政治研究院第一班學習。1950 年到達東北，任東北人民政府教育部研究員，《東北教育》雜誌編委。1951 年又回到北京，在中國國民黨革命委員會中央工作，任編輯室主任，主編《民革彙刊》。1956 年，在王崑崙的直接領導下，籌備創辦民革中央機關刊物《團結報》，直到 1966 年 6 月停刊均在該報工作。1980 年該報復刊，他繼續主持業務工作。他在處理《團結報》日常工作之餘，還為該報撰寫評論和採寫統戰新聞，並經常為《人民日報》《光明日報》《新觀察》《人民政協報》《報紙動態》等撰寫時事雜感和新聞學方面的研究性文章。他的專著有《東北區群眾辦學的調查報告》《怎樣當好農業生產隊長》等。

在 20 世紀 80 年代王奇任《團結報》總編輯、統一論壇社長、民革中央常務委員、宣傳部副部長、首都新聞學會理事、中國和平統一促進會理事、全國政協民族委員會委員、全國政協委員等職務。

林夫，（1922——？），山西臨縣人。1937 年小學畢業後，參加黨領導的「犧盟會」，從事抗日活動。抗日戰爭時期，在抗戰日報社（即後來的《晉綏日報》）擔任校對和晉綏解放區中共臨縣縣委通訊幹事。解放戰爭時期，任新華社呂梁分社記者、編輯；參與《臨汾人民報》（即後來的《晉南日報》）的創辦，並任編輯部通訊科長；後來又參加了《西安日報》的創辦工作，擔任該報的編委。1949 年調到新疆工作，參與新華社新疆分社的籌建，並任新疆日報社采通部主任。就在這一年又轉入廣播系統工作，歷任新疆人民廣播電臺副臺長、臺長，新疆維吾爾自治區廣播事業管理局局長。經他之手，創辦了漢、維吾爾、哈薩克、蒙古四種語言的三套廣播節目；籌建覆蓋全區的短波廣播發射中心，普及全疆的農村有線廣播網，並組建一支能勝任廣播宣傳工作和技術工作的廣播工作隊伍。1978 年擔任新疆日報社社長兼總編輯，並任中共新疆維吾爾自治區委員會宣傳部副部長。1983 年改任宣傳部顧問，任職三年後離休。

這個時期民族新聞工作者隊伍從數量和質量上都有擴大和提高，依靠這支隊伍，我國少數民族新聞事業在新中國成立後才有一個新的質的飛躍。

第三，全國性少數民族文字畫報的出版發行。與前一個時期相比較，畫報

也有新的發展。除在地方上有民族文字的畫報出版以外〔註21〕，全國性的大型畫報也出版發行了。1950 年 7 月在北京創辦了新中國第一份全國性的綜合攝影畫報《人民畫報》。八開本，月刊，彩色版約占 1/2。1951 同時刊印蒙古文、維吾爾文、藏文版。1952 年增印朝鮮文版。1955 年 2 月，由中央人民政府民族事務委員會主辦的《民族畫報》在北京創刊。周總理為畫報題寫刊名。八開本雙月刊，每期 24 面，用漢、蒙、藏、維吾爾、哈薩克、朝鮮六種民族文字出版，以國內少數民族為主要讀者對象並向朝鮮、蒙古、緬甸、德國、英國、法國、美國、加拿大、澳大利亞及香港等 30 多個國家和地區發行。

《民族畫報》原是《人民畫報》的副刊（6 面到 8 面），隨《人民畫報》發行。主要任務是通過圖片和文字宣傳黨和國家的方針政策，特別是宣傳黨的民族政策。著重報導民族地區政治、經濟、文化諸方面的建設成就，介紹我國 50 多個少數民族絢麗多彩的生活和風土人情、歷史文化以及民族地區的綺麗風光、名勝古蹟等，增進各民族之間的團結和友誼，為保衛邊疆、建設社會主義祖國共同奮鬥。融思想性、新聞性、藝術性為一體，以其豐富的思想內容、恢弘壯美的畫面、生動簡潔的語言贏得了國內外廣大讀者。

1957 年改為月刊，每期 28 面。1959 年出版壯文版，每期 36 面。I960 年、1966 年兩度停刊。1974 年 1 月復刊，每期 40 面，並闢有《來稿選登》《在祖國大家庭裏》《今日的少數民族》等專欄，對 55 個少數民族從歷史、地理、人情、風俗等各個方面，連續逐個地進行介紹。目前用漢、蒙、藏、維、哈、朝鮮 6 種文字出版，月刊，44 面，其中彩色 16 面。近幾年來，又陸續增闢《新風贊》《邊城敘事》《民族樂器》《民族體育》《風情錄》以及《少數民族民間故事》《民族自治地方簡介》等專欄，陸續報導落實黨的民族政策方面的情況。在《風情錄》專欄裏，介紹各民族的節日、禮俗和特有的情趣，以促進民族間的相互瞭解。在《民族自治地方簡介》專欄內逐一介紹全國的自治州，並將有計劃地介紹各個自治縣。為配合民族自治法的貫徹執行，組織了《中華民族的搖籃——黃河》的專題報導，對各民族進行愛國主義教育，引起國內外的關注。期發量逐年增長，創刊時約 4 萬冊，現一般也在 15 萬冊以上，最高曾達到 20

〔註21〕 新中國成立後，地方上民族文字的畫報除前邊已介紹的，還可補充一種在西安出版的《西北畫報》。《西北畫報》分「民族刊」和「工農刊」兩種。「民族刊」是以照片為主的大型畫報，雙月刊，分別有漢、維、哈、藏、蒙五種文字版本；「工農刊」是小方形的連環畫冊，為半月刊。

多萬冊。

　　進入 20 世紀 80 年代之後，《民族畫報》搞了一系列大型報導，辦出了特色，辦出了自己的風格。大型系列報導《環行祖國邊疆》，連載 58 期，投入採編人員十幾名，行程數萬里，歷時七載，規模之大，影響之廣，投入人力、物力、精力之多，可謂空前。除臺灣、港澳之外，採編人員的足跡踏遍了民族地區的山山水水，沙漠荒灘、戈壁草原、深山老林，無不留下了他們的身影和腳印。以 60 多個專題、300 多頁的篇幅，1000 多張照片和 10 多萬字的文章，把祖國 4 萬多公里邊疆、海防清晰而完整地展現在國內外讀者面前。

　　《民族畫報》以其絢麗多姿的畫面、深刻豐富的思想內容，展示了我國 50 多個少數民族在中國共產黨的領導下，在黨的民族政策的關懷下，團結和睦、民主平等、美滿幸福的生活，與其他民族文字報刊相比更具有可讀性、可視性。

　　我國民族文字報刊，新中國成立後雖然有較大的發展，但是由於歷史的原因，民族文字報刊較之內地的漢文報紙還有明顯的差距。其主要表現是：

　　其一，新中國成立初期民族文字報刊主要是以黨報為主體，其他性質的報紙如對象性、專業性報紙也創辦一些，但在全國範圍來說，無論是數量和質量都與黨委機關報有一定的差距。

　　其二，雖然已形成了一支民族新聞工作者隊伍，且有少數採編人員已在全國嶄露頭角，但是從總體來看，缺乏精通本民族語言文字的新聞工作者，無論從數量還是業務素質上，除極突出者外，都無法與漢族新聞工作者同日而語。勿庸諱言民族文字報刊的信息量，稿件的新聞性，報紙的版面編排等等都有待大幅度的提高業務水平，以增強報紙的知識性、趣味性、可讀性。

　　其三，長期的封建制度，剝奪了廣大少數民族同胞受教育的權力，新中國成立後，雖然廣大少數民族在政治上、經濟上、文化上翻了身，但是仍有不少文盲，因而少數民族文字的報紙發行量除極個別的外，都比較小。如何改變這狀態呢？一是迅速提高民族地區及少數民族的文化素質，不斷更新使用本民族語言文字的少數民族的知識結構；二是堅持正確的辦報方向，端正辦報思想，提高民族文字報紙的質量——辦到少數民族同胞的心坎上。

第六章　社會主義事業全面發展時期的少數民族新聞事業（1957～1966.4）

　　社會主義事業全面發展時期經歷了反右鬥爭、「大躍進」、國民經濟調整等幾個階段。在這個時期我國的新聞事業在探索中曲折前進。新聞界認真總結經驗教訓，為發展社會主義新聞事業進行了一系列改革，取得很大成績，積累了寶貴的經驗。

　　民族文字報業，是我國新聞事業的有機組成部分。是黨報又是群眾報，在少數民族聚集區報紙是黨向群眾進行路線、方針、政策的宣傳，溝通黨與少數民族同胞感情交流的唯一工具。黨中央、毛主席十分關心少數民族地區的情況。1959 年 4 月 7 日，毛澤東同志在給當時任中共中央統戰部副部長、國家民委副主任汪鋒的信中開頭就說：「汪鋒同志：我想研究一下整個藏族現在的情況。」接連提出 13 個問題，然後說：「以上各項問題，請在一星期至兩星期內大略調查一次，以其結果寫成內部新聞告我，並登新華社的《內部參考》。如北京材料少，請分電西藏工委、青海、甘肅、四川、雲南四個省委加以搜集。可以動員新華社駐當地記者幫助研究藏族情況的任務。」〔註 1〕新華社記者郭超人首先響應號召，對中國登山隊從北坡登上世界第一峰珠穆朗瑪峰，進行了充分的報導。他撰寫的通訊《紅旗插上珠穆朗瑪峰》為《人民日報》及許多報

〔註 1〕　中共中央文獻研究室：《毛澤東書信選集・致汪鋒》。轉引自《新聞業務》1984
　　　　　第 1 期，第 5～6 頁。

紙刊載，具有很大的政治意義。他的采寫經驗對於中國新聞界，包括民族新聞工作者的作風，採寫等業務改進提供了有益的啟示。1961 年 1 月，在黨的八屆九中全會上，毛澤東號召全黨發揚實事求是優良傳統，大興調查研究之風。民族新聞界跟全國新聞界的同行一道認真總結經驗教訓，發揚實事求是的傳統，加強調查研究。同年 7 月 15 日，新疆維吾爾自治區黨委宣傳部召開自治區地、州、縣報紙工作座談會，總結和研究報紙工作中的問題。與會者強調宣傳黨的方針政策，必須堅持貫徹面向群眾、面向基層的方針。著名回族記者穆青撰寫的通訊《縣委書記的榜樣——焦裕祿》（載 1966 年 2 月 7 日《人民日報》），成為新中國成立以來對黨的基層領導幹部進行專門報導的最優秀的作品。這篇通訊報導了焦裕祿作為蘭考縣委書記，大興調查研究，帶領全縣人民腳踏實地戰勝澇、沙、鹼三害的動人事蹟。這篇通訊肯定了廣大幹部開展深入調查研究的精神和成績，它產生的巨大影響，反映出黨和人民在經歷了「大躍進」之後，對黨的優良作風的殷切呼喚。

　　但是，「文化大革命」的狂飆驟然襲來，我國新聞事業包括民族新聞事業遭到了空前的浩劫。

第一節　朝鮮文報的蓬勃發展

　　朝鮮族同胞主要聚集在我國東北地區，社會主義建設全面發展時期，為滿足廣大朝鮮族人民物質和文化生活需要，朝鮮文報蓬勃發展。這一時期創辦的朝文報紙有《牡丹江日報》《遼寧報》《黑龍江日報》以及《中國朝鮮少年報》等報紙。

一、東北各省黨委機關報的創辦

　　朝鮮族聚集的東北三省省級黨報的創辦是朝鮮文報蓬勃發展的標誌之一。

　　1.《牡丹江日報》（朝鮮文版）該報系中共牡丹江地委機關報。1957 年元旦創刊，四開四版，日報。以黑龍江尤其是牡丹江地區的朝鮮族群眾為主要讀者對象，大部分稿件譯自《牡丹江日報》的漢文版。1961 年 1 月底終刊。

　　2.《遼寧報》（朝鮮文版）該報系中共遼寧省委機關報《遼寧日報》的組成部分之一。其前身係 1958 年 8 月 1 日在瀋陽創刊的《遼寧農民報（朝文版）》，週二刊，四開四版。其內容實為漢文版《遼寧農民報》的朝鮮文譯報。1961 年

終刊。1966 年元旦《遼寧日報（朝鮮文農民報）》創刊，四開四版，週二刊。由遼寧日報社朝鮮文版部主辦。主要稿件譯自《遼寧日報農村版》（漢文版）。1982 年 6 月更名《遼寧朝鮮文報》。1986 年改為《遼寧報》。

　　《遼寧報》以全省農村朝鮮族幹部和群眾為主要讀者對象，兼顧其他戰線的朝鮮族群眾的需求，以宣傳黨的政策、介紹全國兄弟民族和朝鮮族在兩個文明建設中的先進思想和先進經驗，提供和傳播各種經濟技術，引導生產和生活為其主要內容。該報闢有文藝副刊和《多種經營》《農業科技》《文化生活》專版和專欄。

　　在辦報過程中，該報資金不足，設備不全，人員不夠，尤其是專門的新聞業務人員缺乏；在困難面前報社人員迎著困難上，使該報越辦越好。尤其是十一屆三中全會以來，朝文來稿增多，採用率提高 30% 以上，並以報導遼寧省朝鮮族群眾的生活情況見長。在全國改革的大潮中，報社全體職工，解放思想，大膽革新，以民族性、地方性和可讀性為重點，狠抓報紙的新聞改革，使報紙面貌為之一新，受到廣大朝鮮族讀者的歡迎。

　　1979 年該報的期發數為 2000 多份，1981 年則為 4800 多份，1986 年增加到 9000 多份，平均每 20 人就有一份《遼寧報》，而且多是自費訂閱。少數民族文字報紙已進入尋常百姓家。這是民族文字報紙強大生命力的又一例證，也是黨的民族政策的新成果。

　　作為《遼寧日報朝鮮文版》還曾編輯出版過《遼寧日報通訊》《報刊資料》《群眾來信摘編》等內部刊物。

　　3.《黑龍江日報》（朝文版）該報系中共黑龍江省委的機關報，並是黑龍江日報的組成部分。社址設在哈爾濱市道里區。1961 年 10 月 1 日創刊，初名《黑龍江日報朝鮮文週刊》，四開四版，週六出版。1963 年改為《黑龍江日報（朝鮮文版）》，1963 年元旦起改為週二刊，7 月 2 日起改為週三刊，後改為隔日刊。1979 年 12 月 12 日經省委宣傳部同意改名為《黑龍江朝鮮文報》，並於 1983 年 1 月始用此名，同時脫離黑龍江日報社，單獨組建報社。

　　《黑龍江日報》（朝鮮文版）是在《牡丹江日報》基礎上創辦的。1961 年 4 月 30 日由中共中央批覆黑龍江省委並東北局：「同意黑龍江省委將朝鮮文牡丹江日報改為省級朝鮮文報的意見。」主要讀者對象為全省朝鮮族農民和基層幹部。其主要任務是向全省朝鮮族人民宣傳黨的路線、方針、政策，不斷提高朝鮮族人民的愛國主義、社會主義思想覺悟，增強各民族團結，讓朝鮮族人民

同全省人民一起為社會主義革命和建設服務〔註2〕。1963 年該報擴大版面後，朝文來稿的利用率逐漸提高。1976 年後朝文稿件的利用率提高 45%。其《青春》《家庭》《民族的自豪》和《在朝鮮族生活的地方》等專欄、副刊，更適合朝鮮族讀者的欣賞趣味，非常受歡迎。

《黑龍江日報》（朝鮮文版）為促進發展民族教育事業和民族語言的純潔化、規範化做出過重要貢獻。其《學習園地》《教育工作》等專欄，從教學研究、朝鮮語文研究、中小學學生的朝鮮文學習等角度做引導工作，提高稿件的文字質量，也為推進民族地區民族語言文字的純潔和規範作出應有的努力。

該報的版面安排是：一版為要聞版，設《今日黑龍江》《主人翁實幹家》、《一句話新聞》《群言堂》等欄目，以刊登群眾關心的各種短新聞為主，頭條以安排當時最有指導意義的新聞稿為主；二版為經濟新聞綜合版，以報導農業為主，設《科學春天》專刊；三版為政教綜合版，設《黨的生活》《生活道德知識》《青春》《學理論》《學校園地》《文化生活》《讀者來信》等專欄；四版為國內外時事版，還有每週一期的文藝副刊《金達萊》和《文化廣場》等。

粉碎「四人幫」後，該報迎來新聞改革的春天。首先狠抓辦報思想，在宣傳報導的總體上，逐漸建立起以本民族新聞為主導的新格局。反映朝鮮族的報導逐漸達到發稿總數的 70%。有的版面幾乎全是朝鮮族的報導。這一時期，重點報導朝鮮族農業生產上取得的新經驗，新成就。有關生產、生活和人們關心的其他新聞開始在報紙的重要版面和顯著位置上出現。比如，水田藥劑滅草技術在第一版顯著位置進行連續報導後，受到農民的歡迎。他們說，「這才像我們的報紙！」其次在精神文明宣傳方面該報也發表了不少感人的報導。又如在頭版頭條顯著位置大篇幅報導一對男女青年崇高的愛情故事，非常感人，在過去是不敢想像的。實踐證明，這樣辦報在少數民族中會引起強烈反響，讀者是歡迎的。還有，以實事求是為指導思想，糾正對指導性的片面理解，把黨的方針、政策的宣傳和讀者最關心的問題有機結合起來進行宣傳報導，克服「假大空」，更接近實際生活。另外，扭轉「靠新華社辦報」的局面，增加自編稿的比例，提高自編稿的質量，辦出報紙特色，對新華社稿件進行精選、精編，使之簡結明瞭，通俗易懂。1981 年以後，該報又進行了全面改革，探索辦好少數民族文字報紙的新路子，增強民族特色和地方特色，使之更有鄉土氣息。

〔註 2〕據《黑龍江日報》（朝鮮文報）發刊辭。

該報日益受到全省朝鮮族讀者的熱愛與歡迎，發行量與日劇增。1962 年 12 月末發行 6000 份，1979 年 12 月發行 24000 份，歷史上最高期發數為 33894 份。1985 年達 43000 份。按全省朝鮮族人口計算，平均每十人一份報紙，基本是自費訂報。

該報在總編輯委員會下設總編室、經濟報導部、政治生活部、教育報導部、文藝報導部、時事報導部、群眾工作部、經理部、人事保衛科。20 世紀 80 年代有工作人員 100 人。歷任負責人金剛、金浩鳳、尹應淳等。

二、青少年報和專業報的創辦

朝鮮文報蓬勃發展的標誌之一則是在東北各省黨報創刊之後，還有青少年報和專業報的出版發行。這其中辦出特色並有比較大的影響的是《中國朝鮮族少年報》（朝鮮文）。

1.《中國朝鮮族少年報》

在少數民族文字報刊中，《中國朝鮮族少年報》是新中國成立之後創刊比較早的少年報。它原是中國共青團延邊州委機關報兼少先隊隊報。現出東北三省團委主辦（以吉林省團委為主），1957 年 7 月 1 日創刊於吉林省延吉市。該報指導少年兒童活動，引導少年兒童做有理想有道德有知識守紀律的人。該報以全國朝鮮族少年兒童（主要是小學生和初中一、二級學生）為讀者對象。初名《少年兒童》，期發量初為 7000 餘份，後增至 47000 餘份。四開四版，週刊。1966 年 1 月改稱《延邊少年報》，當年 7 月停刊，共出版 658 期。1980 年 9 月 4 日到 1981 年 12 月以《中國少年報（朝文譯刊）》出版，仍為四開四版週刊，共出版 70 期。1982 年 1 月又以《延邊少年報》名稱復刊，期發數為 109000 份。1985 年元旦改稱《中國朝鮮族少年報》，經團中央同意，中共吉林省委批准為全國朝鮮族少先隊隊報。以鄧小平提出的「三個面向」和鄧穎超提出的「三個創造」為指導思想，積極貫徹黨的德智體美全面發展的教育方針，引導朝鮮族少年兒童成為有理想、有道德、有文化、有紀律，體魄健壯，富於開拓精神的共產主義接班人。該報設有 30 多個專欄，辦得生動活潑，深受少年讀者歡迎。這些專欄分布在四個版面上：第一版，少先隊生活與形勢版，報導以共產主義教育為中心的少先隊創造性活動和國內外時事，啟發少先隊員「樹理想、愛集體、學創造、做主人」。設有《少先隊的主人》《80 年代少先隊員》《小新星》《少先隊幹部學校》《悄悄話》《這裡又是一個課堂》《小記者報

導》等欄目；第二版，學習版，適應教育改革的形勢，結合學校教學實際，幫助少先隊員樹立明確學習目的，激發濃厚的學習興趣，獲得科學的學習方法和養成良好的學習習慣，培養頑強學習的精神。設有《學習顧問》《教課書的良師益友》《我有把握》《名人的腳印》《錦囊妙計》《外國兒童的學習生活》《花妮與秀蘭》《病句防疫站》《名人出的習題》《外語教室》《考考你》等專欄；第三版，科學知識版，報導最新的科技成果，結合少先隊員的學習、生活、勞動實際、傳授科學的思維方式和創造方法，解決少先隊員碰到的疑難問題，從小培養愛科學、學科學、用科學的精神。設有《今日科學世界》《科技小偵探》《未來世界》《小小發明家》《我的小論文》《小製作》《小實驗》等欄目；第四版，文藝版。結合少先隊的活動，塑造新時代的典型，培養少先隊員的美好心靈，進行美育教育，提高鑒賞水平，豐富隊員的生活。設有《蒲公英》（兒童文學作品）、《外國兒童文學》《小星星》（少先隊員的習作）、《文藝小辭典》《作家的童年》《娛樂宮》等欄目。不難看出，在這些欄目中，有反映地方特點、邊疆特點和民族特點的；還有專門讓少先隊員從事實踐活動，使之親自實驗、親自設計、親自觀察、親自動筆，並為他們的實驗成果提供發表的園地，這是朝鮮族少先隊員學習與生活的良師益友。編輯部還多次舉辦作文比賽，為提高朝鮮族少先隊員的作文水平作出了貢獻。

《中國朝鮮族少年報》較之其他少數民族文字報紙有其明顯特色。

首先，從報紙的讀者對象來說是相當專一的，在全國少數民族文字報紙中是為數不多的一張面向少先隊員的報紙。就作為東北三省的隊報來說也是唯一的。

其次，由於讀者對象專一，因此為其編採寫提供了明確的標準，即選稿、用稿都是從朝鮮族少先隊員的實際出發，選用那些對於朝鮮族少先隊員的健康成長有益的稿件，增強其指導性。

第三，由於報紙是辦給朝鮮族的小讀者看的，因而從內容到形式都特別注意引起少先隊員的興趣，增強其可讀性。同時培養並建立了一支朝鮮族少年兒童的作者和記者隊伍。在東北三省和內蒙古地區，已有一批以朝鮮族或懂朝鮮文的少先隊員為主的採寫人員與報社保持經常的聯繫，形成一支比較穩定的小記者、小作者隊伍。

第四，該報雖然對象專一，內容卻並不單一，而是豐富多彩，綜合性強。

第五，通過組織活動吸引小讀者，啟迪他們的智慧，開闊他們的視野，培

養和鍛鍊他們的動手動腦能力。幾年來，該報組織了《優秀隊長活動》《小記者競賽》等 20 餘次，受到少先隊員的熱情支持與歡迎，也產生了一定影響。

《中國朝鮮族少年報》以鮮明特色贏得廣大少先隊員的信任和歡迎，多次受到團中央、省、自治州領導的鼓勵、表揚。1986 年被評為州、省模範集體。期發量 1985 年達到 63000 多份。時有職工 25 名，其中編採人員 18 名。主要負責人韓錫潤等。

2.《延邊青年報》（朝鮮文）

該報系中國共青團延邊州委機關報。1959 年 1 月創刊，四開四版，週二版。這張報紙存在時間不長，於當年 10 月停刊。

第二節　盟（市）旗（縣）級蒙文報紙紛紛創刊

盟（市）旗（縣）級蒙文報紙經過新中國成立初期的興起階段，隨著社會主義事業全面發展時期的到來，如雨後春筍般地紛紛創辦，蒙文報紙進入了一個新的發展階段。這個時期創辦的蒙文報紙，在內蒙古自治區有《赤峰日報》《哲里木報》《巴彥淖爾報》。此外，在遼寧省辦有《喀左縣報》。地方性民族文字報紙紛紛創刊，標誌著民族文字報紙由興起階段進入發展階段。

一、《赤峰日報》（蒙、漢文）

該報系中共赤峰市委機關報。原名《昭烏達報》，漢文版 1956 年 8 月 23 日試刊，10 月 1 日正式創刊，週刊。1956 年 12 月改為周雙刊，1957 年 9 月改為週三刊，1958 年 4 月 1 日改為週六刊。蒙文版創刊於 1957 年 8 月 10 日，初為週刊，後改為週二刊、週三刊，1979 年 8 月改四開週六刊。1983 年昭烏達盟改為赤峰市，該報於當年 11 月 20 日改名為《赤峰日報》。實行黨委領導下的編委會負責制，設有蒙文編輯部，有總編辦公室、政文編輯組、經濟編輯組、翻譯組、群眾工作組；漢文編輯部設總編辦公室、政文編輯組、農牧編輯組、公交財貿編輯組、群眾工作組和攝影組。

該報蒙文版以牧區幹部和群眾為主要讀者對象。其任務是以黨的路線、政策為指導，反映赤峰市所轄地區各條戰線，尤其是農牧業戰線的新情況、新成果、新經驗，報導各條戰線的先進典型和先進人物。

為了適應經濟建設的需要，國務院撤銷熱河省，把屬該省管轄的赤峰縣、

烏丹縣、翁牛特旗、寧城縣、敖漢旗、喀喇沁旗劃歸內蒙古自治區昭烏達盟管轄。1955 年 10 月昭烏達盟的黨政領導機關由林東遷至赤峰，1983 年 11 月昭烏達盟改成市管縣的建制。原昭烏達盟改為赤峰市。

1966 年 5 月蒙文版改出週六刊。1967 年 1 月《昭烏達報》被查封，改出《紅色造反報》和《新華社消息》。蒙文版停刊。1968 年 8 月蒙文版復刊，出週三刊，1973 年元旦出版週六刊。

《赤峰日報》文革前期發量增至 20000 份，1964 年蒙文版增到 1000 多份。

1976 年 10 月後，該報恢復了黨報實事求是和黨與人民耳目喉舌的傳統。黨的十一屆三中全會以後，報紙突出宣傳黨對經濟工作的方針、政策，著重宣傳當地農村以實行聯產承包責任制為主要形式的農村政策和改革，加強了精神文明建設的宣傳報導，突出共產主義理想教育和紀律、道德、法制教育。

為了適應改革開放的新形勢，該報把新聞改革提到議事日程。抓頭條，抓中心，抓報紙版面編排的改革，增強報紙的戰鬥力、說服力和吸引力。報社提出把報紙辦得跟黨的方針、政策「緊些、緊些、再緊些」；與讀者「近些、近些、再近些」；版面和內容「活些、活些、再活些」等提高報紙質量的新措施。

對提高通訊員的業務素質，加強對他們的培訓工作，報社同樣十分重視，多次舉辦培訓班，現有骨幹通訊員 1000 多名。專業與業務新聞工作者隊伍政治、業務素質的提高，使該報的內容和版面大有改觀，贏得讀者的青睞。期發量日益增多，蒙文版 1979 年 2900 多份，1984 年為 4000 份。漢文版 1979 年已達到 22000 份，1981 年 22860 分，蒙文版 2900 份。

該報 20 世紀 80 年代有職工 174 人。其中漢文編輯部 42 人，蒙文編輯部 34 人，工人 84 人，行政人員 14 人。歷屆負責人牧人、孫永、張全棟、包鵬飛、陳連仲、敖日澤、陳福廷等人。

二、《哲里木報》（漢、蒙文版）

《哲理木報》係中共內蒙古哲里木盟委機關報，社址設在內蒙古通遼市。其前身係盟委辦公室主辦的《合作化簡報》。漢文版創刊於 1956 年 7 月 1 日；蒙文版創刊於 1957 年元旦，初為週刊，週二刊，週三刊，後改為週六刊。曾幾度停刊。1970 年 10 月 1 日第二次復刊。

該報圍繞哲盟盟委的中心工作，突出林、牧為主多種經營的特點，大力宣

傳改革開放及經濟振興，滿腔熱情地宣傳在兩個文明建設中湧現出來的新典型、新人物、新經驗，尤其是民族團結的先進典型。

該報以刊登新聞為主，突出地區特點、經濟和民族特點。一版為要聞版，二版為經濟版，三版為文化生活版，四版為時事版。闢有《科爾沁論壇》《今日哲里木》《科技與生活》《農牧民之友》《哲盟教育》《廣採博聞》《哲里木史話》《霍林河》等專欄、專版和副刊。文章短小，通俗易懂，圖文並茂，清新活潑。

五六十年代，該報的辦報方針是「從哲盟實際出發，走自己的路子，既不同於大報，也不同於單純的農民報；而是以農民和基層幹部為主要讀者對象，面向全盟人民，具有地區特點、民族特點、小報特點的綜合性報紙」，實踐證明是正確的，符合實際的。

「文化大革命」中，該報被迫停刊，1970 年復刊後，整個報紙是新華社電稿和漢文版的譯稿，被剝奪了刊用蒙文地方稿的權力。1974 年始用蒙文地方稿件。

1976 年後，該報蒙文版面貌為之一新，除刊登新華社編發的國內外大事和翻譯漢文版上的國內與內蒙古地區的大事之外，大量刊登蒙文地方稿，開始「自編自採」，受到蒙族讀者的歡迎。

近幾年來，蒙編部的採編人員，大膽進行新聞改革，豐富報導內容，精心編排，提高報紙質量。在版面改革中具體辦法是：一版重、二版活、三版雜、四版多。

一版重，就是重點抓一版，抓頭條。從內容、形式、觀點上力求一版稿件特別是頭條新聞旗幟鮮明，份量重、指導性、戰鬥性強。加強少數民族地區新聞的報導量，改變了過去「小報轉大報、蒙文譯漢報」的被動局面。

二版活，就是注重在版面編排上新穎活潑、圖文並茂，一事一議，針對性強，解決實際問題。隨著經濟建設的發展，尤其是商品經濟的發展，廣大農牧民對知識、信息的渴求越來越迫切。這就要求報紙必須迅速、及時、準確地宣傳政策，傳播人才、科學技術、市場、金融、財經等各方面的信息和知識。為了「活」，二版特闢許多專欄，破除了千版一面的現象，較好地適應城鄉經濟體制的改革和對外開放、對內搞活的形勢。

三版雜，就是通過增設各種內容的專版，體現報紙的知識性，趣味性和可讀性，做到雜而不亂。隨著經濟建設的發展，人民生活的提高，人們的文化水

平提高了，思想開闊了，生活方式也發生了變化。人們在不斷提高勞動工作效率的同時，需要更加豐富多彩的科學、文化和娛樂，這就給報紙在知識性、趣味性、服務性方面提出了更高的要求。為此，他們把過去單一宣傳上層建築內容的三版，改為內容豐富、圖文並茂、溶指導性、知識性、趣味性、服務性於一爐的 7 個專版，並開設了 30 多個大小專欄，使報紙走進了農牧民家庭，成為農牧民群眾的時事政策顧問，生活學習益友，成為知識的課堂，生活的長廊，克服了「文革」時期那種假、大、空、長和說教式的宣傳方式，受到群眾的歡迎。

四版多，就是根據民族特點、小報特點和讀者需要，對新華社電訊稿進行必要的取捨，增加專欄，多上稿件。在保證要聞不漏的前提下，做到多、新、短、快，形式多樣，內容豐富。四版設有《兄弟民族在前進》《祖國各地》《文摘》《世界拾零》《新建設新成就》《農村新貌》《小資料》《衛生與健康》《中國商品在國外》等專欄。

版面的改革，使各版重點突出了，質量提高了，內容增加了。政經、科技、文體、天文地理、風土人情、婚喪嫁娶、衣食住行、柴米油鹽無所不包，吸引了大量讀者，期發量由創刊初 3000 份增至 1984 年的 5500 份。〔註 3〕1981 年漢文版發行 19000 多份，蒙文版 3000 多份。截止到 1987 年底，蒙文版累計出版 624 期。

該報實行編委會集體領導下的總編輯負責制。下設蒙漢文版總編室、經濟組、政文組、行政辦公室、廠部等。蒙漢部各總編室管轄通聯、資料、校對、電臺、美術、攝影、記者等業務部門。到 20 世紀 80 年代，已有職工 167 名，其中蒙漢編採人員 47 名，工人 106 人，行政人員 14 名。報社還有大學生 32 名。有通訊員 1200 多人，骨幹通訊員 400 多人。該報從 1959 年起辦《哲里木通訊》，每月一期。蒙文版的《通訊》是 20 世紀 80 年代才辦起來的，刊期不定。開闢的欄目有新聞業務研究、採訪體會、稿件評介、通訊員論壇、通訊工作動態、通訊員先進事蹟、批評和建議以及讀報、評報用報等。

20 世紀 80 年代主要負責人有李全喜、柏斯億、李俊嶺、張德才、特格喜等。

20 世紀 90 年代《哲里木報》改為《通遼日報》。時任副總編輯的達來（全

〔註 3〕關於《哲裡木報》（蒙文版）的版面改革部分。主要摘自馬樹勳：《面貌一新的〈哲裡木報〉蒙文報》一文。

國勞動模範），提出新的辦報思路。就是突出一個中心，發揮兩個特點，堅持三個方向，實現四字目標。做到五不出手。「突出一個中心，就是宣傳報導以經濟建設為中心的思想，常抓不懈；發揮兩個特點，就是要發揮民族特點和地區特點；堅持三個面向，就是堅持面向農村牧區、面向基層幹部師生、面向鄉鎮企業；實現四字目標，就是要實現『重、活、雜、多』四個字，即一版重、二版活（版面活）、三版雜（形式雜）、四版多（信息多）；做到五不出手，就是要做到觀點不正確不出手，人名、地名、數字不核對不出手，不符合保密規定不出手，文理不通不出手，字跡不清不出手。經過深化蒙文報紙的改革，通遼日報蒙文版的質量有了明顯的改觀，發行量躍居全國盟市報首位，深受廣大農牧民朋友的歡迎。」〔註4〕

三、《巴彥淖爾報》（蒙漢文版）

該報系中共內蒙古巴彥淖爾盟委員會機關報，地方綜合性報紙。社址設在巴彥淖爾盟〔註5〕臨河縣解放鎮。1958 年 8 月 1 日創刊，四開週三刊。同年 9 月 25 日蒙文版創刊，時為週刊。自 1985 年元旦始，漢文版為週六刊，蒙文版為週四刊。1978 年前曾四次停刊。1978 年 7 月 1 日復刊後，又改為週三刊。

該報實行總編輯負責制。在編輯室下面，蒙漢文報各設要聞部、經濟部、政文部、科技時事部、群工部。美術攝影部統一為蒙漢兩種文版服務。

該報以刊登地方新聞為主，重點是經濟新聞，同時兼顧政治、文化、科技、教育，還有文藝副刊。以本盟廣大農牧民和鄉村基層幹部為主要讀者，兼顧其他階層。創刊初期，全社採編人員只有 14 人，沒有辦報經驗，設備也比較簡陋，工作條件比較艱苦，期發量不足 3000 份。1965 年，報社職工發展到 79 人，採編與印刷條件都有了一些改善。在宣傳黨的方針政策，宣傳社會主義新人新事，推動農牧業生產方面都取得一定的成績。與整個自治區和全國其他報刊一樣，在文革期間該報也不能正常出版，編輯記者慘遭迫害，報紙宣傳完全背離黨的新聞工作傳統和黨的路線。報社從 1979 年開始探索新聞改革問題，蒙文版堅持自主自立、自編自採的原則，突出經濟宣傳，強調科技和教育，講

〔註4〕引自馬戰酣：《情及新聞事業——記全國勞動模範、通遼日報副總編輯達來同志》，載《民族新聞》2000 年 3～4 期總第 41 期。

〔註5〕巴彥淖爾盟，內蒙古自治區所轄八盟之一。在內蒙古西北部，位於黃河之濱，地跨陰山南北，面積約 61413 平方公里。3 個縣 1 個旗，是內蒙古主要產糧區之一。

究為少數民族讀者服務，辦出民族特色和地方特色。

　　該報注意從牧區的實際出發，開闢服務性欄目，為牧民生產、生活提供方便。結合牧區實際，為牧區生產提供科學伺養、管理牧畜、改良品種、防病治病等方面的科學知識、報導行之有效的經驗；結合牧民物質文化生活的需要，在蒙文版上開闢《生產常識》和各種文化知識的欄目，經常刊登與牧民生活有密切關係的比如家電維修等新知識；普及歷史文化、文學藝術知識；報導蒙古民族文化遺產，增強報紙的知識性和可讀性。

　　遵照接近讀者、接近生活、接近實際的原則，這張報紙時刻不忘突出報導牧業經濟，使之有關畜牧業的報導佔地方新聞的 70%，占經濟報導的 80%。蒙文報在稿件的採用方面，地方來稿占 95%，牧區稿件則占 85%，並且儘量使用牧民群眾通俗語言進行新聞寫作，受到廣大牧民群眾的歡迎。總之，蒙文版在內蒙古盟市一級的報紙中，其民族特色、地方特色是十分突出的，給讀者和同行們都留下了深刻的印象。

　　1981 年期發量蒙文版 90201 份，漢文版 1049497 份。到 20 世紀 80 年代末蒙文版年發行總數為 17 萬份。20 世紀 80 年代初全社總人數 172 人。其中蒙文編輯 18 人，漢文編輯 23 人，記者 11 人，群工、資料、抄報共 10 人，行政人員（包括工廠）26 人，工人。歷屆主要負責人有哈爾巴拉、黃雁、查干、明安、額爾敦阿古拉、馬玉興、郭儒、楊澤、李廷嵐、揣洪津、曹漢傑、哈斯等人。

四、《喀左縣報》

　　該報系中共遼寧省喀喇沁左翼蒙古族自治區縣委機關報。1958 年創刊，1960 年停刊，1980 年 9 月 19 日復刊，四開四版，週二刊，以蒙漢兩種文字同時同刊出版。蒙漢文兩個報頭，等於有兩個一版，蒙文一個，漢文一個。二、三版為漢文版，蒙文版無二、三版。報社設有出版辦公室、經濟科、政文科、和蒙文科。編制 19 人。該報自創刊以來只刊登地方新聞，不用新華社電稿和外地新聞稿；改革開放以來，始闢《文摘》專版，刊登祖國各地的新聞消息。喀左縣係革命老區，是一座歷史悠久的革命縣城。《喀左縣報》闢有專欄，熱情宣傳歷史古蹟和光榮傳統，使該報具有濃厚的老區色彩。如「喀左旗支隊」「喀左旗支會」「解放戰爭時期的喀左旗政府」等，這些活躍在抗日戰爭和解放戰爭中的革命組織都曾在《喀左地方黨史》專欄中相繼做過重點宣傳。增設

縣報知識性，普及科學文化知識，是這個報紙的特色。為了宣傳科學文化知識，編輯部不惜版面，不僅報導典型，介紹經驗，還配發評論，推動全縣的科學種田、科學養畜、科學服務等活動的深入開展。該報還在報紙的夾縫中刊登各種知識，以及民風民俗、生活常識等，這些做法受到讀著歡迎。

民族文字報紙的創辦與發展，與黨和政府的重視緊密相關。1988 年 3 月 7 日自治縣第九屆人民代表大會第二次會議批准的《喀喇沁左翼蒙古族自治縣自治條例》第 57 條規定：「自治縣的自治機關加強蒙古語言文字的學習使用和研究工作，設立相應機構，配備必要的工作人員。自治縣辦好以蒙漢兩種文字出版的《喀左縣報》，廣播和電視要有蒙語節目。」把辦好民族文字報紙，辦好民族新聞事業用法律的形式固定下來，這不僅是黨的民族政策的新勝利、新發展，而且在中國少數民族新聞史上也是少有的。

1986 年，該報期發量為 3000 份。主要負責人有靳國宸、金川、孔憲和、於文堂等。

第三節　阿克蘇報、哈密報及伊犁少年報

新疆自治區在社會主義建設全面發展時期創辦的地（市）委一級的民族文字報紙有《阿克蘇報》《哈密報》，還有把「報」與「刊」明顯區分開來的《伊犁少年報》和《伊犁青年》兩份對象性報刊。這是我國民族文字報紙進入發展階段的又一鮮明標誌。

一、《阿克蘇報》（維、漢文版）

該報系中共阿克蘇地委機關報，1958 年 9 月 1 日創刊。維文版對開四版週三刊，漢文版四開四版週三刊。該報設有維吾爾文版和漢文版，設有維吾爾文和漢文編輯部。

阿克蘇，維吾爾語直譯為「白水」，意為水質清而甘甜。阿克蘇地區塔里木盆地西北部，天山南麓，阿克蘇河和托什干河平原，素有塞外江南之美稱。《阿克蘇報》自創刊以來，堅持宣傳黨的方針政策、宣傳民族團結、普及科學知識、豐富群眾文化生活，以廣大農牧民和基層幹部為主要讀者對象。一版為要聞版，以國內外大事和當地的中心工作及各族人民最關心的事物為報導內容，並且發表有針對性的社論、評論員文章和記者評述。二版為經濟版，主要報導經濟戰線的信息，突出宣傳深化企業改革，加強企業管理，治理經濟環境，

整頓經濟秩序，還有社會生活中的「難點」「熱點等等。三版為時事版和政文綜合版，四版是政文方面的專刊版，關有《青春》《綠洲》《藝苑》《縱橫》《周末》《文摘》等知識性、趣味性專刊。

在報社內部積極開展好新聞的評選活動，年年評選一批好新聞，1985年和1986年度全區維文報好新聞評選活動中，該報有9篇獲獎或受表揚。報紙的印刷質量也不斷改進與提高，在1986年10月全新疆第二次地州市級報紙編排印刷經驗交流會上維文版榮獲第二名，漢文版榮獲第三名。

20世紀80年代該報的期發量為維文版8600份，漢文版15000份。20世紀80年末該報維文版，年期發量為14000份。社辦刊物有《阿克蘇報通訊》。歷屆負責人有張長青、賀金斗、藍振華、肖光、王蓬之等。

二、《哈密報》（維、漢文版）

停刊5年後的油印《哈密報》經中共哈密地委的批准，於1958年10月1日正式鉛印出版。該報是在自治區宣傳工作會議精神的指導下，為適應社會主義建設、推動地區所屬各縣的政治經濟發展，及時轉發黨和政府的各項政策指示和決議而創辦的。以維、漢文兩種文字出版，四開週三刊。1963年7月2日，該報始用郭沫若題寫的報頭。

《哈密報》的中心任務是宣傳黨的各項政策和社會主義建設總路線，帶領群眾為建設社會主義而奮鬥。

其宣傳對象和內容是：「三分之二版面面向農村，三分之一的版面面向城市。」主要反映農牧業合作社運動及農牧業生產情況，其他反映工業財經、政治和文教衛生工作等情況。

該報主要發行對象是哈密地區所轄哈密、伊吾、巴里坤三縣的農牧區、和城市公私合營商店、手工業合作社、私營商店與市民，以及黨政企事業機關與學校。

該報在宣傳上主要採取重大事件突出報導、重要事件跟蹤採訪，組織系列報導和專題報導。

1958年10月1日在試刊第一期上，以頭版頭條整版篇幅報導朱德視察哈密、接見各族群眾的活動，鼓舞了哈密各族群眾的士氣和幹勁；當年10月，哈密地區鋼鐵廠破土動工，該報對鋼鐵廠的煉鋼高爐、煉鋼廠房、配套電站等系列工程的建設，相繼跟蹤採訪，進行了系列報導。同時還對哈密煤炭工業建

設成就，志願軍凱旋回國，又投身到邊疆建設等重大事件也同樣及時地做了專題報導。

1959 年 12 月 31 日蘭新鐵路通車，1960 年元旦在哈密車站廣場舉行萬人大會慶祝，王恩茂等自治區和其他有關黨政領導及蘇聯代表參加了通車慶祝大會。該報以兩個整版的篇幅集中報導宣傳，並對「蘭新鐵路通車到哈密」，進行系列報導，共計四篇。1960 年底這組報導被自治區評為「紅旗稿」。

該報在 20 世紀 60 年代初期，有計劃有步驟地配合全黨「大辦農業，大辦糧食」的指示，組織一系列專題報導，有聲勢、有影響地宣傳哈密地區各行各業的支農活動，取得了顯著效果。在三年自然災害期間，報社大興調查研究之風，採編人員深入天山南北農牧區；訪貧問苦，實行「三同」，多側面、多角度地反映群眾生活、學習和生產情況；增強了宣傳報導的新聞性，同時，有的放矢地及時報導一些單位積極開展副業生產、抗災自救、共度難關的具體措施，副業的成效和典型經驗。這些宣傳報導收到較好的效果，增強了新聞性。

其次，該報直到 1966 年 5 月 16 日即十年動亂之前，報社內部組織機構、規章制度比較健全，重視採編人員的政治和業務學習，對報紙質量要求較高。始終如一地執行「制定報導計劃與報導提綱」的制度，重大題材的採編工作，由編委會擬出詳細計劃。

再次，報社認真貫徹「全黨辦報、群眾辦報」的辦報方針，重視和加強通聯工作。1959 年底，地委宣傳部主持召開了全地區通訊工作會議。各縣宣傳幹部，通訊員及有關領導參加會議。會議總結通報近一年來的情況，表彰一批優秀通訊員；針對稿源不足，質量不高的現象，對加強通訊員隊伍建設提出具體要求和措施。報社定期召開業務會議，以走出去、請進來的方式，發展通訊員隊伍，組建報社的通訊網絡。不斷發現苗子、發現人才，為建立一支少數民族新聞工作隊伍的建設貢獻力量。

三、《伊犁少年報》（哈文）

該報是由伊犁哈薩克自治州共青團主辦的哈文小報。1957 年創刊，原名《伊犁少先報》，1967 年停刊。1981 年 9 月復刊，週二刊，四開四版，並始用現名。

《伊犁少年報》以培養少年兒童熱愛黨、熱愛社會主義祖國、熱愛科學的優秀品質，德智體美全面發展，使他們成為有理想、有道德、有文化、守紀律

的共產主義接班人為宗旨。以哈族少年兒童、中小學輔導員和哈族學生家長為讀者對象。該報主要刊登科學知識、童話故事、詩歌、謎語等少兒作品，介紹老一輩革命家的事蹟，宣傳好人好事好思想。

該報具有與眾不同的特點：

其一，鉛版印刷，彩色套印。該報每期一、四版必套色，套紅、套藍或套紫，變化多樣。長方形報頭，期期都套色。「伊犁少年報」幾個大字壓色，色中顯白，十分引人注目。除報頭套色外，標題和題圖也常套色。

其二，突出少兒特點，圖文並茂。該報從少兒讀者的需要出發，切實加強形象化教育。報上刊登較多的連環畫和插圖，這些具體而形象的宣傳，適合讀者的年齡、文化及心理要求。

其三，體裁多樣，內容豐富。該報不僅登載大量新聞、包括消息、通訊、言論及較多的新聞照片、新聞漫畫、速寫等，另外還有小說、詩歌、散文及孩子們喜歡的寓言、謎語、民間故事、連環畫、科幻知識和好的外國作品。該報讀者說，這張報紙形式多樣，內容豐富，版面活潑，總有新鮮感。

其四，教育小讀者，培養新人材。該報的一個重要思想，就是教育培養哈族少年兒童。因而，在宣傳中他們不僅大量刊登適合哈薩克族少年的口味的新聞、文章以及其他作品，熔指導性、思想性、知識性、趣味性於一爐，而且注重利用哈族少年的習作，並加以具體指導和培養。年僅 10 歲的哈薩克族小學生加爾肯・阿哈買托拉，把《船與柴》《兩隻母雞》《忠義之舉》等小故事翻譯成哈文，投到報社後，很快就被採用。加爾肯・阿哈買托拉在學校是一個德、智、體全面發展的好學生，在他的成長過程中，《伊犁少年報》起了很大作用。該報已成為配合社會和家庭教育少年兒童的重要陣地，是哈薩克少年兒童和家長的良師益友。

報紙的特色，是報紙個性、風格和色彩的集中體現。一張報紙如果沒有自己的個性、沒有區別於其他報紙的色彩、風格和面貌，就不可能辦成受讀者歡迎的報紙。該報就是本著這種精神，熱情歌頌伊犁地區各條戰線的輝煌成就和改革開放的巨大變化，宣揚哈族少年兒童中的好人好事好思想好作風，讀者在報上看到的都是發生在自己身邊的事。

該報與《伊犁青年》雜誌同屬一個編輯部。20 世紀 80 年代 13～17 人的編制。主要負責人有沙吾列提、烏拉孜、沙天列提、托列根等人。

第四節　《西藏日報》的誕生與發展

　　西藏是一個以藏族為主的少數民族地區，藏族約 180 多萬。此外還有漢、回、洛巴、門巴、登巴、夏爾巴等少數民族。1956 年 4 月 22 日《西藏日報》創刊於拉薩。創刊時是中共西藏工委領導下的報紙，是西藏自治區籌委會的機關報，兼有統戰性質，現在是西藏自治區黨委機關報。該報是西藏歷史上第一張無產階級性質的少數民族文字的黨報，也是「世界上最大的藏文報」。在世界屋脊上辦報，是一個嶄新的事業，也是西藏人民政治生活中的一件大事。說明我國少數民族文字報刊發展到了一個嶄新的階段，進入了一個新的歷史時期。

　　該報在創刊詞中明確地闡述了報紙的性質、任務和辦報方針：在西藏自治區籌備委員會、達賴喇嘛、班禪額爾德尼和中共西藏工委的領導下，宣傳中國共產黨、中央人民政府和毛主席的民族平等團結政策、宗教信仰自由政策和民族區域自治政策，更進一步的加強祖國各民族之間的團結和西藏內部的團結、宣傳馬列主義和愛國主義思想、教育幹部和各階層人民，提高政治覺悟；闡明西藏自治區籌委會各項工作方針、政策和措施，指導西藏各項工作的進展和進行；反映西藏政治、經濟、文化的發展情況；交流和傳播各種工作經驗和生產經驗；介紹祖國社會主義建設的各項偉大成就和世界和平民主運動的發展情況；介紹西藏的歷史、文化和藝術，介紹現代的科學知識和理論。其方針是：「將按照聯繫實際、聯繫群眾的方針，採用西藏人民喜聞樂見的民族形式，使它更能夠真正成為西藏各階層廣大人民的好朋友。」

　　20 世紀 50 年代藏文版的《西藏日報》主要對象是中上層人士和寺院喇嘛。民主改革後，擴大到廣大農牧民、工人和基層幹部以及小學教師，兼顧上層人士及寺院喇嘛。

　　藏漢兩種文版的《西藏日報》是在《新華電訊》和《新聞簡訊》的基礎上創辦的。

一、報名的確定

　　1954 年第一屆人代會在北京隆重召開。達賴、班禪和藏族各階層人民代表一道參加這次盛會。會後，國務院召集西藏地方政府、班禪堪布會議廳委員會和昌都地區人民解放委員會三方代表，經過醞釀、協商，組成西藏自治區籌備小組。籌備小組成立後，中共西藏工委認為《新聞簡訊》已不適應形勢發展，

應辦一張省（自治區）報。最初打算效法《青海藏文報》，以藏漢合璧形式出版。1955 年 10 月 25 日毛澤東指示中共西藏工委：「在少數民族地區辦報，首先應辦少數民族文字的報」，「西藏與青海不同，不要藏漢兩文合版，要辦藏文報。報紙用什麼名字怎麼辦好，應同西藏地方商量，由他們決定，我們不要包辦」並指示報紙名字不一定用「西藏」二字。根據毛澤東的意見，曾醞釀十多個報名，如《西藏日報》《太陽報》《雪域報》《西藏鏡報》等。年底的一天，達賴喇嘛・丹增嘉措在羅布林卡劍色頗章〔註6〕，最後決定把這張報紙命名為《西藏日報》。達賴說，「既然大部分省報和該省、市、自治區名稱統一，我們也叫《西藏日報》吧！可以嗎？」他並且為藏文版的《西藏日報》題寫了報頭。

報名確定後，首先遇到的問題是：在藏文中沒有「新聞」和「報紙」一詞，藏文的《西藏日報》該如何寫呢？英文的新聞（NEWS）和報紙（NEWSPAPER）是有區別的，因而一部分人主張把《西藏日報》寫成《西藏每日新聞》（TIBETAN DAIIY NEWS）。但是這種譯法一部分人不太滿意。後來，江金・索南傑布創造一個新的「報紙」一詞，他解釋說，第一個字取其印刷之聲「嚓」（tsags原意為點兒），第二字是藏文中原有的，意為「印刷品」，古寫 tbar，採用現代寫法 bar，從此藏文中誕生了「新聞」一詞並為群眾所接受。

二、報社與報社領導班子的組成

1955 年 3 月 4 日《中央對西藏日報工作的指示》中指出：「關於對報社的領導，應按照中央關於改進報紙工作決議的規定，即由工委書記之一直接領導，並委託宣傳部協助管理日常業務，同時，不採取社長制，而採取總編制，設總編輯和副總編輯，所需幹部由中央宣傳部負責配備，……工委亦盡可能從當地選拔報社工作人員。」

報紙創辦初期，黨在西藏的主要工作任務，是繼續執行關於和平解放西藏辦法的協議，鞏固和擴大反帝愛國統一戰線，增強民族團結，發展西藏建設。當時，編委會也吸收若干上層人士參加，從而使報社的編委會成了一種特殊的組織形式。報社領導班子由四個方面人員組成：中央派來的，如嚴蒙等人；西藏地方政府派來的五品貴族官員，有噶雪・頓珠才讓等；班禪堪布方面先後派來輪換的為小五品青年僧官，有德夏・頓珠多吉等人；有昌都方面的，如勒村普拉；還有西藏文化界著名人士，精通藏文的僧俗學者，如擦珠・阿旺洛桑，

〔註6〕劍色頗章：頗章，藏語音譯，即宮殿。劍色頗章，即金色的宮殿。

江金‧索南傑布以及精通藏文的蒙族「格西」，回族學者、中下層僧俗官員、擅長藏文書法的西藏政府的仲譯（文書）等等。

在報社黨委（「文革」前在編委會）領導下，《西藏日報》藏、漢兩種文版，分設藏文編輯部、漢文編輯部、採通部、政治部和行政出版部。「文革」前報社藏文編輯部，負責編輯藏文報。藏編部由藏歷新年傳大召期間，經辨經和多方面考核通過的佛學博士（即「格西」）並精通藏文的拉讓巴格西和原是蘇聯布里亞特蒙古人、已定居西藏幾十年的喇嘛曲扎擔任主任，由藏漢文水平均很高的回族、漢族學者和統戰人士任副主任。當時藏編部共有 5 個業務組。翻譯組、編採組和校對組全部是藏族幹部，地方新聞組 5 人其中 3 人是藏族。時事組 5 人，有 4 人是藏族。三個部主任，有二個是藏族。1987 年正式成立藏文采編組之後，由過去每週只有兩三個藏文稿版，增加到每天一個藏文稿版。1986 年以來召開自治區黨代會、人代會、政協會議和舉行傳召大會等重大會議和活動時，該報都派出藏文記者直接用藏文寫稿，讀者倍感親切，增強了宣傳效果。經過幾次調查，藏胞讀者非常喜歡具有形象化，顯示自己語言文字特色的藏文報。

這一時期屬於報社艱苦創業時期，物質條件非常艱苦，鬥爭形勢十分複雜。報紙從編輯採訪到印刷發行，每個環節經歷著艱難險阻。當時為了搞好報紙的宣傳工作，報社的同志們發揚艱苦奮鬥精神，開荒生產，克服困難，因陋就簡，勤儉辦報；一方面根據黨中央制定的方針政策和策略，堅持同上層反動集團進行有理、有利、有節的鬥爭。

1959 年平叛鬥爭，對報社是個嚴峻的考驗，藏漢文兩張報紙，編輯記者只有十幾個人，在戰鬥處於一觸即發的緊張日子裏，報社的同志們一面積極奮戰，一面堅持工作，保證報紙的正常出版。編輯部同志一手拿槍，一手拿筆，一邊編稿，一邊隨時準備投入戰鬥。叛亂發生後，上層反動集團把報社當作重點進攻目標，多次向報社發起進攻，企圖燒毀、炸毀報社。

1959 年 4 月西藏反動集團發動的武裝叛亂平息後，西藏發生了翻天覆地的變化，《西藏日報》進入了一個新的發展階段。在黨中央的統一安排下，從人民日報社和內地兄弟報社抽調一批業務素質好的骨幹支持報社加強力量。從內容到形式，都注重從實際出發，注意民族特色和地方特點，充分發揮報紙的宣傳作用。粉碎「四人幫」後，報社對如何辦好藏文報越來越重視。報社培養了一批藏族業務骨幹，包括記者、編輯、業務組長、編輯部主任，副總編輯

等。藏族職工已占全社的 1／3 以上，在全區建立藏文通訊報導組 70 多個，發展通訊員 500 多名。

三、辦好報紙的措施

第一，提高辦好藏文報的認識。西藏主要是藏族聚居地，其他民族如門巴、珞巴族等也都通曉藏文，「在少數民族地區辦報，首先應辦少數民族文字的報」，完全符合西藏的實際，體現了黨的民族區域自治政策。但是如何辦好一張具有民族和地區特點的黨報，卻經歷了一個實踐、認識、再實踐、再認識的過程，並繼續往返循環。首先是如何處理好藏文報與漢文報的關係。兩種文本的性質、辦報方針、宣傳綱領等等，都沒有什麼不同，都是黨報，同是對開四版的日報。所不同的是藏文版的宣傳對象更側重於藏族同胞，宣傳的角度和重點以及報紙容量也不盡相同。因而在當時有種觀點：「藏文報是從漢文翻譯過去的，而且容量較小，只要辦好了漢文報，從漢文稿件中選擇，適合藏族讀者需要的內容，譯成藏文，就是辦好了藏文報。」這種認識在一定程度上抹殺了藏文報的特點和個性。還有一種認識，地方稿先由藏文編輯選稿，然後交漢文編輯處理。其實，這並不是重視藏文報，效果不好，還影響了漢文報的時效性。1966 年 6 月之後，報社不少編輯，記者不懂藏文，他們在漢文編輯部是骨幹，而編起藏文稿來跟文盲差不多，無用武之地。

第二，在反覆實踐、反覆認識的基礎上，報社領導逐步摸索出一個真理：辦好藏文報必須有一支有文化、懂政策、懂新聞業務的幹部隊伍。怎樣建立一支隊伍呢？1956 年，在拉薩木汝林卡辦起 200 多藏回學員參加的新聞訓練班（分三個教學班），1965 年辦了一期新聞訓練班，由中央民族學院（現中央民族大學）代培，於 1966 年春開學。這個班共 47 名學生，是報社從拉薩中學、西藏民院、西南民院、中央民院選拔的並由報社選派兩名幹事擔任教師；1974 年，報社和西藏人民廣播電臺又合辦一期新聞訓練班，54 名學員只有 3 名藏胞，還有兩名藏胞不懂藏文。經過一段時間的摸索，報社認為多種途徑、多種辦法，是建立一支以藏族為主的新聞骨幹隊伍的有效措施。自 1973 年開始採取的辦法有：（1）以老帶新，在采訪、編稿、翻譯等工作中，進行具體幫助，讓藏族同胞迅速掌握、通曉新聞業務。（2）選送青年人到北京、上海等地進修、深造。從 1973～1981 年選送 13 人到北京大學、復旦大學，中央民院學習，現已成為報社骨幹。（3）選派有一定水平的編輯、記者到農村去、到基層去，分

期分批發展和培訓藏文通訊員。（4）整頓、鞏固、發展藏文報刊通訊組。主要
辦法是：向各記者站派遣用藏文寫稿的記者，指導所在地區的藏胞通訊員；由
報社派遣有一定工作能力的同志到各地發展和整頓通訊組織，培訓通訊員；加
強編輯力量，藏文來稿一律每稿必復，變退稿信為組稿信，加強與通訊員的業
務聯繫。據統計，到 20 世紀 80 年代藏文通訊員已發展到近 1000 人，採用率
已由 20 世紀 60 年代的幾十篇增到上千篇，稿件質量不斷提高。

四、報社概況

報社分設藏文編輯部、漢文編輯部（藏、漢族職工有近 400 人，包括內調
人員），其中幹部 200 多人，工人 180 餘名，行政幹部 25 人。編輯、記者、翻
譯等新聞幹部約 178 人，漢族 100 人，藏族 78 人，藏族新聞業務幹部占總數
的 43.8%，經過 30 多年，民族新聞工作幹部隊伍已基本形成。依靠這支隊伍，
報社在黨委的領導下，認真宣傳黨的路線、方針、政策，充分宣傳黨的民族政
策、宗教政策；通過各種報導、宣傳藏族同胞的勤勞勇敢和四化建設成就，介
紹西藏的歷史、文化、名勝古蹟、山川風貌。

五、藏文版宣傳內容

藏文報對開四版。一版為要聞版，刊登全國和本地區重大新聞；二版為地
方新聞版，刊登農業、牧業、工交以及政法文教方面的新聞和人物；三版分別
刊登理論學習、文藝作品、經濟信息、報刊文摘等專頁；四版每週一次文藝副
刊（《新竹》）或者增闢畫頁。近幾年來，先後有《治窮致富園地》《文化生活》
《西藏青年天地》《學科學》《黨團生活》《軍民魚水情》《新風贊》《農牧民學
政策》《發展多種經營》《致富經驗介紹》《記者來信》《讀者來信》《子弟兵》
《兄弟民族在前進》《在祖國大家庭裏》等十幾個專欄，根據版面分工，靈活
選用。該報自創刊以來，一直重視和加強藏文采通工作，多方面採取措施增加
藏文來稿，增強藏文版的相對獨立性和社會效果。報社內部刊物有鉛印的藏、
漢文《西藏日報通訊》、油印的《內部情況》《記者工作》。幾十年來，該報從
西藏的實際出發，大膽突破「漢文頭條我頭條；漢文一版我一版；漢文重要我
重要」的老框框，即使選編漢文報的稿件，也要經過認真壓縮、改寫和綜合，
對稿件精編、精選。根據農牧民的文化程度和理解水平的實際情況，注意採編
短小通俗、生動形象的稿件，更多採用圖片新聞、圖片專欄和連環畫的形式進

行宣傳。經過 30 多年來的艱苦奮鬥，其社會影響不斷擴大，初刊時，藏文版發行總數為 6000 多份，而今藏文版發行量為 26000 份，兩種文本已超過 40000 份。出版的內部刊物除已提到的之外，還有鉛印的漢文版的固定專頁《高原》（文藝副刊）、《學習》（理論副刊）、《科普園地》（科技副刊）《報刊文摘》等。

六、民族特色和新聞工作改革

藏語文有著悠久歷史，體系完整，表達能力強。用傳統的通俗藏文辦好報紙，可以加深藏胞對黨的路線、方針政策的理解，使之親切有味。創刊初期，通過抗美援朝、第一次全國人民代表大會、自治區籌委會成立等宣傳，使讀者正確認識共產黨、瞭解黨的民族政策和宗教政策，增強愛國心和自豪感。為提高報紙在群眾中的威信，1957 年 9 月該報公開披露江孜頭人本根卻珠毒打獸醫培訓隊學員旺傑平措事件，為其鳴不平。廣大讀者投書報社，批評農奴主及其代理人的罪行。對此事長達 4 個月之久的連續報導，使藏族同胞親身體會到輿論的巨大作用。

增強民族團結，維護祖國統一是該報長期的重要的宣傳報導內容。1959 年 3 月 10 日，西藏上層反動集團以反對達賴去西藏軍區看戲為藉口，在拉薩發動了旨在分裂祖國統一、維護農奴制度的武裝叛亂，公開撕毀 17 條協議，打出「西藏獨立」的口號，殺害愛國人士，進攻自治區黨政軍機關，西藏日報社也受到嚴重威脅。人民解放軍奉命全面反擊，平息叛亂。3 月 28 日，新華社發布關於平息西藏叛亂的決定之後，報紙宣傳內容與以往大不相同了。先是平叛戰報、群眾聲討和當年「誰種誰收」政策的宣傳，接著是民主改革的宣傳報導。在版面的內容上，既突出揭露敵人罪行和平叛的意義，又繼續堅持宣傳愛國主義、民族團結、保護寺廟和宗教信仰自由的方針政策，揭露帝國主義、擴張主義的野心和叛亂分子打著民族、宗教的旗幟進行反革命活動的險惡用心。聲討與支前並重，發動百萬被壓迫的農奴自己起來砸爛封建枷鎖，激發人們自覺革命的要求。為了適應藏族同胞特別是廣大翻身農奴識字者極少情況，由攝影記者陳宗烈一個人編發了幾期藏漢文對照的《西藏日報畫刊》（四開四版），全部刊登有關平叛和民主改革以及介紹祖國新面貌、宣傳民族團結、軍民團結和保護宗教自由的圖片，獲得讀者好評。

這個時期，西藏日報社人手最少，困難最大，但是報紙辦得很出色。在平叛鬥爭中，報社職工經受了激烈的戰火考驗。他們白天出報，堅持生產，夜間

站崗放哨，實槍荷彈武裝起來，排字房裏有地道，排字架上有槍枝。女同志組成戰地救護組。編出的報紙不能發行，就通過廣播，向全市宣傳黨的政策，揭露敵人的罪行。3月20日晚上和下午，報社機關民兵連，還兩次擊退企圖放火和炸毀編輯部主樓的叛匪，並肅清了主樓北邊民房中的敵人，繳獲幾箱炸藥。在如此緊張的情況下，還增加版面，由日出對開兩版（1957年後報社人員銳減，在一段時間內只有一名編委主持日常工作，編輯部只剩一個編輯組，十四五個編輯、記者負責藏漢文稿件和版面的編輯工作。當時藏漢文報日出對開兩大張）恢復日出對開四版，擴大地方新聞容量，並撤換下達賴寫的藏文報頭。

在平叛中，報社不忘黨的民族團結和統戰政策。武裝叛亂爆發前，報社就把編輯部內的上層人士接到報社內暫住。他們在敵人的威脅下，堅持譯審藏文稿件。噶雪‧頓珠，扎門‧赤烈旺傑以及回族翻譯馬俊明等人堅決站在黨和人民一邊，反對分裂祖國，反對所謂的「西藏獨立」。該報對以代主任班禪額爾德尼為首的西藏自治區籌委會通過的許多權威性決議、決定和有關政策，都進行了充分報導，維護籌委會的權威，使之影響不斷擴大。

1987年9月以來，拉薩發生幾起騷亂，該報在一版顯著位置發表各類聲討，強烈譴責少數分裂主義分子的罪行。及時刊登拉薩市人民政府的通告，指明其背景、根源、性質、責任與危害，團結教育群眾，打擊和孤立了少數民族分裂主義分子。與此同時，抓好全國民族團結表彰大會和全區民族團結表彰大會的宣傳報導。在全區進行了以愛國主義為主要內容的教育，即進行維護祖國統一、增強民族團結、維護安定團結、堅持改革開放等四個方面的教育，使全區各級幹部和藏漢各族同胞的思想統一到黨的基本路線上來。全面宣傳「一個中心、兩個基本點」，以改革總攬全局，防止僵化和自由化，克服嚴肅有餘、活潑不足的缺點，使報紙從內容到形式都有一個新面貌，為建設團結、富裕、文明的新西藏而貢獻全部力量。

近幾年來，在新聞工作改革中，藏文報積極審慎進行探索，注意研究讀者，為讀者服務。藏編部對稿件的取捨、刪節有獨立的處理辦法。從版面容量的實際出發，大膽改編，壓縮漢文版上的地方稿件。1981年以來，藏文稿成倍增加，每期刊用量達到25%左右，完全改變了1980年以前藏文報只是漢文報翻版和縮編的模式。1987年以來，每週增加一個「文摘版」，不定期刊登電影介紹和搜集、整理搶救民族文化遺產方面的成就。在政治思想上與黨中央保持高

度一致的同時，擴大報紙的信息量，比如內地一般省市很少在報紙上刊登公告等文件性的材料，西藏日報則不然，根據西藏地廣人稀、交通不便、文件下達很慢的情況，便有意識地在報上全文發表政府公告、政策、決定等，及時傳達宣傳黨的方針政策，效果很好。增強報紙的可讀性和知識性，編譯稿件短小生動，通俗易懂，圖文並茂，即識字的看得懂，不識字的聽得懂，承擔起文化普及、科學啟蒙和政府文件的宣傳任務。總之，從內容和語言上突出該報的民族特色和地方特色，辦出了「酥油味」和「糌粑味」。

　　言論是報紙的旗幟和靈魂。經過多年的探討和摸索，改革開放以來報社更重視和加強言論的寫作。對漢文版的言論，包括中央報刊的言論，除極其重要的少數社論外，一般都要進行改寫、壓縮，或分別編寫為講話、問答、社論介紹等等形式，而且力求短小、通俗，保留原來言論的立意與風格。此外，也自己撰寫「編後」「編者按」與短評，並於 1988 年開闢《大家談》《雪域論壇》等欄目。

　　報社的歷屆負責人有莊坤、方馳辛、金沙、張再旺、李文珊、尹銳等。

　　從初創到現在，經過藏、漢、蒙、回等各民族新聞工作者的團結奮鬥、嘔心瀝血，《西藏日報》已成為名副其實的「世界上最大的藏文報」，在我國民族新聞史上的地位和影響是不容低估的。

第五節　全國唯一的壯文報紙

　　壯族是我國少數民族中人口最多的一個民族，約有 1300 多萬人。壯、布壯，原是壯族的自稱。在漢文的史書中譯作「僮」。1965 年 10 月 12 日，由周總理提議，國務院正式批准把「僮」改為「壯」字，賦予健康的意思。1958 年3 月，根據廣西各族人民的意願，建立廣西壯族自治區。壯語屬漢藏語系壯侗語族壯傣語支。1955 年，黨和政府幫助壯族人民創製了一種拉丁字母為基礎的壯文。壯文創製工作在新中國成立不久就開始了。1952 年和 1954 年國務院委託科學院、中央民族學院（現更名為中央民族大學）的專家、教授；學者組成語言工作隊、共同調查廣西地區的壯語使用狀況，並經過充分討論和科學鑒別，制定出《壯文方案（草案）》。1957 年 11 月 29 日國務院批准了這個方案。1958 年在廣西頒布推廣。《壯文報》就是為在廣西地區推行壯文而辦的。

　　廣西《壯文報》是全國唯一的一份壯文報紙。它是自治區少數民族語言文

字工作委員會機關報，社址設在南寧市七一路。1957 年 7 月 1 日創刊，週刊。1966 年底被迫停刊。1982 年 8 月 1 日復刊，四開四版，旬刊。1983 年改為週刊。1986 年 7 月更名為《廣西民族報》，由週刊改為週二刊。報頭使用壯、漢兩種文字。

《廣西民族報》用壯文宣傳黨的路線、方針、政策和黨的民族政策，主要任務是介紹推廣壯文工作的情況和經驗，輔導幹部和群眾學習壯文，提高壯文水平，為推行壯文和四化建設服務。同時也報導國內外形勢，傳播科普知識，脫貧致富的典型，民族團結的佳話，各民族民間文學藝術和風土人情，還不定期發表輔導學習壯文的資料和文章。其讀者對象是已經掌握壯文和正在學習壯文的群眾、幹部、學生以及從事壯文的推行與民族語文的研究和教學人員。

該報具有濃鬱的民族特色。雖是壯文報紙，也刊載漢文文章和壯漢對譯的作品。期發量約一萬份，1979 年前最高達 8 萬份，復刊後最高達 16000 份。

《廣西民族報》具有獨特的風格與個性。尤其是 1985 年以來，該報的變化和發展十分明顯。以前除在小報眼內用漢文刊登出報時間、社址、電話、報價和廣西報刊登記號（廣西報紙登記證 3 號）及報紙的代號外，報紙的四個版面都是壯文。而今已改變了這種單打一的形式，改用壯漢兩種文字對照刊登新聞報導和其他文章，便於壯文的學習與推廣。與此同時增加照片、題圖、插圖、尾花以及連環畫等，有時平均每版達 3～5 張，形象性的宣傳吸引了更多的讀者。在內容上增強知識性和趣味性，該刊還刊登一些小小說、民間故事、科普知識、生活常識等通俗易懂、短小精悍的作品，滿足各方面讀者的需求。用漢文在中縫刊登每期報紙的要目、摘錄政治、經濟、民族、人才技術等方面的知識以及日常生活方面的常識等，這也是該報的一個特點。

20 世紀 80 年代採編人員 19 人。主要負責人有黃啟斌、農啟彪等。

第六節　漢文報紙《黔東南報》

這個時期民族地區創辦的漢文報紙有《黔東南報》。《黔東南報》是中共黔東南苗族侗族自治州機關報。1959 年 2 月創刊，1960 年 9 月停刊。1984 年 7 月 23 日，自治州成立 28 週年之際，該報再度試刊，10 月 1 日國慶三十五週年之際正式復刊，公開發行，四開四版，週刊。

該報以促進少數民族地區的社會主義經濟和文化科學等各項事業的發展

為宗旨。該報在編委會下設總編室、新聞科、副刊科、採通科。20 世紀 80 年代編制 25 人。主要負責人楊昌坤、陳穎等人。

第七節　發展階段民族報業的明顯標誌

社會主義建設全面發展時期的我國少數民族新聞事業已由興起階段完全進入發展階段。其鮮明標誌主要表現是：

第一，少數民族新聞事業的發展徹底打破單一性。隨著我國民族文字報紙的飛速發展，中央和民族地區以民族語文為傳播工具的廣播電視、通訊事業為滿足少數民族受眾的需求也蓬勃興起，其中廣播事業更有長足的發展。

西藏地區在 1956 年自治區籌委會成立之前，中共西藏工委宣傳部就開始籌建拉薩有線廣播站，大約在 1957 年或 1958 年，該站遷往原中共西藏工委統戰部（現自治區監察廳）院內，每天定時廣播 3 次。1958 年，廣播站啟用無線廣播。1959 年元旦始用「西藏人民廣播電臺」進行播音，使用藏漢兩種語言，每天播音時間為 8 小時。從西藏人民廣播電臺建立之日起，就以辦好藏語節目為主，從機構設置、幹部配備、頻率分配、節目時間等方面，總是優先考慮和滿足藏語廣播的需要。

蒙古人民廣播電臺在 20 世紀 60 年代前期，先後建成一座較大功率的中短波廣播發射中心。第一期工程完成後大幅度提高了內蒙古臺的發射功率，明顯改善了自治區無線電廣播的覆蓋狀況和收轉效果。1958 年第二期工程建成後，蒙漢語言兩套節目所需發射技術已具備，變蒙、漢兩套節目交替插播為分機播出，延長播音時間，收到更大的宣傳效果。在這個時期內，內蒙古各盟市也先後建立起了廣播電臺。1959 年初，自治區已有 7 盟 2 市創建了電臺，形成了以內蒙古廣播電臺為中心的無線電覆蓋體系。

總而言之，在這個時期，我國少數民族語言的廣播從中央到地方，尤其是在少數民族同胞聚居的民族地區已經形成了網絡和體系，它已跟報紙一樣，成為黨和少數民族同胞聯繫的紐帶，擔負著宣傳黨的民族政策和民族地區社會主義建設的光榮使命。

第二，少數民族新聞工作者隊伍日益壯大，業務水平大幅度提高，產生了一批著名的民族新聞工作者。

少數民族新聞事業的發展壯大，需要成千上萬的採編和經營管理業務人

員。民族新聞傳播媒介，在各級黨委的領導下，除繼續堅持過去行之有效的措施培養和造就少數民族新聞工作者外，20 世紀 60 年代又繼續創造許多新辦法，實施了許多立竿見影的舉措。比如在報社內部實行以老帶新，以師傅帶徒弟，搞好傳幫帶，有計劃地培養新聞工作的接班人，到外地參觀考察，實行易地採編，取長補短，提高辦報水平。通過職稱評定，考核新聞業務知識，等等，提高在職採編業務人員的素質。再就是從社會上補充新生力量，包括吸收大專院校畢業生和從報紙骨幹通訊員中培養和選撥新聞人才，錄用一批能吃苦、肯鑽研、有發展前途的採編人員。由於采取了多層次、多渠道、多種形式培養和造就新聞人才，目前我國少數民族新聞工作者，從數量和質量上都超過了過去任何一個歷史時期，20 世紀五六十年代，在全國範圍內，產生了一批在全國已有一定影響的少數民族新聞工作者。

　　這個時期在全國範圍內知名的民族新聞工作者有寶祥、德禮格爾、尹銳、益西喜饒等等。

　　寶祥，蒙古族，出生於 1927 年，吉林省白城專區洮南縣人。1946 年至 1948 年先後在烏蘭浩特軍政幹部學校和遼吉黨校學習。長期從事黨的理論宣傳和新聞工作，曾任內蒙古黨委宣傳部理論處副處長、內蒙古廣播局副局長、黨組副書記、內蒙古黨委宣傳部副部長。20 世紀 50 年代就經常為《黨的教育》《民族團結》《實踐》等刊物撰寫評論和理論文章，聯繫內蒙古及聚居在內蒙古的少數民族的實際情況，闡明黨的民族政策和牧區生產建設的方針政策，宣傳發揚黨的實事求是、艱苦奮鬥的優良傳統、作風等。十一屆三中全會以來，組織調查採寫了一系列典型報導，對農村、牧區兩個文明建設的新變化、新氣象的一系列典型，曾親自率記者反覆深入調查，進行突出的連續報導，產生了積極的作用。「草原風力發電具有戰略意義」的觀點，得到中央政治局的肯定和批示，引起邊疆各省區和有關方面的重視。在加強內蒙古新聞工作者隊伍的思想建設、組織建設、業務建設等方面，也作了許多有益的工作。

　　寶祥同志在 20 世紀 80 年代任內蒙古日報社黨委書記兼內蒙古自治區記者協會副主席，自治區新聞學會副主席。

　　德禮格爾，蒙古族，生於 1917 年，內蒙古赤峰市克什克騰旗人。1945 年參加革命工作，曾任內蒙古呼倫貝爾大學校長、呼倫貝爾盟長、東部區黨委農牧部副部長、內蒙古自治運動聯合總分會委員、自治區文委副主任等職務。自 1959 年 3 月轉入新聞戰線，曾兩度任內蒙古日報社副社長兼蒙古文字版總編

輯（一任 1959～1968 年 6 月，1972 年 2 月再擔任此職）。歷任《內蒙古日報》、新華社內蒙古分社、《實踐》雜誌社聯合黨組副書記。在改為總編輯負責制之後，他任內蒙古日報社總編輯，主管蒙、漢兩種文字版報紙的編輯出版工作。曾當選為全國記協第二、三屆理事、內蒙古記協特邀理事；他還被選為內蒙古自治區第一、二、三屆人大代表、內蒙古自治區第四、五屆政協常委。他精通蒙、漢語文和日語及斯拉夫蒙古語。曾為《內蒙古日報》《民族團結》《人民日報》等報刊撰寫過不少蒙、漢語文的通訊、評論等作品，是位有影響的少數民族新聞工作者。

尹銳，生於 1928 年，河南滎陽人。原名尹銀堂，筆名尹桑、余柏言等，高級編輯。他曾就讀於河南開封高級工業學校。1949 年參軍。1950 年以隨軍記者身份進藏。1952 年調到中共西藏江孜分工委宣傳部工作，並為在西藏出版《新聞簡訊》撰稿。《西藏日報》創刊後，先後擔任該報的記者組長、編輯組長、記者部主任、編委委員、副總編輯、黨委副書記、總編輯等職務。他經常深入農牧區，採寫大量反映西藏民主革命和社會主義革命與建設的新聞通訊和評論，有相當多的作品被《人民日報》《光明日報》《人民畫報》等刊物轉載，還有不少作品被彙編成書，由西藏人民出版社、民族出版社、人民日報出版社出版。

20 世紀 80 年代，尹銳任《西藏日報》總編輯、中華全國新聞工作者協會理事、中國新聞學會理事、西藏新聞學會主席、西藏記者協會主席、西藏自治區四屆人大代表、西藏自治區第三屆政協委員。

益西喜饒，藏族，生於 1927 年，西藏達孜人，曾用名索朗羅布，高級編輯，西藏著名的少數民族新聞事業的美術編輯。1938 年至 1959 年在拉薩哲蚌寺當過 20 多年喇嘛，在寺院裏他除鑽研五部大論、釋量論外，還學習唐卡〔註 7〕畫法。1959 年平叛後，揭露三大領主罪行展覽在西藏展覽館舉行。籌備期間，他承擔了大量藝術編輯工作。之後，在 1960 年調西藏日報社藏文編輯部任專職美術編輯，負責書寫標題、繪製插圖等，並進行美術創作，為藏文版的版面美化做出了貢獻。他的美術作品《黨的聲音傳門巴》《邊疆郵遞員》《鄉村售貨員》等曾在全國巡迴展出。年畫《文成公主和松贊干布》獲國

〔註 7〕唐卡，又稱唐喀、唐嘎。藏語譯音。藏族宗教藝術的珍品，喇嘛教的卷軸畫。
　　　內容以佛象、佛教故事為主，也有歷史傳說題材。多繪於布底之上，四周鑲有
　　　錦緞的彩畫。長短大小不一，風格獨特，豔麗而逼真，對比強烈。

家庫存獎。《文成公主進藏途中》《巴思巴觀見忽必烈》《唐車傑命》《郎莎姑娘》（唐嘎）等作品，懸掛在人民大會堂西藏廳，並編入西藏自治區成立 20 週年的大型畫冊。他創作的《阿古頓巴》《尼曲桑布》《光輝的帆布水桶》等文學作品發表後，被北京出版的《新開的花朵》轉載。藏文書法作品在 1987 年召開的全國藏文字體評選會議上獲二等獎。

益西喜饒現任全國書法學會理事、西藏藝術家協會副主席。

此外，吳少奇（滿族）、李文（白族）等人也是這個時期比較知名少數民族新聞工作者。

第三，少數民族文字報刊的發展更顯示出自己的特色。

首先，報與刊有一個明顯的區分，這不僅從形式上已嚴格區別開來，而且從創辦之時起，主管部門和創辦人就已自覺地把報與刊區別開來。20 世紀初葉到 20 世紀 40 年代初，我國少數民族文字報紙大多是書冊狀，從形式上看跟期刊並無區別，但它是新聞紙。比如《蒙文白話報》書冊式裝訂，而封面書有「中華民國郵政局特准掛號認為新聞紙類」，十分明確地告訴讀者《蒙文白話報》是蒙漢合璧的報紙。到四五十年代，雖然少數民族文字報紙大多以散頁形式出版發行，但是從主管部門和創辦人角度自覺地區分開來的現象並不多見。只有到了這個時期，主管部門和創辦人從主觀上已十分明確地把「報」與「刊」區別開來，比如共青團新疆伊犁哈薩克自治州委同時創辦一報一刊。一個是前邊介紹的《伊犁少年報》（哈文版），另一個則是《伊犁青年》（哈文版）。後者是 1957 年創辦的週刊。1968 年停刊後，直到 1982 年才復刊。復刊後的《伊犁青年》是 16 開本，64 頁的月刊，期發量 35000 份。該刊的主要任務是從哈族青年的特點出發，宣傳馬列主義、毛澤東思想，宣傳黨的方針、政策、宣傳文明禮貌，培養青年愛祖國、愛黨、愛社會主義、愛人民、愛科學的優良品德，鼓勵青年學好科學技術、文化知識，爭當四化建設突擊手。主要讀者對象是哈族青年，刊登有關政治、科技、文化知識、文學創作等方面的文章。編輯部設在自治州團委，當時由共青團州委書記烏拉孜兼任總編輯。而《伊犁少年報》也是共青團州委兼辦的一張面向少年讀者的報紙。這也就是說，哈薩克文的《伊犁少年報》和《伊犁青年》的創辦者一開始就把「報」與「刊」嚴格地區分開來了。

在這個時期，除出版發行時事政治性的民族文字刊物之外，還創辦了許多技術、文學藝術等方面的刊物，其數量之多，質量之高都超過了前一時期。

其次，除蒙、藏、朝、維、哈等少數民族文字的報紙很早就已創辦外，截止到這個時期又有錫伯文、柯爾克孜文、傣文、景頗文、傈僳文、壯文等報紙陸續創辦，從文種來說，在我國已有文字的少數民族中，絕大多數興辦了自己的報紙。從地域上來說，從中央到地方，從首都到邊疆，尤其是民族地區基本上都有了少數民族文字的報刊。歷史比較悠久的民族文字報紙在辦報業務上已積累了豐富的經驗，形成了自己的傳統，辦出了自己的風格和特點。

從版式上來說，少數民族文字報紙的發展經歷了幾個階段。最早創辦的報紙，一般都是「民文與漢文合璧」式，比如《嬰報》就是「蒙漢合璧」，即在這張報紙上既有蒙文，也有漢文，其內容基本一致。這種版式大多在這種文字報紙的初創時期。從民族新聞事業發展角度來說，則是少數民族文字報業的興起時期。接著，是民族文字報紙與漢文報紙分刊出版，民文報紙基本上是漢文報紙的譯報或兩者的內容大同小異。這種版式的民文報紙大約出現在 20 世紀三四十年代。新中國成立後五六十年代創辦的報紙絕大多數也是這種形式。「譯報」滿足不了廣大少數民族讀者的需要，也不符合少數民族讀者的閱讀習慣，因而現實向報社提出新的要求，即少數民族文字的報紙要辦出自己的特色，辦出地區特點和民族特點；並且還要培養和造就精通本民族語文的新聞工作者，提高民族新聞工作者的業務水平。各級各類報紙上上下下增強責任感實行自編自採，獨家新聞頻見報端。從少數民族新聞事業發展的角度來看，這種分刊形式出現，是我國少數民族文字報紙的一大进步，由初創階段逐漸步入了發展階段。在這一時期還有一種版式，即民文與漢文合刊。這種版式的特點是民文與漢文兩個報頭，第一版由民文和漢文分別出版，二、三版則是漢文版，沒有少數民族文字。如《喀左縣報》和《阜新蒙古族自治縣報》（該報 1986 年由合刊改為分刊）就是蒙漢文合刊的民文報紙。雖然這種版式留下了少數民族文字報紙發展初期的印記，但也不失一種獨特的形式。以上各種版式的民族文字的報紙，沒有一家報紙有自己獨立的報社，都是與漢文同屬一個報社，這就是少數民族新聞事業中一社多報的現象。

再者，這一時期創辦的少數民族文字報紙基本上都是黨委機關報，幾種主要的少數民族文字的報紙或者說幾種歷史比較悠久的文種已形成自己的黨報系統。比如維吾爾文、蒙古文和藏文報紙等等。所謂系統，即從省（自治區）到盟（市、州）、旗（縣）都有各自的黨委機關報，形成系列。像上邊提到的這三種文字的報紙，不僅在各自的自治區首府有本民族的區級黨委機關報，而

且在這些少數民族的主要聚居區，重要的城鎮諸如自治州（盟）、自治縣（旗）等等都創辦了本民族文字的州（市）、旗（縣）一級的報紙。而且這個黨報系統在宣傳黨的路線、方針、政策，尤其是黨的民族區域自治政策、黨的民族團結政策等等方面都發揮了重要作用，為少數民族同胞提供了不可缺少的精神食糧。

　　這個黨報系統，有一個統一的辦報思想為指導。自從各級少數民族文字黨報創刊以來，它們無不自覺地貫徹無產階級的新聞思想，堅持黨的辦報方針，做黨和人民的耳目與喉舌；堅定不移地堅持黨的基本路線，宣傳黨的民族平等團結政策，宗教信仰自由政策和民族區域自治政策，注重報紙的民族特點和地方特色，堅持正確的輿論導向。黨的方針、政策、路線的貫徹執行，使這些報紙贏得了廣大少數民族同胞的信賴，提高了民族文字報紙在讀者中的聲譽。

　　但是，由於種種原因，社會主義建設全面發展時期的少數民族文字報業與全國新聞事業相比較，顯然還是有差距的。歸納起來，大致有以下幾點：

　　（一）少數民族文字報紙雖然在蒙、維、藏等文種中已形成黨報系統，但還有相當多的一部分文種，還沒有形成系統，有的只是在自治區首府有一張本民族文字的黨報，而在其他地區則沒有黨報或者很少。即是前邊提到的這三種文字的報紙也發展不平衡，如新中國成立後，藏文報紙在西藏自治區相當長的一段時期只有一張《西藏日報》，市、縣一級的僅有新中國成立國初期在四川、甘肅等省創辦的兩、三份報紙。由於少數民族文字的報紙分布地區不均勻，有些地區尚無報紙，仍處於文化落後，信息閉塞的狀態。即便發展到今天，僅以遼闊的青藏高原為例，包括四川、甘肅藏民聚居區在內，也只有十幾份報紙，而且週期較長，無論如何也不能滿足三百多萬藏族同胞的新聞欲。

　　（二）少數民族文字報紙發展到這個時期，雖然黨報占絕對優勢，然而並不是說沒有專業報、對象性報紙，比如兒童報、青少年報、工人報，只是尚處於興起階段。無論數量還是質量都與黨委機關報有一定差距。以少數民族文字黨報為核心的各級各類報紙的繁榮興盛是在進入新時期之後。

　　（三）少數民族文字報紙的發展都經歷了一個艱苦奮鬥的歷程。僅以《西藏日報》為例，便可見一斑。創刊初期，物質條件非常困難，鬥爭形勢也非常複雜。報紙從採編到印刷每個環節的發展都歷經艱險。《新聞簡訊》時期，只有一塊三角板，一塊舊鋼板，一支鐵筆，這就是當時出版油印小報的全部工具。鐵筆壞了，改用唱針當筆尖用。寫禿了，在石板上磨一磨，又接著寫。條件之

簡陋，可想而知。《西藏日報》創刊後，報紙改為鉛印，而機器又是怎麼運進拉薩的呢？據一位老師傅回憶說：「在進軍路上，我們印刷廠的同志編成了班、排，牽著騾馬、趕著耗牛，有的背著製版的網目和照相機鏡頭以及牲畜不能馱的物質，淌冰河、爬雪山、過草地，露宿雪山坡，搭帳蓬，砍柴做飯、站崗放哨，就這樣，歷經千山萬水終於把機器運抵拉薩」，其他如紙張、油墨、鉛料、鋅、銅版等，都是從內地運到拉薩的。

當時報社工作人員為了辦好報、出好報，發揚艱苦奮鬥精神，他們一面開荒生產，克服困難，因陋就簡，勤儉辦報；一面與上層反動集團進行有理、有利、有節的鬥爭。在平叛鬥爭中，一手拿槍，一手拿筆；一邊編採，一邊準備戰鬥。他們團結奮鬥，打退叛匪的幾次進攻，粉碎了敵人企圖燒毀、炸毀報社的陰謀，終於勝利地完成保衛報社的任務。

西藏自治區成立後，報紙在印刷出版方面又進入了一個新的階段，隨著鉛印輪轉機的使用，成千上萬張報紙，裝上汽車，運往羌塘平原，送到西藏的「江南」。

1988 年，自治區黨委、人民政府撥款 500 萬元，更新報社的機器設備，當年 12 月 23 日，現代化膠印輪轉機的使用，結束了鉛印的歷史。當手棒第一張膠印彩色版的報紙時，報社採編人員跟西藏各族同胞無不歡欣鼓舞。

為了讓讀者看到彩色版的報紙，全國人民給予巨大的援助。北京人民機器廠廠長、全國五一獎章獲得者朱談林說：「為了發展邊疆的新聞事業，你們的機器我們廠包了，價格實行優惠。」還是這個廠，他們派來技術高超的工程人員，安裝調試膠印輪轉機。為了西藏高原新聞事業的繁榮昌盛，從霧都重慶到春城昆明，川報、貴報，以及香港基利公司，都給予熱情的援助。有的幫助培訓人員，有的派來技術人員，就連空軍駐貢噶場站的指揮員在機器運到機場之後，也免費裝卸、運輸，奏出一曲「一方有難、八方支持」的共產主義凱歌。

總而言之，《西藏日報》以及其他少數民族文字的報紙，從初創到發展形成一定規模，無不經歷一個艱難曲折的發展過程。這些報紙在中國新聞改革的大潮中，更加認清自身的價值、使命和責任，面對新的歷史重任，少數民族文字的報紙一定會更加充分地把新的人物、新的建設和改革的景象展現給廣大少數民族讀者，向他們報導春天的信息。

第七章　十年動亂中的少數民族新聞事業（1966.5～1976.10）

　　無產階級文化大革命被林彪、江青反革命集團利用之後，使黨和人民遭受到史無前例的挫折和損失。我國新聞事業是這場空前浩劫中的重災區，處於蓬勃發展階段的少數民族文字報刊也不能幸免。十年動亂時期的少數民族報業，呈現出如下幾種狀況：

　　首先，絕大多數少數民族文字報刊被查封，或被迫停刊，保留下來的主要是自治區首府的黨委機關報或者歷史比較悠久的幾張報紙。這些報紙，除了以少數民族文字印刷發行之外，已無特色可言。內容千篇一律地刊登新華社電訊稿，有的更名為《新華社電訊》《新華社消息》《紅色新聞》《紅電訊》或者成為漢文報紙的譯報，這些報紙其實就是「兩報一刊」〔註1〕的翻版。即所謂「漢文重要我重要，漢文頭版我頭版，漢文頭條我頭條」，千報一面的漢文「譯稿」，完全剝奪了刊登少數民族文字地方稿的權力。

　　其次，版面內容單一。絕大多數民族文字報社實行軍事管制，少數民族新聞工作者以莫須有罪名遭到迫害，各種專業技術人員銳減，據《內蒙古日報五十年》記載：「1968年1月15日，報紙報導了內蒙古新聞界『揭發批判烏蘭夫及其代理人在新聞界的滔天罪行』的消息，大肆攻擊誣衊烏蘭夫同志。爾後，內蒙古日報社在後來的所謂『清理階級隊伍』、『挖肅鬥爭』中報社的原有領導

〔註1〕兩報一刊，指《人民日報》《解放軍報》和《紅旗》雜誌。「文革」期間，這三家報刊按照中央文革小組的旨意聯合撰寫、發表重要社論和帶有方向性的重要文章。

人德禮格爾、莊坤及絕大部分環節幹部，還有各族職工一百餘人被『專政』、『抄家』，莫須有的罪名，遭到殘酷鬥爭。」「十八年來積累的辦報力量被拆散一空。據 1970 年 1 月的資料表明，當時全社有職工 484 人，其中漢文編輯部 170 人，蒙古文編輯部 101 人。去唐山的同志經過長達十七個月的軍管學習之後，當時只有 12 人回到報社，留唐山繼續審查的 5 人，勒令退職退休的工人，到農村牧區『插隊落戶』13 人，其餘的多數人到『五七幹校』繼續改造，少數人充實到基層。多年來黨培養的一支政治上堅強、業務上成熟的蒙漢族配合默契的新聞隊伍，就這樣被拆散了。」這種狀況，致使「文革」之後出現嚴重人才的「斷層」。

雖然如此，我國的民族區域自治政策、民族團結政策還是具有強大的生命力。即是在黨的新聞工作傳統遭到嚴重破壞的十年浩劫中，我國少數民族文字報業也有新的發展，尤其是在廣大少數民族新聞工作者逐漸認請四人幫倒行逆施後的 70 年代，又有一些民族文字報紙創刊。在這一章裏，我們將介紹一些在文革中繼續出版、復刊和創刊的少數民族文字報紙。

第一節　新疆自治區的《哈密報》

「文革」之始，哈密地區社會秩序與內地相比較還算穩定，地委機關報《哈密報》還能正常出版。但是，隨著各種名目的造反組織陸續建立，極左思潮的泛濫，地區的形勢也開始動盪起來。

1966 年 9 月 3 日，以青年學生為主的造反派衝擊地委機關，攻擊地委黨政領導，地委被非法奪權，成立軍分區生產辦公室，行使地區領導職能。由於「懷疑一切，打倒一切」思潮泛濫成災，1967 年下半年哈密地區開始武鬥並愈演愈烈。

在這種形勢下，報社領導已無法控制局面，從 1967 年 1 月 27 日至 3 月 20 日，改出週三版的「造字號」，共出 25 期。刊發「造反派奪權聲明」和有關報導，攻擊黨政軍各級領導和各族群眾，為「打砸搶有理」大造輿論，社會秩序更加混亂，政治經濟損失嚴重。

在局勢混亂，機構癱瘓，矛盾激化的形勢下，報社於 1967 年 3 月 20 日實行軍管，改出「軍字號」，到 1969 年 3 月 15 日，約計出版 312 期。主要刊登抓革命促生產、穩定局勢的報導，強調正確對待幹部和群眾，維護軍民團結。

雖然有一定積極效果。但是由於受到「小報抄大報，大報抄梁效」的影響，且以編發新華社電稿為主，此間的《哈密報》依然是在「左」的軌道上滑行。

哈密地區革命委員會成立後，報紙作為革命委員會的機關報改出「革字號」，週三刊。自 1969 年 3 月 15 日開始，共出版報紙 790 期。「革字號」《哈密報》還是極「左」路線的吹鼓手，特別是「狠批二月逆流，深入開展兩條路線鬥爭」的宣傳，影響極壞。

1973 年 1 月 6 日，經地委研究決定《哈密報》於 1974 年 1 月復刊，週三刊，維、漢兩種文字出版。這一時期的報紙主要內容是：刊載批判「右傾回潮」「批林批孔」和宣傳「反潮流」的報導，以轉發新華社通稿和地區的典型報導來填滿版面，輿論宣傳仍然是錯誤的。

在十年動亂中，報社的領導和職工，尤其是優秀的少數民族新聞工作者被視為「臭老九」和改造對象。17 人的編輯部有 9 人被輪番批鬥，有的被非法監禁長達一年之久；在「三支兩軍」期間，輪流下放「五七」幹校勞動改造。惡劣的工作環境，使哈密報不得不於 1974 年 11 月 1 日停刊。這次停刊長達 12 年之久。直到 1986 年《哈密報》才獲得新生。

第二節　內蒙古自治區的《烏蘭察布日報》

20 世紀 70 年代，我國少數民族文字報紙在惡劣的社會環境中，仍有所發展。東北延邊地區辦有專業報《延邊農業科學技術報》（普及版）和《衛生宣傳》。前者由延邊農業科學研究所和延邊地區農業科學技術情報中心站主辦，1971 年 1 月在龍井出版發行。後者由延邊衛生宣傳教育站主辦，1970 年在延吉創辦。在內蒙古地區《烏蘭察布日報》蒙文版創刊。在新疆地區《塔城報》的哈文版於 1976 年 6 月復刊。哈文版和蒙文版的《參考消息》，也都在這個時期正式創刊。1971 年，中央人民廣播電臺設有蒙、藏、維、哈、朝五種少數民族語言的廣播（其中哈語廣播在中央臺是首次使用）。這些民族文字報刊的創辦和中央臺首次設有哈語廣播，充分顯示了黨的民族政策的威力和我國民族新聞事業的強大生命力。

在這節裏，重點評介《烏蘭察布日報》。

《烏蘭察布日報》（蒙漢文版），中共內蒙古烏蘭察布盟委機關報。1958 年 8 月 1 日漢文版創刊，隔日刊。1961 年停刊。1963 年元旦復刊。1965 年 7 月

以後改為週六刊。蒙文版創刊於 1971 年 7 月 1 日，16 開小本式出刊，後改為 32 開本「文選式」的週刊。1976 年 4 月 25 日改為隔日刊。初為蒙文 4 號字，發稿量較少。1985 年先由 1、4 版，後擴大到 2、3 版，全部改用 5 號字。

　　該報漢文版 1963 年復刊時《給讀者的一封信》中明確指出：「烏蘭察布報，主要面向農村，面向生產隊，為農牧業戰線的廣大讀者服務，同時適當照顧其他方面讀者的需要」。

　　該報蒙文版的編輯方針是：「面向城鎮牧區，宣傳方針政策，促進民族團結，服務四化建設」以「宣傳黨的路線方針和政策，反映讀者的意見和呼聲，傳播知識和信息，按照盟委對各個時期工作的領導意圖，重點抓好經濟建設和精神文明建設的報導，介紹全盟各條戰線上的新事物、新成就、新經驗，用共產主義思想教育全盟各族人民，加強各族之間的團結，推動全盟社會主義事業的發展」為其主要任務。

　　《烏蘭察布日報》蒙文報突出經濟報導，特別是牧業和林業的報導。黨的建設、科學、文化、教育、法制等報導，也佔有重要地位。與此同時，還注重加強黨的民族政策、民族區域自治法和黨的宗教政策、統一戰線政策的宣傳報導。

　　《烏蘭察布日報》蒙文報，一版為要聞版，二版是經濟版，三版是政文版，四版是時事版。該報從創刊以來注重通訊聯絡工作，先後舉辦蒙文通訊員培訓班多期，現已形成一支有 300 多名骨幹通訊員為主的業餘通訊隊伍，保證了稿源，實現了自編自採，使報紙辦得具有鮮明的地方特色。該報的稿件來源有三個方面：主要是自編自採稿件，其次是漢文報的翻譯稿，再次是新華社電訊稿。一般情況下自編自採稿件占 70%左右，從漢文報翻譯過來的稿件占 5%左右，新華社電訊稿占 25%。對新華社的電訊稿，採取了選譯、縮譯、綜合翻譯的辦法。選譯，即對新華社發的國內外重大新聞，經過選擇後全文翻譯刊登；縮譯，即對新華社部分電稿，經過壓縮後，再翻譯刊登；綜合翻譯，即對新華社的電稿，按其稿件性質和內容，加以綜合後再翻譯刊登。經過這樣的處理後，把大稿變為小稿，把長稿變為短稿，把同類性質的稿件變為一稿。既達到了傳遞信息的目的，又節省版面，不僅讀者歡迎，也適合小報的特點。

　　1988 年 8 月，在慶祝《烏蘭察布日報》創刊三十週年之際，蒙編部的一位負責同志在一篇回憶文章中說〔註2〕：

〔註2〕參見馬樹勳：《中國少數民族文字報紙概略》，第 130～131 頁，內蒙古大學出版社 1990 年版。

　　「1976 年 7 月份，我從《內蒙古日報》社調來的時候，烏盟報社蒙文報已經創刊了。當時的蒙編部有採編人員 20 餘人，其中除少數人是中專生以外，絕大多數是來自其他工作崗位的。當時的蒙編部設總編室、採訪組，負責人是齊布格等三人。當時的蒙文報也是靠轉抄大報或翻譯盟報漢文版的文章，版面容量少，每週只出兩期報，如果中央開什麼會議或發什麼消息，蒙文報只能加版發行。如果中央有什麼重要會議召開，蒙編部就要提前準備，把錄音機調試好接收中央電臺的蒙文廣播，一邊錄音一邊記錄，最後整理後登報。當時工作條件是比較艱苦的。20 世紀 90 年代末，該報成為名副其實的日報。漢文版為周 7 刊，對開 4 版，蒙文版為周 3 刊，4 開 4 版。1978 年 10 月，蒙編部在體制上有了新的變化，編輯部裏設有總編組、政文組、經濟組、時事組。審稿和版面設計都由總編室統一安排。我在蒙編部政文組搞文藝編輯工作，當時的文藝專版每月一期。隨著形勢的發展，蒙文報也由每週兩期改為每週出版三期，版面分要聞版、政文版和經濟版，同時還根據內容設有各類小專欄，稿件也由轉抄和翻譯發展為自采和編輯通訊員來稿。通訊員也由幾個發展到幾十個，稿件來源大大增加。當時我們的蒙文報字號太大，影響版面容量，提議將原來的「四號字」改用「老五號字」，社領導當即批准，撥給了專用費。」

　　改革給蒙文報紙帶來了生機。近幾年來，為了使蒙文報更好地為黨的事業服務，為廣大讀者服務，蒙編部採取了以下幾個措施：

　　一、大膽改革探索，打破了過去小報抄大報和翻譯漢報的局面，堅持了自采自編，自辦自主。

　　二、加強新聞報導，堅持短、準、新的原則，努力提高編採人員的業務素質，積極擴大報導內容和範圍。

　　三、在版面設計上，堅持每版都有通訊、言論、專欄、插圖、製版題等，使版面文圖並茂，這樣不僅達到了宣傳效果，而且給讀者一種美的享受。現在蒙文報闢有《今日烏蘭察布》《草原新聞》《科學與畜牧業》《經濟信息》《論壇》《黨的生活》《理論與學習》《青年之窗》《大青山》（文藝專版）等 30 多個專版和專欄。

　　四、重視言論，多寫言論。言論是報紙的旗幟，同時也表現報紙的特點。過去蒙文報自寫的言論幾乎沒有。近兩年來，通過編採人員的積極努力，攻破了言論關。現在，蒙文報紙有短評、編後、本報評論員文章等。與此同時，蒙編部在崗位責任制中明確規定，每塊版的內容要豐富，旗幟要鮮明。第一版以

報導改革內容為主；二版以信息服務為主；三版以辦好各種專欄為主，堅持多種形式；四版根據小報的特點，轉載新華社電訊稿，即國內外的重要新聞、科技簡訊、國際知識等。

五、轉變作風，增強透明度。20世紀90年代末，採編人員實行聘任擇優上崗，同時從社會採取單位推薦，考試、考核相結合的辦法從縣市旗公開招聘記者編輯。在全社範圍內採取公開報名統一考試錄用校對人員。自1999年由四開四版改為對開四版，並自辦發行。該報設有漢編部、蒙編部、辦公室、出版部，總人數為182人。編輯62人，行政人員22人，工人85人，其他輔助人員13人。

該報發行量漢文版一般穩定在2.5萬至3萬份，蒙文版在1000份左右。1980年統計，蒙文版總發行數已達到7.14萬份。20世紀80年代末，蒙文版全年發行總數為15.8萬份。該報辦有兩種文字出版的《烏蘭察布通訊》，均為32開本。

歷屆負責人有康俊、達瓦、楊寶春、劉凱鐸、王義卿、王致鈞、齊布格、周士傑、劉曉廉、張繼忠、馬樹勳等。

社址內蒙古集寧市。

第三節　少數民族文字的《參考消息》

《參考消息》是一份有悠久歷史的特殊性的報紙。該報漢文版是跟新華社同時創辦的。它原是一份供中央領導和中央機關同志閱讀的內部發行的刊物。新中國成立後，1957年3月1日起，新華社編印的《參考消息》改為四開報紙，供黨內外廣大幹部參閱。改革開放以來，廣大農牧民群眾也都能讀到這張內部報紙。

少數民族文字的《參考消息》現有維文、哈文、蒙文三種。維文、哈文《參考消息》由新疆日報社翻譯出版，四開四版，週六刊。維文版創刊於1956年元旦，哈文版創刊於1978年8月1日，均為週六刊。蒙文版《參考消息》創刊於1973年4月1日，從1975年開始向全國發行。20世紀90年代末停刊。

維、哈文版《參考消息》闢有《外國社會》《世界各地》《世界經濟》《外國人看中國》《華人與華僑》《人物介紹》《文化教育》《醫療衛生》《科技》《體育》《臺灣島》《港臺影視》《今日澳門》等專欄。蒙文版闢有《外國人看中國》

《世界經濟》《天南地北》《人物介紹》《臺灣島》等欄。民族文字的《參考消息》內容充實、版面活躍，有較大的吸引力。漢文版上的圖片、漫畫等資料，一般都轉載，以求圖文並茂。

三種民族文字的《參考消息》，都是從幫助廣大少數民族幹部、知識分子和各界群眾開闊眼界，認識世界，正確分析和判斷國內外形勢，滿足少數民族日益增長的新聞欲的角度出版發行的。因而無論是哪種文版的《參考消息》都是以報導國際政治時事為主，特別是美國、前蘇聯（現獨聯體）以及港澳臺等國家和地區的政治經濟、軍事技術、文教衛生等方面的情況，反映變幻無窮的新世界發展形勢，並以刊登外國通訊社、港臺報刊的報導與評論的原文為主，內容豐富，信息廣泛，能及時傳播世界瞬息萬變的動態。

民族文字的《參考消息》雖然都各有特色，但還是具有一些共同點。一是具有鮮明的傾向性和嚴肅性，不管是那家通訊社或報刊新聞，只要加上該報編輯部的標題或加以編排後，其傾向性十分鮮明。版面編排十分緊湊，具有嚴謹的風格，給讀者一種嚴肅感。

十一屆三中全會以來，三種文本《參考消息》報導重點也發生轉移，有關國外的經濟報導和科技新聞，以及有關「一國兩制」等港、澳、臺的宣傳明顯增多，並有新的變化。有關我黨我國重要會議、重大事件的外電報導，三種文本的《參考消息》都能夠及時準確、全面地進行譯介、發表，以提高讀者的分辨能力。

三種文本的《參考消息》在報社內部都進行過不同程度的改革，尤其是在業務上實行崗位責任制，嚴格獎懲制度，報紙越辦越符合讀者的心理需要，趣味性、可讀性越來越濃

朝鮮文參考消息創辦於 20 世紀 80 年代初葉，由中共延邊朝鮮族自治州委主辦，又稱《綜合參考》。主要負責人李信奎。

第八章　新時期的少數民族新聞事業
（1976.10～1990.10）

　　從 1976 年 10 月開始，我國人民又獲得了第二次解放，社會主義革命和建設事業進入了一個新的歷史時期。隨著我國社會主義各條戰線的蓬勃發展，黨的新聞事業也迎來了明媚的春天。

　　十一屆三中全會以來，黨的工作重心轉移到經濟建設上來。「作為新聞工作的重點轉移，不僅要從以宣傳政治活動為主扭轉到以宣傳經濟建設為主上來，而且，要在經濟建設的宣傳中，堅持馬克思主義的實事求是、量力而行的原則，同主觀主義的、熱衷於高指標、『假、大、空』等『左』的、形式主義的東西決裂。」〔註1〕在這個時期，經濟報導的數量大大增加了。著力宣傳國民經濟調整的意義，重視國情教育，著眼於經濟效益，講求實效。與此同時，加強對政治和經濟體制改革、整頓黨的作風、黨的建設以及兩個文明的建設的宣傳。在這個時期，新聞工作為促進生產力的發展，調動社會主義積極性、保證社會主義建設的順利發展作出了貢獻，從輿論上鼓舞和促進了黨的工作重點的轉移。

　　進入社會主義建設的新時期後，黨的新聞事業——報紙、通訊社、廣播、電視和新聞教育、新聞研究等工作全面發展，出現了前所未有的好形勢。據統計，1968 年全國各種報紙總計不過 42 家，1980 年就恢復和發展到 382 家，總發行量增到 7200 萬份。其中全國性的報紙已從 4 種發展到 1980 年的 33 種〔註2〕。

〔註1〕引自安崗《新聞事業的春天》，載《中國新聞年鑑》（1982 年版）。
〔註2〕參見安崗：《新聞事業的春天》，載《中國新聞年鑑》1982 年版。

各級各類對象性報紙、專業報、企業報、法制報、旅遊報以及外文報和少數民族文字報紙相繼問世。新聞工作隊伍也空前壯大。社會主義新聞事業的確迎來了光明燦爛的春天。

屬於社會主義新聞事業一部分的少數民族文字報刊在這繁花似錦的春天裏，也是一朵盛開的鮮花。她在這滿園春色中，綻開了笑臉。

第一節　我國歷史上的第一張彝文報

《涼山日報》是我國歷史上創辦最早的一張彝文報，也是 20 世紀 90 年代之前全國唯一的一家彝文報紙。〔註3〕

一、報名與報社

《涼山日報》漢文版創刊於 1958 年 5 月 1 日，四開週刊，原名《涼山報》。1984 年 1 月 1 日更名《涼山日報》，週六刊。《涼山日報》彝文版創刊於 1978 年 1 月，四開旬刊。1981 年 1 月改為四開週三刊。1984 年 5 月 1 日改為日刊，週六刊。每週二、三、四、五、六、日出版。《涼山日報》漢、彝文版皆是四川涼山彝族自治州黨委機關報。1978 年前在州府昭覺出版，1979 年 1 月，漢、彝文版同時隨州府遷往西昌市。編輯部設經濟組、政治組、記者組、群工組、夜班組、美術攝影組。漢文版編輯部設經濟組、政治組、記者組、群工組、夜班組、美術攝影組。彝文編輯室也有相應的機構。原國防部長張愛萍為漢文版題寫報頭。20 世紀 80 年代中後期，編輯部有漢族、少數民族職工 58 人。印刷廠有 89 人。

彝文版創辦者係蘇克明（彝族）同志。

蘇克明生於 1936 年 11 月。中央民族學院（現中央民族大學）政治系本科畢業生。曾先後任越西中學副校長、區委書記、縣委宣傳部副部長、中共涼山州委委員、常委、宣傳部長，曾任《涼山日報》總編。任職期間，把該報由週刊改為週三刊、週六刊。他在創辦彝文版《涼山日報》的同時，還參與了《涼山文藝》漢、彝文版的創辦，並與其他同志一道編寫了《涼山彝族自治州概況》。1983 年 5 月始任西南民族學院（現西南民族大學）副院長、副書記。1986 年

〔註3〕1991 年 4 月，我國又一張彝文報《峨邊民族報》在四川省峨邊彝族自治縣創刊，這是全國第一張彝文縣級黨委機關報。該報四開二版，彝、漢兩種文字出版。

6月任書記、院長。歷任第六屆四川省人大民委委員，第六、七、八屆全國人大代表。

該同志著述甚豐。係《當代中國》四川卷編委、《中華文化大辭典》編委、撰稿人，有《龍雲傳》《盧漢傳》《毛澤東傳》等譯著，並先後發表《民族高教應當師範先行》《四川民族教育管見》等數十篇論文。

二、創辦與發展

彝族是我國多民族的大家庭中重要成員之一，有 657.3 萬人（1990 年統計），是全國分布較廣的少數民族之一。涼山彝族自治州為最大的聚居區，約有 154 萬人（1992 年統計），遍布自治州各地。彝族有自己的語言文字，彝文距今已有 2000 多年的歷史。20 世紀 70 年代黨和國家根據涼山彝族人民的意願，組織專家學者對彝文進行規範整理。國務院於 1980 年以 70 號文件批准推行了《彝文規範方案》。

在中國人民革命鬥爭史上，一直傳頌著工農紅軍在長征路上，彝族果基家支頭人小約丹，按照彝族傳統習慣與劉伯承將軍結盟的佳話。〔註4〕彝族人民的優秀兒子羅炳輝，是工農紅軍和中國人民解放軍身經百戰的傑出將領之一。彝族人民為中國人民的解放事業建立了不朽功勳。

新中國成立幾十年來，隨著彝族地區政治、經濟、文化教育的迅速發展，少數民族語言文字（包括彝語文）工作受到了空前的重視。

醞釀出版發行彝文版的《涼山日報》，最早應追溯到 1975 年 12 月 6 日。當時中共四川省委根據廣大彝族人民的迫切要求和強烈願望，批轉了省委宣傳部、省民委《關於〈彝文規範試行方案〉的報告》。國務院批准了彝文規範方案，這標誌著彝族人民進入了一個新的重要的發展階段。黨的十一屆三中全會以後，彝語文的研究工作突飛猛進，黨和彝族的有識之士認為，用彝文規範文字創辦彝文報紙，對於在社會主義現代化建設時期，增強民族團結，促進兩個文明建設和振興中華具有重要的現實意義和深遠的歷史意義。1977 年 3 月 15 日，中共涼山州委積極籌備出版彝文報，做出《關於增刊〈涼山報〉彝文版的決定》，並抽調人力物力，著手落實這個決定。經過半個月的努力，我國歷

〔註4〕劉伯承將軍與小約丹結盟時，見面前送的「中國夷民紅軍沽雞支隊」（夷民即彝民，沽雞即果基）的紅旗，一直由小約丹的兒子果基嘉嘉保存到解放後。新中國成立後，他把這一珍貴文物獻給了解放軍。其弟果基尼迫還出席了第五屆中國人民政治協商會議全國委員會第二次會議。

史上第一張彝文報於 1977 年 3 月 29 日（試刊）出版。

《涼山報》彝文版試刊 8 期後正式出版，結束了我國自古以來無彝文報的歷史，該報的創刊是我國少數民族文字報刊進入空前繁榮的第一隻報春的飛燕。

三、性質與任務

此報屬綜合性地方黨報，面向廣大彝族幹部和聚居在涼山的彝族群眾。創刊幾十多年來，始終堅持「立足本地，面向基層，小報小辦，突出特點」的辦報方針。這張報紙及時準確地報導黨在各個時期的「綱領路線、方針政策、工作任務和工作方法」〔註 5〕，最迅速最廣泛地同廣大彝族群眾見面，很快成為黨聯繫彝族群眾的重要紐帶。

彝文報的創刊是彝族新聞與新聞傳播事業「質」的變化。首先，沒有規範彝文就不可能興辦彝文報刊；彝文報刊的創辦意味著彝族新聞與新聞傳播擺脫了口頭傳播的原始狀態或借助其他民族語文（比如漢語文）創辦新聞傳播媒介的局面，進入了全新的現代化的傳播時期。

彝文報自創刊以來，發行量一直穩定在 6000 份左右，為了先睹為快，有人從幾十里、幾百里外的地方跑到彝語文工作單位購買彝文報。甚至有這樣的「笑話」，由於不知要到郵局訂閱報紙，有不少彝族同胞跑到百貨公司買彝文報。彝文報的創辦確實是彝族人民的一件大喜事。自創刊以來，一直受到廣大彝族同胞的歡迎。它改變了在涼山農村由於交通不便，信息傳遞較慢的狀況，充分發揮了報紙的「組織、鼓舞、激勵、批判、推動的作用」。〔註 6〕彝文報初創時，正是全國各族人民在黨的領導下，撥亂反正、正本清源時期。由於受極左思潮的影響，許多基層幹部和彝族同胞對黨的十一屆三中全會的路線、方針、政策沒有深刻的理解，或多或少帶有牴觸情緒。有的認為，實踐是檢驗真理的唯一標準的討論是否定毛澤東思想，農村實行聯產承包責任制是「復辟資本主義」。彝文報對這些模糊認識，旗幟鮮明地以黨的十一屆三中全會精神為指導，宣傳四項基本原則和工作重點的轉移，以正確的輿論導向給廣大彝族讀者指明方向。由於正確宣傳了黨的十一屆三中全

〔註 5〕 見《對晉綏日報編輯人員的談話》，載《毛澤東新聞工作文選》第 149 頁，新華出版社 1983 年 12 月出版。
〔註 6〕 見毛澤東《給劉建勳、韋國清同志的信》，載《毛澤東新聞工作文選》第 202 頁，新華出版社 1983 年 12 月第 1 版。

會精神，不敢承包責任田的彝族群眾，紛紛改變了原先的想法和做法，並通過報紙反映某些基層幹部干涉群眾自留畜的出售，自留山與承包地的轉包等方面的問題。彝文報也依據黨的政策向群眾做宣傳，把幹部和群眾的思想都統一到黨的政策上來。彝文報在彝族群眾中形成了「無聲的力量」。1981 年以來，彝文報不惜篇幅，連續全面地宣傳黨中央（81、82、83、84）四個年頭的一號文件精神及體制改革的成果。對彝族讀者來信中提出的新問題、新要求，對中央文件中的名詞、術語進行解答，並在報上反覆宣傳改革與建設、生產資料公有制與多種經濟成分並存和協調發展、社會主義制度優越性與破除「兩個大鍋飯」，實行計劃經濟與市場調節相結合以及價值規律的關係等等，從理論與實踐的結合上進行宣傳。同時，有意識的重點介紹自治州、四川省和全國各地農村湧現出來的「專業戶」以及發展商品生產、勤勞致富的成果和經驗。這對於落實四個一號文件及黨的十一屆三中全會精神，對於推動彝族自治州的農業生產責任制和商品經濟的發展都起到了良好的作用，為涼山彝區農村經濟改革立了頭功。

　　總而言之，彝文報創刊，是彝族新聞與新聞傳播飛躍發展的一個重要標誌，也是彝文規範方案得以推廣實施，促進了自治州在新時期政治、經濟、文化教育諸方面的迅猛發展。彝文報在少數民族文字報刊史上是一份自覺貫徹黨性原則並做出一定成績的綜合性地方黨報。

四、內容與特色

　　增強可讀性，也是辦好少數民族文字報刊必須注意的。

　　重視版面的編排和標題的製作，突出民族特色和山區特色，是增強彝文報可讀性的手段之一。版面是報紙各種內容編排布局的整體表現形式，它是幫助和吸引讀者閱讀的手段。標題是讀者的「嚮導」。由於規範彝文屬音節文字類型，也就是說一個字形即一個音節，為標題的製作和版面編排形成自己的風格提供了方便條件。一般說來，拼音文字在報紙的版面編排上和標題的製作上，只能適應文字的橫排需要，而不能直排。但規範彝文既能橫排又能直排，可以使報紙標題醒目、大方，使版面活躍、美觀、整齊，配上圖片、題花，用框、線分欄，美化之後更完美地體現報紙的編輯思想和報導內容。

　　辦好副刊和專欄是增強報紙可讀性的又一重要手段。副刊和專欄的設置是近代化報紙的特質。為了密切聯繫群眾，彝文報創刊以來想方設法開闢多種

專欄、專刊、副刊，比如《偉大祖國》《科學常識》《衛生信箱》《生活知識》《農家顧問》《報刊拾零》《民族習俗》《團結》等等，向彝族同胞介紹科學文化知識，傳播先進的生產技術，滿足多方面讀者和讀者多方面的需要，受到廣大讀者的歡迎。1978年在土質缺磷的昭覺縣比爾區，蕎子拌磷肥播種畝產500斤的技術在彝文報上報導後，全州所有土質缺磷的高山地區迅速普遍地推廣開來。1982年，喜德縣木支拉公社足巴大隊和金陽縣熱柯覺公社丙乙底大隊等地，還創造了蕎子畝產700多斤的記錄，使之變成了高產作物，為發展農業生產作出了貢獻。昭覺縣比爾鄉布爾村支書阿西合機說，他們村的許多彝族農民通過訂閱《涼山日報》彝文版，不僅及時瞭解了黨的方針政策，而且在彝文版「農家顧問」和「莊稼醫生」等專欄裏，學到了種植花椒技術、化肥配方使用技術，發展了農業生產，增加了收入。喜德縣且拖鄉村民沙馬元根、吉史拉者、牛都日火等用在彝文版上學到的知識科學養牛，成為當地農民依靠科技勤勞致富的榜樣。

1984年7月28日，編輯部收到地處祖國邊遠山區的南省鹽原縣大草鄉三林彝族同胞的來信。這封長達3000多字熱情洋溢的來信，表達了對彝文報給他們提供新知識、新技術、新信息的感激之情。目前，在涼山到處流傳著「識一個彝文值千金，彝文報是傳播文化知識的好工具」的說法。

副刊、專欄的設置，密切了報紙與讀者的聯繫，促進了報紙的通聯工作。1983年8月彝文報發表了布施縣西溪河區新爾鄉三村一隊馬海拉牛採寫的《相信科學，不要迷信》的通訊，作者用親切感人的彝文，報導了一位彝族同胞殺豬宰羊請「畢摩」〔註7〕算命，花去幾百元但沒把病治好，送到醫院只花30元錢就治好了病的真實故事，教育了成千上萬的彝族同胞，從活生生的事實中，使他們懂得了一個破除迷信、相信科學的真理。

《團結》文藝副刊培養了一批彝文文學作者，為彝族讀者提供了健康有益的精神食糧。第三版《團結》副刊自創刊以來，採用讀者喜聞樂見的表現形式，精心編排小說、散文、詩歌等作品，豐富了讀者的生活。1992年，自治州成立40週年，該報以徵文的形式，刊發了幾十篇反映全州各條戰線成就的散文和通訊，歌頌黨的民族政策、謳歌了涼山四十年的光輝歷程，編輯出版了《春天的腳步聲》，深受彝族讀者的歡迎。這個副刊還搜集整理了一大批散落在彝族

〔註7〕畢摩，彝族巫師。多系父子相傳，部分識經書。主持念經、祭祀、驅鬼、詛咒、占卜及執行所謂神明裁判等迷信活動。

民間故事、諺語、克哲〔註8〕、而比爾吉〔註9〕等作品，豐富了彝族群州的文化生活。這個文藝副刊還培養了許多彝文文學創作者。喜德縣青年農民謝志珍就是在《團結》上發表自己的處女作後，已成為一名多產的農民青年作者，發表文學作品已達 200 多篇。20 世紀 80 年代以來成長起來的彝族青年作家賈瓦盤加、時長日黑河和詩人羅青春等都是在《團結》上發表處女作後，走上了彝文文學創作道路的。

　　1996 年 8 月 1 日，使用現代化激光照排技術出版彝文版的《涼山日報》，告別了鉛與火，實現了光與電的飛躍。每期的文字容量由原來的 1.8 萬字，增加到 2.1 萬字，淨增 3 千多字，字號由原來的 5 種增加到 21 種以上，標題字也可在基本字體的基礎上進行多種變化和美化。同時豐富了花邊線和底紋，美化了版面。

　　由於報社采用規範彝文寫成的新聞稿陸續增多，調動了廣大彝胞寫稿讀報的積極性。近幾年來，用彝文寫稿的通訊員逐年增加（每月平均來稿約 500 多件），已完全改變了最初全部翻譯漢文稿的狀況，形成了一支編採、通訊、讀報隊伍，排字、印刷人員和設備已成龍配套，基本系統化了。

　　報社歷屆主要負責人有白志方、韓學禹、蘇克明、王傳廷、聶儀文、馬沙勞美（彝族）、樊文抒、馬占高（彝族，彝名沙馬且且）果基木呷（彝族）、王學仁（彝族）、吉押果洛（彝族）等。

第二節　新疆地方黨報、專業報、晚報等報紙的創辦

一、地方黨報

　　新疆自治區的少數民族文字的黨報，進入新時期後，又有了新的發展，除原已創刊的報紙之外，又創辦了《吐魯番報》《葉爾羌報》等地委一級的報紙。

　　1.《哈密報》（維、漢文版）

　　《哈密報》經過 12 年停刊後，於 1986 年 7 月 1 日復刊。作為黨和政府喉舌的哈密報，力求內容新穎、版面活潑，認真反映時代氣息、時代風貌和時代精神，如實反映人民的心聲，一掃老氣橫秋、凝固僵化的文風，表達群眾的

〔註8〕克哲，彝族民間故事、諺語的一種形式。
〔註9〕而比爾吉，彝族民間故事、諺語的一種形式。

願望，做各族人民的知心朋友。基於這樣的辦報宗旨，該報的辦報思想和任務是：「向全地區各族人民進行馬列主義、毛澤東思想教育，進行愛國主義、民族團結思想教育；認真貫徹宣傳黨的路線、方針、政策，普及科技知識，反映和引導輿論，指導工作和生活，激勵各族人民堅持四項基本原則，積極獻身於社會主義物質文明和精神文明建設，堅持改革開放，為開發建設哈密做出貢獻」。在《我們的心願──哈密報正式出版致讀者》中再次申明：哈密各族人民是《哈密報》的主人。

該報於 1987 年元旦正式出版發行，四開四版小報，週三、週六出版。依然使用郭沫若 1963 年 6 月題寫的報頭。維文版於 1988 年復刊，9 月 15 日復刊第一期出版，半月刊。

（1）版面安排及其特點。哈密處於新疆東大門，是「絲綢之路」重鎮，是個資源豐富的民族聚居區。這裡的民族特色和地區特色，都給報紙宣傳增添了可讀性和邊陲色彩。這個得天獨厚的優勢為報紙的宣傳提供了可靠依據。該報辦報的總方針是：宣傳政策，傳播信息，絲路風采，面向基層，綠洲特色，風格獨具。在版面安排上則是「人無我有，人有我優，精心設計，新中有創」。

該報共有四個版面，每個版面都設有豐富多彩的欄目。一版要聞版，突出新聞性，側重宣傳黨的方針政策，及時報導重大新聞、時事和群眾最關心的問題。設有《要聞剪輯》《兄弟地州》《瓜鄉新貌》《瓜鄉新人》《百字新聞》《縱橫談》等欄目；二版經濟版，突出指導性，側重宣傳改革開放，突出經濟建設，以指導生產，傳播信息，傳授技術、引導致富。設有《經濟短波》《農民之家》《牧民之家》《從礦區來》《鐵道線上》《墾區縱橫》《百草原》《供與求》《市場瞭望》《致富嚮導》《服務臺》《科學技術》《小知識》《大家談》《一事一議》《金色窗口》等欄目；三版政文版，突出思想性，側重宣傳社會主義精神文明建設，提倡文明建設的科學生活方式，改革婚嫁喪葬的陋習，反對社會風俗習慣中還存在的愚昧落後的東西。設有《簡訊》《新聞故事》《民族團結》《共產黨員》《共青團員》《工人之家》《校園園地》《園丁贊》《軍營內外》《民兵工作》《巾幗英雄》《婚姻家庭》《法制天地》《衛生與健康》《讀者論談》等欄目；四版綜合版，突出趣味性，側重知識性宣傳，借鑒晚報特點，成為報紙的窗口和「百花園」，集思想性、知識性、趣味性為一體，豐富群眾文化生活。設有《關外春》《伊州話古》《絲路明珠──哈密》《文化生活》《百花園》《學校生活》《影

訊消息》《天下大事》《商品廣告》等欄目。真可謂琳琅滿目，光彩耀眼。

（2）革新與影響。報社自復刊以來，沒有辜負各級黨委和廣大少數民族同胞以及各兄弟單位的期望，堅持「為社會主義服務，為人民服務」的「二為」方針，努力探求新聞工作改革的新路子。

首先，始終堅持報紙的黨性原則，在政治上與黨中央保持一致。報紙工作經受住了政治風波的考驗，在地委召開的新聞工作座談會上受到上級表揚：方嚮明確、立場堅定，地委滿意。

其次，不斷進行版面改進，內容和形式適應少數民族同胞的要求，在辦報過程中樹立群眾觀點。1988 年在全疆報紙工作經驗交流會上，該報在編輯思想、編輯內容、編輯信息等方面被評為二等獎。報紙刊發的新聞通訊、新聞圖片，已有十來篇在全國、全疆獲獎。

2.《塔城報》（哈、漢文版）

《塔城報》係中共新疆自治區塔城地委機關報，綜合性地方報紙。1958 年 12 月創刊，1962 年 5 月至 1964 年 8 月，1966 年 9 月至 1970 年 5 月兩次停刊。

《塔城報》哈文版於 1976 年 6 月正式復刊。四開四版，週三刊。該報以宣傳黨的方針政策，宣傳民族團結，普及科技知識，豐富群眾的文化生活為主要任務。其讀者對象是基層幹部和廣大農牧民群眾。該報闢有《本地新聞集錦》《信息窗》《科學知識》《世界大事》《報刊文摘》《讀者來信》《塔爾巴哈臺》等專版、專欄和副刊等。

改革開放以來，該報的讀者對象逐漸發生變化。發揮多功能的作用已成為新的讀者群對報紙的強烈要求。圍繞當地中心工作進行宣傳，提供本地區有價值的信息和資料，同時也提供省（區）內外、國際的信息和資料。新的形勢，新的要求，該報確定了新的辦報方針：「堅持指導性，突出服務性、增強知識性，注重可讀性。」並「面向基層幹部、城鄉家庭。堅持黨性原則、辦報特色（地方特色、民族特色），服務生產、指導生活、傳遞信息，倡導文明、提供娛樂。」報紙越辦越好，贏得了更多的讀者。

該報設有哈文編輯室、漢文編輯室、行政辦公室。發行量為：哈文版初為 600 份到 1985 年增至 1440 份，漢文版為 4000 份，1985 年增至 6600 份。20 世紀 80 年代末，哈文版增至 2000 份，漢文版增至 9000 份。

該報歷屆主要負責人有董光韜、齊星元、周叔進、阿汗·拜湖提等。

3.《博爾塔拉報》與《巴音郭楞報》

《博爾塔拉報》和《巴音郭楞報》都是 20 世紀 60 年代初創辦的州委一級報紙。

《博爾塔拉報》是中共新疆自治區博爾塔拉蒙古自治州委主辦的綜合性報紙，創刊於 1960 年 7 月 1 日，四開四版，週三刊。蒙文版創刊於 1982 年 7 月 1 日。以蒙文、維文、漢文三種文字出版。該報設有辦公室、蒙古文編輯室、維吾爾文編輯室、漢文編輯室、採通室和印刷廠。辦有《博爾塔拉報通訊》《博爾塔拉報內參》。主要負責人有陶德民、艾則孜、馮毓豐、賀治鐸等。

《巴音郭楞報》由中共新疆巴音郭楞蒙古族自治州委員會主辦。1956 年 6 月 23 日自治州成立，1961 年 1 月該報創辦。其前身係 1959 年元旦創版的庫爾勒專區機關報《庫爾勒》。1960 年庫爾勒專區併入巴音郭楞蒙古族自治州，《庫爾勒》報即改為《巴音郭楞日報》，以漢、維兩種文字出版。4 開 4 版，週一刊。1962 年 7 月，因經濟困難停刊。1966 年報紙又以蒙、維、漢三種文字復刊。1971 年兩次被撤銷。1985 年，第三次復刊。四開四版，週刊。以蒙文、維文、漢文三種文字出版。1998 年元旦起，漢文版改為週五刊。1997 年 12 月 22 日在北京舉行的「自強創輝煌」公益廣告作品頒獎大會上，該報製作的《自強擁有未來》榮獲公益廣告政府獎。

該報主要負責人有田中圩、帕孜力·肉孜（維吾爾族）、才文（蒙古族）、薄同欽、阿不都熱合買·衣明（維吾爾族）、趙長志、李曾、丁新玲、阿不都熱及木（維吾爾族）、陽樂平、毛拉克·肉孜（維吾爾族）、烏雲（女，蒙古族）、之凱（蒙古族）等。

這兩張報紙十分近似。

第一，他們有共同的辦報方針：「堅持四項基本原則，立足本州，面向基層，面向群眾，圍繞當地中心工作，努力宣傳黨的路線、方針、政策，宣傳各條戰線的新成就、新經驗，宣傳各民族的大團結，宣傳科學文化知識，注重體現地區特色和民族特色，為兩個文明建設服務。」

第二，兩張報紙的蒙文版，更加相似。兩個蒙文版，都是托感蒙文，與內蒙古地區的胡都大蒙文大不一樣。從版面上看，正文標題用字、版面規格大體相似，都用豎式排字法。從內容上看，均以地方新聞為主，突出表現新疆蒙古族的格調。兩張報紙的報頭設計也都很近似。

第三，兩張報紙都設較多的欄目。如：《街談巷議》《長話短說》《大家談》

《周末論談》《博州拾零》《工作研究》《專業戶園地》《法律顧問》《農業科技》《瞭望角》《新聞集錦》《信息窗》等，還有《周末》《賽里水》《半月文摘》《科普園地》等副刊和專版。

第四，兩張報紙都重視新聞改革。他們虛心向兄弟報社和內地報紙學習，精心編採稿件，抓好典型報導，擴大宣傳面，提高報紙質量，努力當好州黨委、州政府的耳目和喉舌，激發讀者熱愛家鄉，熱愛新疆，建設家鄉，建設新疆的熱情，受到廣大讀者的歡迎。

20 世紀 80 年代初葉統計發行量為：維文版 500 份，漢文版 4100 份。20 世紀 80 年代後期統計，維文版 500 份，蒙文版 800 份，漢文版 5000 多份。

4.《吐魯番報》（維、漢文版）

《吐魯番報》是中共新疆自治區吐魯番地委機關報。社址在新疆吐魯番市高昌路。1988 年元旦試刊，當年 7 月 1 日公開發行，維、漢兩種文字都是四開四版，週二版。每週三、五出版。

提起吐魯番中外聞名，因為這裡盛產葡萄，沿街走去，只見路邊家家戶戶的院子裏一片葡萄綠蔭。在這裡每個維吾爾族的家庭招待客人時都是從葡萄架上剪下一串串飄著香味的晶瑩誘人的葡萄。這裡不僅是盛產葡萄的好地方，也是印刷術西傳的中繼之地。大約在一千多年前，這裡曾用漢文、維吾爾文、敘利亞文、波斯文、梵文、希臘文、吐夭羅文、突厥文、婆羅米文、摩尼文……印刷、書寫著各種典籍。同時，在這裡雲集著不同膚色、不同服飾、不同種族，不同語言的印刷工人和抄寫書稿的人。這裡不僅葡萄四溢飄香，而且新聞與新聞傳播也聞名中外。

但是作為新聞載體，尤其是少數民族文字的報紙，只有到了 20 世紀 80 年代後期才辦的像這裡的葡萄一樣，有些名氣了。

《吐魯番報》立足本州，面向新疆，面向全國，其宗旨是客觀公正、團結進步，為吐魯番地區的改革和兩個文明建設服務。

該報設有：《大家談》《本報專訪》《火州普通人》《火焰山下》《希望的田野》《改革之窗》等，有三個副刊，《葡萄園》文藝副刊、《閱覽亭》文摘副刊和《大眾生活》生活副刊。這張報紙以版面活潑、內容真實、欄目豐富而著稱，有濃鬱的地方特色和強烈的時代氣息，深受當地少數民族和旅遊觀光的讀者歡迎。

5.《葉爾羌報》（維、漢文）

《葉爾羌報》是中共新疆生產建設兵團農三師委員會機關報。1985 年元旦創刊，四開四版，週二刊。1984 年 8 月到 12 月，該報以《葉河徵文》試刊 5 期，其版面與葉爾羌報無異。

《葉爾羌報》以黨的方針政策為指針，交流各種信息，傳播文化科學知識，扶持文學藝術創作，是一張綜合性報紙。其宗旨是推動改革，繁榮墾區經濟、文化，反映葉爾羌河兩岸維、漢民族共同開發邊疆、振興農墾經濟的時代精神，具有地域特色和民族特色。

6.《南疆石油報》（漢、維文版）

《南疆石油報》是南疆石油勘探會戰指揮部政治部主辦的漢、維兩種文版的報紙。現為中共新疆石油管理局澤普石油天然氣開發公司黨委機關報。1979 年 10 月創刊，名為《簡報》，週刊，四開四版，期發量為 2000 份。1982 年 1 月改為現名，用漢文出版。1985 年元旦始出維文版。該報設有漢文編輯組、維文編輯組、記者組、通聯資料組、和印刷廠。

該報的讀者對象是南疆石油戰線以及本公司的廣大少數民族幹部、工人和家屬、石油學校的教職員工。其辦報宗旨是立足企業，面向油田，為企業服務，為職工服務，重點宣傳黨的民族團結，尤其是「兩個離不開」的政策，加強對少數民族職工的教育、幫助，引導他們發揚主人翁精神，為建設社會主義現代化的油田而奮鬥。

該報力圖辦出「石油味」，大力宣傳少數民族石油工人開發油田的新技術、新經驗，及其新人新事新思想。為活躍職工生活闢出電視節目預告欄目，寓思想性、指導性於知識性、趣味性之中。

報紙闢有《黨的生活》《觀察哨》《每週談》《大家談》《工會生活》《法制園地》《教育園地》《祖國各油田》等 20 多個專欄，還有文藝副刊《戰地黃花》。該報注意版面的美化，除報頭套紅外，報眼、標題、欄圍也常常套紅印刷。每期報紙，儘量多發照片、圖片，尤其是本公司幹部、職工的工作照、生活照，圖文並茂，喜聞樂見。

該報主要刊登漢文版的新聞稿。翻譯稿件約占 60~70%，餘下的 30~40% 新聞稿來自少數民族職工，儘量多採用本報通訊員的稿件，使之真正成為少數民族自己的報紙。

該報主要負責人有衣培顯、李建華等。

二、專業報、對象性報紙

新時期的專業報、對象性報紙，在南疆地區發展較快，這是新時期少數民族文字報紙的一個特徵。

1.《新疆法制報》（漢、維文版）

《新疆法制報》由自治區司法廳主辦的一張宣傳法律的報紙。社址設在烏魯木齊市新華南路。1980 年 8 月 1 日試刊，名為《新疆司法報》，半月刊。1982 年 4 月正式向全國發行改為現名，週刊。漢文版四開四版，維文對開四版。闢有《法律知識》《法律顧問》《典型案例》《司法之窗》《一案一例》《法庭內外》《辦案箚記》等專欄。20 世紀 80 年代中葉，發行量漢文版 1800 份，維文版 1300 份。

該報維文版在少數民族法制報中是創辦最早的報紙之一，也是新疆自治區唯一的一張法制報。

2.《新疆科技報》（漢、維、哈文版）

《新疆科技報》係新疆維吾爾自治區唯一的少數民族文字的科普報紙。由新疆自治區科學技術委員會主辦。1987 年 7 月始用現名。社址在烏魯木齊市。其前身《科學與技術》（維文）創刊於 1980 年 7 月，四開四版，週報，現由鉛印改為膠印。哈文版創刊於 1984 年 8 月，四開四版，旬刊。

報社編輯委員會下分設漢文編輯室、維文編輯室、哈文編輯室和辦公室。

該報維、哈文版係宣傳普及科學技術知識的專業報紙，緊密結合新疆實際和地方特點，宣傳黨的科技工作方針政策，推廣應用科學技術，普及生產和生活知識，報導科技新成果、新成就，介紹多種經營門路和鄉鎮企業的發展，傳播國內外科技信息，宣傳科技戰線新人新事新風尚，反映科技工作者的建議和呼聲，為推動生產技術的進步、提高經濟效益、促進「兩個文明」建設服務。近幾年宣傳地膜植棉新技術的大面積推廣，良種配馬法，化學除草、羔羊快速育肥等技術的推廣，發揮了顯著作用，促進了農牧區商品經濟的發展。該報以農牧民為主，面向基層，主要讀者對象是基層幹部、科技人員、科技戶、專業戶和農牧民、農牧場職工。一版，科技新聞版；二版，農牧科技版；三版，多種經營和信息版；四版，綜合知識版。闢有《生活與科學》《衛生與保健》《青少年園地》《科苑文薈》《天山雪蓮》《富饒美麗的新疆》和《小窗口》《信息站》《科技信箱》《科技工作者建議》《科技新風》《四化建設中的實幹家》《多種經營服務臺》《雙革新花》《國內外科技交流》等。還經

常開展實用知識講座，增出專刊。

報紙內容豐富、形式多樣、文字通俗、圖文並茂，少數民族讀者視為自己的良師益友。1985 年維文版期發量達 5000 份，哈文版達 4000 份。

該報維、哈兩種文版的前身係 1959 年 12 月創刊的漢文版《新疆科技報》，四開四版，三年困難時期於 1961 年 1 月停刊，共出版 47 期。1979 年 12 月漢文版復刊，並更名《新疆科技報》，四開四版，週刊，週三出版。

20 世紀 80 年代中葉，主要負責人有王寒江、英斯滿江、熱蘇里等。

3.《哈密科技報》（維文）

《哈密科技報》由哈密地區科委主辦。1980 年 1 月 10 日創刊，以維吾爾文印刷出版，四開四版，初為日刊，後半月刊，又改週刊。

該報隨著農村體制改革，為適應形勢的發展和工作的要求，遵照為農村服務，為生產服務的原則，旨在宣傳黨的科普政策、報導各個領域取得的科技成果而創辦的。主要讀者對象是具有中等文化以上水準的維吾爾族科技人員、知識青年和各界群眾。在全疆有較大影響，曾多次獲得西北地區和新疆自治區的表彰。於 1988 年 1 月終刊。

主要負責人有衣米提·乃買提。

4.《新疆廣播電視報》（漢、維文版）

《新疆廣播電視報》由新疆人民廣播電臺、新疆電視臺編輯出版，1981 年 5 月 23 日創刊，四開四版，週一刊。其宗旨是揚廣播電視之長，補廣播電視之短，為廣播電視宣傳服務，為廣大受眾服務。主要讀者對象是維吾爾、哈薩克族廣播聽眾、電視觀眾。

這張報紙是少數民族文字報紙中創刊最早的一張廣播電視專業報紙，使用的是老維吾爾文。一版為思想性、教育性節目內容介紹；二版為文藝廣播節目內容；三四版主要是電視節目內容及部分知識性稿件。

創刊初期，漢文版發行 3 萬份，維文版發行 400 餘份。1983 年 12 月，漢文版增至 12 萬份，維文版增至 6000 份。1987 年統計，平均期發量為 9000 份。

20 世紀 80 年代中葉，漢文版工作人員 7 人，維吾爾文版工作人員 5 人。漢文版的報頭由舒同題寫。主要負責人有劉海、艾山·沙吾爾、樊保安、阿西木·賽來木等。

5.《塔里木信息》（維、漢文版）

《塔里木信息》由阿克蘇地區科學情報資料所和科技開發中心主辦。社址

設在阿克蘇地區科委情報資料所。1985 年 1 月 15 日創刊。以傳遞經濟信息為主，兼顧科技、教育、人才以及人民生活和健康有關的信息。

三、《烏魯木齊晚報》（維漢文版）

《烏魯木齊晚報》是我國第一家少數民族文字晚報。1984 年元旦創刊。用漢、維兩種文字發行，週六刊，星期日無報，四開四版。

該報籌建於 1982 年 8 月。烏魯木齊市委先就創辦維、漢兩種文字的《烏魯木齊晚報》向自治區呈遞書面報告。經自治區批覆後，於當年 10 月組成籌備小組，調配和培訓業務人員並籌建印刷廠。1983 年 10 月 1 日試刊，兩個月之內維文版試刊 12 期。12 月正式成立報社。

該報「像一朵迎春花，為邊城增添了新的光彩」。〔註 10〕受到了中央、地方領導的重視和廣大讀者的熱情支持與歡迎。作為市委機關報，《晚報》的首要宗旨是堅持黨性原則，成為黨的喉舌。同時還應該把黨性同群眾性高度地統一起來，做到想群眾之所想，愛群眾之所愛，和人民的工作、學習、生活休戚相關，思想感情息息相通，真正為群眾所喜聞樂見。力求以較強的知識性和趣味性吸引區內外廣大讀者。從讀者來稿來信的標題已可看出該報在試刊期間已有一定影響：《烏魯木齊晚報來到了庫車》《烏魯木齊晚報在阿克蘇》《烏魯木齊晚報在伊犁邊遠鄉村》等等。正式創刊當天發行量達 2720 份。到 1987 年底維文版發行 1 萬份。按烏魯木齊市內人口計算，每 12 人有 1 人訂閱這張報紙。由中國科學院和新疆新聞單位聯合組織的民意測驗表明，晚報已成為全疆最受讀者歡迎的報紙之一。

在辦報過程中，報社認真貫徹市委領導確定的辦報方針：「突出晚報特點，圍繞市委中心工作。」正確處理了機關報與晚報的關係，既要突出晚報的特點又要體現晚報的指導性。他們兩次派人到北京、上海、廣州、南昌、長沙、鄭州、西安等地晚報社參觀學習，還派出 8 個小組到自治區部分地、州、市學習，受到各個兄弟單位的熱情接待與新聞界同行的支持幫助。在學習的基礎上，結合本報業務人員的具體情況，報社從幾個方面落實辦報方針。突出晚報特點，增加信息量，以又新又快的精神食糧奉獻給讀者，並以豐富多彩的內容和形式去贏得讀者。從新聞的可讀性、時效性等方面擴大新聞報導的範圍，講究質量，不照顧關係稿，凡是與群眾當前的思想、工作、學習、生活、消費密

〔註 10〕引自《晚報創刊寄語——代發刊詞》（見 1984 年 1 月 1 日《烏魯木齊晚報》）。

切相關的新聞，凡是面向現代化，面向世界、面向未來的新聞，包括政治、經濟、軍事、科技、文化、教育、衛生，均可以予以報導。重點辦好第一版。維文版第一版與漢文版第一版的內容基本相同（其他版面刊登的主要是維文記者、通訊員和當地作者撰寫的稿件）。一版設置《在今天日報上》《今晨廣播》《東西南北》《讀者來電》《改革信息》等專欄，給讀者一種新鮮感。二三版也有 1／2 的版面發新聞。四版副刊和其他知識性、趣味性專欄也要有新聞性，並以短小精悍、小中見大、通俗易懂的形式予以報導。該報經常報導反映城鄉政策的信息，介紹工農業產品開發、科技成果以及傳統的農副產品，地方和工業特產，同時介紹少數民族歷史上和當代名人，文化古蹟，提高少數民族人民群眾對黨的各項政策和社會主義優越性的認識。

創刊初期，報社領導結合辦報實踐，加強維護新聞真實性的教育，提高報紙的信譽。1984 年元月 26 日，該報頭版刊載了一條醒目的消息：「紅雁池水庫決口，水淹住宅區」。由於消息失實，引起了有關部門的強烈不滿。消息見報後，立即驚動了市委、區黨委和水電部。紅雁池水庫一旦決口，鬧市區將被大水淹沒。造成報導失實的原因是：這次大水發生在週六晚上，報社維文記者於第二天（週日）早晨去新疆大學採訪，據現場指揮救災的區、市領導講「可能是紅雁池水庫決口」依據這句話，記者作了報導。當報社得知報導失實時，馬上根據有關部門的文件更正：「紅雁池電廠灰水壩決口」。更正仍然失實，實際上是紅雁池電廠灰水壩上面的養魚的水壩決口。經過實地調查後，又作了第二次更正。就新聞報導嚴重失實一事，報社向市委領導寫了報告，並請市委常委、宣傳部長張貴亨到報社給全體職工上了生動的一課。他結合具體事例，闡述了維護社會主義新聞真實性是每個新聞工作者的神聖職責及其重大意義。報社組織全體職工反覆學習討論中宣部印發的《為捍衛真實性原則而鬥爭》的文章，開展了消滅差錯月活動，制定了編採、校對人員的崗位責任制及其獎懲條例。

突出民族風格和地方特色，使讀者喜聞樂見，是該報的宗旨之一。該報先對會議新聞報導進行改革。一是只報導與讀者有密切聯繫的會議及其新聞事實。對於因客觀原因遲到的會議新聞稿，又是新事物，且有新聞價值、時效性強的稿件，也十分重視，能及時報導的，一定予以報導。總之，對於會議消息的報導，力爭使讀者不感到過於繁多，不搞公式化。凡是與群眾密切相關的新聞，決不吝惜一版版面，及早報導。例如，蔬菜市場供應日益好轉，夏裝質量

與樣式都可以與上海比美，城市副食品供應豐富，三萬農民趕科普集市，十萬青少年學雷鋒做好事，退休工人受到各方面的照顧，副司令當發奶員，新僑飯店早點花樣翻新，市區西瓜如山，以及如何正確對待婚姻戀愛和在整黨中如何解決群眾意見最大的問題等等，都能安排一定的版面。並設置了《市場》《生活顧問》《戀愛婚姻家庭》等專欄。

該報以生動活潑的形式，向讀者介紹邊城風貌、天山風光，各族人民開發建設新疆的多姿多彩的生活，以豐富版面。該報先後設置了 122 個欄目，刊頭圖樣達數千個。如《烏魯木齊新貌》《逛邊城》《支邊人物志》《祖國寶地——新疆》《新疆風情》《新疆旅遊》《烏魯木齊史話》《外地人看烏魯木齊》《西域史話》《西域人物》《絲路傳聞》《寄天山》《兄弟民族》《民族團結之花》等等，積極宣傳新疆是個好地方，在黨中央的領導下，各族人民親密團結共同開發建設新疆的時代風貌。在維吾爾族悠久歷史和傳統文化的薰陶下，湧現出一批書法家和美術愛好者，他們為晚報的民族風格和地方特點作出了貢獻。

該報還重視批評報導，以推動各項工作的順利開展，增強報紙的吸引力。該報設置了《讀者來信》《讀者來電》《紅塔山下》《刺玫瑰》《阿凡提》《群言錄》《燈下談》等專欄，幾乎每天都刊登批評報導。內容涉及甚廣，大如知識分子政策，分房建房中的不正之風，醫療事故，小至飯店衛生、買糧吃水、公共交通、夫妻不和，師生關係以及產品質量、服務態度等。晚報上刊登過幾次較大的批評報導，產生過校大影響。比如煤炭廳未妥善安置搬遷戶，鐵路局就強行拆遷民房，使一退休老工人在大雪紛飛的日子裏無處安身，到處申訴無人理睬，要以自殺方式了此一生。後來給晚報寫信，經核實後在二版頭條見報，並配發了調查附記，伸張了正義。鐵路局向受害者賠禮道歉，賠償損失，煤炭廳重新分配了住房。老工人感激零涕，非要給報社送匾不可。還有，烏市蔬菜公司某副經理多占住房，經報上兩次點名批評後終於退出了住房並公開檢討錯誤。再有，天山染織廠廢水污染農民土地，經報紙公開批評後，該廠賠償損失 1000 元，並采取了防範措施，使工廠、農民、環保部門三滿意。晚報的批評報導引起了社會各界的廣泛注意和高度重視。烏市第一商業局黨組專門發出文件，要求所屬單位對晚報的批評進行登記、處理和答覆，把報紙的表揚和批評作為評獎的條件之一。廣大讀者對於晚報的批評報導很關心，很愛讀。目前，連原來不願讀報的小商小販也爭先恐後的訂閱晚報，到 1988 年連且末清河等邊遠地區和地處邊境、高山地區的養路道班都擁有晚報讀者。在新疆自治

區內的州、地級的維文報中，其發行量最高。在讀者中流傳一句話：「先看晚報再看別的報。」

創刊初期由樊興初和黃秉榮負責。20 世紀末，漢文版日刊，4 開 8 版，平均期發 8.2 萬份；維吾爾版日刊，對開 4 版，期發 1.1 萬份。

四、《新疆商業報》（維文版）

《新疆商業報》由商業廳、醫藥局、煙草局、新疆生產建設兵團商業局聯合主辦。商業廳主管，社址在烏魯木齊。

《新疆商業報》是我國第一張少數民族文字的商業報紙。1988 年 7 月 1 日創刊，四開四版，週刊。其漢文版創刊於 1954 年秋天，1958 年 1 月停刊。1985 年 5 月 1 日復刊，也是四開四版的週報。有一種說法，20 世紀 50 年代該報無少數民族文字版。其辦報宗旨是立足商業戰線，面向社會各界，宣傳商業方針政策、交流經營、改善經驗，溝通市場信息，指導正常消費，促進民族貿易的發展，活躍職工文化生活，為新疆改革開放服務。該報闢有《一周談》《改革潮》《商業新貌》《文明經商》《經營新招》《生意經》《個體園地》《民族團結之花》《市場隨感》《消費者之聲》《商業史話》《老字號》《靈芝草》《美食家》《絲路漫筆》等欄目。20 世紀 90 年代更名為《新疆商報》，讀者對象為商業職工、消費者。

這張報紙有三個特點，一是信息量多，短新聞多，以形象化的宣傳吸引廣大少數民族讀者；二是全報社的採編人員以辦好報紙為己任，努力學習新聞理論和採訪寫作，提高辦報水平，擴大發行量；三是自辦發行。為了擴大報紙的影響，除辦好報紙外，有的採編人員還親自到市區推銷自己辦的報紙。

該報的主要負責人馬振華、鄧美宣、李建、張軍、蘇萊曼等。20 世紀末，漢文版發行量 3000 份，維吾爾文版 5000 份。該報 2000 年後劃轉到新疆日報社，更名為《新早報》。

五、少數民族文字軍報──《人民軍隊》報

《人民軍隊》報是全國唯一的一張少數民族文字的軍隊報紙。該報對開四版，以維吾爾文版發行，面向生活、戰鬥在地處西北邊疆的廣大少數民族指戰員，介紹全國各地的建設成就和少數民族的歷史。根據少數民族指戰員的思想實際，轉載中央軍委機關報《解放軍報》的重要文章，發表中央領導或軍隊領

導的指示，同時撰寫和發表本報評論員的文章，以指導和活躍廣大指戰員的政
治、文化生活。

　　該報與黨中央在政治思想上保持高度一致，以正面宣傳為主，滿腔熱情地
向廣大各族指戰員宣傳馬列主義、毛澤東思想，宣傳黨的民族理論和民族政
策，宣傳「兩個離不開」，襃揚民族團結的先進集體和個人。新疆廣大少數民
族指戰員稱該報為「我們的政治指導員」。

　　該報闢有《我愛大西北》《天山南北》《信息與知識》等專欄專版。通過這
些專欄和專版，不僅突出宣傳黨的民族政策、民族團結，而且還大力宣傳科學
文化知識，表彰自學成才的先進典型，激發廣大指戰員學科學、用科學的熱情，
爭當軍地兩用人材，促進兩個文明建設。

第三節　蒙文版地方黨報和其他報紙的創辦

　　在這個時期又有一部分蒙文報紙創刊，形成以黨報為核心的蒙文報紙的
體系。這其中主要的報紙有《阿拉善報》《興安日報》《牧民報》《內蒙古科技
報》《科技信息報》《赤峰科技報》和《柴達木蒙文報》等。現簡介如下：

一、《阿拉善報》（蒙、漢文版）

　　《阿拉善報》是中共內蒙古阿拉善盟委員會機關報。社址設在阿拉善盟巴
彥浩特鎮。1980 年 5 月 2 日創刊，四開四版週二刊。1985 年 7 月 1 日漢蒙兩
種文本公開發行。均為四開四版。蒙文版報頭由羅恩巴圖題寫，1987 年漢文
版由內蒙古書法家滑國璋題寫。

　　《阿拉善報》前身為《阿拉善左旗報》，1975 年元旦創刊，蒙文發行，為
週三刊；烏倫賽同志任社長，葉圖門、何泉布拉、格日勒圖、白銀茹、白楚倫
巴特爾、哈達等先後任副社長。

　　《阿拉善報》的主要任務是，圍繞盟委中心工作，宣傳本盟各條戰線的新
人、新事、新成績、新經驗。其讀者是全盟廣大牧民和基層幹部，並兼顧城鎮
工人、幹部和學生等。

　　阿拉善盟在內蒙古西端，內有巴丹吉林、騰格里、烏蘭布和三大沙漠，面
積達 27 萬平方公里，人口 15 萬。有蒙、回、漢等 11 個民族。地廣人稀，交
通不便，素以大漠駝鄉著稱於世。該報報導與人民生活、生產關係密切的養駝
業，介紹養駝知識，是這張報紙的主要內容。僅 1986 年一年就發表了這方面

的文章 100 多篇，不少新聞報導還配發了言論。因此，人們把《阿拉善報》稱之為「辦在駝背上的報紙」。

該報的辦報宗旨和編輯方針是：「當好黨的喉舌，反映群眾心聲；堅持實事求是，推進兩個文明；立足地方特點，辦出駝鄉特色」。報紙的一版是要聞版，闢有《大漠小議》《駝鄉飛鴻》《阿拉善短訊》《要聞集錦》等刊載本報採寫的言論、社會新聞和要聞短訊的欄目。二版是經濟版，闢有《經濟雜談》《工作研究》《駝鄉短波》《信息窗》《服務臺》等欄目，載有經濟信息、經濟工作的新聞報導與文章。三版是政文版，闢有《黨的生活》《法制園地》《魚水情》《戈壁新風》《桃李園》《科學宮》《天南地北》《大漠簡訊》等欄目；四版是副刊。漢文版《居延海》和蒙文版《巴彥布爾》以雜文為主，兼載詩歌、散文、小說、文藝短評、風物志，也介紹阿拉善各地的自然風物，歷史古蹟，鄉風民俗。闢有《處女地》《幼芽》《大漠文摘》等欄目，融知識性，趣味性為一爐。

該報實行黨組領導下的社長負責制。設有蒙文編輯部，漢文編輯部，辦公室、廠部。

該報重視在廣袤無垠的大沙漠中培養和鍛鍊記者和通訊員。報社在阿左、阿右、額濟納設有記者站。每年在三個旗，吉蘭太，雅布賴鹽場，盟直單位舉辦 6 期通訊員培訓班，表彰優秀通訊員。目前已有通訊員 250 多人。

報社的記者和通訊員都是在駝背上長大的。記者烏力吉布音和通訊員范爾登巴圖是其中的代表。烏力吉布音生長在巴丹吉林的沙漠深處，春夏秋冬一年四季深入到無邊無際的沙漠之中。他熟悉沙漠，經常生活在「駝背」上。有一次為採寫先進人物、先進事蹟，他在渺無人煙的沙洲上行走達 11 天之久。他寫出了不少受群眾歡迎的好作品，被譽為「駱駝」記者。范爾登巴圖是阿拉善盟畜牧局一位工作達 30 年的老局長。在發現和治療駱駝疾病方面積累了相當豐富的經驗。為了總結和推廣這些經驗，發展畜牧事業，這個年過半百的老局長，拿起筆來寫文章。雖然文化水平低，遇到了許多困難，但是他終於寫出來了，發表在報上，成為一名名副其實的通訊員。在這個報社，像這樣的記者和通訊員還有不少。他們騎著駱駝採寫，坐在駝背上寫稿，反映駝鄉的風采，讚美一年到頭跟駱駝生活在一起的人。他們是真正的「駱駝」新聞工作者。

1993 年元旦《阿拉善報》蒙漢文版改為週四刊，並出版《阿拉善報·星期刊》，4 開 4 版，週刊。1997 年元旦蒙文版改為週三刊。該報與盟計劃局合辦《阿拉善·信息專刊》（漢文版），4 開 4 版，週刊，雙色印刷。

自創刊以來該報的發行量日漸增多，目前，期發量漢文版 3700 份，蒙文版 600 份。比最初增長 34.78 倍，全盟平均每 35 人有一份《阿拉善報》。

主要負責人有楊玉泉、格日樂圖等。社址內蒙古阿拉善盟巴彥浩特鎮。

二、《興安日報》（蒙、漢文版）

《興安日報》（蒙、漢文版）係中共興安盟委員會機關報。社址設在內蒙古烏蘭浩特市。1980 年 10 月 1 日漢文版創刊。漢文版四開四版週二刊。1981 年 10 月 1 日蒙文版創刊，四開四版週二刊。1981 年 1 月漢文版從第 28 期起改為四開四版週三刊。1982 年 1 月漢文版改為週四刊，增出星期日版，1987 年元旦，改為週六刊。1985 年蒙文版改週四刊。報社設有蒙漢文總編室漢文總編室下設經濟、政教、時事文化、群眾工作四個組；蒙文總編室設一個編輯組，人員按版面分工。20 世紀 80 時年代初有職工 38 人。蒙文編輯 8 人，漢文編輯 21 人，攝影記者 2 人。社址內蒙古烏蘭浩特市。

該報蒙文版在 1983 年 10 月 1 日出版彩色報紙。這是全國第一家蒙文采色報紙。它圍繞盟委中心工作，報導全盟政治、經濟、文化活動，反映廣大幹部群眾建設現代化農牧業的先進事蹟和先進人物。以全盟廣大牧民和基層幹部為主要讀者對象。

在辦報過程中，該報注意適應地區特點、民族特點和經濟特點。首先，他們根據讀者對象分布在偏遠的山區、牧區、半農半牧區的特點，借鑒晚報經驗，在扼要報導全國全盟重大新聞的同時，增設知識性、趣味性的欄目，把黨的政策寓於知識性，趣味性之中，使讀者在潛移默化之中受到教育，得到啟發。該報闢有《俱樂部》《興安今昔》《文化公園》《世界趣聞》《民族風俗》《環球》《沸兒河》《成才之路》《生活顧問》《科學與生活》《林業知識》《牧業知識》《農業知識》《你知道嗎？》《兒童世界》《希望在田野》《園丁之歌》等等欄目。這些欄目的增設，活躍了版面，增強了可讀性。

其次，根據蒙文讀者的具體情況，結合牧區讀者的需求，增加農牧業方面的報導。為此報紙還調整了版面：「一版為要聞版，以登地方稿為主，以民族地區，尤其是與當地少數民族關係密切的新聞為主；二三版以當地農牧民最關心的地方稿為主，把文體消息、文藝副刊等轉移到第四版，進一步增加地方稿件。從總體上看，蒙文版上農牧業經濟的宣傳比重大於漢文版。

第三，為了調動通訊員的積極性，多編發短新聞，以提高來稿利用率。各

版不僅設有「一句話新聞」「簡訊」等，並規定在保證質量的前提下，一版每期不少於 6 篇稿，二、三、四版不少於 8 篇稿，最多時一期報紙用稿達 56 篇。

為了保證通訊員的上稿率，編輯部要求每位編輯同志與 5 名通訊員交朋友，具體指導蒙文通訊員寫稿，既提高了來稿採用率，又保證了稿件質量，同時形成了蒙文版的「稿件短，版面活」的特點。

最後，根據讀者的變化，該報增闢民族教育的專欄，並給予一定的版面。民意測驗表明該報的讀者群在農牧區的中小學校，並且中小學生訂戶的數量仍在持續增長。為此，報紙為青少年朋友專門開闢了《兒童世界》《希望的原野》《校園內外》和《小紅花頌》《園丁之歌》《高考答卷分析》《智慧的結晶》《五講四美》等中小學生所關心和喜愛的專版與專欄。通過增闢民族教育的專版和專欄，吸引了更多的少數民族讀者，增大了報紙的發行量，使報紙飛到尋常百姓家。

為了吸引更多的讀者，該報不僅常套紅、套綠，而且每逢國慶、春節還堅持出彩色版，不斷提高印刷質量。與此同時，該報還採取措施，精心設計，美化版面，進行革新。為了不讓文章頂題，採取豎題、拱題、右題、左題，摳心題，形成了一套畫版行文的新方法，從內容到形式，從形式到內容，都讓讀者滿意。

辦好報紙必須有一支政治上可靠業務上過硬的少數民族新聞工作者隊伍。興安日報社在培養新聞工作者和提高採編人員業務水平上採取了比較有效的措施。首先，當好伯樂，把好選才關。報社在選撥人才方面，把培養一專多能的「多面手」放在首要地位。比如，新近調入報社的 11 名同志，雖然學歷不等，但是他們除有自己的特長——美術攝影、設計插圖題圖、采編撰稿等等之外，還能完成報社交給的其他任務，更可貴的是他們蒙漢語言文字兼通，為報紙的發展提供了有利的條件。

其次，培訓在職人員，迅速提高他們的政治和業務素質。具體做法是：第一，要求每個在職人員從新聞學的基本知識學起；請在實踐中有豐富採編經驗的老同志授課。從理論與實踐的結合上掌握新聞學的基礎知識。第二，堅持學中幹，幹中學。每月至少舉辦兩次由采編人員分頭備課，分頭講授的業務學習課。這些課程均以新聞院校的專業基礎課為教材，讓他們既當先生又當學生，在實踐中運用新聞學基礎知識，提高辦報水平。第三，把評報工作制度化。隨時注意總結經驗教訓，以提高辦報水平。第四，選派採編人員參加省（區）級

的業務培訓或到天津師大、南開、魯藝、黑龍江等大學進修，系統學習業務知識和基礎理論，第五，舉辦新聞刊授學校，請中青年業務骨幹寫教材、講義，擔任指導教師，提高業務水平。第六，辦好業務刊物《興安日報通訊》《新聞業務研究》。《興安日報通訊》創辦於 1981 年下半年，季刊。該刊設有《新聞論壇》《理論與實踐》《業餘新聞大學》《學習與借鑒》《編輯手記》《通訊員園地》《文學修養》《好稿評介》等專欄。通過社辦刊物不斷總結和吸取本報和兄弟報紙的辦報經驗，使報社充滿鑽研業務的氣氛。第七，重點培養個別指導。對業務骨幹委以重任，造成了形勢逼人的緊迫感，把競爭機制引入到報社的採編工作中來。

20 世紀 80 年代初葉，漢文版的日發行量為 7000 份，蒙文版日發行量 700份。主要負責人張永祿。

三、《牧民報》（蒙文）

《牧民報》係中共巴林右旗委、巴林右旗政府機關報。社址設在內蒙古巴林右旗鎮巴林路西。1988 年 10 月 1 日創刊，四開四版。其編輯方針是為牧區經濟繁榮鳴鑼開道，宣傳科學養畜、豐富牧民群眾經濟生活和文化生活。

四、《柴達木〔註11〕蒙文報》

《柴達木蒙文報》是中共海西蒙古族藏族自治州委機關報。社址設在青海省海西自治州。1984 年 12 月 6 日出版，四開四版，週報。

海西蒙古族藏族自治州，成立於 1954 年 1 月 25 日，全州 29 萬人，其中蒙古族、藏族、回族、十族、撒拉族、東鄉族、滿族、朝鮮族等少數民族人口約 5 萬。這個州最早稱海西蒙藏哈薩克族自治州，1963 年改稱海西蒙古族藏族哈薩克族自治州。1984 年始改此名。首府設在烏蘭縣德令哈鎮。著名的柴達木盆地地處自治州中部。《柴達木蒙文報》因此而得名。該報於 1987 年 10月 31 日（一說 11 月 4 日創刊）公開發行。

這張報紙的發刊詞闡明了它的辦報宗旨、編輯方針和讀者對象。發刊詞指出：它將「緊跟中央、省、州的中心工作，宣傳黨的路線、方針、政策，並及時反映各條戰線上的新動向、新成就、新情況，同時闢有內容豐富、形式多樣

〔註11〕柴達木在藏語中是「鹽地」的意思。鹽蘊藏量豐富的茶卡鹽湖地處柴達木盆地東端。鹽的蘊藏量達 5 億噸，且不摻雜泥土。據說可供 11 億中國人食用 70年。

的專欄，努力使報紙成為具有指導性，可讀性，知識性，趣味性的綜合性地方報紙。」該報是「做為黨的喉舌的，以高原蒙古族為主要讀者對象的報紙」。通過報紙「可以更深刻地瞭解世界上所發生的主要事情。」「更雄心壯志地面對未來。」「新的文化、新的理論、新的思想、觀念、新的價值觀、商品觀等等新思想、新科學，從此將久居我們高原蒙古族意識形態領域裏。」

該報除向本州、黃南州、西寧等地發行外，還向內蒙古、新疆、甘肅、遼寧等地發行。迄今已出版 370 多期，發行 60 多萬份。為宣傳青海，宣傳海西，提高海西和柴達木的知名度，為海西的改革開放和經濟建設發揮了積極作用。

在這個時期，內蒙古自治區內還創辦了三張蒙文科技報：《赤峰科技報》《科技信息報》《內蒙古科技報》。

五、《赤峰科技報》（蒙、漢文版）

《赤峰科技報》係赤峰市科協主辦。1978 年 8 月試刊，四開四版，不定期綜合性科學普及報紙。1979 年 10 月以《昭烏達科技報》為報名發行。漢文版，半月刊；蒙文版，月刊。1983 年 7 月 1 日蒙漢文版均改為半月刊。1984 年改名為《赤峰科技報》。1985 年 1 月 1 日漢文版改週刊，週五出版。蒙文報仍為半月刊，在每月 1 日、15 日出版，全國發行。

1979 年遼寧省科學技術協會在《關於出版昭烏達科技報的批覆》中指出：「科技報是普及科學技術知識的很好形式」，希望「緊密結合昭盟的實際，更好地為昭盟的工、農、牧業現代化建設服務。」並確定其辦報宗旨與編輯方針。該報面向農林牧區，面向基層，面向生產，為生產、生活、建設服務。立足當地、服務全區，是一張向廣大農牧民推廣應用科技為主的科普讀物。其主要任務是宣傳黨的科技政策、傳播科技新聞、科技知識、科學信息，推廣實用科技經驗，為兩個文明建設服務。讀者對象是農村牧區專業戶、科技戶、經濟聯合體，鄉鎮企業和知識青年以及城市中小型企業與街道基層幹部、居民等。

該報一版是科技新聞，闢有《科技致富》《銀海星座》《科技論壇》《科技人物》《科技新成果》《決策參考》《讀者來信》《學會工作》等。二版闢有《種養技術》《農牧知識》《草木經》《牲畜改良》《庭院天地》《農家樂》《天氣預報》等欄目。以「用」為主，推廣運用新技術。三版闢有《鄉鎮企業》《家庭工作》《信息窗口》《技術諮詢》《科學管理》《市場預測》《買賣行情》《供與求》等欄目，以及時準確地傳播科技信息為主要內容。四版闢有《衣食居行》《身邊

科學》《婦幼保健》《長壽之道》《第二課堂》《成才之路》《中學生科學講座》
《小小發明家》《科學家軼事》等欄目，介紹身邊科學，充實版面。蒙文版附
設《錦雞兒》文藝副刊。

該報最初自辦發行，1983 年後交郵局發行，個人訂戶約在 90%以上。1988
年期發量是：漢文版 9000 份，蒙文版 800 份。主要負責人孫泉生。

六、《科技信息報》（蒙、漢文版）

《科技信息報》由伊克昭科技處主辦。1979 年 7 月 1 日由伊盟科技協會
創辦的《伊盟科技報》和 1985 年 9 月 3 日由伊盟科技情報研究所創辦的《伊
克昭信息報》合併為《伊克昭科技信息報》。1987 年 9 月經主管部門批准，更
名為《科技信息報》。四開四版。漢文版，半月刊；蒙文版，月刊。

該報的宗旨可用「開發信息資源、服務經濟建設」12 個字加以概括。其
辦報方針則是立足本盟，堅持面向農村牧區，面向群眾。主要內容是：宣傳科
技政策，報導國內外科技新成就、新工藝、新設備、新產品、新知識，推動人
才交流和科技下鄉，實施「星火」計劃和搞好技術市場方面的信息，介紹科技
政策、科學研究、科學管理等方面的經驗，表彰先進人物和先進事蹟。其讀者
對象是科技戶、個體戶、專業戶、經濟聯合體、中小企業、鄉鎮企業以及廣大
科技人員。

該報闢有多種專欄，內容豐富，信息量大，有很大的參考價值。四個版面
的安排是：

第一版為要聞版，闢有《信息論壇》《信息短波》《科技人物》等欄目。通
過這些專欄，該報向讀者提供黨中央關於當前改革的重大決策，評述當前經濟
建設中各方面的情況和問題，提出改進措施和建設性意見；傳播在實施改革中
的新信息、新情況、新經驗、新問題；報導戰鬥在各條戰線上為四化建設而辛
勤勞動、努力做出貢獻的科技工作者。

第二版為經濟、人才、市場和國內外科技信息的版面。闢有《技術市場》
《諮詢服務》《新產品》《市場漫步》《二輕園地》《供與求》等專欄。該報通過
這些專欄向讀者提供最新的技術轉讓信息，國內外新產品信息，各地市場動
態，各類商品供求情況，疏通供求之間的渠道等方面的信息，以及提供各方面
的技術諮詢與服務等等。

第三版為實用技術版。闢有《實用技術》《新品種》《新良種》《果蔬園地》

《信息薈萃》等欄目。該報通過這些欄目，向讀者介紹工農牧業生產及鄉鎮企業所急需的實用技術，提供種植業、養殖業的新品種、新良種，以及果樹種植業、蔬菜生產、經營方面的信息，普及科技知識，以期早日致富。

第四版為廣告、副刊版。闢有《鄂爾多斯風情》《神州風采》《科普知識》《物價信息》《生活知識》等欄目。通過這些欄目，介紹鄂爾多斯風情，奇觀異景，歷史沿革、土特產品和風味食品；介紹祖國各地旅遊勝景、名勝古蹟，推廣普及科學知識、物價信息以及宣傳日常生活中的科學知識等等。

目前該報已成為領導機關、科技、經濟等部門的耳目和廣大讀者的參謀、顧問、助手和良師益友。

根據報社撰文〔註12〕介紹，該報在編輯工作中力求做到「一適、二明、三新、四快、五精、六活、七有、八準」。其具體含意是：

「一適」：就是提供信息應適應伊盟經濟建設科學研究的實際。

「二明」：明確信息報的工作面向經濟建設；明確為社會各階層、各行業服務。

「三新」：提供信息形式新、內容新，辦法新。

「四快」：捕捉信息要快，分析研究整理要快，傳遞要快，反饋要快。

「五精」：版面小而精，篇幅短而精，信息新而精，觀點準而精，文字短而精。

「六活」：搜集信息的手段要活，整理方法要活，傳遞渠道要活，版面安排要活，管理措施要活。

「七有」：有計劃，有目的，有觀點，有對比，有建設，有側重，有特色。

「八準」：方向準，內容準，分析準，數據準、時間準，地點準，投遞準，服務準等。

該報自辦發行，期發量：蒙文版，1500 份；漢文版，3000 份。

七、《內蒙古科技報》（蒙、漢文版）

《內蒙古科技報》由內蒙古科學技術學會主辦。漢文版創刊於 1980 年，蒙文版創刊於 1981 年 4 月 14 日，漢蒙兩種文字的報紙都經歷了 1978 年和 1979 年的試刊階段，兩種文版均為四開四版。始為半月刊，後改為週刊。蒙

〔註12〕 參見萱廣林《科技信息報概況》一文，載《內蒙古新聞事業概況》（內蒙古大學出版社，1987 年 7 月版）。

文版每週四出版。

　　其辦報宗旨、編輯方針：從內蒙古的實際出發，根據經濟建設和科技事業發展的需要，面向生產、面向群眾、面向農村牧區，向廣大讀者宣傳黨的科技政策；普及科技知識；介紹和推廣國內外的先進技術；傳播各類信息；報導科技致富的典型；反映群眾呼聲，為農牧業以及整個經濟建設服務。

　　該報一版為綜合版，報導區內外重大科技新聞以及先進人物、先進事蹟。二版為農牧業版，包括種植業和養殖業的實用技術。三版為信息廣告版。四版主要刊登醫療衛生、科學生活、科普文藝等內容。結合農牧區人民生活，利用多種形式，介紹綜合性科普知識。該報闢有《信息》《技術市場》《鄉鎮企業》《科學種田》《科學養畜》《疾病防治》《種樹種草》等欄目。

　　為了辦好這張報紙，報社積極組織作者和通訊員，與大專院校、科研單位以及政府有關部門的有關人員緊密合作，請他們撰寫雅俗共賞並有實用價值的文章，增強報紙的可讀性，滿足不同層次讀者的需要。其次，在堅持三個「面向」的基礎上，開拓前進，改革創新，在提高科技宣傳的深度和廣度上下工夫。積極選擇和報導依靠科技成果而取得經濟效益的典型事例，反映本區的科技動向和進展狀況。再有就是不忘為鄉鎮企業和小集鎮建設傳遞改革信息、市場信息、技術信息，傳授管理知識。總之，通過對科學技術的宣傳，對提高少數民族的科學文化水平，移風易俗，豐富與生活密切相關的科學知識，開闊眼界，促進精神文明建設起了積極的推動作用。

　　報紙期發量為：漢文版，2萬份；蒙文版，5000份。

　　該報主要負責人畢勒格圖。

第四節　藏文地方黨報與其他報紙的創刊

　　進入新時期之後，我國藏文版的地方黨報、專業報、科技報、對象性報紙比其他少數民族文種的報紙發展要快，創辦也較多。

一、《日喀則報》（漢、藏文版）

　　《日喀則報》，1987年10月1日（藏曆火兔年8月9日）創刊於西藏自治區日喀則市。四開四版，月報。中共日喀則地委機關報。

　　該報是西藏第一張地區性的綜合性報紙。其宗旨是宣傳改革、開放、搞活的方針和中央對西藏工作的一系列指示，活躍經濟、發展生產，滿足人民對傳

遞信息、傳播知識和改善文化生活的需要。「以日喀則地區為重點，真實介紹在社會主義精神文明和物質文明建設中的成就，介紹在經濟體制改革中的經驗，介紹國內外先進的生產管理科學技術知識，挖掘繼承當地的優秀文化遺產，著力迅速地傳遞經濟信息，提供諮詢服務。同時，旗幟鮮明地堅決捍衛黨和人民的利益，勇於同一切反對黨的領導、反對社會主義、搞資產階級自由化、破壞改革、危害人民利益、破壞民族團結、統戰和宗教政策的壞人壞事作鬥爭，同一切不正之風作鬥爭。」〔註13〕

日喀則，藏語意為「土質最好的莊園」。相傳很早以前，日喀則名叫「夏不雄加莫」，藏語意為座落在復曲河上的不長樹木之地，隨著古城江孜更名「年堆」（藏語意為年楚河上游之意），日喀則改為「年麥」（藏語意為年楚河下游之意）。公元13世紀中葉，薩迦王朝完成西藏統一大業，設立13個萬戶（日喀則只有18戶人家）歸屬夏魯萬戶長管理。14世紀初，大司徒強曲堅贊戰勝了薩迦王朝，建立帕竹王朝時，把年楚河流域的政治、經濟和文化中心由夏魯遷到日喀則，設立谿卡桑珠孜宋，簡稱谿卡孜，漢譯音為日喀則。

日喀則是後藏的中心城鎮。西藏歷史上的嘎瑪王朝曾在日喀則建都。自此這座城市一度變成了整個西藏政治、經濟和文化的中心，各地遊人絡繹不絕，城區建設突飛猛進。實際上日喀則的新聞傳播早已比較發達了。

《日喀則報》自創刊以來，堅持黨的實事求是的思想，理直氣壯地有說服力地宣傳改革的巨大成就，引導人民對改革中存在的問題作具體的分析，宣傳在改革的關鍵時期必須全民同舟共濟，齊心協力擁護中央的決策，加強黨和政府的領導，強調法律、紀律和秩序，把大家的力量凝聚在社會主義的旗幟下，為實現四化，振興中華而奮鬥。1987年、1988年兩年內，拉薩連續發生多起政治事件，創刊不久的《日喀則報》跟西藏其他新聞媒介一起，及時揭露和譴責少數分裂分子倒行逆施，對分清敵我，穩定人心，穩定局勢，發揮了輿論工具的重要作用。該報認真而審慎地進行新聞改革，發揮輿論監督作用，為密切黨群關係，增強各方面的團結作出貢獻，保持和發揚艱苦奮鬥的優良傳統，充分發揮地委、行署機關報的功能。

該報的絕大多數是由記者直接採寫的稿件，但由於採用素材來源於漢文材料，因此難免出現一些令人費解的詞語。20世紀90年代中葉以後，採編人員為了不影響宣傳效果，報社要求記者要根據譯文的特點及讀者對象，在遣詞

〔註13〕引自《致讀者一創刊的話》，載1987年10月1日《日喀則報》。

造句上盡可能地符合藏文的語法和修辭習慣，以提高藏文報的表現能力。

該報期發量約 5 千份，後逐漸增加，目前為 1 萬份。

二、《拉薩晚報》（藏文報）

《拉薩晚報》係中共拉薩市委機關報。1985 年 7 月 1 日創刊於拉薩，四開四版，初為雙週刊，後改為週二刊。

該報是西藏第一張少數民族文字的晚報。在全國為第二家。該報代發刊詞——《當好黨和政府的喉舌》闡明了該報的編輯方針和主要任務：「當好黨和政府的喉舌，成為黨和政府指導工作、交流經驗，動員和鼓舞拉薩各族人民團結一致，為盡快把拉薩建設成為民族團結、文明整潔、繁榮富裕和具有歷史文明名城特色的現代化城市，為建設團結、富裕、文明的社會主義新西藏而奮鬥的重要宣傳工具。」該報內容豐富、色彩斑斕，熔新聞性、知識性、趣味性、文藝性於一爐。它以拉薩市幹部、市民為主要讀者對象，兼顧西藏和內地各族各界讀者。

該報闢有《高原處處》《龍王潭邊》《拉薩人》《日光城》《雪海詩》《道德法庭》《百字新聞》《市場漫步》《農牧戰線》《黨的生活》《塔布追蹤》《阿古頓巴》《雪城漫話》《降魔朗》《幽默》《呼聲》等專欄。《拉薩河》文藝副刊，是拉薩市文藝叢刊《拉薩河》的續篇。

該報及時準確地宣傳市委和市政府的戰略部署及其成就。黨的十三大召開後，報紙立即編發了《十三大百題問答》。1987 年 12 月 26 日該報社與拉薩電視臺聯合舉辦「市長與市民專題對話會」，就市民的住房和環境衛生等 19 個問題，展開了對話。洛嘎市長一一作了回答，在社會中引起反響。24 日該報在發表對話摘要的同時，還配發了評論員文章《一次有重要意義的嘗試——評市長與市民專題對話會》。並組織連續報導，共發新聞、言論、圖片 20 餘篇（幅）。密切了黨群和幹群的關係。自創刊以來，多次與有關單位聯合舉辦社會文化活動，在開闢報紙的「第二戰線」工作方面較為活躍。一版為要聞版，二版為新聞版；三版為理論和文藝版；四版為國際國內新聞及娛樂版，中縫以發文摘為主。

為了體現少數民族地區特點，創刊以來主要從以下幾個方面抓起：

1. 對本市廣大群眾密切關心的住房問題、物價問題、菜籃子問題、城市環境問題、市場問題等，利用消息、通訊、評論、讀者來信、記者來信等形式，

從不同側面和角度，聯繫拉薩的實際加以報導，更貼近少數民族同胞。

2. 根據晚報特點，努力精編稿件，多登「豆腐塊」，不搞長篇大論，做到易讀、易懂、易記；改進新聞寫作方法，增強趣味性。

3. 翻譯漢文稿件，往往是新聞變舊聞。報社要求採編人員及時採訪，迅速處理，增強新聞的時效性。

4. 辦好副刊，重點反映西藏高原民族純樸、高尚的傳統美德，奇特有趣的生活習俗，絢麗多彩的服飾裝束。在增強可讀性的同時，強調文章的新聞性，使副刊成為一個以政治、歷史社會生活、文學藝術為主要內容的版面。

5. 該報創刊初期期發數為 8000 份，1986 年向全國公開發行，有 3100 個訂戶；1987 年增加到 5000 多個訂戶，在西藏有較大的影響。

三、兩張科技報

在此期間，有兩張藏文科技報創刊，一是《西藏科技報》，一是《青海科技報》。

《西藏科技報》（藏、漢文版），由區科委和科協主辦。社址在拉薩西郊。漢文版 1979 年 10 月創刊，為半月刊。藏文版 1980 年 8 月創刊，是自治區第一張少數民族文字的科技報。四開四版，始為月刊，1986 年改為半月刊。

該報面向廣大科技工作者，農牧民群眾、廠礦企業事業單位，黨政機關幹部和大、中專學生，是一份綜合性的科普報紙。報紙緊密結合西藏實際，大力宣傳黨在科技戰線方面的方針、政策和任務，宣傳辯證唯物主義，傳播先進生產經驗，介紹西藏獨特的地質地貌、氣候氣象，動物植物，礦產資源，推廣藏醫藏藥及科學技術成果，普及科學知識，為西藏的經濟振興和科技進步服務。

十餘年來，報紙為普及科學技術知識，推動農牧林業生產的發展，起到積極作用，被譽為「西藏科學報春花」多次受到上級表彰，《人民日報》曾以《西藏科技報受到藏族群眾喜愛》為題，讚揚了這張報紙的辦報成果。

該報訂戶不僅遍及西藏各地（市）及縣 437 個行政區所屬區鄉，在四川、青海、內蒙古、雲南等省（區）的藏族地區也擁有不少讀者。期發量已由 15000 份增至 28000 份。

《青海科技報》（藏文）1984 年 7 月 21 日創刊於西寧，四開四版，週刊。班禪額爾德尼親筆題寫了藏文報頭。該報是青海省第一張少數民族文字科技報。

該報與《青海科技報》（漢文版）同屬一個報社，均由青海省科協主辦。1990 年公開發行，半月刊，四開四版。每週出版一期。20 世紀 80 年代中葉有職工 19 人，其中編輯記者 16 人。主要負責人陳建華。

四、兩張法制報

在這個時期，有兩張藏文法制報創刊。一張是《西藏法制報》、一張是《青海藏文法制報》。

《西藏法制報》（藏漢文版）由區司法廳主辦，1985 年 2 月 13 日創刊，是西藏第一張少數民族文字政法報紙，四開四版，半月刊。闢有法學基礎理論，公證知識等欄目。

《青海藏文法制報》由省司法司主辦 1983 年 1 月創刊於西寧市。全國最早創刊的一張藏文法制教育專業報紙。四開四版，旬刊。是目前國內唯一的藏文法制教育專業報紙。一版新聞版，二版綜合版，三版法律知識版，四版文藝版。闢有《法制論壇》《道德法庭》《司法實踐》《法律顧問》《法制藝苑》《法制文摘》《兄弟法制報選登》《法律知識》《法律常識講座》《引以為戒》《警鐘》《人民好警察》《良藥篇》《法網恢恢》《古代案例》《浪子回頭》《以案談法》《偵破紀實》《執法者贊》《人民調解》《法律史話》《審判消息》《名人談法》《公證經驗》《道德與法》《家庭與法》《婚姻家庭道德》《法學小辭典》《觀察與思考》《民法通則講座》《一周電視》《世界見聞》《諷刺詩》《小知識》《小幽默》《歷史小故事》等等專版和專欄。

該報版面新穎、文章精悍通俗，圖文並茂，努力追求民族特色和地方特色。據統計，1986 年的報紙，發有 480 多張（幅、套）照片、連環畫、漫畫、插圖、欄圖、圖群等，平均每期發 13.3 張（幅、套）、每塊版發 3.3 張（幅、套）。在這年總共發連環畫 26 套，其中《巧破珍珠案》《縣官破案》《慧眼識賊》等，在讀者中有很大的教育作用，深受讀者歡迎。尤其是該報為了幫助讀者理解《中華人民共和國治安管理處罰條例》，精心製作近百幅畫，組成連環畫，增強讀者的法制觀念，效果很好。這個被稱為「條例圖解」的形式，不僅增強了報紙的形象性，把法制宣傳與民族形式緊密結合起來，而且在宣傳手段上也具有創造性。

該報以聚居在青藏、甘肅、四川、西藏等省區的藏族幹部和群眾為主要讀者對象。報紙以「一手抓建設，一手抓法制」為指導思想，以通俗、準確、生

動、健康地宣傳民主與法制為宗旨，報導政法工作方針、政策，普及法律知識，解答有關法律問題、交流法制工作經驗，表彰先進，抨擊邪惡，反映廣大讀者要求、批評與建議，維護各族群眾的合法權益。它是一張深受讀者歡迎的民族文字報紙。四川省阿壩藏族自治州諾爾蓋司法局曾寫信給報社說：「由於貴報版面新穎，內容詳實，體裁多樣，加之我們本屬近鄰，語言習慣一樣，因而在諾爾蓋草原受到特別的歡迎。我們已專設報欄，張貼了貴報，起了很好的作用。」

該報與《青海法制報》（漢文版）同屬於一個編輯部。20 世紀 80 年代中葉編制 24 人，實有 22 人，業務人員 20 人。期發量為 3100 份。

主要負責人陳文傑、陳力等人。

五、兩張青少年報

《西藏青年報》《剛堅少年報》是這個時期創辦的兩張藏文青少年報。

《西藏青年報》（藏文）由共青團西藏區委主辦，1985 年 1 月 15 日試刊於拉薩，以全區 55 萬共青團員和青少年為讀者對象，是西藏第一張少數民族文字的青年報紙。藏文版初為半月刊，1988 年 5 月 1 日改為週刊。

該報辦報宗旨是積極引導全區青年在思想、學習、工作和生活等方面奮發圖強，努力反映西藏各族青年的精神面貌，探討和研究青年和青年工作的特點，傳播科學文化知識，注意加強對青少年進行社會主義教育和愛國主義教育並維護他們的合法權益。宣傳、組織、鼓勵全區各族青年為建設團結、富裕、文明的新西藏而奮鬥。

該報四開四版，一版為新聞版，二版為知識版，三版為農村版，四版為文學版。闢有《學校生活》《農村青年》《團的知識》《民族文藝》《西藏大趨勢》《西藏青年工作》《雪域之星》《域外來信》《高原戰士》《極地風》《天下事》《法制園地》《青春之歌》《雪山文學》《冰塔林畫廊》《萬花筒》等欄目。報紙還預報中央電視臺、西藏電視臺、拉薩電視臺的節目。

該報的出版發行受到廣大藏族青少年的歡迎，產生很大的影響。有一位青年朋友曾寫信給報社，說：「自《西藏青年報》創刊以來，我一直喜歡讀它。前些日子，《西藏青年報》匆匆謝世，我從內心感到遺憾，常想為她抱不平！今日在一個朋友處又得瞻《西藏青年報》的玉容，才知她又艱難地返回了人間，

不由我要向她祝賀，並懇求她不要再『走』了。」又說：「黨中央把建設社會主義精神文明的戰略任務擺在非同尋常的位置，自治區黨委也再三強調從西藏實際出發，努力建設具有西藏民族特點的社會主義精神文明。毫無疑問，《西藏青年報》就是他們開展社會主義精神文明建設的一塊陣地，無論如何都應扶持她，壯大她。我再次懇請《西藏青年報》可不要再悄悄地『走』掉！」這位青年的來信，表達了全區 55 萬青少年的心願，也反映這張報紙在西藏青少年心中的地位和影響。

　　該報與《西藏青年報》（漢文版）同屬一個報社，期發量約有 10000 份。

　　《剛堅少年報》（藏文），創刊於 1989 年 6 月 1 日（1989 年 5 月 1 日試刊），由青海民族出版社出版，全國第一張藏文少年報。《剛堅少年報》的宗旨是培養熱愛祖國、熱愛社會主義、熱愛中國共產黨的德智體全面發展的藏族新少年。其讀者對象是小學高年級和初中學生，兼顧中小學藏族教師及其家長的需求。四開四版，半月刊，每月 1 日、15 日出版。

　　該報主要刊登少年兒童的國內外重要新聞、中小學文理各科知識和詩歌散文、遊記故事、書畫、歌曲作品和學生習作等內容。從文字到內容都注意兒童特點。版面生動活潑，華美健康，內容與形式完美統一。每期報紙從一版到四版，從報頭到報尾，從標題到正文，從新聞攝影到美術圖片，無不醒目、大方、設計新穎活潑，以形象手段，吸引少年朋友。版面上的照片，題圖，欄圖、插圖、尾花等，都是藏族小朋友所喜聞樂見的。凡是出現在這張報紙上的圖片、連環畫、宣傳畫等等藝術作品，無不與天真無邪，健康向上的藏族小朋友有關，幾乎到處都有他們的形象。為了滿足藏族小朋友的需要，達到良好的教育作用，這張報紙從創刊起，就是彩色膠印，期期套色。1989 年 11 月 15 日第 14 期上，在報眼套紅刊出了 1989 年 10 月 10 日鄧小平的題詞手跡：「培養有理想，有道德，有文化，有紀律的無產階級革命事業接班人。」紅底黑字，莊重、醒目，表達了老一輩革命家的關懷與期望色彩斑斕的版面設計，彩色膠印，給人以美的感受。不僅少年兒童喜愛，連成年人也愛不釋手。

　　這張少年報不僅充分利用中縫的版面，而且也像其他四版一樣精心編排，精心美化。如刊登小常識，也配以插圖。這在其他少數民族文字報紙中是少見的。

六、《拉薩衛生報》

《拉薩衛生報》是西藏自治區唯一的一張衛生報。1984 年 5 月創刊，由拉薩市衛生局主辦，四開四版，雙月刊。1985 年 5 月停刊。

第五節 《黑龍江新聞》等朝鮮文報紙的創辦

新時期，我國朝鮮文報紙又有突破性的發展。其標誌是黑龍江新聞社從黑龍江日報社分離出來，成為獨立的少數民族文字的報社，主要承擔出版民族文字報紙的任務。

在這個時期還有《吉林朝鮮文報》《科學技術報》《延邊廣播電視報》《生活之友》等報紙的創辦。

一、《黑龍江新聞》（朝鮮文）

《黑龍江新聞》由黑龍江新聞社主辦，社址在哈爾濱市。其前身是《黑龍江日報朝鮮文週報》《黑龍江朝鮮文報》，隸屬於黑龍江日報社。1983 年 1 月 1 日，經省委批准從黑龍江日報社分離出來，成為獨立的新聞單位。1983 年 7 月 1 日改版，由週六刊，四開四版，改為週六刊對開四版，報頭改為《黑龍江新聞》。該報是以黑龍江朝鮮族農民和基層幹部為主要對象的綜合性報紙，是一張少數民族文字的省級黨報。該報宣傳黨的路線、方針、政策，廣泛報導國內外新聞，積極介紹省內外朝鮮族人民在兩個文明建設中的成就和經驗，為朝鮮族人民的生產和生活服務。具有民族特點，富有知識性和趣味性。在編委會的領導下，設有總編室、經濟部、政治生活部、科教部、文藝部、時事部、群工部、政工處和經理部。20 世紀 80 年代中葉有工作人員 100 人。全省朝鮮族聚居的縣、市、民族鄉，普遍設有專職或兼職通訊幹事，共 43 人，骨幹通訊員有 500 多人，此外，省外有特約記者 16 人，並試設合同記者。

1981 年以後，該報進行全面改革以增加民族特色為主，探索辦好少數民族文字報紙的新路子，使其更接近讀者，更接近生活，更接近實際。首先改變「翻譯報」的面貌，建立以本民族新聞為主導的格局。增加朝鮮族新聞報導的數量和質量，精心採編，突出報導。第一版已占 30～40%，頭版頭條已有 40% 左右的朝鮮族的新聞。打破內容偏窄，品種單一的局面，從農村擴大到城市，從本省到外省，甚至國外；從現實到歷史，凡是朝鮮族的或與之密切相關的新聞均予以報導，擴大報導面。此外，還設了介紹著名人物的《民族的驕傲》和介紹

朝鮮族生活、風情、歷史沿革的《朝鮮族聚居地一瞥》《民族的足跡》等專欄，提高了報紙的地位。設置《教育事業》《校園內外》專頁，《金達萊》文藝專版和《影視屏幕》專欄，以加強民族教育，滿足能歌善舞的朝鮮族同胞的文化生活的需求。克服單純的宣傳型、工作型模式，增強了可讀性，發揮新聞的多種功能，專門設置「社會生活部」，增加社會新聞的報導，廣泛傳遞信息，傳播科學文化知識，拓展朝鮮族群眾的眼界。報紙辦得「廣而雜，短而活」，有自己獨特的風格。其次，調整版面結構。把各類新聞集中於第一版，突出安排本民族新聞，精心寫作頭題和言論。設《省外朝鮮族同胞》《新村新事》等欄目；第二、三版為專版，包括經濟（農林科技、經濟信息等）、政教（青年、教育等）、社會（週刊），社會新聞（法制、文體、家庭、文藝等）。設《共產黨員》《社會生活》《科學知識》《教育事業》《青春》《文化生活》等欄目；第四版為時事版。再者，報社實行目標責任制，按版面和採稿量落實各部任務，數量與質量並重，部主任和編輯部都有明確的定額。幾年來取得了明顯的效果。

該報成為獨立的新聞單位之後，增強了報社領導和職工的責任心，報紙越辦越好，20世紀80年代中葉期發量達41000份，按全省朝鮮族人口計算每兩戶就有一份《黑龍江新聞》，自費訂戶率為95%。主要負責人有金剛、金浩鳳、尹應淳等。

二、《吉林朝鮮文報》

《吉林朝鮮文報》由中共吉林省委主辦。1985年4月1日創刊於吉林省延吉市。對開四版，隔日刊。是全國公開發行以新聞為主的朝鮮文報紙。以全省120多萬朝鮮族群眾為主要讀者對象。創刊初期由延邊日報社編委會主管，1987年3月5日從延邊日報分離出來，組建自己的報社。李松英任總裁兼總編輯。主要任務是把黨和政府的主張及時、準確地傳播給全省廣大朝鮮族群眾，並及時、準確地把省內各族群眾，特別是朝鮮族的活動報導出來。他們說：「發現那些同朝鮮族有關聯的富有特色的新聞素材，利用絕大多數篇幅大量地報導了有關朝鮮族的活動，並把它放在顯著位置上」，以獨特的風格展現在讀者面前。

該報在大量報導省內朝鮮族同胞的生產、生活，與朝鮮族密切相關的新聞的同時，注意報紙的知識性和趣味性。報紙闢有《一鱗半爪》《農家樂》《興夫瓢》〔註14〕《我們的林子》《人生妙年》《主婦生活》《說東道西》《阿里阿里郎》

〔註14〕興夫，系朝鮮古代傳說中的一個人物名稱。

《六十青春不覺老》《白頭山的回聲》等專欄和副刊。通過這些專欄，擴大了朝鮮族讀者的知識面；多發實用性常識，充分發揮報紙的娛樂和推銷商品的功能。在報紙裏浸透著記者和編輯的心血。他們精心採編，精心製作標題，凡是具有普遍指導意義、特點突出的新鮮事物，決不遺漏。該報融指導性，民族性、鄉土味、知識性和趣味性於一體，是一張百姓味很濃的報紙，受到朝鮮族讀者的熱烈歡迎。

《吉林朝鮮文報》注重朝鮮語文的純潔化和規範化，為民族語言的正確使用和純潔作出了貢獻。

期發量約 10000 份左右。20 世紀 80 年代末，達 2 萬份。

三、朝文科技報與廣播電視報

這一時期，在吉林省創辦了《科學技術報》《延邊廣播電視報》《生活之友》等報紙。

《科學技術報》由吉林省延邊自治州科學技術協會主辦。1982 年 8 月創刊於延吉市。四開四版，半月刊。自辦發行。1985 年期發量 8000 份。

《延邊廣播電視報》由延邊廣播電視事業局主辦。1984 年 10 月 1 日在延吉市創刊，四開四版，週刊。

《生活之友》由吉林省延邊人民廣播電臺主辦。吉林省報刊登記證 37 號。社址設在延邊自治州延吉市延邊人民廣播電臺內。1985 年 6 月 15 日創刊，四開四版，週刊。其宗旨滿足廣大朝鮮族群眾對文化生活日益增長的需要，進一步提高廣播宣傳的效果。內容以提高文化教育知識為主，設有「生活小知識」「科學知識」「醫學常識」「科技動態」「名人、名勝、名言」「風土人情」「世界知識」等欄目。以朝鮮族婦女、離退休幹部和老人為主要讀者對象。由東三省郵局發行。20 世紀 80 年代，編輯部由工作人員 17 人，其中編採人員 14 人。主要負責人有魯族朱哲、洪澤龍等。

第六節　湘、雲、貴三省少數民族文字報紙的新發展

新時期的湖南、雲南、貴州三省，在苗族、傈僳族，布依族，侗族、納西族聚居的地區，相繼創辦了苗文、傈僳文、布依文、侗文、納西文等報紙。苗族、侗族、布依族、納西族都是有史以來第一次出版自己本民族文字的報紙。這不僅反映了我國少數民族文化事業的進步，而且充分說明了我國少數民族

新聞事業的空前繁榮。

這幾張報紙是：《湘西苗文報》《臺江苗文報》《怒江報》（新老傈僳文）《麗江報》（納西文、傈僳文）《松桃苗文報》《布依文報》《望漠縣布依文報》《苗文侗文報》等。

一、我國的苗文報紙

中國共產黨一直關心苗族人民的解放。1926 年 12 月湖南省第一次農民代表大會，在毛澤東的指導下，通過了《解放苗瑤決議案》，號召苗、瑤等少數民族參加農民協會，支持和幫助他們的鬥爭。1934 年工農紅軍在貴州松桃等縣建立了黔東特區革命委員會，並在特區第一次工農兵代表大會上作出《關於苗族問題的決議》，這次決議的公布大大鼓舞了湘、鄂、川、黔一帶苗族人民的革命鬥爭。解放後，苗族人民跟全國各少數民族一樣，充分享受民族區域自治和民族團結平等的政策，不僅在政治上經濟上獲得了解放，在文化上也有了新的發展。尤其是粉碎「四人幫」以後，苗族的新聞事業已經興起，創辦了《湘西苗文報》《臺江苗文報》《松桃苗文報》和《苗文侗文報》，呈現繁榮景象。

1.《湘西苗文報》

《湘西苗文報》由湘西土家族苗族自治州民委苗文辦公室主辦。1984 年 12 月 1 日試刊，八開二版小報，不定期出版。

該報的主要任務是宣傳黨和國家有關民族工作的方針政策，傳播科學文化知識，報導省和自治州的消息，選刊苗族、侗族的山歌、故事、諺語等文化遺產，尤其重視「苗歌」「童謠」。在苗族群眾和學生中推廣苗文也是這張報紙的願望。因此，凡刊登在該報的稿件，一般在譯文的後面有漢文的批註，或者苗、漢兩種文字對照發表，或者標題苗、漢對照，正文用苗文發表。

該報主要讀者對象是識苗文的農民、中小學生和民族語文工作者。發行地區是鳳凰、花垣、保靖、吉首和雲南貴州兩省苗族聚居區和中央民族學院（現中央民族大學）等地區和單位，期發量為 2000 份。

2.《臺江苗文報》

《臺江苗文報》由臺江縣民委主辦，1986 年 12 月 5 日出版第一期。該報的刊頭語明確指出：「推行民族文字，促進民族繁榮；辦好苗文報，服務臺江人民。這是我們推行民族文字和創辦《臺江苗文報》的宗旨。」

臺江縣屬黔東南苗族侗族自治州管轄，是苗族的聚集區之一，苗族人口占

全縣 94%。創辦苗文報的主要任務是提高全縣苗族人民的文化水平及民族素質，宣傳國家大事、縣內大事，傳播科技知識、經濟信息，刊登苗族人民的風俗民情、民歌、古歌、民間故事等等。

該報八開四版。創刊號的第一版在顯著位置刊登了黨政領導為該報的創刊而題寫的漢文賀詞。指明了「促進苗文推行，發展文化教育，交流生產經驗，普及和提高科學知識」的辦報方向。再就是苗文、漢文兩種文字對照的《刊頭語》。等。一版還有少數民族語文專家、貴州民族出版社副社長今旦〔註15〕用苗文為家鄉創辦苗文報所寫的讚歌。二版刊登了部分專家、領導的讚歌、文章和《臺江二中召開少數民族女子寄讀班開學座談會》的消息。第三版除一張新聞照片《中共臺江縣委很重視報刊發行工作》之外，主要有黨和國家有關民族教育、民族語文和《土地管理法》等政策的摘譯。其餘則是有關本縣的雙語教學的消息和國外大事的綜述。最後是兩首苗文的詩歌：《計劃生育好》《人民喜苗文》。第四版有兩篇文章：《臺江民族文字工作受關注》《「雙語」教學結碩果》等小通訊和工作總結。

該報的消息和文章大多數都是苗漢兩種文字對照發表。少數文章標題苗漢對照，正文是苗文。這種形式便於文盲、半文盲學習苗文和掌握漢語文。

該報登記為「黔東南州內部期刊登記證第（46）號」，期發量 50 份，共出6 期，1988 年 2 月停辦。雖然時間不長，但比較正規，圖文並茂，是縣級民文報中辦得比較好的一份。

3.《苗文侗文報》

《苗文侗文報》由貴州省黔東南苗族侗族自治州民委主辦。1984 年 11 月創刊，是我國唯一的兩種少數民族文字合刊的報紙。四開四版，不定期，內部發行，期發數 5000 份，全部用苗文、侗文出版。發行對象是全州農村苗文、侗文讀者、各級機關民族幹部、全國 31 個自治州民委和各民族學院（現均改為民族大學）資料室。

該報主要任務是宣傳黨和國家的大政方針，突出宣傳民族工作的方針、政策，為少數民族群眾提供致富信息，傳播科學知識，刊登省、州有關苗族侗族的新聞以及苗族侗族山歌、故事、諺語等，為推行本民族的語言文字的發展服務。

〔註15〕今旦，原名吳滌平，貴州省台江縣革東區稿午村人。

該報苗、漢，侗、漢兩種文字對照刊出，一般是民文在上，漢文在下。出版日期也是苗文在上，侗文在下，這與該州民族構成的實際情況相符合。新聞照片也使用漢文說明。

該報為內部刊物，有新聞出版部門批准的內部刊物登記號。由採編人員 7 人，苗族 4 人，侗族 3 人；有兩名副研究員，苗侗族各 1 人。1989 年 10 月停刊，共發行 12 期，總計發行 30 萬份。

4.《松桃苗文報》

《松桃苗文報》由貴州省松桃苗族自治縣主辦，不定期，四開四版，還處於試刊階段。

松桃縣是貴州高原上一片豐裕秀美的土地。自治縣成立於 1956 年 12 月 31 日，全縣人口 50 萬，其中苗族占 40%，總面積 2800 平方公里。20 世紀 80 年代，有了自己民族文字的報紙——《松桃苗文報》。

苗文是新中國成立以後，由黨和國家在普查的基礎上創製的拼音文字。《松桃苗文報》就是為推行和使用新創製的苗文而創辦的。該報在使用和推行苗文的過程中，宣傳黨的各項方針政策、四化建設、新人新事、同時發表苗族群眾熟悉喜愛的民間故事、山歌、散文，還有他們用苗文寫的家史、村史等等。

發表在報紙上的新聞稿和其他文章與其標題大多採用苗、漢兩種文字對照形式；與其他苗文報紙所不同的是在報眼固定刊出一張苗族同胞學習苗文的圖片。

二、新興的布依文報

布依族主要分布在貴州省黔南、黔西南布依族苗族自治州及安順市、貴陽市、六盤水市，及四川、雲南部分地區。布依語屬於漢藏語系壯侗語族壯傣語支，沒有方言差別，只有方音土語的差別，過去沒有通用文字，1956 年在黨和政府領導下創製了以拉丁字母拼音的布衣文，並逐步推廣使用。

1983 年在貴州省布依族聚集的縣份，布依族占全縣總人口的 90% 以上。出版了兩張布依文報紙。一張是當年 5 月黔南布依族苗族自治州羅甸縣民委創辦的《布依文報》。一張是 11 月 5 日由望漠縣創辦的《望漠縣布依文報》。兩張報紙都是處在試刊階段的四開四版的油印報紙。前者為月刊，發行量 500 份；後者不定期，發行量 140 份。

《布依文報》宣傳黨的各項民族政策，以推行布依文，報導布依族群眾中

的新人新事新風貌和民族文化遺產為主要任務。採編人員 5 人，全是布依族。主編陸國器畢業於中央民族學院（現中央民族大學）語文系，時任縣民委副主任和縣志辦主任。連續出版 25 期，每期 4500 字（音節）左右，發往縣內外有關單位，省外也有訂閱的。總共發行 12500 份。《貴州日報》曾發文予以表彰。後因經濟困難和人員變動，而停刊。

該報一般採用漢文和布依文對照發表來稿，便於布依族群眾學習自己的文字，現在羅甸縣境內已有 6 個區 30 個鄉推廣布依文。

1995 年 8 月 30 日復刊。復刊詞指出，目前全國在深化改革，布依族地區也不甘落後，全族已投入到偉大的經濟建設洪流中。復刊後的《布衣文報》不定期，板面依舊。後因人事變動再次停刊。

望謨縣位於貴州省黔西南布依族苗族自治州東南角，與廣西黔南州羅甸縣接壤，也是典型的布依族聚居區，80%以上人口為布依族。布依語是群眾的日常生活用語。

《望謨縣布依文報》先打印後油印。宣傳黨的民族政策、民族工作的方針、任務，尤其重視《民族區域自治法》的宣傳，報導省內外、州縣的各項工作。著重宣傳當地的新聞，刊登推行和學習布依文的有關規定、經驗和動態消息，還有布依族的民間文學作品、歌謠、諺語等文藝材料。一般採用布依文和漢文對照發表來稿，以利學習民族文字。

創刊號刊發前言、4 首民歌、一則諺語、一篇寓言故事。1983 年 12 月 9 日第二期頭版頭條報導省社科院編寫的《布依族文學史》的出版消息，激發了布依族人民學習布衣語文的熱情。報眼刊登消息《布依文字已進入學校》。一版有縣機關幹部布依文學習班的報導。二板刊登了 3 首民歌，歌頌黨和政府，歌頌改革開放的富民政策。三四版除刊登一則謎語、一首民歌外還刊登一篇 2000 字的報導。內容是樂王村學習布依文，用以學到的農業科學知識種田的故事。最後以民歌形式結束：「學會使用文字了，我們眼睛就亮了，我們就不困苦了，中央考慮很周到，中央安排很合理，永遠不忘黨的恩，永遠不忘黨的情。」

辦報人員由縣民委聘用農村社會青年。

三、傈僳文、載佤文和納西文報

傈僳文報在新中國成立之初，只有雲南省德宏傣族景頗族自治州的《團結

報》。後在雲南怒江傈僳族自治州和雲南麗江納西族自治縣分別出版了傈僳文版的《怒江報》和《麗江報》。

《怒江報》（新老傈僳文、漢文版）是中共怒江傈僳族自治州委機關報。社址設在六庫鎮。1983 年 5 月 28 日創刊，四開四版。以新傈僳文、老傈僳文和漢文三種文字出版。漢文版為週刊，新老傈僳文版在創刊初期為不定期出版，從 1985 年起，改為旬刊。從 1987 年 1 月 1 日開始，由郵局正式發行。此前不公開發行，只限內部贈閱。

新老傈僳文兩種版本的報紙讀者對象各有側重。老傈僳文版主要面向農村信仰基督教的傈僳族農民群眾。當年全民族中通用流傳的只有一種譯版《聖經》。出版老傈僳文《怒江報》，滿足了改革開放新時代傈僳族群眾獲取政治、經濟、文化、教育、科技、法律等多種信息的需要。新傈僳文版面向農村教師和夜校掃盲學員。四個版面的主要內容是：一版為要聞版，二版為經濟版，三版為綜合版（文體、衛生、科學技術、生活常識等），四版為文藝副刊（民歌、民間故事、散文等）。其所辟《石月亮》《峽谷》《經濟生活》《法制園地》等專欄辦得較好，在讀者中有一定影響。

新老傈僳文版，由於文字不同，版面也各有特點。老傈僳文版正文字號較大，筆劃重，與漢文的四號黑體字相差無幾，黑、粗、大。其報頭顯得濃重，漢文小報頭「怒江報老傈僳文版」也採用深黑色字體。而新傈僳文報正文字號較小，筆體輕細，跟漢字的宋體五號字差不多。其報頭顯得清秀，漢文小報頭「怒江報新傈僳文版」是宋體字，均勻適宜。

為了增加讀者群，擴大宣傳面，編輯部規定參編人員肩負通聯、報紙宣傳任務，每人聯繫三個以上的通訊員，隨時通知報導中心，約稿。並通過他們徵訂報紙，1995 年，僅鹿馬登鄉群眾訂閱報紙 130 多份，讀者朱玉明不僅自己連續 4 年訂報，還自掏腰包為本村 9 戶貧困戶每戶訂了一份。基督徒大衛專程來報社訂報。報社還專為錯過郵訂時間的臨滄，四川讀者本著社會效益為先，為他們寄送了報紙。自 1990 年起該報傈僳文版發行量每年度保持在 1000 份。1991 年傈僳文版編輯部被雲南省民委，省語委評為「全省民族語文工作先進集體」。

該報堅持黨的「二為」方針以正面宣傳為主，立足本州實際，面向基層，及時宣傳黨的路線、方針、政策法律，法規文件，傳遞信息，刊授科技，反映民情，增進民族團結進步。喬國新、葉世富、胡玉才、光平四人用傈漢兩種文

字採寫的《福貢縣已落實五千畝油桐豐產綜合示範片》《「北京記者」恢復了他的嗓音》《傈僳農民鄧付海賣牛買驢巧生財》《山茅野菜變成金》等報導被省新聞工作者協會，新聞學會，省人民廣播電臺評為不同等級的好新聞獎。《密切聯繫實際辦好民族文字報紙》《談談漢語譯傈僳語體會》兩篇學術論文，分別刊用在《雲南民族語文》《第一次全國民族語文學術討論會論文集》。

20 世紀 80 年代末報社有 28 人，其中採編人員 12 人。主要負責人有歐益子（傈僳族）、楊崇雲、胡玉才（傈僳族）等。

《麗江報》（納西文、傈僳文版）由雲南省麗江納西族自治縣民委主辦。1985 年 12 月 26 日創刊，四開四版，半月刊發行。

該報的納西文版是歷史上第一張用納西族文字創辦的報紙。一個縣同時出版納西文、傈僳文兩種版本的報紙，在全國也是不多見的，該報堅持為自治縣的兩個文明建設服務的方針，為推廣民族文字，提高納西、傈僳族人民的科學文化水平，促進民族繁榮、民族間的團結，為社會主義現代化建設服務。以不懂或基本不懂漢語文的納西、傈僳族人民群眾為主要讀者對象，兼顧國內愛好、學習和研究民族文字的讀者。向他們宣傳黨的路線、方針、政策，宣傳本縣的新人新事，宣傳科學技術知識，宣傳勤勞致富的經驗，宣傳經濟信息，宣傳法制教育，為建設納西族自治縣做出貢獻。

《麗江報》的創辦經歷了醞釀籌備、試刊到公開發行三個階段。麗江自治縣是納西族的主要聚居區，納西族有 15 萬人。麗江是一座古城，位於滇北高原玉龍雪山下，歷史上一直是納西族的政治經濟文化中心。這座古城並沒有防禦兵燹紛爭的城牆，而是以四方街為中心向四面輻射的城池。據說，當年納西族的首領姓木，不希望用一個「口」形的城牆把「木」圍在其中，成為「困」字。這個傳說表現了納西族人民進取改革的民族精神。納西語屬漢藏語系藏緬語族彝語支。早在一千多年前，納西族已創製了象形表意的「東巴」文〔註16〕和音節文字「哥巴」文。1957 年黨和政府在普查的基礎上幫助納西族設計了拉丁字母形式的文字方案。經國家民委批准，在納西族群眾中推廣試行。納西

〔註16〕 象形文字東巴文，目前還以強大的生命力存在于納西族現代文化生活中。在
　　　　納西族的古籍文獻中，主要是東巴文的東巴經。據統計，保存下來的東巴經共
　　　　有兩萬多本。內容多是神話，多姿多彩，奇異無比。
　　　　東巴經約 500 多卷，700 多萬字，分 12 類，包括文學、歷史、地理、天文曆
　　　　法、宗教、民俗、民族關係、醫藥、科技等內容，是研究納西族歷史、社會發
　　　　展的百科全書。

文的推廣試行，豐富活躍了社會生活，記錄了他們古老的文化遺產，表達了他們色彩斑斕的現實生活。根據憲法和其他法律的規定，和麗江縣各少數民族不懂或基本不懂漢語的情況，在省語委的幫助和縣委、縣政府的領導下，從1981年9月開始，先後推廣了傈僳文、納西文、彝文等三種語文，全縣近萬人參加了民族語文的學習。1984年底統計，已有4515萬人脫盲。為解決脫盲的讀物緊缺問題，向納西、傈僳族人民宣傳黨的路線、方針、政策，為鞏固和提高掃盲成果，提高科學文化知識，掌握經濟信息，促進社會主義現代化建設，納西文和傈僳文《麗江報》醞釀創辦。

1982年10月到1985年11月間，為內部試刊階段，油印。1985年6月正式創刊。7月開始創辦兩種文字的《麗江報》，並在縣印刷廠增設一個民族文字的印刷車間。

從1982年10月試刊到1987年8月共出版70期，125630份（其中納西文版油印3期，每期150份，鉛印23期，每期2169份，共50339份；傈僳文版油印14期，每期200份，鉛印30期，每期2416份，共75291份）。該報自創刊以來深受讀者歡迎。讀者說：「縣裏有了本民族文字的報紙，使我們居住在高寒山區的納西、傈僳族人民也看到了黨中央的方針政策，學到了科普知識，掌握了經濟信息，為我們山區人民勤勞致富增長知識。」

該報最初免費贈閱脫盲的少數民族讀者。

我國最早的載佤文報，是1985年8月根據形勢發展的需要和景頗族載佤支系廣大群眾的要求，由《德宏團結報》增出的載佤文版。自此《德宏團結報》兼出五種少數民族文字版，這在中國新聞史上是空前的壯舉。

載佤文版的《德宏團結報》，四開四版，鉛印，週二刊。報頭橫式上下兩行，下有橫排漢字：「團結報景頗族載佤文版」。正文內在一些地方有漢字注明，以方便讀者，但加外括號與載佤文區分。標題一般黑體字較多，清晰、醒目。該報也發新聞圖片，也有插圖，力爭圖文並茂，使版面活躍。

載佤文是景頗族分支載佤人使用的拼音文字。據說，載佤文較之景頗文有較大的影響，至少有7萬多景頗族群眾使用這種文字。創辦載佤文版的《德宏團結報》對於推行和發展載佤文具有重要意義。

載佤文版由報社載佤文組的一對夫婦編輯，因而有人稱此報為「夫妻報」。該報除第三版刊載一些景頗族的山歌故事、小說、詩歌等民間文學作品外，多翻譯稿。在慶祝景頗族自己的節日時，報紙刊登自編自採的稿件增多。

第七節　少數民族文字報刊的春天

1976 年 10 月之後，尤其是黨的十一屆三中全會之後，我國的少數民族新聞事業空前繁榮。少數民族文字報紙、廣播、電視、民族新聞研究和民族新聞教育全面發展，少數民族新聞工作者隊伍空前壯大，並以不可阻擋的磅礴之勢繼續發展。

第一，廣播電視事業的發展。

廣播電視是現代科學技術、現代工業發展的產物。新中國的成立，為人民廣播事業進入一個新的歷史時期開闢了廣闊的發展前景。作為為全國各族人民服務的中央人民廣播電臺，為了各民族的平等團結和共同繁榮，專門開設了少數民族廣播節目。1950 年 5 月 22 日，為配合西藏和平解放，中央臺藏語廣播首先開播。以後又陸續開辦了蒙古語、維吾爾語、壯語廣播。後來，因多種原因，中央臺民族語言的廣播停止了。直到 1971 年 5 月 1 日起，才得以恢復廣播。少數民族廣播事業的真正繁榮發展是在黨的十一屆三中全會以後。1981 年 6 月 1 日中央臺漢語「民族專題」節目（即後來的《民族大家庭節目》）創辦了，這標誌著民族廣播事業的概念更加科學化，有了更全面、更正確的認識。到目前為止，中央臺共有蒙古、藏、維、哈、朝、漢六種語言的廣播，全天共有 13 個小時。中央人民廣播電臺為宣傳黨的民族政策、加強各族人民的大團結，全心全意為各族人民服務，作出了重大貢獻。

中央人民廣播電臺是一個各民族團結合作的大家庭，除漢族之外，在這裡工作的還有蒙古、藏、維、哈、朝、滿、回、壯、瑤、畬等 10 餘個少數民族。中央臺民族部是少數民族廣播工作者較集中的單位（其他部也有少數民族同胞）。民族部現由 8 個民族 110 多名編輯、播音員組成，是一個團結戰鬥的集體。民族廣播恢復以來，他們深入農村、牧區，深入邊疆、海防，錄製了二、三千個音樂節目，幾十個民族的文化藝術作品，曾榮獲 1984 年首都民族團結表彰大會的「先進集體」稱號。

到 1987 年，我國已有省、地、縣三級廣播電臺 386 座，七個少數民族聚居的省區有 55 座，其中內蒙古 21 座、寧夏 6 座、新疆 10 座、廣西 7 座、雲南 7 座、青海 3 座、西藏 1 座。

民族地區的廣播事業，內蒙古自治區發展比較早。如前所述，內蒙古人民廣播電臺創建於 1950 年。20 世紀 50 年代先後在包頭、哲里木、烏蘭察布、錫林郭勒、昭烏達等地區，創辦廣播電臺。內蒙古人民廣播電臺播音員娜仁托

婭是由牧羊女成長為內蒙古人民廣播電臺第一位蒙古語專職少兒節目主持人的。9 年來，她主持少兒節目 2000 多期，收到國內外聽眾來信幾千封。1994年榮獲全國首屆廣播電視雙十佳節目主持人金話筒獎。〔註 17〕據統計，新疆自治區用民族語播音的有：新疆人民廣播電臺（維、哈、蒙、柯）、克拉瑪依市（維）、喀什市電臺（維）、伊寧市（維）、烏蘇縣（維、哈）、奎屯市（哈）等6 座電臺。1986 年雲南人民廣播電臺五種民族語言廣播由原來的頭天翻譯第二天播出，改為當天翻譯當天播出，使少數民族當天就能瞭解國內外大事。1988 年成立了少數民族語言臺，州一級的電臺創辦最早的是 1949 年 7 月延邊人民廣播電臺，當時只用朝鮮語播音，1956 年始用朝、漢兩種語言播音。雲南省最早的州級廣播電臺是 1978 年 4 月用傣語和漢語播音的西雙版納人民廣播電臺。在縣級臺中，創辦較早的是雲南陸良人民廣播電臺，1983 年 10 月開始播音。

　　我國少數民族地區的電視事業更晚。內蒙古電視臺籌建於 1960 年，1970年 5 月才開始播放黑白節目。雲南電視臺 1969 年 10 月正式播出。新疆電視臺 1970 年夏正式播出。西藏電視臺 1978 年 5 月播出，1979 年月試播彩色電視節目。創辦較早的地州盟的電視臺有：1971 年 10 月創辦的包頭臺，1973 年11 月創辦的呼倫貝爾臺，1977 年 12 月創辦的延邊臺，1981 年 10 月創辦的興安臺。縣（市）一級的電視臺到 20 世紀 80 年代中期才開始創辦。1984 年內蒙古商都縣、1985 年卓資兩座電視臺創辦。到 1987 年，全國建成縣級電視臺155 座，七個少數民族聚居省（市）共有 20 座，其中內蒙古 12 座、新疆 5 座、雲南 2 座、青海 1 座。目前，全國少數民族地區的廣播電視，除使用漢語外，普遍使用當地的少數民族語言。以新疆為例，全疆有 21 個用漢語播映的電視臺，其中設有維吾爾語的除新疆電視臺外還有克拉瑪依市、石河子、伊犁哈薩克自治州、博爾塔拉蒙古族自治州、阿勒泰地區、和田地區、喀什地區、阿克蘇地區、克孜勒蘇柯爾克孜自治州、吐魯番地區、巴音郭楞蒙古族自治州、塔城地區、哈密地區、奎屯市、奇臺縣、莎車縣等，共 17 個電視臺。設有哈薩克語的，除新疆電視臺外，還有伊犁哈薩克自治州、阿勒泰地區共 3 個電視臺。就全國範圍來說，已用維、哈、蒙、藏、朝、壯、苗、傣、景頗、柯爾克孜、拉祜、傈僳、彝、哈尼、載佤、瑤、白、佤等民族 20 多種語言播映，少數民族的受眾增多，充分發揮了廣播電視的社會效益。

〔註 17〕參見《人民日報》1995 年 3 月 29 日第 4 版。

　　廣播電視對於地處邊遠、地域遼闊、交通不便、文化水平較低的少數民族地區較之報紙更具有優勢。在宣傳黨的方針政策，傳播信息、普及文化知識，豐富生活方面都比報紙來得快，準確及時。黨中央的聲音可以一竿子插到底。比如黨的十三大開幕後，各級電臺、電視臺都及時認真、高質量地進行轉播。湖南湘西土家族苗族自治州為了讓十三大精神及時傳到廣大農村，把中央臺的節目錄製下來，向本市、縣反覆廣播，由基層組織群眾收聽，參加收聽的人數有時多達五萬多人。現在青海、新疆、西藏等地少數民族群眾，已能通過電視衛星地面接收站收看當天的中央電視臺的節目了。

　　第二，少數民族新聞教育與新聞研究的興起和發展。

　　少數民族新聞教育事業始於 20 世紀 30 年代，由新疆、西藏等地興辦的新聞訓練班。1953 年內蒙古蒙文專科學校開始成立就已培養從事蒙古文翻譯、編輯、記者工作的實用性人才。這是少數民族專科教育的開端。比較正規的民族新聞教育是創辦於 1961 年中央民族學院新聞研究班和 1975 年內蒙古大學蒙古語言文學系的新聞班。中央民族學院（今中央民族大學）新聞研究班經國家主管部門批准後招收學員 30 名，學制兩年。由當時語文系副主任徐垠負責，何報琉協助管理。在這個班任教的有于楓、來春剛、郭景哲、伍承民等 6 名教師。該班只招收了一期學員，1963 年停辦。1984 年，中央民族學院漢語言文學系開設新聞專業，向全國少數民族地區招收本科學生。創建時有教師 2 人，學員 40 人，現有回、維、哈、藏、蒙、壯、畬、赫哲、納西、朝鮮、滿、彝、土等民族學員 130 人，除新聞班外，還有一個新聞攝影班。教職工 10 人，其中教師 7 名，具有高級職稱的 3 人（正高 1 人，副高 2 人），中級職稱 2 人，〔註18〕初級職稱 2 人，設新聞教研室，新聞實驗室。開設的專業課和專業選修課有：新聞理論、新聞事業概論、中國新聞史、外國新聞事業史、新聞採訪學、新聞寫作學、報紙編輯學、新聞評論學、廣告學、攝影理論與實踐，廣播電視業務，中國攝影史、新聞心理學，報告文學概論、攝影美學、新聞美學等，此外還設有計算機常識與應用、公共關係學、傳播學等新興的實用課程，以培養具有專才和通才素質的適應當前經濟發展需要的人才。

　　中央民院新聞專業創辦以來，始終堅持正確的辦學方向，發揚其獨有的優勢和特長，即民族性和實踐性。民院設置新聞專業是為民族地區培養德才兼備

〔註18〕到 1994 年，新聞教研室已有教師 10 人。其中有高級職稱的 3 人，中級職稱 4 人，還有碩士生 2 人，本科畢業生 1 人。

的合格的新聞事業的接班人。它的課程設置、教學計劃、教學內容等安排以及培養目標等等，都必須根據民族地區的新聞事業的發展需要來設計，而不能照搬一般大學新聞院系（專業）的現成經驗，應走出一條自己的路。這就是要在課程設置、制定教學計劃和教學內容時緊緊圍繞民族地區的需要，即發揚和突出民族新聞教育的優勢和特長──在民族性上下工夫，創造性地辦好新聞專業。1989 年 9 月始招「當代民族報刊研究方向」的研究生，更促進了這個專業對於民族新聞教育和民族新聞學的研究。他們為研究生開設的帶有「民」字號的學位課有「中國少數民族報刊研究」「民族新聞研究」和「民族攝影學」。「民」字號的課程設置，不僅體現了民族教育的特點，而且促進了少數民族新聞學的創立和發展。與此同時，有一部分有關民族新聞學的教材和科研成果相繼問世。這也說明民族新聞教育達到了一定的高度。

　　民院新聞專業重視在新聞工作的實踐中培養少數民族新聞工作者。這個專業在第一學年讓學生熟悉學校情況和學習基礎課、專業基礎課之後，於第二年到實踐中去摸索和鍛鍊。學校和漢語系專門為學生提供了一塊實習園地──《大學生報》，由學生任主編，組成編輯部，充當該報記者，搜集學院的信息和採訪院內新近發生的事，宣傳少數民族師生的先進事蹟。在辦報過程中，培養和鍛鍊了學生的編、採、寫的能力。同時，還組織和鼓勵學生在院內報刊，如中央民族學院週報和本市新聞單位進行短期實習。民族新聞專業重點抓好每屆學生的長達 3 個半月的教學實習。根據少數民族學生來自民族地區、又要回到民族地區從事民族新聞事業的特點，在選擇實習單位的時候採取在本市與外埠、中央單位和地方單位、內地與邊疆、漢族聚居區與少數民族聚居區以及各級各類新聞傳播媒介相結合的辦法。在組織工作上是貫徹因材施教、因人而異的原則，注意發揮每個人的特長，發揮各自的優勢，揚長避短，使每個實習生都能通過教學實習在政治思想上和業務素質上有所提高，得到鍛鍊。再有，加強與新聞界的聯繫，爭取他們的支持與配合。通過實習，不僅讓學生在業務上取得大豐收，而且要把少數民族大學生所具備的樸實、肯幹的良好作風帶到報社，帶到社會。從實習生身上看到整個少數民族的優良傳統、作風和品德，讓他以自己的行動在社會上樹立自己的形象──民族院校新聞專業的形象和少數民族的形象。通過實習，如實地向社會，向廣大新聞界包括民族新聞界彙報民院新聞專業的教學水平和教學質量，以贏得社會新聞界的信任和民族地區新聞單位的信任。

中央民院培養的一批批少數民族新聞工作者已不斷地充實到新聞戰線，為民族新聞教育事業輸送了既有政治頭腦又有專業知識的新兵。他們是發展和繁榮民族新聞事業的一支新的力量。〔註19〕

在民族地區設有新聞專業的院校，還有廣西大學中文系新聞專業（1972年招生）、寧夏大學中文系新聞專業（1983年招生）、新疆大學中文系新聞專業（1983年招生），招收少數民族學生、為民族地區培養新聞人才，迎來了少數民族新聞教育的高潮。

民族新聞學的研究在這個時期興起。北京和邊遠省（區）從事民族新聞工作的業務人員，已認識到要加強學術研究，提高理論水平，促進新聞改革的重要性。民族地區的新聞單位有條件的都建有新聞研究機構，從本單位、本地區的實際出發研究少數民族新聞的理論和採寫、編發等業務知識。內蒙古地區的《興安日報》《錫林郭勒日報》《包頭日報》等報社在1984年設立了新聞研究室，創辦了新聞業務研究刊物，撰寫了不少有學術價值的論文。即使尚未設置新聞研究機構的單位，也是很重視新聞學的研究工作的。《烏蘭察布日報》社雖沒有設立研究機構，但是研究空氣很濃，不少編輯記者的論文在中央或省級學術刊物上發表。該報社副社長馬樹勳在新聞學的研究方面有突出成績，堪稱民族新聞學的開拓者之一。近幾年來他出版了《民族新聞探索》（1985年內蒙古人民出版社出版）、《民族地區採訪經驗談》（1990年內蒙古大學出版社出版）、《中國少數民族文字報紙概略》（1990年內蒙古大學出版社出版）等著述，其中《民族新聞探索》一書榮獲1987年內蒙古社會科學二等獎。他還撰寫過一些很有見地的學術論文，如《民族地區的報紙要有民族特色》《我國少數民族文字報紙發展概況》《少數民族文字報紙編輯方針初探》，分別收入《中國新聞年鑑》1981年版、1987年版、1988年版。

內蒙古自治區新聞研究所是當前少數民族省（區）中唯一的專門研究機構。1981年6月19日，內蒙古黨委辦公廳批准成立內蒙古日報社新聞研究所，編制10人。由內蒙古日報和內蒙古社會科學院雙重領導。1988年9月22日，內蒙古日報社黨委會議專門研究了新聞研究所的工作問題。會議要求：一

〔註19〕中央民族大學新聞專業於2019年發展為新聞與傳播學院，現有教師34人，在校學生1028人，本科生589人，研究生439人新聞傳播學科高級職稱比例超過65%。全國第一個由國家主管部門（民政部）批准的少數民族新聞傳播研究學術團體、全國性的二級學會「中國新聞史學會少數民族新聞傳播史研究委員會」秘書處設在本學科。

是認真總結內蒙古自治區新聞戰線在黨的十一屆三中全會以來宣傳報導黨的路線方針政策的基本經驗；二是編寫內蒙古新聞史；三是協助有關部門進行業務教育，提高新聞工作者的新聞理論和新聞業務水平。幾年來這個研究所撰寫了一批論文，如《內蒙古日報史略》初稿和內部出版的《內蒙古新聞資料選編》（第一集）。其中常斗撰寫的《新聞美學與真實性》《論初級階段新聞媒介的功能》分別榮獲自治區第二屆哲學社會科學優秀成果三等獎和內蒙古新聞學會1988年全區優秀學術論文獎。

該所還與內蒙古新聞工作者協會和新聞學會聯合創辦了綜合性新聞業務刊物《新聞論壇》。漢文版1986年創刊，16開48頁，雙月刊。1988年又創辦了蒙文版的《新聞論壇》，其宗旨與漢文版完全一致，只是內容不同。16開48頁，季刊。這個學術刊物，是全國第一家用少數民族文字出版的新聞專業刊物，為使用蒙文的新聞工作者、新聞愛好者提供了學術交流的園地。

在這個時期，內蒙古、西藏、新疆等自治區都創辦了新聞工作者協會和新聞學會，民族地區的學術研究空前活躍。1986年8月下旬，在呼和浩特召開了全國少數民族文字報紙經驗交流會。來自17個省區的59家報紙和中央、內蒙古有關單位的120多人出席了會議。大會交流了經驗、研究了新形勢下民族文字報紙出現的一些新情況、新問題；探討了少數民族文字報紙如何改革、如何使報紙辦得更具有鮮明的民族特色和地方特色，會上還成立了全國民族新聞工作者協會籌備組。1988年11月中旬的貴州省黔東南苗族侗族自治州首府凱里市宣布成立中國少數民族新聞研究會〔註20〕。該會是由來自全國10個省區25家州、盟及少數民族地區的地方報紙創建和組成的全國性學術團體，旨在發展少數民族新聞事業，開展少數民族好新聞的評選工作，表彰為少數民族地區報紙作出貢獻的優秀新聞工作者。創辦《民族新聞》作為會刊。每年舉行一次學術年會，一次好新聞評選活動。

中國少數民族新聞研究會理事會由26人組成，常務理事會由14人組成。第一任會長由黔東南報總編輯陳穎擔任。副會長由張緒輝、張正一、任兵、額爾敦、阿合別爾迪，余正生擔任。何光先，吳韋任顧問。

在這個時期，民族新聞學的研究已引起學術界的注意和興趣。1988年中央民族學院學報發表了《民族團結》副總編張儒撰寫的《論民族新聞》，引起了對民族新聞概念的討論。同時學報還刊登了有關少數民族新聞史、少數民族

〔註20〕中國少數民族新聞研究會現更名中國報協少數民族地區報業分會。

新聞寫作的學術研究文章。其他學術刊物也陸續發表民族新聞理論，民族新聞採訪、寫作及其他業務方面（包括新聞工作經驗）探討性文章。如《從民族特點出發進行改革》（呼倫貝爾報編輯部）、《辦出邊疆風味和民族特色》（伊犁日報編輯部）、《把報紙辦成真正的新聞紙》（新疆日報編輯部）、《從高原特點出發，注重科技新聞的實用性》（青海科技報）、《貴州日報的民族報導》（余正生）、《為開發新疆地方經濟溝通信息》（新疆人民廣播電臺）、《新疆日報突出民族文字報的特點》、《西藏日報艱苦開拓 30 年》（西藏日報編委會）、《新疆維吾爾自治區少數民族新聞事業發展概況》《雲南省民族語言廣播情況調查》（王羽）、《烏魯木齊地區受眾調查》（陳崇山執筆）、《內蒙古電視臺念草木經、興畜牧業》《論民族新聞報導》（余正生）、《寧夏日報（民族團結）版——努力宣傳黨的民族政策，促進民族團結》（《民族團結》版編輯組）、《西雙版納報——貼近讀者，辦好黨報》（西雙版納報編委會）、《湘西團結報——抓住熱點、做深度文章》、（張湘河、范城）、《西藏新聞媒介在平息拉薩騷亂中發揮重要作用》（張天祥）、《烏魯木齊晚報建立多渠道、少環節的自辦發行網絡》（陳峰）等等。從理論與實踐兩個角度認真研究和總結促進民族新聞學的發展。

第三，以黨報為核心的多層次、多地區、多種類、多種文字民族報刊體系的形成。

從第一、第二兩點的闡述中，可以毫無疑問地宣布：新時期的民族新聞事業，已完全徹底地打破了單一性的發展，廣播電視、新聞教育、新聞研究等工作不僅興起、發展，而且有了新的成就。作為民族新聞事業最先發展起來的報紙，到現在已發展成為以黨報為核心，多層次、多地區、多種類、多種文字的民族報刊體系。這個體系的形成，標誌著我國少數民族新聞事業已進入了繁榮發展的新時期。

新時期的少數民族文字報刊，新聞的時效性增強，信息量大，注重服務性，適應改革開放、發展商品經濟的需要，適應提高人民文化生活的需要。據統計，1987 年全國共有 14 種少數民族文字，79 家報紙公開發行（如果把油印的內部發行的少數民族文字報紙也包括在內，則有 17 種文字，84 家報紙），〔註21〕遍及我國各個民族地區，幾乎所有創製了文字的少數民族都已有自己本民族

〔註21〕2014 年底，全國少數民族文字報紙出版 103 種，平均期發數 117.52 萬份，總印數 21443 萬分，總印張 317683 萬份。總金額 13724 萬元。（見《2015 年中國新聞年鑒》，中國新聞年鑒社，2015 年版，第 852 頁）。

的報紙。如果把民族地區的漢文報紙也統計在內，這個時期新創辦的報紙全國
30 個自治州，已有 25 個創辦了州報，內蒙、寧夏、西藏、廣西、雲南、青海
等省區共有 200 多種新報創刊。文種之多、種類之全、讀者之廣都是空前的。
這些報紙為發展少數民族地區的經濟，提高各民族的文化水平，維護和加強民
族團結，發揮了巨大的作用。

　　「以黨報為核心」，這是由社會主義新聞事業的性質決定的。我國的新聞
媒介，都是黨的耳目和喉舌。首先要宣傳黨的路線、方針、政策，反映各族人
民群眾的呼聲和願望。黨委第一書記要管報紙，這是我黨的傳統。民族地區和
少數民族文字報紙也不例外。各個省（區）級的少數民族文字報紙大多是在省
（區）黨委成立的同時創辦的，內蒙古、新疆、西藏等自治區無一例外。如果
把民族區的省（區）級的漢文報紙也統計在內，那麼幾乎所有的省（區）級的
報紙都是在該省（區）黨委成立時出版發行的，而各州縣、盟旗一級的報紙則
是逐步創辦的。我國少數民族文字報紙早在新中國成立之後有的文種就已形
成黨報系統。這一點在前一章已作了較詳細的闡述。目前，在我國現有的 80
多家少數民族文字報紙中，自治區（省）、地州盟市委和縣三級黨委機關報，
就達 50 家，其中自治區（省）一級 9 家，地州盟市一級近 35 家，縣一級有 6
家報紙。稱之謂體系，不僅有個核心，而且應當圍繞這個核心形成一個輻射狀
的報紙網絡。從少數民族文字報紙整體看，有省（區）級報紙、地州盟市一級
的報紙，也有縣一級的黨報。從文種和地區上看，內蒙古的蒙文報紙、新疆地
區的維吾爾文報紙、西藏地區的藏文報紙，更是比較早就形成了以省（區）級
黨報為核心的，包括各級黨報和專業報、科技報、青少年報等等報紙在內的輻
射狀的報紙網格。這個以黨報為核心的報紙體系，有一個統一的辦報思想，這
就是，自報紙創刊之日起，無不自覺地貫徹無產階級的新聞思想、堅持黨的辦
報方針，做黨和人民的耳目、喉舌，把宣傳黨的民族平等團結政策、宗教信仰
自由政策、民族區域自治政策作為首要任務。這個體系的形成，在我國少數民
族文字報刊史上具有重要意義，是我國民族文字報紙繁榮發展的重要里程碑。

　　其次，辦有這麼多的少數民族文字報紙，這在我國歷史上是空前的，也
是世界上任何一個國家不可比擬的。我國是在中國共產黨領導下的由 56 個
民族組成的統一的社會主義國家。民族團結、民族平等和各民族的共同繁榮，
是一個關係到國家命運的重大問題。早在中國共產黨創建初期，就在黨的綱
領裏、黨的決議和黨的領袖的講話中提出了在我國少數民族聚居區實行民族

區域自治和各民族一律平等的政策。1929 年由毛澤東和朱德同志簽署的《紅軍第四軍司令部布告》中，提出「滿、蒙、回、藏章程自定」。1938 年，在中共六屆六中全會上，毛澤東提出：各少數民族「在共同對日的原則下，有自己管理自己事務之權，同時與漢族聯合建立統一的國家。」1941 年，在陝甘寧邊區施政綱領中明確規定：「依據民族平等原則，實行蒙、回民族與漢族在政治經濟文化上的平等權利，建立蒙、回民族的自治區。」1946 年，在黨中央提出的《和平建國綱領草案》中規定：「在少數民族地區，應承認各民族的平等地位及其自治權。」1949 年後，在中國人民政治協商會議制定的《共同綱領》和全國人民代表大會通過的《中華人民共和國憲法》中都明確規定和重申了黨的民族區域自治和各民族一律平等的政策。到了 20 世紀 80 年代，各族人民用生動形象的語言概括出兩句話：「漢族離不開少數民族，少數民族離不開漢族」〔註 22〕，這也是在總結幾千年各民族發展史的基礎上，概括出來的顛撲不破的真理。

新中國成立後，特別是粉碎「四人幫」之後，在黨的民族政策的光輝照耀下，55 個少數民族與漢族一樣在政治上、經濟上、文化上走上共同富裕、共同繁榮的道路。根據黨的政策和憲法的規定，少數民族在日常生活、生產勞動、通訊聯繫以及社會交往中，使用自己的語言文字都應受到尊重，在有本民族通用文字的少數民族地區，中小學和高等院校的教學，也都允許和鼓勵使用本民族語言文字。在一些有條件的自治地方，建立使用本民族語言文字的新聞、廣播、出版事業更應當予以支持和重視，這是十分必要的。在我國 55 個少數民簇中，包括新中國成立後，由國家幫助創製的以拉丁字母為基礎的拼音文字在內，共有 21 個有本民族的文字。而目前，已有 17 種民族文字的報紙（包括油印、內部發行的文種），分布在內蒙、新疆、西藏、青海、遼寧、四川、黑龍江、吉林、雲南、廣西、貴州、湖南等 12 個省（區）。這與解放前和解放初期只有屈指可數的幾種相比較，無疑是突飛猛進的發展，令人歡欣鼓舞。這在世界上也是沒有的。這種多文種、多層次、多地區的民族報刊在國際上也是唯一的，這也是少數民族文字報紙的鮮明特點。

我國少數民族文字報紙，大多數是與漢文同一報社，或幾種少數民族文字報紙與漢文報紙都屬同一個報社。在內蒙古地區出版的蒙文報紙，從區級到地

〔註 22〕現在的提法是三個「離不開」，即「漢族離不開少數民族，少數民族離不開漢族，少數民族也離不開少數民族」。

盟、縣旗一級都是與漢文報同一報社，換句話說，也就是一個報社出版蒙漢兩種文版的報紙。在新疆地區，還有同一報社出版兩種以上文字的報紙，如新疆日報社就是出版漢、維、哈、蒙四種文字報紙的。伊犁日報、博爾塔拉報、克孜勒蘇報、巴音郭楞報等州、盟、市報社，除出版漢文、維吾爾文報外，還出版或哈文，或蒙文，或柯文版的報紙，即連同漢文在內，一個報社可出版三種文版的報紙。更令人驚異的是雲南德宏團結報社能出版五種文字的報紙，除漢文外其他四種均是少數民族文字版。作為縣報的麗江報社也能出版兩種少數民族文字報紙。這種一個報社能出多種文版報紙的現象，顯示了中國少數民族文字報紙的鮮明特徵，這在世界上恐怕也是少有的。

但是，這種一個報社出版幾種文字報紙的格局，隨著民族新聞事業的蓬勃發展，已有新的動向出現，這種格局開始打破，一是已有少數民族文字報紙從漢文報社裏獨立出來了。《黑龍江新聞》原與《黑龍江日報》同屬一個報社，1983 年元旦從黑龍江日報社分離出來，成為獨立的省級報社，並於 1986 年 4 月 30 日升為副廳級的新聞單位。這種「分離」現象對於辦好少數民族文字報紙大有好處，是一種可喜的發展。

二是與漢文版同屬一個報社的民族文字報紙，絕大數注重發揮新聞媒介的多種功能，自採自編，辦出民族特色和地方待色，辦出自己獨特的風格。如前所述，我國少數民族文字報紙的版式，大致有「民漢合壁」式《這種形式是在一張報紙上既有民族文字又有漢文，內容相同。一般都是上有民文下有漢文，也有上一版是民文下一版是漢文，或者相反），民族文字報的內容基本上是漢文版的「譯報」式，（這種形式後來演變成一個報社兩個或幾個編輯部，民族文字版單獨成立一個編輯部，主持出版有民族特色和地方特色的民文報紙，這便是少數民族報紙的主要形式。）還有一種就是民漢兩種文字合刊或分刊式，最後則是從內容到版式是民漢文完全分開，即《黑龍江新聞》的版式，獨立出版朝鮮文報紙。在我國大多數民族文字報紙是由民族地區的漢文報社附屬發行的時候，即先有漢文版後有民族文字版，而新疆的阿勒泰哈文報則是先出版民族文字版，30 多年之後才在這個報社出版漢文版阿勒泰報的。像阿勒泰哈文報先出民文後出漢文版的情況，在我國是比較少見的。但是一個報社獨立出版本民族文字的報紙，這應當是我國少數民族文字報紙的發展方向，唯其如此，才能辦出少數民族同胞喜聞樂見的具有獨特風格的報紙來。

附帶說明兩點：第一點，少數民族文字期刊在這個時期也有長足的發展。

就北京來說，《人民畫報》《民族畫報》，還有於 1990 年創辦的漢、藏·英文版的《中國西藏》，這些都是在國內外有廣泛影響的民族文字版的政治時事性的期刊。《中國西藏》1990 年第一季度在北京創刊，中英文十六開本，季刊，向國內外發行。1991 年始出藏文版。其宗旨是向國內外展示中國共產黨和中國政府對西藏的方針政策，闡述西藏地方與祖國的關係史，反映西藏實行民族區域自治的實現，西藏在改革開放中的發展和進步，問題與困難；介紹西藏的民族、宗教、文化藝術、高原風光和民俗民情；駁斥流亡國外的西藏分裂主義觀點和反華論調，澄清被他們歪曲的事實；努力為西藏的發展進步和繁榮，創造較好的國際輿論環境。該刊是廣大讀者認識西藏、瞭解西藏、研究西藏，聯絡海內外藏胞的窗口和橋樑。這個刊物具有新聞性、紀實性和綜合性的特色。融學術性、知識性、趣味性於一爐，內容豐富、信息量大、印刷精緻。

在北京還有由民族出版社出版的漢文期刊《民族團結》。這個刊物由國家民委主辦。該刊 1957 年 10 月創刊，16 開 56 頁。其宗旨是宣傳黨的民族政策，介紹少數民族情況，促進民族團結和民族繁榮發展。少數民族和民族工作幹部視其為黨的民族工作的「喉舌」，具有權威性。主要內容是宣傳馬列主義關於民族問題的理論和中國共產黨的民族政策，報導各少數民族和民族地區政治、經濟、文化各項事業的發展，交流民族工作經驗，介紹各少數民族豐富多彩的文化、習俗和生活，表彰增強民族團結、促進民族繁榮發展的先進人物。

刊物闢有《民族工作筆談》《民族介紹》《習俗》《民族經濟史話》《民族學之窗》《革命回憶錄》《民族史話》《歷史人物》《小城風光》《學科學》《樹社會主義新風，做民族團結模範》《民族理論知識問答》《調查與探討》《讀者來信》等欄目，發表政論、通訊、報告文學，也發表文學藝術作品，豐富多彩，圖文並茂，通俗易懂，有鮮明的民族特色。

其讀者對象是面向全國各族人民，主要是在民族地區和從事民族工作、民族研究及宣傳單位的各族幹部，兼顧關心少數民族的一般讀者。

除北京之外，在全國的民族地區出版少數民族文字的政治時事性的綜合性刊物已達 70 多家。這在中國歷史上是前所未有的。

第二點，兵團報業異軍突起。我國的兵團報紙誕生於 20 世紀 40 年代中葉，《猛進報》為之最。1954 年，我國第一張兵團黨委機關報——《生產戰線》報創刊了。進入 20 世紀 80 年代，在我國新疆地區才形成了一個不應被忽視的

兵團報系。除兵團黨委機關報《新疆軍墾報》及其維文版外〔註23〕，各師相繼出版報紙，兵團勞改局還出版了《新生報》。〔註24〕兵團報紙大都是從石印、油印、鉛印、膠印逐步發展過來的。目前已有 5 家報紙採用了激光照排。據統計，兵團報系共有採編人員 200 名，多數獲大專文憑。其中 52 人獲中級職稱，13 人具有高級職稱。還擁有 1 萬多人的通訊員隊伍。在自治區和全國的好新聞評比中，有不少作品獲獎。

　　第四，民族地區創辦的漢文報紙發展驚人。

　　黨的十一屆三中全會之後，由少數民族報人和在民族地區創辦的報紙已達 200 多種，除去 80 多種民族文字報紙，有近 120 多種漢文報紙，拿這個數字與「文革」時期全國報紙總數相比較，還要多兩倍。其發展速度之快，形勢之好，確實是驚人的。內蒙古、寧夏、新疆、廣西、雲南、西藏、青海等省區都有數字不等的新報創刊。僅以新疆為例，全疆登記的 30 家報社共有 56 種報紙，其中維吾爾文報紙 17 種，哈薩克報紙 7 種，蒙古文報紙 3 種，柯爾克孜文報紙 1 種，錫伯文報 1 種，共 29 種。其餘 26 種全是漢文報。（前邊 29 種出版民族文字報紙的報社還有不少兼出漢文報紙。）

　　在北京，由少數民族報人薩空了任總編輯的《人民政協報》，在少數民族報人創辦的漢文報中具有重要意義。

　　《人民政協報》是中國人民政治協商會議全國委員會機關報，社址設在北京。全國唯一的宣傳和貫徹黨的統一戰線政策，介紹人民政協、民主黨派和有

〔註23〕　《新疆軍墾報》近年來著力抓好一批重大典型報道，提高宣傳藝術，對兵團百萬軍墾職工進行生動的弘揚兵團精神的教育，取得顯著成效。

　　　　該報以讀者身邊活生生的先進典型激勵群眾。1991 年共發表典型報道稿件 21 篇，其中 10 個先進集體，11 個先進個人。有全國勞模、十年產糧百萬斤的女農工劉煥奎、創造全國棉花單產最好成績的女壯元張鬥蘭、隱功埋名 40 年的志願軍功臣蔣元洪等有血有肉、真實生動的典型人物和模範事蹟。他們都有艱苦奮鬥、開拓奮進、無私奉獻的博大胸懷，體現了兵團人為祖國屯墾戍邊的革命精神。

　　　　這些重大典型的報道激勵了百萬兵團職工，他們認為趕有目標，學有方向，看得見，摸得著。在典型報道的采、編、印等方面，該報都有自己的特色。首先，寫出了典型的時代感；其次，配發評論員文章，從不同側面深化主題；第三，使用最佳版面效果，產生最好的社會效果。

〔註24〕　《新生報》1956 年創刊時由新疆生產建設兵團政治部主辦。1966 年停刊。1984 年復刊。由新疆生產建設兵團勞改工作管理局主辦。四開四版，週刊。宣傳「改造第一，生產第二」「教育感化、挽救」「挽救人、造就人」等勞改工作的方針政策，教育罪犯改過自新，重新做人，做有一技之長和守法的公民。

關人民團體的工作和活動情況的報紙。1982 年 12 月試刊兩期，1983 年 4 月 6 日正式在北京創刊，對開四版，週刊，每星期三出版。鄧小平題寫報名，陸定一、許德珩、史良、胡厥文、胡愈之等同志題詞。

該報以宣傳新時期統一戰線的重要性和必要性，有針對性地宣傳解釋黨的統一戰線理論、政策，著重宣傳「長期共存，互相監督」「肝膽相照，榮辱與共」的方針，貫徹雙百方針，發表政協委員和各界人士對國家事務和兩個文明建設以及統一戰線工作的意見和建議為宗旨。以統一戰線各方面的人士和統戰、政協、民主黨派工作部門的幹部以及宣傳，文教、科技等部門的有關人員為主要讀者對象。

其主要內容是宣傳報導各級政協、各民主黨派和統一戰線等其他方面開創的新局面的情況和經驗；報導政協委員和各方面的建議以及他們的貢獻與先進事蹟。同時著重宣傳黨和國家關於統一祖國的方針政策；宣傳黨的民族、宗教、僑務、婦女政策和工作情況；宣傳黨和國家的宗教政策以及政協的人民外交活動與各國人民的友好往來。一版，要聞版；二版，政協報；三版，民主黨派版；四版，副刊。設有《政協人語》《政協章程講話》《工作經驗》《文史通訊》《歷史人物與歷史事件》《政協委員來信》等專欄。

編輯部設總編室、政協新聞部、黨派新聞部、副刊專欄部，記者部，經營管理部。創刊時工作人員 11 人，其中編輯記者 8 人，發行、財務、總務 3 人，特約記者 13 人。該報期發量開始為 3 萬餘份，1983 年底增至 7 萬餘份。

黨組書記兼總編輯薩空了，著名的少數民族報人，新聞學家。1907 年 3 月 26 日生於四川省成都市。原籍內蒙古昭烏達盟翁牛特旗，蒙古族。筆名了了、艾秋颷。20 世紀 20 年代從事新聞工作，曾任《世界日報》《北京晚報》編輯、記者。《世界畫報》主編，天津《北洋畫報》特約通訊員。曾在北京中國大學、民國新聞學院新聞系、北京新聞專科學校和河北高中講授新聞學課程。1935 年 11 月應邀請到上海參加進步報紙《立報》工作，初任該報副刊《小茶館》主編，1936 年 9 月任總編輯兼經理。在他主持下，該報版面新穎，內容豐富，言論進步，定價低廉，實行精編主義，受到讀者歡迎。有關「一二·九」運動，七君子事件以及西安事變的宣傳報導都給讀者留下了深刻印象。期發量達 20 萬份。成為當時國內報紙發行量大的一家。抗戰爆發後，從事救亡活動，擔任過救亡協會宣傳部負責人之一。1938 年創辦香港《立報》，任總編輯。1939 年前往新疆，與杜重遠先生接辦《新疆日報》，任第一副社長。1941 年接辦重慶

《新蜀報》任總經理，積極配合《新華日報》，從事抗日救亡和反對分裂、反對倒退的宣傳，在輿論上和物質上支持了《新華日報》。1941 年到香港創辦民主黨派民盟機關報《光明報》，任總經理。1943 年在桂林被國民黨軍統待務逮捕，先後在桂林西北部的夾山和重慶北碚等地度過了兩年的「政治犯」生活。被囚期間仍致力於新聞學的研究。在獄中寫作了《科學的新聞學概論》《科學藝術概論》《香港淪陷日記》和中篇小說《懦夫》等。1945 年經黨營救出獄後，前往香港，任黨的報紙《華商報》總經理。1949 年 6 月《光明日報》在北京創刊，任秘書長。解放後，一度擔任國務院新聞總署副署長，中國美術出版總署副署長，中央民族事務委員會副主任兼民族出版社社長。1960 年加入中國共產黨。他積極提倡出版連環畫、年畫和名家畫冊、古典畫論等，曾主持少數民族語言翻譯工作，還主持創辦了《民族畫報》。他退居二線後，任民盟中央副主席，仍關心新聞界，出版界工作。曾任第二屆全國政協委員、第三屆至第六屆全國政協常委，副秘書長，中華全國新聞工作協會特邀理事、《中國大百科全書・新聞出版》編委會主任。

他的主要著作，除上述外，還有《宣傳心理研究》《從香港到新疆》《兩年，在國民黨集中營》（原名《兩年的政治犯生活》）等。1988 年 10 月 16 日在北京逝世，享年 81 歲。

在民族地區 120 多家漢文報中，在此只能介紹在新時期創辦的兩張報紙：《貴州民族報》和甘肅《民族報》。

《貴州民族報》創刊於 1986 年元旦，由貴州民委主辦。社址設在貴陽市外環北路 17 號相寶山招待所。貴州省報刊登記證 093 號。四開四版，週刊。1987 年元旦向全國公開發行。該報以促進少數民族地區的經濟文化建設，實現各民族的團結、進步，互相學習和共同繁榮為宗旨。其讀者對象是少數民族地區的幹部和群眾。

該報新聞言論欄目《萬方言》辦得別具待色。「方」古人稱為民族，「萬方」即「萬同萬族」的意思。「萬方言」就是「大家談」，「群言」之意，也就是各族各界、方方面面的人士自由談的意思。欄目內的文章，「以黨的民族政策為指導思想，緊緊圍繞民族問題，有感而發，針對時弊，敘事說理。凡是有利於民族平等，團結和共同繁榮的人和事，就著力倡導褒揚；凡是對民族問題和民族政策的不理解而引起的糊塗觀念，就澄清引導；凡是抱著民族偏見，貶低少數民族的言行，就理直氣壯地披露，說服。」文章短小精悍，一般三五百字，

言簡意賅，生動活潑，可讀性強。

該報重要評論《重讀總理題詞》（載 1988 年 3 月 7 日，署名山子）寫得短小精僻，闡明了「在中國，民族問題是一個非常重要的問題，關係到國家的命運和前途。」是一篇好評論。

20 世紀年代中後期，報社有職工 14 人，採編人員 10 人。總編輯余正生，滿族。1988 年 11 月當選為中國少數民族新聞研究會副會長。他撰寫的學術論文《論民族新聞報導》闡述了民族新聞報導的輿論作用、社會效能和在新聞報導中的重要地位，提出了民族新聞報導的任務和基本要求。

甘肅《民族報》是中共臨夏回族自治州委機關報，社址在甘肅省臨夏市紅圓路。1984 年 12 月 1 日復刊，其前身是創刊於 1950 年的《團結報》，1961 年 2 月停刊。復刊後是四開四版，週刊。

該報以宣傳黨的民族理論、民族政策，交流各民族地區經濟文化建設經驗，增進中華民族大家庭各兄弟民族的相互瞭解和團結為宗旨。

該報重視典型報導及其研究。1987 年 9 月 26 日，臨夏回族自治州自治條例公布，為其經濟的發展注入了新的活力。臨夏人均耕地不足 1.5 畝，全州近 1／3 的人尚未解決溫飽，而臨夏地處青藏高原和黃土高原的結合部，歷史上曾是農區與牧區貿易活動的「茶馬互市」的特殊地域，廣大群眾具有走南闖北，參與商品流通的經營才乾和習慣傳統。勞務輸出既可以發揮廣大群眾的傳統優勢，還可以幫助一部分農民擺脫貧困，在這種形勢下，該報從 1987 年 10 月起，在第二版發表了關於臨夏一條脫貧致富的重要途經——勞務輸出的典型報導《不盡勞務滾滾來》等八篇文章。這種連續性的報導為地方民族經濟的發展起了投石問路的作用。諸如這樣真實準確、特色鮮明、通俗易懂，且短小精悍的典型報導刊登出來，起到了鼓舞、激勵、啟發、引導的作用，激發了人民群眾的創造力，吸引了廣大少數民族讀者。

該報設有編輯部、通聯發行科、人事科、總務科。主要負責人有包天錫、李繼白、李晟等。

第五，少數民族新聞工作者隊伍空前發展和壯大。

中國少數民族新聞工作者數量之多，政治業務素質提高之快，現已形成了一支不可忽視的專業人才隊伍，這是我國少數民族報或進入繁榮發展的最重要的標誌之一。

據統計，全國少數民族地區省（區），地（州），縣三級黨委機關報社工作

人員近 6000 人，其中編輯人員 4800 人左右。內蒙、寧夏、新疆、廣西、雲南、青海、西藏等七個省（區）的廣播電視系統的採編人員有 6100 多人，約占全國廣播電視系統的總人數的 1／7。全國的少數民族新聞工作者的總數一定大大超過以上這兩個數字，這個總數比前一個時期尤其與解放前相比，更是空前壯大了，已形成一支精幹的隊伍。但是與飛速發展的社會主義建設事業相比，與所承擔的民族新聞事業相比，還是不足的，還需要進一步擴大和發展。

這支隊伍不僅有一定的數量，而且政治業務素質已發生重大變化，到年底內蒙古自治區新聞戰線職工總數達 15864 人，比新中國建立初期增長了 11.6 倍，比「文革」前夕增長 7.4 倍，新聞戰線中編採、編播人員達到 3835 人，比新中國成立初期增長 8.7 倍，比「文革」前夕增長了 2.8 倍，各級各類專業和行政、技術管理人員、技術工人也成倍地增長，文化結構也發生了巨大變化。具有大專以上學歷的專業新聞工作者和技術人員達 5128 人，中專及高中畢業生 5371 人，初中畢業生 2314 人，分別比新中國成立初期增長了 169.8 倍，157 倍和 15.1 倍，到 1987 年底，全區評出高級編輯、高級記者、主任編輯、主任記者 867 人。獲初級和中級新聞專業技術職稱的採編人員達 2500 餘人。

隨著新聞事業的發展，西藏自治區的一大批新聞專業人才也茁壯成長起來。1987 年底，經全國新聞專業職務資格評審委員會平衡審核，確認全區有高級記者、高級編輯任職資格的 4 人；1988 年 5 月底經自治區人民政府任命的主任級編輯、記者、譯審等專業人員 28 人；而各新聞單位的中級專業人員有 165 人。其中藏族占高級記者、高級編輯的 5%，占主任編輯、記者譯審的 57%，占中級專業職務的 46%。

在民族新聞事業中，已形成了老、中、青相結合的專業技術人員隊伍，並出現了一批知名新聞工作者和社會知名人士。在老一輩新聞工作者中有薩空了、蕭乾、穆青等人，他們在中國新聞史中有一定地位，馳名中外。

蕭乾，原名蕭秉乾。1910 年 1 月 27 日生於北京一個蒙古族貧民家庭。父母早喪，自幼半工半讀，在北新書局當學徒時，始對文學產生興趣。1926 年在北京崇實中學學習，因參加進步青年組織而被捕。保釋後，化名消若萍到廣東汕頭任中學教員。1933 年開始在《水星》《國聞週報》及《大公報》文藝副刊上發表小說。1935 年燕京大學新聞系畢業，當年 7 月進入《大公報》後，一直從事新聞採訪與寫作，任文藝副刊主編兼旅行記者。魯西、蘇北大水災，他寫了《流民圖》；滇緬公路一行，他寫了《血肉築成的滇緬路》。1939 年至

1942 年任英國倫敦大學東方學院講師兼《大公報》駐英記者。1942 年至 1944 年為劍橋大學英國文學系研究生。1944 年任《大公報》駐英特派員兼戰地記者。他目睹戰時英國人民的沉著、幽默、堅毅、勇敢，躲過飛機的轟炸，寫出了一批膾炙人口的戰地特寫。1944 年，蕭乾放棄劍橋學位，任隨軍記者，帶著那支神奇多彩的筆馳騁歐洲戰場，成為當時西歐戰場少數幾位中國戰地記者之一，向國內發回許多第二次世界大戰的最新報導。不久，隨著美國第七軍挺進萊茵河地區。後又採訪聯合國成立大會，波茨坦會議和紐倫堡對納粹戰犯的審判，寫成了《南德的春秋》長篇特寫。1946 年至 1948 年在上海《大公報》負責撰寫國際問題社評，同時兼任復旦大學教授，主要從事國際評論和教學工作。1948 年秋他前往香港，參加了香港《大公報》的起義，並參與了地下黨的英文刊物《中國文摘》的編輯工作。1949 年初，他謝絕了劍橋大學的聘請，決心回到眷戀的祖國。8 月，他從香港啟程，前往解放區，迎接新中國的誕生。

新中國成立後，蕭乾任英文版《人民中國》副總編輯。主要從事向國外介紹中國社會主義革命和建設的宣傳工作。1950 年，他去湖南參加土地改革運動。著名的大型特寫《土地回老家》就是在這個時候問世的。這篇特寫是用英文寫成發表的，意在「讓全世界讀者看到中國土地改革的政策是多麼英明而謹嚴，階級路線多麼科學而明確。」成書後，被譯成德、日、法、波、印地等 11 種文字，世界範圍產生了極大影響。1953 年至 1955 年蕭乾任《譯文》編委兼編輯部副主任，1956 年任《人民日報》文藝部顧問，先後到內蒙古等地旅行訪問，寫下了報導內蒙古草原社會主義建設新貌的特寫《萬里趕羊》和《時代在草原上飛躍》等有影響的作品。這些作品從反映少數民族地區的生活新貌的角度，豐富了我國社會主義建設的報導內容。由於題材新穎，寫出了落後貧困的少數民族地區的歷史巨變，發表後立即引起了讀者的關注，並被其他刊物轉載。1956 年下半年擔任《文藝報》副總編輯。後來錯劃為右派。1961 年調人民文學出版社任編輯。

1979 年以後，蕭乾的寫作生命復蘇。他根據訪美的見聞，寫出了《衣阿華的啟示》《美國點滴》《在康耐爾校園裏》等特寫。以古稀之年熱心於中外文化的交流，他的足跡遍及歐洲大陸、英倫三島、美國及東南亞各地，為中外文化交流和與各國人民的友誼做出了貢獻。他經常向新聞界和文學界作有關新聞記者修養、新聞採訪寫作、特寫和報告文學特徵等專題報告，並發表了學術論文。1980 年，向中國社會科學院研究生院新聞系作了題為《我愛新聞工作》

的學術報告。他從自己的切身體會，用通俗易懂，深入淺出的語言論述了新聞工作的性質、任務，以及新聞工作者的政治、業務修養與素質。他以自己的寫作生涯和成就，在我國現代報壇展現出一條新的探索之路。

1988 年，香港香江出版公司出版了他的長篇回憶錄《未帶地圖的旅人》，這是一部自傳體的心靈的歷史。透過蕭乾在生命旅途上自我奮鬥的探尋、跋涉，讀者窺視到一位中國知識分子的心路的歷程。誠如他自己所解釋的，這是「把地圖比做理論」。「沒有地圖去旅行，對現實只知其當然而不知其所以然。沒有理論，就不能很好地分析認識各種複雜的社會現象。」〔註25〕

蕭乾曾任第五、六屆全國政協委員，民主同盟中央委員，作家協會理事。其主要作品有通訊特寫集《人生採訪》《南德的春秋》《土地回老家》《蕭乾散文特寫選》等，另外還有文學作品和英文著作各七八種集子。並出版了《蕭乾選集》（四卷）。1999 年 2 月 11 日因患心肌梗塞、腎衰竭逝世，享年 90 歲。

穆青，回族，原名穆亞才、穆伯達，他的筆名王磊、雷雨都是報社編輯部給起的。1921 年 3 月 15 日出生於河南杞縣〔註26〕，自幼喜愛文學。大量閱讀中外名著，受左翼文藝思想的影響較深。14 歲公開發表了處女作《小福之死》。他就讀於杞縣大同中學，求學期間跟老師、同學一起編印文藝刊物《群鷗》。1937 年中學畢業後在山西臨汾參加八路軍學兵隊。1938 年到八路軍 120 師作宣傳工作。隨軍轉戰於晉西北、晉察冀和晉中地區，他寫出了《島國的吶喊》《紅燈》等反映民族情緒的新聞作品。1939 年 5 月加入中國共產黨，次年去延安，7 月考入魯迅藝術學院文學系學習。他一面努力學習，一面勤奮寫作，很快寫出了幾篇小說，發表在延安報刊上，引起人們的注意。1942 年經魯藝院長周揚和文學系主任何其芳的啟發教育，服從組織分配，開始從事新聞工作。他走上新聞工作崗位之後，就把自己的全部心血都傾注在這個事業上，沒有換過崗轉過業，一直在新聞戰線上辛勤耕耘。魯藝畢業後，擔任過延安《解放日報》記者、編輯。在此期間，他接受了採訪勞動英雄趙占魁的任務。他與張鐵夫同志一起寫了《人們談論著趙占魁同志》《趙占魁同志》《恭喜趙占魁》等通訊和報告文學作品，連續發表在《解放日報》上，在抗日根據地掀起了學

〔註25〕引自蕭乾《我愛新聞工作》，載《新聞採訪與寫作》（人民日報出版社出版，1981 年 4 月版）。

〔註26〕據楊軍華在《穆青回故鄉》一文中記載，穆青系安徽蚌埠人，少時曾就讀於成德小學（現回民小學）和江淮學校（現二中）。1931 年 10 歲時離開故鄉。（見1993 年 8 月 20 日《新聞出版報》）。

習趨占魁的活動，並使這場運動持續了七年之久，為了紀念抗日戰爭6週年，他又採寫了富有詩情畫意的報告文學《雁翎隊》。這篇不足三千字的作品，以它的傳奇色彩和濃鬱的詩意，激起了社會的強烈反響。抗戰勝利後，1946年穆青被派往東北，擔任《東北日報》記者、採訪部主任。解放戰爭時期在東北前線和後方農村採訪。1949年初到新華社作特派記者，隨四野部隊南下採訪，直到廣西邊界。在這期間，他通過對東北抗日聯軍領導人周保中將軍的訪問，以深厚的歷史內容和巨大的概括力量，寫出《一部震天撼地的史詩》，準確、全面、系統地記述了中國共產黨與東北抗日聯軍在東北14年的鬥爭歷史。他還寫了一組報導長春解放戰的通訊、特寫：《空中飛來的哀音》《哀音更加低沉》《月夜寒簫》《一槍未放的勝利》等，立意精巧，角度新穎，有力地報導了新聞事實。隨軍進關後他又採寫了《淮河兩岸》《湘鄂道上》《狂歡之夜》《湘中紅旗》《衡寶之戰》《界嶺夜雨》《飛馳在南線的汽車兵團》等通訊、特寫和報告文學，報告解放戰爭在華北、中原和華南各地的勝利。

　　新中國成立後，穆青擔任了更加繁重的新聞領導工作。1950年底，任新華社國內部農村組組長。1951年後歷任上海華東總分社第一副社長，上海分社社長，新華社國內部主任。在這段時間裏，用於採寫新聞的時間少了，而以主要精力組織、領導新華社上海分社和新華社國內部的新聞報導工作，注重研究新情況，發揮探索和創新精神。他準確掌握生活發展變化特點，從表現新內容的需要出發，探索新的報導方式和方法，提高報導質量和效果。1959年起任新華社副社長。在他的主持下，1963年派出幾路記者深入社會採訪調查。寫出了一批批好作品，其中李峰、餘輝音採寫的《「一釐錢」精神》，馮建、周原採寫的《「管得寬」》，谷峰、陸拂為採寫的《洞小風大》，還有李峰與福建分社合寫的《九龍江上的抗天歌》等思想新，事實新，具有新穎的報導方式和藝術風味。穆青同志在號召記者們深入生活、精心採寫的同時，自己也身體力行，帶頭發現重大題材和典型事例。在此期間寫出了震撼社會的報告文學《縣委書記的榜樣——焦裕祿》。1966年2月7日《人民日報》和中央人民廣播電臺同時發表和播出，如同一石激起千重浪，在全國立刻引起強烈反響。《人民日報》連發五篇社論，中共中央華北局等6個局和各省、市、自治區黨委，中國人民解放軍總政治部和許多大軍區、兵種黨委發出號召，要廣大幹部、黨員向焦裕祿同志學習，全國各個縣委書記紛紛表示要做焦裕祿式的好幹部，在全國掀起了一個學習焦裕祿的熱潮。焦裕祿的英雄事蹟整整教育了一代人。《縣委書記

的榜樣——焦裕祿》的出現，大幅度地提高了我國人物通訊和報告文學的思想、藝術水準，推動了我國新聞界對重大典型報導活動的深入發展。這在中國新聞史上，也是佔有重要地位和具有深遠影響的。

1979 年穆青兼任新華社總編輯，1982 年 4 月任新華社社長，7 月任新華社黨組書記。9 月被選為中共中央委員。1983 年當選為中華全國新聞工作者協會副主席。粉碎「四人幫」之後，他對我國社會主義時期複雜的社會矛盾有更深入的理解，使他對革命潮流的不可抗拒和人民力量的無比強大有進一步的認識。他與陸拂為，廖由濱採寫的《為了周總理的囑託》和與陸拂為合寫的《一篇沒有寫完的報導》以及與郭超人、陸拂為合寫的《歷史的審判》《中國農村的一角》《抱財神》都是這個時期的代表作品，並產生了廣泛的影響。這些名篇的問世，凝聚了記者敢於觸及現實生活中的重大矛盾，敢闖「禁區」的精神，是作者在新聞採寫活動中新題材的開拓，新思想的追求，滲透著深刻的歷史分析。表現了作者善於把一些具體個別的新聞事件和人物，放在時代潮流和歷史趨勢的大背景下，加以認識和表現，使之立意深邃，洋溢著時代精神，閃耀著現實光彩而又具有歷史的深度。

1979 年後，穆青先後訪問了歐、美、拉、非 50 多個國家。獨特的報導題材，使他找到獨特的報導形式，他運用散文筆法寫作了許多國際題材的新聞作品。發表了《在瀑布之鄉》《法蒂瑪》等通訊和散文，並結集出版了《意大利散記》《維也納的旋律》等。

穆青在繁重的領導工作和採寫任務之餘，還致力於新聞學的理論研究，他的理論性文章大多輯錄於 1983 年出版的《新聞工作散記》之中。1991 年 12 月在新華社社長崗位上卸任。2003 年 10 月 11 日因病在北京逝世，享年 82 歲。

穆青是集記者、編輯、研究、管理於一身的卓越的少數民族新聞工作者，對中國新聞事業發展做出了重要貢獻。〔註27〕

曾經活躍在我國內地和邊疆民族地區新聞戰線上的比較知名的少數民族新聞工作者還有很多，如艾思奇（蒙古族）、烏依古爾·沙衣然（維吾爾族）、吳少琦（滿族）、何韋（滿族）等等，都為我國的新聞事業發展做出過和正在做出貢獻。

新時期民族新聞事業突飛猛進的發展，使我國形成了一支空前壯大、日益

〔註27〕著名的少數民族新聞工作者薩空了、蕭乾、穆青，均有研究生以此為研究對象寫的學術論文。

成熟的老中青相結合的民族新聞工作者隊伍。但是，我們必須十分清醒地看到，這支隊伍中的成員絕大多數是自學成才，是在辦報實踐中成長起來的。受過專業訓練，大專水平者極少，「科班」出身的更少，業務素質一般趕不上經濟、文化發達的省區，亟待提高，這是與我國民族新聞事業的發展極不相稱的。這與他們肩負的繁重的任務和光榮使命也是極不相稱的。各級黨委、政府和社會各界應關心他們的學習和深造問題，給他們創造更多的學習機會，激勵他們更加兢兢業業、更加富有創造性地進行工作，為貫徹黨的民族政策，推動民族地區的政治、經濟、文化事業的發展，造福各個少數民族作出更大的貢獻！

參考書目

1. 中國社會科學院新聞所編：《中國共產黨新聞工作文件彙編》（全三卷）。（1980 年新華出版社出版，內部發行）。
2. 中共中央文獻研究室、新華社合編：《毛澤東新聞工作文選》（1983 年新華出版社出版）。
3. 戈公振：《中國報學史》（1985 年中國新聞出版社出版）。
4. 黃卓明：《中國古代報紙探源》（1983 年人民日報出版社出版）。
5. 方漢奇：《中國近代報刊史》（上、下冊）（1981 年山西人民出版社出版）。
6. 許煥隆：《中國現代新聞史簡編》（1988 年河南人民出版社出版）。
7. 方漢奇、陳業劭：《中國當代新聞事業史》（1992 年新華出版社出版）。
8. 張濤：《中華人民共和國新聞史》（1992 年經濟日報出版社出版）。
9. 14 院校協編：《中國新聞史（古近代部分）》（1988 年中央民族學院出版社出版）。
10. 方漢奇：《報史與報人》（1991 年新華出版社出版）。
11. 馬樹勳：《民族新聞探索》（1986 年內蒙古人民出版社出版）。
12. 馬樹勳：《民族新聞縱橫談》（1988 年內蒙古人民出版社出版）。
13. 馬樹勳：《中國少數民族文字報紙概略》（1990 年內蒙古大學出版社出版）。
14. 包爾漢：《新疆五十年》（1984 年文史資料出版社出版）。
15. 內蒙古日報社、內蒙古新聞研究所：《內蒙古新聞資料選編（第一集）》（內部出版發行）。

16. 賈來寬、張玉岑、郭毅：《內蒙古新聞事業概況》（1989 年內蒙古大學出版社出版）。

17. 沙之沅、富麗、徐理明、白靜源：《北京的少數民族》（1988 年北京燕山出版社出版）。

18. 傅青元、朱世奎：《青海掠影》（1990 年人民日報出版社出版）。

19. 《新疆日報大事記》編寫組《〈新疆日報〉大事記》（1949～1989）（內部發行）。

20. 吳昊：《荒火中的覺醒》（1990 年人民日報出版社出版）。

21. 中國社會科學院出版社：《中國新聞年鑒》1982 年版～1987 年版。

22. 中國少數民族地區報業研究會主辦：《民族新聞》（內部刊物）1994 年第3 期、1996 年第 3 期第 4 期、1997 年第 3 期第 4 期、1998 年第 1 期第 4期、1999 年第 4 期、2001 年第 1～2 期。〔註 1〕

〔註 1〕參考書目的後兩種系此次修訂版增加的參考資料。

後　記

　　《中國少數民族文字報刊史綱》是為 1989 年攻讀當代民族報刊研究方向的碩士研究生編寫的講義。

　　我涉足中國新聞史的學習和研究始於 1983 年。那時，我受中央民族學院（今中央民族大學）漢語系的派遣到中國人民大學新聞系進修中國新聞事業史，師從方漢奇、陳業劭兩位教授。1984 年中央民族學院漢語系新聞專業創立，翌年為本科生講授中國新聞史等課程，現躉現賣，匆忙上陣。此後承擔 14 院校協編教材《中國新聞史》和哲學社會科學「七五」期間國家重點研究課題《中國新聞事業通史》的寫作任務。在教學和科研中，我發現中國少數民族報業和報人的貢獻和功績在已出版的中國新聞史論著中凡乎是沒有地位的。中國新聞史是中華民族共同創造的歷史，沒有 55 個少數民族新聞事業和辦報活動的新聞史，就不可能是一部完整的、科學的、系統而全面的新聞史。中央民院新聞專業是為民族地區培養少數民族新聞工作者，發展和繁榮民族新聞事業而創立的。在校幾年的學習，仍然不瞭解民族新聞事業的歷史和現狀，不瞭解少數民族新聞和新聞傳播以及少數民族報人在中國新聞史中的地位和影響，無疑是個缺憾。為了彌補這一缺憾和使中國新聞事業通史更加完善，我於 1985 年著手搜集資料，編寫中國少數民族新聞史。這一想法立即得到系主任何報琦和教研室其他同志的支持，使我增強了勇氣和信心，挖掘資料是一項十分艱巨的工作，由於歷史的和客觀的種種原因，許多珍貴的資料有相當一部分已喪失殆盡。儘管如此，我的這一舉措，還是得到民族地區（包括地方民委）和民族文字報社的幫助，他們克服困難，盡最大努力為我提供民族報業的歷史和現實發展的史料。在本書即將問世的時候，我懷著十分感激的心情向為我提供資料和幫助的同志

表示由衷的感謝。他們是舒景祥（黑龍江省民委）、張濤（中國新聞學院）、劉志強（內蒙古大學新聞專業）、益西加措（西藏日報社）、馬占高、游樂業（涼山日報社）、蘇克明（西南民族學院）、朱玉斌（延邊日報社）、樸文柱（黑龍江新聞社）、池廣華（哈密報社）、阿布力米提‧阿布都拉、蔣生魁、馬成（莎車報社）、胡加阿布都拉（和田報社）、周克偉（麗江縣民委）、薩塔爾（克孜勒蘇報社）、顏枚（貴州日報社）、吉爾嘎拉（烏蘭察布日報社）、王敏（西寧晚報社）、巴莫‧烏莎嫫（四川人民廣播電臺）、巴干（內蒙古新聞研究所）、吳敏、朱衛東（中央民族學院）、王剛（人民日報社），還有新疆石油報社、新疆工人報社、新疆科技報社、烏魯木齊晚報社及我院新聞教研室主任劉源清，等等。

在本書付梓之際，我還要感謝馬樹勳（烏蘭察布日報社副社長）、崔相哲（延邊大學副教授）等同志，他們在民族新聞史的研究方面走在了前邊，他們的研究成果給我以借簽和啟發，使本書的撰寫工作更為完善，少走一些彎路。坦率地講，沒有以上同志的幫助和支持，就不可能有這本書的問世。

此時此刻，我感想頗多，一是感覺學習和研究民族新聞史學是十分艱難的，要想成就一番事業，不是由一兩個人能夠完成的，需要更多人的團結協作；二是這本書寫得比較粗糙，主要原因是資料匱乏，只能是有多少資料就整理、歸納、總結、研究多少，寫作多少。在這裡只是把中國少數民族文字報刊史發展脈絡做個粗線條的勾勒。現今不揣淺陋拿出來付印，主要是因為受到有關領導和中國新聞史學界的老師和朋友們的關心和鼓勵，同時也為讓學生上課有本教材，作為專家和師生們提出寶貴意見的依據。我期望有更多更好的民族新聞學研究成果的問世。

在即將付印的時候，令人高興地接到了全國人大常委會副委員長布赫同志為拙作的題簽。這表現了他對發展中國少數民族新聞事業的極大熱精，對此表示深深的謝意。

最後，還要感謝著名的中國新聞史學家、國務院學科評議組成員、中國新聞史學會會長、中國人民大學教授方漢奇先生在百忙之中為本書撰寫序言，感謝中央民族大字出版社的同志們的支持與幫助。

本書肯定有許多缺點和錯誤，歡迎各位專家、學者以及師友批評指正，以期補充修改，為繁榮民族新聞事業而共同努力。

作者 1993 年 10 月 20 日於
中央民族大學

修訂本跋

　　每當有人採訪我，總會被問及，在您的 15 部著作中，哪部您最滿意？我的回答總是，那本也不滿意，如果有可能有時間我願都重新修訂一遍。今天，花木蘭文化實業有限公司給了我這樣一個機會，加盟由中國新聞史學界泰斗方漢奇教授為主編，著名學者王潤澤、程曼麗任副主編的《中國新聞史研究輯刊》，對 1994 年中央民族大學出版社出版的《中國少數民族文字報刊史綱》（以下簡稱《史綱》）進行修訂。

　　《史綱》是我研究少數民族新聞史的第一部著作，方漢奇教授作序，時任全國人大常委會副委員長布赫同志（蒙古族）為拙作題簽。這部書共三編 8 章 46 節，25 萬字。比較全面系統地介紹了我國近代以來一、二百種少數民族報刊，對其中的重要報刊詳細介紹了其辦報宗旨、讀者對象、宣傳特點、報紙風格等，並對它們的影響進行了評價。此外，還評述了相關少數民族報人的新聞觀點，力求對其辦報經驗、報刊特色及新聞採訪、編輯出版的特點和規律給予必要的探討。《史綱》出版後，新華社、人民日報、人民日報海外版、新聞出版報等媒體第一時間予以報導、編發書評。《史綱》先後於 1996 年和 1998 年獲得北京市第四屆哲學社會科學優秀成果二等獎和教育部第二屆普通高等學校人文社會科學研究成果二等獎。

　　《史綱》修訂本，三編 8 章 47 節，由原來 25 萬字增加到 30 多萬字。此次修訂，總體保持原貌。時間跨度仍是從 1898 年至 1990 年 10 月，只是對應更正和補充的加以修正。目錄、緒論、各章節及後記、參考書目都有所改動，包括內容補正、提法不當，標點用字錯誤等。目的是使之能夠得到讀者認可。

　　我是從 70 多歲才開始學電腦，十多年過去了，如今打字還是「一指禪」，

也就是用一個手指頭敲鍵盤。遇到稍複雜的問題，還要請人幫忙，比如編輯圖表、插入圖片之類。這次能夠如期完成任務，首先應該感謝我的「崇拜者」意如貴（蒙古族）。她是中國傳媒大學艾紅紅的博士生，十分喜愛少數民族新聞傳播學。她剛一入學，艾老師就打電話對我說，抽時間她們師生二人要來「拜碼頭」，但由於新冠疫情的原因，到今天我們也未能相見。儘管如此，但意如貴得知我要修訂《史綱》時，就主動提出為我把全書錄入電腦，形成電子版，方便我進行修改。我就是在她給我發來的電子版上把《史綱》修訂完畢的。我由衷地感謝意如貴和支持她的艾紅紅教授。後來又聽她說，在最忙的時候她的師弟李佳銘（滿族）也伸出援助之手，這同樣令我感動。

此外，還要感謝王潤澤教授和花木蘭文化事業北京工作室楊嘉樂、宗曉燕兩位老師對拙作的厚愛。

歡迎國內外各界讀者批評指正。

2023 年 2 月 26 日，5 月 10 日於北京